BASTEI
LÜBBE

JASON DARK

HEXENKÜSSE

Das große Horror-Buch mit
JOHN SINCLAIR

BASTEI
LÜBBE

BASTEI-LÜBBE-PAPERBACK
John Sinclair
Band 73 500

Titelillustration: Agentur Norma
Umschlaggestaltung: Quadro-Grafik, Bensberg
Druck und Verarbeitung:
Clausen & Bosse, Leck
Printed in Western Germany
ISBN 3-404-73500-5

Inhalt

Hexenküsse

Er wollte Sex und dachte nicht an den Tod!

Gounod und Tschaikowsky gehörten zu seinen Lieblingskomponisten. Vor allen Dingen der Russe. Ross Fandon liebte die manchmal schwermütigen Melodien, aber auch die Lieder der Liebe, die ihn auf eine unnachahmliche Art und Weise antörnten.

Wie jetzt.

Er hatte eine Kassette eingelegt. Die runden Stereo-Lautsprecher hoben sich wie schwarze Köpfe von der Anlage hinter den Rücksitzen ab. Und sie gaben die gesamte Musikfülle voll wieder.

»Ein jeder kennt die Lieb' auf Erden!« Phantastisch, diese Arie. Gefühl, Musik und Text waren hier eine einzigartige Verbindung eingegangen, die Ross Fandon so mochte. Er hatte den Motor abgestellt, saß da und lauschte den Klängen.

Ein Ritual war es. Er wußte genau, daß er den Wagen bald verlassen würde. Wenn der letzte Ton verklungen war, würde er die Tür aufstoßen, den Mantelkragen hochstellen und in eine Welt treten, die er sich kaufen konnte.

Manchmal dachte er an die Worte seiner Frau. »Wenn ich dich mit irgendwelchen Weibern erwische«, hatte sie gesagt, »dann mache ich dich fertig, so fertig, daß du kleiner bist als ein Wurm.«

Ja, das hatte Thelma gesagt. Und das würde sie auch tun. Ross kannte seine Ehefrau lange genug. Über zwanzig Jahre hatte er sich mit ihr herumquälen müssen. Wenn sie hinter seine Ausflüge kam, würde sie ihn totprügeln.

Die Arie klang aus.

Ross Fandon hatte bisher konzentriert zugehört. Es kam ihm vor wie ein Riß. Plötzlich befand er sich wieder in dieser verflucht kalten und nüchternen Welt, die er so gar nicht mochte, und er schaute gegen die beschlagenen Scheiben.

Für April war es zu kühl. Vor einigen Tagen hatte es noch geschneit. Jetzt regnete es. Hinzu kam der Dunst, der außerhalb der Städte zu einem dicken Nebel wurde.

Mit dem Handrücken wischte Ross gegen die innere Seite der Scheibe. Viel besser wurde es nicht. Er sah verschwommen die hohe Mauer, davor standen die Büsche. Kahl die Zweige, die Knospen sah man nur bei Licht.

Ross schaute auf seine Rolex.

20 Uhr hatte er als Zeit angegeben. Es fehlte noch eine Minute. 60 Sekunden, die ihn nervös machen konnten. Er wußte nicht,

was ihn erwartete. Etwas Besonderes sollte es sein. Außergewöhnlich, hatte man ihm gesagt.

Drei Frauen!

Ross Fandon atmete heftiger. Verdammt, drei für ihn allein. Das hatte er noch nicht erlebt. Sie würden ihm alle Wünsche erfüllen, und mit Wünschen war Ross geladen.

Er spürte den Frühling. Seine Gefühle standen in Flammen, wenn er seinen Zustand einmal poetisch beschreiben wollte. Und Flammen mußten gelöscht werden.

Drei Frauen!

Die Zeit war um. Ross startete den Wagen, fuhr noch ein Stück den Weg hoch, um direkt vor der Mauer anzuhalten. Genau um 20 Uhr hatte er sein Ziel erreicht. Fast berührte die lange Schnauze des Jaguar das Gittertor. Die gelben Lichtlanzen der Scheinwerfer leuchteten hindurch, tupften über einen mit Kies bestreuten Weg und verschwanden innerhalb dicker Dunstschwaden.

Er stieg aus. Wie er es sich vorgenommen hatte, stellte er den Mantelkragen hoch. Seine Missionen hatten stets etwas Verschwörerisches an sich, denn so kam er sich vor. Er klingelte.

»Bitte?« fragte eine Stimme aus dem Lautsprecher.

Ross zuckte zusammen. Allein die Stimme, dieses eine Wort nur. Was darin an Hoffnungen und Versprechungen mitschwangen, war wirklich sensationell. Er bekam einen trockenen Hals.

»Bitte, melden Sie sich!«

Ross hörte die Aufforderung, räusperte sich und sagte seinen Namen mit fremder Stimme. Er war vollkommen durcheinander.

Das ihm antwortende Lachen klang ein wenig kratzig. Die Technik verzerrte die Stimme.

»Ich ... ich war hier noch nie«, sagte er. »Deshalb bin ich ein wenig nervös.«

»Fahren Sie bis zum Haus, Mister.«

»Sehr gern, natürlich.« Fandon nickte, drehte sich um, stieg ein und atmete tief durch. Dabei wischte er sich übers Gesicht. Er fühlte die Nässe unter den Fingerkuppen und dachte daran, daß er vor Aufregung ins Schwitzen gekommen war.

Wenn die Frau hielt, was die Stimme versprach, erlebte er den Himmel auf Erden.

Er schaute zu, wie das Tor zurückglitt. Keinen Laut vernahm er. Der Motor des Jaguar schnurrte sanft wie eine Katze.

Später knirschte der Kies unter den breiten Reifen. Mit stark gezähmten Pferdestärken kroch der Wagen den geschwungenen Weg entlang. Das Haus war noch nicht zu sehen. Es mußte hinter den Bäumen liegen. Außerdem war es bis zur Küste nicht sehr weit.

Menschengroße Laternen säumten den Weg. Die Kuppeln bestanden aus Glas. Sie besaßen seltsame Formen. Keine Birne brannte in ihnen. Ross kamen sie vor wie gespenstische Gesichter.

Dunst lag auf dem glatten Rasen. Die Schwaden waren dünn und schienen mit den Spitzen der kurzen Halme verwachsen zu sein. Manchmal streckte ein Baum seine kahlen Zweige bis über den Weg. Auf Ross wirkten sie wie knorrige Arme.

Er hätte jetzt gern geraucht, doch er unterdrückte das Verlangen und vertröstete sich auf später. Vielleicht würde er auch Champagner trinken. Als er daran dachte, bewegte er die Lippen. Die Hände am Lenkrad zitterten leicht. Schweiß bildete sich auf den Handflächen.

Der Park schwieg. Die Luft drückte den Dunst nach unten. Die Bäume kamen ihm wie gebeugt dastehende Riesen vor, und die Buschgruppen erinnerten ihn an Grenzen, die Wege zu anderen Welten markierten.

Ross fühlte die seltsame Atmosphäre, in die er hineinfuhr. Vielleicht mußte das so sein, ihm stand schließlich ein Abenteuer besonderer Art bevor.

Noch eine Kurve.

Weit geschwungen war der Weg. Wie der erste Bogen einer großen Acht kam er Ross vor. Der Wagen rollte vor der beleuchteten Freitreppe des Hauses aus.

Das Ziel!

Ross Fandon atmete tief durch. Jetzt gab es kein Zurück mehr.

Als er ausstieg, dachte er für einen Moment an seine Frau. Wenn Thelma ihn jetzt hätte sehen können, sie hätte getobt, ihn als glatzköpfigen, geilen Widerling beschimpft, der scharf auf junges Fleisch war und sich zur Hölle scheren sollte.

Okay, er war keine Schönheit. Die meisten Haare fehlten ihm. Sport hatte er auch nie betrieben, und sein Bauch wölbte sich vor wie eine Kugel. Aber er hatte Geld!

Die Stufen waren ein wenig glitschig. Moos wuchs auf dem Gestein. Überhaupt machte das Haus einen heruntergekommenen Eindruck, selbst in der Dunkelheit, dies konnten auch nicht die blattlosen Efeuranken verdecken, die sich wie dünne Schlangen an dem Gemäuer hochzogen.

Die Tür sah stabil aus. Sie bestand aus Holz, das eine seltsame Maserung zeigte. Wenn Ross Fandon die Linien mit seinen Blikken verfolgte, glaubte er, ein Gesicht zu erkennen. Eine Fratze, die auch einer Frau gehören konnte.

Es waren böse Züge. Sie gefielen dem Mann nicht, und er schaute an ihnen vorbei.

Links entdeckte er einen Klingelknopf im Mauerwerk. Zu drükken brauchte er ihn nicht, denn die Tür schwang auf, als wäre sie von Geisterhänden bewegt worden.

Ross Fandon erschrak und zuckte sogar zurück. Nicht einmal ein Lächeln wollte ihm gelingen, dafür kroch eine Gänsehaut über seinen Rücken, die erst verschwand, als die Tür etwa auf halber Breite zur Ruhe kam.

So blieb sie.

Die Schwelle lag dicht vor ihm, doch Ross traute sich plötzlich nicht, sie zu überschreiten. Seine Erwartung war verflogen und hatte einer gewissen Reue Platz geschaffen. Er fragte sich, ob er hier überhaupt richtig war.

»Tritt bitte näher!« rief eine Frau aus einem dunklen Zimmer.

Diese Aufforderung unterbrach seine Gedanken. Zudem kannte Ross die Stimme vom Lautsprecher, und es war der Klang, der ihn alle Ängste und Sorgen vergessen ließ.

Mit der rechten Hand stieß er die spaltbreit offenstehende Tür noch ein wenig weiter nach innen und betrat das Zimmer, wobei er ein Zittern in den Kniekehlen nicht unterdrücken konnte.

Hinter der Tür lag schon der Teppich. Der Mann hatte das Gefühl, auf weichen Rasen zu treten. Seine Schritte waren lautlos.

Das interessierte ihn aber nicht, denn er sah die Frau.

Sie stand dort, wo die einzige Lichtquelle des Raumes allmählich von der Dunkelheit verschluckt wurde, so daß ein Teil der Gestalt im Schatten blieb.

Welch ein Weib! – Ross Fandon liebte die Heldinnen, die Göttinnen und die Liebesdienerinnen der griechischen Mythologie. Diese Frau trug ein weißes Gewand, das ihr bis zu den Knöcheln reichte und an der Hüfte von einer dunklen Kordel gehalten wurde, die mit Goldfäden durchwebt war. Eine wahre

Haarflut umschwebte ihren Kopf. Ross konnte nicht genau sagen, um welch eine Farbe es sich dabei handelte. Er tippte auf ein sattes Braun. Es konnte aber auch einen Stich ins Rötliche haben. Da war er sich nicht sicher. Das Gesicht der Frau lag zum Teil im Schatten. Dennoch glaubte Ross, nie ein schöneres oder ebenmäßigeres gesehen zu haben. Diese Frau war für ihn ein Wunder.

»Willst du nicht näherkommen?« wurde er gefragt. Als die Aufforderung unterstreichende Geste streckte die Frau die rechte Hand aus. »Und schließe die Tür ruhig hinter dir. Wir wollen ja unter uns bleiben, Ross. Oder nicht?«

»Natürlich.« Fandon erkannte seine Stimme kaum wieder. Mit dem Ellbogen gab er der Tür einen Stoß. Sie fiel leise ins Schloß, und Ross hielt seine Blicke auf die Frau gerichtet, die ihren Zeigefinger bewegte und den Mann lockte.

Er schwebte auf sie zu. Die Einrichtung des Zimmers nahm er überhaupt nicht wahr, er sah nur die Frau, die auf ihn wartete und ihn, als er dicht vor ihr stand, anfaßte. Ihre Finger berührten die seinen.

Der erste Kontakt war wie ein elektrischer Impuls. Ross zuckte regelrecht zusammen, was die Frau zu einem leisen Lachen veranlaßte. »Mir scheint es, du hast Angst vor mir . . .«

Er schüttelte den Kopf. »Nein, sicher nicht. Es ist nur alles so . . .« Er fand das richtige Wort nicht, und das Wesen vor ihm half.

»So märchenhaft?«

»Ja, richtig. Das ist das Wort.«

»Vielleicht erlebst du ein Märchen?«

»Es wäre zwar schön«, sagte er rauh. »Aber ich liebe die Realität. Märchen sind wie Seifenblasen. Sie platzen zu leicht, wenn du verstehst, was ich meine.«

»Schon.«

Er schaute sie an. Unter dem Gewand war sie nackt. Er sah ihre Brust. Hochangesetzt mit kleinen, spitzen Warzen, die gegen den Stoff drückten.

Ross konnte sich nicht mehr beherrschen, hob die Hände und strich leicht über den hauchdünnen Stoff.

»Das alles wird dir gehören«, sagte die Frau.

Als hätte er etwas Verbotenes getan, so hastig zuckten seine Hände wieder zurück, und die Frau vor ihm begann zu lachen. »Ich heiße übrigens Yvonne.«

»Ein schöner Name.«
»Findest du?«
»Sicher.«
Ross war total erregt. Der Anblick dieser Frau hatte ihn aufgeputscht.
»Woran denkst du?« fragte sie.
»Du bist doch nicht allein?«
»Nein, die anderen beiden warten.«
Er schaute sich um. »Und wo? Ich sehe keinen.«
Yvonne lachte leise. »Dieses Haus«, so erklärte sie, »steckt voller Geheimnisse. Es gibt Dinge, die du siehst, und welche, die du nicht sehen kannst. Du hast uns gewählt, uns drei, und du wirst etwas erleben, das einmalig ist.«
»Das hoffe ich.«
Yvonne beugte sich vor. Dabei sah der Mann, daß ihre Augen grünlich schimmerten. »Was du hier geboten bekommst, gibt es nirgendwo auf der Welt, das kann ich dir versprechen. Es ist die einmalige Art der Liebe. Eine Liebe, die in Tausenden von Jahren nur sehr wenige erfahren haben. Du gehörst zu den Auserwählten.«
Ross nickte. Allmählich fand er seine Selbstsicherheit zurück. »Na ja«, sagte er, »das ist alles nicht schlecht, aber ich habe schon öfter ähnliche Worte gehört. Haltet ihr auch, was ihr versprecht?«
»Noch mehr, mein Lieber, noch mehr.« Yvonne lächelte dabei, doch das Lächeln erreichte ihre Augen nicht. Sie blieben unbeteiligt und glitten über die Gestalt des Mannes wie der taxierende Blick eines Auktionators bei einem nicht sehr solvent aussehenden Kunden.
Ross Fandon spürte eine gewisse Unsicherheit in sich aufsteigen. Er begann zu lächeln, hob die Schultern und sprach vom Geld, während er gleichzeitig den rechten Arm anwinkelte und die Hand in den Jackettausschnitt wandern ließ.
»Ich habe gehört, daß ihr nicht billig seid. Wenn wir uns über den Preis . . .«
»Aber nicht doch, mein Lieber. Du brauchst nichts zu zahlen«, sagte Yvonne leise.
Ross war erstaunt. Seine kleinen Augen wurden groß. »Wieso? Ich komme als Kunde . . .«
»Wir reden später darüber«, erwiderte Yvonne und fügte ein »Wenn überhaupt« hinzu.

Fandon hob seine rundlichen Schultern. »Mir soll es recht sein. Erst das Vergnügen, dann . . .«

»Der Tod«, vollendete Yvonne.

»Was?«

Sie lachte und bot ihm ihren Arm. »Es ist eine Redensart, die ich einmal aufgeschnappt habe.«

»Ach so.«

»Wir werden diesen ungastlichen Raum verlassen, mein Lieber«, erklärte Yvonne. »Laß dich führen.«

»Sehr gern. Darf man fragen, wohin wir gehen?«

»Ich verrate es ungern. Aber hast du schon mal etwas von einem Liebeskeller gehört?«

»Liebeskeller?«

»Ja, wir haben ihn. Dort wird dir etwas geboten, von dem du in deinen kühnsten Träumen noch nichts gehört hast.«

Ross leckte sich die Lippen. »Davon hat mir mein Freund aber nichts gesagt.«

Yvonne blieb stehen. »Hast du mit ihm gesprochen?«

»Nein, kaum. Ich meine vorher . . .«

Sie lachte. »Sicher, ich verstehe. Er ist geheim und vielleicht einmalig in der Welt.«

»Dann lasse ich mich überraschen.«

Sie schritten in dem schummrigen Licht auf eine Pendeltür zu, die auf der Innenseite ein dickes rotes Polster zeigte. Yvonne schob sie auf. Beide durchquerten einen Gang und kamen zu einem Aufzug.

Yvonne hielt dem Gast die Tür auf. Der war Überraschungen mittlerweile gewohnt und wunderte sich auch nicht, daß die Wände tapeziert waren. Mit roter Tapete! Im Aufzug hing auch ein Bild, auf dem das Gesicht einer Frau abgebildet war.

Ross starrte dieses Gesicht an. Der Zeichner hatte einen dicken Pinsel verwendet und die Striche weich gezogen, so daß sie an manchen Punkten verliefen. Auch schien die Farbe unterschiedlich stark aufgetragen zu sein. Im Bereich der Augen und der Stirn war sie nur hauchdünn.

Ross wollte das Bild berühren. Ein scharfer Zuruf stoppte.

»Nicht anfassen!«

Fandon drehte sich um. »Wieso?«

»Das Gesicht zeigt Lilith!« erklärte Yvonne mit einer Stimme, in der Ehrfurcht mitschwang.

Der Mann verzog die Lippen. »Lilith?« fragte er. »Tut mir leid, ich kenne die Dame nicht.«

Die Augen der rothaarigen Frau bekamen einen schwärmerischen und nahezu entrückten Glanz. »Lilith ist uralt. Fast so alt wie die Welt. Wie es Adam und Eva gegeben hat oder Kain und Abel, so hat es auch Lilith gegeben ...«

»Wer war sie denn?«

»Die erste Hure!« erklärte Yvonne. »Sie hat sogar Adam verführt.« Die Frau lachte laut, und Ross Fandon wurde es plötzlich ganz anders. Zum erstenmal bereute er sein Kommen. So eine Person wie diese Yvonne hatte er noch nicht erlebt. Und was sie da von dieser Lilith erzählt hatte. Erschreckend. Aber das waren Legenden, Sagen ...

»Wir sind da!«

Ross wunderte sich. Er hatte überhaupt nicht bemerkt, daß der Lift gefahren war.

Yvonne stand an der Tür. Sie streckte den Arm aus und drehte ein wenig die Hand. Dann öffnete sie.

»Du kannst gehen«, sagte sie.

Eine zweite Stimme antwortete: »Willkommen im Liebeskeller, Fremder ...«

Hatte Ross Fandon bisher noch an eine Lüge oder einen Trick geglaubt, wurde er durch die zweite Stimme eines Besseren belehrt. Und wo zwei Frauen waren, da gab es bestimmt auch eine dritte.

Keine Lüge, kein Bluff, und der Kunde bekam allmählich einen trockenen Hals. Drei Frauen und er. Klar, er hatte es so gewollt, doch vielleicht hatte er sich zuviel zugemutet. Er kam sich bereits vor wie eine Fliege im Spinnennetz.

Er wußte Yvonne hinter sich, denn ihr warmer Atem strich über seinen Hals. Und ein Schauder rann über seinen Rücken.

»Willst du nicht gehen? Oder gefällt dir unser Liebeskeller nicht, mein Freund?«

»Schon ... aber ich weiß nicht, ob das das Richtige für mich ist?«

»Für einen Mann wie dich ist es das Richtige«, erklärte Yvonne mit flüsternder Stimme. »Ganz bestimmt sogar. Du wirst den Himmel auf Erden erleben. Dafür sorgt Lilith.«

»Was hat sie damit zu tun?«

»Sie ist allgegenwärtig. Ihr Geist beflügelt und beseelt uns. Wußtest du das nicht?«

»Mag schon sein.«

»Will er nicht kommen?«

Ross Fandon hörte die Stimme und krauste die Stirn. Es war wieder eine andere. Nun hatte er den Beweis bekommen, daß ihn in dem Liebeskeller drei Frauen erwarteten. Er spürte die Hand auf dem Rücken. Yvonne hatte die Finger ausgebreitet. Sie drückte Ross sachte, aber zielstrebig nach vorn. Fandon blieb nichts anderes übrig, als sich in Bewegung zu setzen.

Vorsichtig verließ er den Fahrstuhl. Das Zittern in den Knien hatte er noch immer nicht überwunden. Es kam ihm vor, als würde er den Boden überhaupt nicht berühren, sondern über ihm schweben. Dafür sorgten die Teppiche, die auch diesen Kellerboden zu einer weichen Wiese machten.

Je tiefer er hineinging, um so mehr veränderte sich die Umgebung. Er hatte das Gefühl, als würde er mit jedem Schritt etwas Neues hervorlocken, und so war es auch.

Geheimnisvolle Lichter glühten auf, so daß der gesamte Keller in Lichtinseln getaucht war, aber gleichzeitig noch genügend Schatten blieb. Dunkle Ecken, in denen man etwas verbergen konnte.

Fandon hatte seine erste Aufregung überwunden. Eine menschliche, für ihn gesunde Neugier schaffte sich freie Bahn, und so betrat er dieses Paradies, das ihm einen erotischen Himmel eröffnen sollte.

Er suchte die beiden anderen Frauen.

Bisher hatte er nur ihre Stimmen vernommen. Sie selbst hielten sich dort auf, wo auch die Schatten lauerten. Erst als der Besucher tiefer in den Liebeskeller hineingegangen war, lösten sich die beiden von ihren Positionen.

Eine Frau mit pechschwarzen Haaren trat von der linken Seite auf ihn zu. Im Gegensatz zu Yvonne trug sie die Frisur kurz geschnitten, zu vergleichen mit einem Pagenkopf. Das hellere Gesicht darunter wirkte wie das einer Puppe, wobei die dunklen Augen besonders auffielen.

»Ich bin Tamara«, sagte das Wesen und reichte dem Besucher die Hand, die dieser zögernd nahm.

Fandons Blicke glitten über die Gestalt. Sie war schlank, und im

Gegensatz zu Yvonne trug sie Kleidung, die Ross an die Mädchen aus dem Londoner Westend erinnerte.

Eine glänzende, knallrote Boxerhose mit einem hochangesetzten Beinausschnitt. Das Boxershirt war weiß, unter den Armen weit ausgeschnitten, so daß bei Profilsicht die Ansätze der Brüste zu sehen waren.

Auch diese Frau strahlte einen Sex aus, der den Mann antörnte. Sie lächelte ihn an. Vielleicht waren ihre Lippen ein wenig zu breit und zu rot, denn sie kamen Ross vor wie eine offene Wunde. »Ich begrüße dich in unserem Haus, mein Lieber. Mache es dir gemütlich, dann werden wir dir all das geben, nach dem du und nach dem wir verlangen.«

Ross nickte nur. Sprechen konnte er nicht. Willig ließ er sich zu einem Diwan führen, der mit rotem Stoff bedeckt war und in den er tief einsank.

Er hatte nicht darauf geachtet, daß Tamara zu ihm gekommen war. Die nächsten Sekunden erlebte er wie im Traum.

Das Mädchen zog ihm den Mantel aus, dann die Jacke und nahm ihm auch die Krawatte ab.

»So geht es dir besser«, sagte sie.

»Ja, natürlich ...«

Tamara legte einen Finger auf die Lippen und schaute gleichzeitig nach rechts, wo sich eine Gestalt aus der Dunkelheit löste.

Es war die dritte Frau.

Mit beiden Händen trug sie ein Tablett. Ihr Lächeln war lokkend wie das einer Sirene aus der griechischen Mythologie.

Ross Fandon starrte sie an. Die dritte gefiel ihm am besten. Der Vergleich mit einem Engel kam ihm in den Sinn. Vielleicht war es das aschblonde Haar, das um ihren Kopf eine gewaltige Mähne bildete, die bei jedem Schritt wippte. Ihr Gesicht war nicht so weich wie die Züge der beiden anderen Frauen, aber Ross fuhr auf diese Frau ab.

Sie trug Schmuck. Es waren Goldreifen, die ihre Handgelenke umspannten und auch den schmalen Hals. Als Kleidung hatte sie ein durchsichtiges Nichts aus hellblauem Tüll gewählt. Durch den Stoff erkannte der Mann im Gegenlicht einen Körper, der ihn schwach werden ließ.

Vor ihm blieb dieses Wesen stehen. »Ich bin Rachel!« vernahm er die geflüsterten Worte, während die Frau sich vorbeugte und Ross ihr makelloses Dekolleté bewunderte. Seine Augen saugten sich daran fest, und er mußte sich beherrschen. Zum Glück nicht mehr lange.

Auf dem Tablett stand ein Glas. Es schimmerte rot, als wäre es mit Blut gefüllt, doch es war nur die Färbung des Glases, der Inhalt perlte, wie es eben nur bester Champagner tat.

»Du sollst auf uns trinken«, sagte Rachel, während sie Ross das Glas reichte. »Es ist der Begrüßungsdrink. Jeder Kunde bekommt ihn.«

»Danke.« Ross nahm das Glas und konnte nicht vermeiden, daß seine Hände weiterhin zitterten. Er hatte Mühe, das Glas zu halten. Blamieren wollte er sich nicht. Deshalb führte er es rasch an die Lippen und schlürfte den köstlich kühlen Champagner.

Perlend rann er in seine Kehle. Mit einem zweiten Schluck leerte Ross das Glas, bevor er es wieder auf das Tablett stellte.

»Köstlich«, stöhnte er, wobei er sich zufrieden zurücksinken ließ und zuschaute, wie die drei Frauen, die sich ausschließlich um ihn kümmern wollten, Aufstellung nahmen.

Neben, hinter und vor ihm hatten sie ihre Plätze gefunden. Ross kannte das. Er war schon in zahlreichen Clubs und Bordellen gewesen, und eigentlich hätte er jetzt einige seiner flotten Sprüche loswerden müssen, aber sie kamen ihm nicht über die Lippen. Nicht in dieser anomalen Atmosphäre. Die drei Frauen kamen ihm vor, als wären sie Wesen von einem anderen Stern. Um sich davon zu überzeugen, daß dies nicht so war, streckte er einen Arm aus und fuhr über Yvonnes Schenkel. Er spürte die weiche Haut, erlebte eine aufregende Form und lachte beruhigt auf.

Yvonne saß neben ihm. Sie beugte sich zur Seite und begann mit ihren langen Fingern sein Hemd aufzuknöpfen.

Den Kommentar dazu gab Tamara. Sie stand vor ihm, breitbeinig und obszön wirkend. Ross sah die schmalen, langen Beine und auch die hohen Einschnitte der Boxerhose.

Er brauchte nur zuzugreifen, aber er traute sich nicht, zudem lenkten ihn die tastenden Hände der schönen Yvonne ab.

»Wir werden gemeinsam ein Bad nehmen«, erklärte Tamara. »Es ist wie ein Ritual, das Bad der Reinigung, das Bad der Überraschungen. Lilith hat es so gewollt.«

Ross Fandon schüttelte den Kopf. »Was ihr immer mit dieser Lilith habt! Hat sie euch was zu sagen?«

»Lilith ist unsere Königin«, antwortete Rachel, die hinter ihm stand. »Sie ist die höchste ...«

»Hure, wie?« vollendete Fandon und begann heiser zu lachen. »Ja, sie ist eine Hure, sie . . . ahhh . . .« Das letzte Wort endete in einem Schrei, denn die Fingernägel, die in das Fleisch seines Nackens drückten, waren spitz wie kleine Messer.

»Du solltest Lilith nicht beleidigen«, sagte Rachel leise, aber sehr bestimmt.

»Das mögen wir nämlich nicht«, fuhr Tamara fort.

»Wer es trotzdem macht, muß die Folgen tragen«, erklärte ihm Yvonne und lächelte ihn dabei an.

Ross kam es vor, als hätte sie eine Morddrohung ausgesprochen. So kalt klang ihre Stimme. Ebenso würde sie lächeln, wenn er starb. Der Typ Frau war sie. Wäre Fandon oben gewesen, hätte er wahrscheinlich Reißaus genommen, doch in diesem Keller hielt er sich zurück. Hier kam er sich eingeschlossen vor. Es gab zwar den Weg zum Aufzug, aber drei gegen einen, das war ein wenig viel, auch wenn sie Frauen waren.

»Okay, okay, ich entschuldige mich«, sagte er. »Ich wollte nichts über eure Lilith verbreiten. Ich kenne sie ja nicht. Außerdem ist es mir egal, wißt ihr.«

»Natürlich.« Tamara gab die Antwort, und Yvonne zog ihn hoch.

»Wohin denn jetzt?« fragte Ross.

»Ins Bad.«

»Und dann?«

»Wirst du weitersehen.«

Wohl war ihm nicht, doch Yvonne wußte, wie man Bedenken ausräumte. Sie preßte sich eng an ihn, er spürte ihre Formen und Kurven und konnte seine Hände dorthin wandern lassen, wo es ihm gerade einfiel. Yvonne lachte dabei, sie ließ es sich gefallen, während sie Stöhnlaute ausstieß oder unter seinen forschenden, tastenden Fingern zusammenzuckte, mal den Kopf zurückwarf und ihm dabei die Haare ins Gesicht schleuderte, was ihn noch wilder machte.

Die beiden blieben stehen. Dem Mann war in diesen Momenten alles egal. Er hatte Yvonnes langes Kleid längst geöffnet, spürte in seinen Lenden den ungeheuren Druck und wurde plötzlich hart aus seinen Träumen gerissen, als die Frau ihn zurückstieß. Ross Fandon geriet ein wenig aus der Fassung. Er kam sich vor wie ein kleines Kind, dem man das liebste Spielzeug weggenommen hatte. »Was . . . was ist denn los, zum Henker?«

»Zuerst das Bad, mein Lieber.«

Er schüttelte den Kopf. »Verdammt, glaubst du, daß ich schmutzig bin? Daß ihr euch etwas holt?«

»Nein, Ross, das Bad hat einen anderen Grund!«

»Und welchen?«

»Einen rituellen.«

Fandons Augen verengten sich, als er die nächste Frage stellte. »Gehört ihr zu einer Sekte?« Er streckte den rechten Arm aus, was wie eine Anklage wirkte.

»Lilith will es so!«

Der Arm kippte wieder nach unten. Ross hatte eine scharfe Erwiderung auf der Zunge, schluckte sie aber im letzten Augenblick herunter. Er wollte keinen weiteren Streit provozieren, denn er wußte jetzt, wie empfindlich die drei Frauen darauf reagierten. Was er hier erlebte, war ihm noch nie passiert. Schließlich war er es, der zahlte. Sein Geld nahmen sie, und dafür konnte er verlangen, was er wollte. Er traute sich nicht, es Yvonne ins Gesicht zu sagen, statt dessen holte er tief Luft und nickte. »Dann tu deiner Lilith den Gefallen.«

Yvonne lachte leise. »Du wirst sehen, wie herrlich so etwas ist. Phantastisch. Wir haben besondere Anregungsmittel. Wunderbare Duftstoffe, Salben und Pasten. Sollte es je einen Himmel gegeben haben, so wird er sich dir öffnen. Wir gestatten dir einen Blick in das Paradies der Liebe. Nicht jedem Mann wird diese Ehre zuteil.«

»Dafür kostet das Paradies auch einiges«, erwiderte Fandon.

»Ja, manchmal sogar das Leben.«

Ross reagierte nicht darauf. Er wollte es auch nicht. Zudem erregte ihn der Anblick der Frau aufs neue. Ihr Gewand klaffte weit auseinander, nichts blieb Ross verborgen.

»Es ist nicht weit«, erklärte Yvonne. »Wir wollen die anderen beiden nicht zu lange warten lassen.«

Fandon hatte nicht bemerkt, daß Tamara und Rachel verschwunden waren. Er drehte sich jetzt um. »Wo stecken sie denn?«

»Im Bad.« Nach dieser Antwort schob sich Yvonne an ihm vorbei. Die rothaarige Frau ging nur wenige Schritte, passierte dabei den Lichtkreis einer roten Lampe und zog einen Vorhang ruckartig zur Seite. »Hier ist es.«

Fandons Blick wurde starr. Yvonne hatte nicht gelogen. Hinter dem Vorhang lag tatsächlich ein Bad, und diesmal wurde der Besucher wieder überrascht.

Er hatte schon zahlreiche Bäder gesehen, aber keines davon besaß ein so ausgefallenes Interieur. Schwarze Kacheln an den Wänden und auf dem Boden. Statt einer Wanne gab es einen kleinen Pool, der in den Boden eingelassen war. Die Wände des Pools waren hellrot, so daß das in ihm dampfende Wasser wie dünnes Blut aussah. Rötlich schimmernde Schwaden zogen träge durch den großen Raum, und Ross hörte die Aufforderung der rothaarigen Yvonne, als sie sagte: »Willst du nicht eintreten?«

»Es muß ja wohl sein.«

»Sicher.«

Er ging an ihr vorbei. Abermals zitterten seine Knie. Im Magen spürte er einen leichten Druck, der immer dann auftrat, wenn er etwas völlig Neuem begegnete, wie das hier der Fall war.

Ein seltsamer Duft lag in der Luft. Fandon kannte ihn nicht, er hatte ihn noch nie wahrgenommen und fragte sich, welche Essenzen wohl verwendet wurden.

Es roch schwer und süßlich, nicht unangenehm, aber auch nicht zu anregend. Und noch eine Komponente glaubte er wahrzunehmen.

Ein wenig faul riechend, nach verwelkten Blumen, alter Erde, verwesendem Fleisch.

Ja, das konnte es sein. Und er fand auch den Begriff für diesen Duftstoff.

Moder . . .

Ross Fandon schluckte. Das Wort Moder erinnerte ihn an den Tod, an die Vergänglichkeit, an den Friedhof, an Grab und Särge. Vor sich selbst schüttelte er den Kopf und schalt sich einen Narren. Es war Unsinn, so zu denken. Was sollten die drei Frauen mit Moder und Friedhof zu tun haben? Nichts, gar nichts.

»Willst du nicht endlich kommen?« fragte Yvonne lockend.

»Entschuldigung, aber ich war einfach überwältigt. So etwas habe ich noch nie gesehen.«

Das Mädchen lachte girrend. »Ja, mein Lieber, wir sind wirklich einmalig.«

»Das habe ich schon längst bemerkt.« Mit diesen Worten auf den Lippen betrat er das große Bad. Er sah die vielen Spiegel, deren Flächen eine gewisse Mattheit zeigten, die auf den Mann ebenfalls unnatürlich wirkte. Solche Spiegel hatte er ebenfalls noch nie gesehen, und auch die kreisförmig angelegte Wand überraschte ihn. Ihm fiel Salvador Dali ein, der in seinem Haus ebenfalls solche Wände bevorzugte.

Waschbecken sah er nicht. Dafür Kisten oder Truhen, die mit roten Tüchern bedeckt waren.

Er wunderte sich, gab aber keinen Kommentar, sondern schaute zu den beiden Frauen hin, die sich am Kopf- und Fußteil der ovalen Wanne aufgebaut hatten.

Tamara und Rachel hatten sich ihrer Kleidung entledigt. Völlig bloß standen sie da, lächelten ihn an, lockten und hatten Haltungen eingenommen, die alles versprachen.

Die roten Dampfschwaden, die von der Oberfläche des heißen Wassers aufstiegen, verschonten auch ihre Körper nicht. Sie glitten über sie hinweg, berührten sie und gaben ihnen manchmal das Aussehen von Elfenwesen.

Es war eine unwirkliche Welt, die Ross Fandon betreten hatte und an die er sich erst noch gewöhnen mußte. So etwas träumte man normalerweise nur, und für Ross Fandon war ein solcher Traum Realität geworden.

Tamara und Rachel lächelten innerlich, aber ihre Gesichter blieben seltsam verzerrt, als hätten sich Masken über die normalen Gesichtszüge geschoben.

Plötzlich war Yvonne wieder bei ihm. Sie zog ihn aus. So geschickt und so schnell, daß es Ross überhaupt nicht einfiel, sich zu wehren oder sie an ihrem Tun zu hindern. Seine Kleidung fiel, und er spürte nicht einmal Scham, als er sich den Blicken der drei Frauen präsentierte.

Er war keine schöne Erscheinung, erst recht nicht vom Körperbau her, aber das brauchte die Mädchen nicht zu kümmern.

Sie wurden ja für den Job bezahlt.

Yvonne faßte ihn unter. Sacht drückte sie ihn nach vorn, und so blieb ihm nichts anderes übrig, als sich dem ovalen Pool zuzuwenden.

»Das Wasser ist angenehm warm«, versprach Yvonne. »Du kannst hineinsteigen, ohne die Zehenprobe durchführen zu müssen.« Sie fügte ihren Worten ein leises Lachen hinzu.

Am Rand blieb Ross stehen. Er schaute auf das Wasser und merkte, wie sein Körper von den Dunstschwaden berührt wurde. »Kommt ihr denn auch mit?« fragte er.

»Später vielleicht.«

»Warum nicht gleich?«

»Keine Fragen bitte. Überlasse alles andere uns.«

Ross hob die Schultern. Vielleicht war es wirklich besser, wenn er nichts sagte. Die Mädchen schienen sich auszukennen, sie waren Profis. Und nichts anderes hatte er gewollt.

Die riesige Wanne besaß an der Seite zwei Stufen, die er hinuntersteigen mußte. Er tat es vorsichtig und spürte die Wärme des Wassers an seinen Füßen. Yvonne hatte nicht gelogen. Die Temperatur empfand er tatsächlich als angenehm. Beim nächsten Schritt hatte er den tiefsten Punkt erreicht. Das Wasser reichte ihm bis zur Hüfte. An den ungewöhnlichen Duft hatte er sich gewöhnt, der paßte einfach dazu, und er störte ihn auch nicht beim Atmen.

Nur etwas war seltsam. Obwohl er alles in der Realität erlebte, kam es ihm vor wie ein Traum. Die Zeit schien nicht mehr normal zu laufen. Irgendwie war sie anders gepolt, lief langsamer ab, und auch seine eigenen Bewegungen kamen ihm nicht mehr so forsch vor wie sonst.

Irgend etwas schien da nicht zu stimmen. Es war müßig für ihn, sich darüber Gedanken zu machen. Es zählte allein der Augenblick und die folgende Zeit, in der sich die drei Frauen um ihn kümmern würden.

Ohne die Aufforderung erhalten zu haben, setzte er sich hin und lehnte sich zurück.

Entspannung war das, was er gewollt hatte.

Ross schaute auf.

Zwei Mädchen sah er. Tamara hatte sich rechts von ihm aufgebaut. Ihr nackter Körper zeigte eine gewisse Naturbräune. Auch schien sie Bodybuilding oder Gymnastik zu treiben, denn sie wirkte durchtrainiert.

Links stand der »Engel« Rachel!

Ein Weib wie eine Sünde. Vielleicht für Schlankheitsfanatiker ein wenig zu üppig, aber für ihn gerade richtig. Seine Augen konnten sich nicht von ihrem Körper lösen.

Dennoch wurde er abgelenkt, als die hinter ihm stehende Yvonne mit der Massage begann. Sie hatte sich auf den Rand neben der Wanne gekniet und knetete Fandons Hals.

Ihre Hände waren wunderbar. So zart und weich auf der einen Seite, dann wieder fest zupackend, wenn sie verkrampfte Muskelpartien lösen wollte.

Ein wunderbares Gefühl, und alle Skepsis entschwand bei Ross Fandon. Er hatte es richtig gemacht. Diese drei konnten ihm schon das Paradies eröffnen.

Er schloß die Augen und gab sich völlig den massierenden Händen hin und dem Gefühl, geborgen zu sein. Seine Bedenken verschwanden, er schaute in die Dämpfe, blickte sogar hindurch, konnte die Spiegelflächen sehen und den matten Glanz, der auf ihnen lag. Vielleicht sorgte der Dampf dafür, daß sie so wirkten. Eine andere Erklärung hatte er nicht.

Es war wunderbar ...

Yvonne sagte etwas. Er zuckte zusammen, als ihre Lippen sein rechtes Ohr berührten und er Worte vernahm, die ihn in Erregung versetzten. Obszöne Sätze, Dinge, die paßten und die er hören wollte. Sie versprach ihm vieles, und ihr flüsternder Monolog endete mit einer Frage. »Möchtest du das alles erleben, mein Lieber?«

»Ja ...«

»Du wirst es, und du wirst noch mehr geboten bekommen, das kann ich dir versprechen.«

Er lachte leise, sah wieder in die Schwaden und stellte fest, daß die anderen beiden Frauen ihre Plätze verlassen hatten.

»Wo sind Tamara und Rachel?«

»Sie holen etwas.«

»Wie ...«

»Da sind sie doch!«

Ross Fandon schaute nach vorn. In der Tat erschienen die beiden Frauen innerhalb der wallenden Schwaden. Sie waren neben einer Truhe stehengeblieben, bückten sich und zogen das Tuch weg. Es flatterte zur Seite wie eine dünne Fahne, bevor es neben dem Beckenrand liegenblieb.

Tamara hob den Deckel an.

Rachel griff in die Öffnung.

»Schließe die Augen und genieße!« vernahm Ross den geflüsterten Befehl der rothaarigen Yvonne. »Genieße die Entspannung, die Ruhe, bereite dich auf das Paradies vor, das Lilith für dich schafft. Es ist ein besonderes Paradies, in das du einkehren wirst wie ein durstiger Wanderer in eine Gaststätte.«

Es waren beruhigende Worte. Selbst der Name Lilith erschreckte den Mann nicht mehr.

Er schloß die Augen und spürte die Wärme des Wassers auf

seinem Körper, wurde von außen und innen erhitzt, dennoch schwitzte er nicht, sondern erlebte ein Gefühl der Befreiung.

Der Duft nebelte ihn ein, die Schwaden umtanzten ihn, und er spürte nach wie vor Yvonnes Finger am Nacken und auf den Schultern. Das Mädchen arbeitete geschickt, die Fingerkuppen waren weich, gleichzeitig fest und fordernd. Der Kreislauf des Kunden geriet allmählich auf Touren. Das Blut schien schneller durch die Adern zu strömen und verursachte ein fernes Rauschen.

Ross Fandon war in einer Welt gefangen, die von den drei Frauen als Paradies bezeichnet worden war. Er erlebte es am eigenen Körper und glaubte zu schweben.

Daß Yvonne ihren Platz verließ, nahm er nicht wahr. Auch nicht, wie sie lautlos in die den kleinen Pool umgebenden Schwaden eintauchte und sich den beiden anderen zuwandte, die den Deckel der Truhe hatten hochkant offenstehen lassen.

Die drei Frauen tauschten einen Blick des Einverständnisses. Sie sahen sich dabei länger an. Der Ausdruck ihrer Augen war identisch. Er zeigte ein kaltes Lächeln und dabei ein Wissen, das auf gewisse Art und Weise als verschwörerisch anzusehen war.

»Hol es dir, Yvonne«, hauchte Rachel und deutete auf die Truhe.

Yvonne nickte, streifte mit einer Bewegung der Schultern ihr Gewand ab und griff in die Truhe.

Sie nahm ihren Gegenstand hervor.

Die beiden anderen hatten ihn schon. Doch sie hielten die Hände auf dem Rücken versteckt. Noch war es nicht soweit, aber das schaurige Ritual war nicht mehr aufzuhalten.

Des Mannes waren sie sich sicher. Mit lautlosen, zielstrebigen Schritten verließen sie den Dunstkreis des rötlich schimmernden Nebels, gingen ein Stück gemeinsam, um sich danach zu trennen.

Jede von ihnen lief auf einen Spiegel zu.

Etwa eine Fußlänge davor blieben sie stehen. Sie schauten auf die Flächen, aber sie sahen nicht ihre Gesichter, sondern eine andere Fratze. Eine jede sah die gleiche. Ein Gesicht, das von einer ebenmäßigen Schönheit war und dennoch den Ausdruck eines unsagbar Bösen in sich barg. Deshalb der Begriff Fratze.

»Wir holen dich, Lilith!« flüsterten die drei Frauen im Chor. »Wir werden ihm den Hexenkuß geben, um dich zu befreien. Noch einer muß sterben. Wir haben ihn bereits . . .«

Das waren die Worte, das war ihr Versprechen. Gemeinsam drehten sie sich wieder um.

Ross Fandon genoß derweil sein Bad. Die Arme hatte er ausgebreitet. Sie lagen auf dem Wannenrand, den Kopf hatte er zurückgelehnt, den Mund halb geöffnet, der Atem ging flach, aber gleichmäßig.

Manchmal lief ein Schauer über seine Haut. Da spürte er ein wundervolles Prickeln, das sein Blut in Wallung brachte.

Bis es vorbei war.

Es ging so schnell, daß er eine Weile brauchte, um sich daran zu gewöhnen. Hatte er vorhin die Wärme genossen, so stieß ihn die Kälte des Wassers nun ab.

Es wurde widerlich kalt, und Ross Fandon erwachte wie aus einem tiefen Traum.

Er setzte sich höher hin, öffnete die Augen und stellte fest, daß die Dampfschwaden verschwunden waren.

Die Sicht war frei.

Frei auf die drei Frauen!

Was er sah, ließ ihn vor Grauen erstarren!

Sie standen noch immer am Rand. Diesmal so, daß er sie alle drei ins Blickfeld bekam.

Yvonne und Tamara auf der rechten Seite, links – den beiden gegenüber – hielt sich Rachel auf.

Waren es noch Rachel, Yvonne und Tamara? Nein, er hatte andere Frauen kennengelernt, nicht diese Geschöpfe, die ihn da anstarrten, obwohl sie noch immer dieselben Körper besaßen.

Aber die Gesichter!

Aus ihnen sprach das Grauen!

Alte, häßliche Fratzen. Widerlich anzuschauen, angsteinflößend, verzerrt, furchtbar. Es waren die Visagen greiser Vetteln oder alter Hexen. Ja, Hexen!

Da war Rachel. Grau die Haut, faltig, aufgerissen. Zäher Schleim drang daraus hervor, verteilte sich auf dem Gesicht, bevor er nach unten rann. Er besaß einen gelblichen Schimmer, lief über lappige Lippen, fand seine Bahn am Hals entlang und rann über den modellartigen nackten Körper nach unten. Die Augen waren von innen aus den Höhlen gedrückt worden, sie standen vor und erinnerten ihn an die Glotzaugen dicker Fische.

Ross sagte nichts, er drehte den Kopf und bekam Tamara in sein Blickfeld.

Blut, nur Blut sah er. Ihr Gesicht war entstellt, die Haut geplatzt, und aus zahlreichen Löchern rann der rote Lebenssaft. Das ehemals so puppenhafte Gesicht war zu einer Maske des Schreckens degeneriert.

Ein furchtbarer Anblick, denn auch die Haare waren verschmiert, da aus winzigen Wunden auf dem Kopf das Blut quoll.

Yvonne hatte ihn empfangen. Nichts war von ihrer Schönheit zurückgeblieben. Ihr Gesicht war nur noch ein widerliches, ekelerregendes Zerrbild. Irgendeine Kraft hatte sie zu mehreren fingerdicken Strähnen zusammengeknüpft, die auf einmal lebten, denn sie waren zu sich ringelnden Schlangen geworden. Ein wenig medusahaft wirkte diese Person, denn ihr Gesicht war nicht zerstört. Dennoch hatte es einen anderen Ausdruck bekommen. Es war seltsam blaß und bleich geworden, mit einer dünnen, fast durchsichtigen Haut versehen, und wenn Ross genauer hinschaute, konnte er hinter der Haut das Gerüst der Knochen erkennen, aus denen sich das Gesicht zusammensetzte.

Fandon erlebte den puren Horror, und er besaß nicht einmal die Kraft, zu reagieren.

Er hockte im allmählich kälter werdenden Wasser der Wanne, starrte die drei Wesen an und wollte nicht glauben, daß es einmal die Mädchen gewesen waren, für die er so geschwärmt hatte.

Nein, das hier waren Furien!

Und sie hatten sich bewaffnet.

Tamara trug eine lange Zange. Auch Würgezange genannt. Man hatte sie im Mittelalter verwendet und damit die angeblichen Hexen bis zum Tod gequält. Tamara hielt die beiden ehernen Halbkreise der Zange offen, und sie zeigten genau in seine Richtung.

Auch Rachel besaß eine Waffe. Eine Kette, deren Glieder spitze, leicht gekrümmte Haken aufwiesen. Auch dieses Instrument hatten die Hexenjäger in zurückliegenden Zeiten benutzt und die Frauen damit auf grausame Art und Weise gefoltert.

Fast normal war die Waffe von Rachel. Ein Messer. Sehr lang die Klinge. Beidseitig geschliffen und auch spitz.

Die Furien standen da und schauten ihn an.

Aus Augen, die nur noch Ableger einer höllischen Magie waren.

Ross Fandon rührte sich nicht. Er zitterte nicht einmal. Ihn hielt der Schock, der blanke Wahnsinn umkrallt. Er war gekommen, um »Liebe« zu kaufen.

Mit dem Tod würde er bezahlen!

Ross Fandon wunderte sich über sich selbst, wie klar und nüchtern er trotz seiner ausweglosen Lage noch denken konnte. Er fragte sich sogar, wie sie ihn umbringen würden. Sie besaßen mindestens drei Möglichkeiten.

Nur über den Grund wußte er nichts. Sie konnten kein Motiv haben, es war unmöglich, er hatte ihnen nichts getan, schließlich arbeiteten sie als Huren, es war ihr Job, Kunden zu empfangen und deren Wünsche zu erfüllen.

Weshalb dann diese Verkleidung? All right, er gab gern zu, daß es Typen gab, die auf so etwas abfuhren, er gehörte nicht dazu und kam allmählich, nachdem der erste Schock abgeklungen war, zu der Überzeugung, daß es sich hier um einen makabren Scherz handelte. Es gab außergewöhnliche Masken, meist zu bestellen durch den Versandhandel, und solche Masken hatten sich die drei aufgesetzt, um ihn zu erschrecken.

Diese Folgerung brachte ihm ein wenig Erleichterung.

Ross Fandon beschloß, überhaupt nicht auf ihre Verkleidung einzugehen. Er wollte sie übersehen, nickte und sagte: »Laßt mich raus, bitte! Ihr habt euren Spaß gehabt. Ich will nicht mehr. Zudem wird das Wasser kalt.«

Niemand antwortete. Die drei Gestalten kümmerten sich überhaupt nicht um seine Worte. Dieses Nichtreagieren faßte Ross Fandon als Einverständnis auf. Er winkelte die Arme an, um sich in die Höhe zu stemmen.

Rachel bewegte die Kette. Die einzelnen Glieder klirrten aneinander. Sie klingelten eine warnende Melodie, die der Mann in dem kleinen Pool auch verstand, denn er blieb sitzen. Und er schaute zu, wie sich Rachel mit gleitenden Schritten in Bewegung setzte, um einen Teil des Beckens herumschritt, hinter ihm stehenblieb und so reagierte, wie er eigentlich erwartet hatte.

Als er das erneute Klingeln der Glieder hörte, war es zu spät. Etwas huschte vor seinem Gesicht entlang, und einen Augenblick später spürte er das Metall auf der Haut an seinem Hals.

Die kleinen, spitzen, gekrümmten Dornen lagen dort wie festgewachsen. Sie berührten ihn sacht, aber sie stachen nicht tiefer. Sie blieben liegen, ohne Wunden zu hinterlassen.

Die deutlich gesprochene Warnung verstand der Mann sehr genau. »Wenn du dich rührst, zerfetze ich dir die Kehle!«

Und so blieb er sitzen. Steif, ein Zittern mit aller Gewalt unterdrückend und darauf wartend, daß etwas geschah.

Er irrte sich nicht.

Als nächste bewegte sich Tamara. Nachdem sie einen Schritt vorgegangen war und in seine Nähe gelangte, bückte sie sich und packte mit dem langen Würgeeisen blitzschnell zu.

Dicht unter der Schulter umklammerte es den rechten Arm des Mannes. Es schmerzte nicht, nur ein sanfter Druck wurde ausgeübt, doch der reichte aus.

Ross Fandon hütete sich, auch nur falsch mit den Augenwimpern zu zucken. Statt dessen schielte er dorthin, wo Yvonne stand. Als sie sich bewegte, begannen die Schlangen auf ihrem Kopf zu tanzen. Sie beugten sich nach vorn, stellten sich wieder hoch und drückten sich zurück, dabei blieben sie stets im Rhythmus der Schritte. In ihrem bleichen Gesicht mit der dünnen Haut rührte sich kein Muskel. Sie kam nahe an ihn heran, kniete sich hin, streckte den rechten Arm aus, so daß die Spitze der Klinge in Herzhöhe gegen die Brust des angststarren Mannes drückte.

Sekunden vergingen.

Ross Fandon kam sich vor wie in einer anderen Welt. Er saß da, dachte nicht mehr, schaute nur noch und spürte im Kopf eine nie gekannte Leere.

Die Falle war zugeschnappt, und er konnte sich als das Opfer bezeichnen.

Niemand sprach.

Es war die Stille, die ihn verrückt machte, und seltsamerweise trug die Kälte des Wassers dazu bei.

Unnormal, daß es innerhalb kurzer Zeit so schnell abkühlte. Schon längst fror er und hatte auf dem ganzen Körper eine Gänsehaut, die einfach nicht weichen wollte. Er starrte mit leerem Blick über die ruhige Wasserfläche, die einen seltsamen Schimmer bekommen hatte.

Hellgrau und an einigen Stellen silbrig schimmernd. So sah Wasser aus, wenn es zu Eis wurde.

Deshalb diese Kälte, und er wußte plötzlich, was ihm bevorstand. Nicht durch die Waffen sollte er getötet werden, sondern durch das Wasser. Es würde frieren, gleichzeitig Druck bekommen, der ihm schließlich den Atem raubte, bevor der Sensenmann mit seinen Knochenklauen zugriff und ihn in ein Reich holte, aus dem es kein Zurück mehr gab.

Als ihm das klargeworden war, riß bei Ross Fandon der Schock. Er fand seine Sprache wieder. Daß ihn die gefährlichen Waffen bedrohten, war ihm egal. Seine Angst, seine Wut und auch die Hilflosigkeit entluden sich in einem gellenden Schrei.

Markerschütternd hallte er durch das schwarz gekachelte Bad, brach sich mehrmals an den Wänden und splittete in mehrere Echos auf, die sich überlagerten.

Die drei Frauen rührten sich nicht. Sie blieben kalt wie das Eis auf dem Wasser, das allmählich dicker wurde und sich auch immer mehr ausbreitete. Es wanderte dem Kopf des Mannes entgegen. Der Schrei brach ab. Für einen Moment wurde es ruhig, bis Ross Fandon mit einem schlürfenden Atemzug die Luft einsaugte und anschließend Worte stammelte, die aus seiner heißen Angst geboren wurden.

»Ich ... ich habe euch nichts getan, verdammt. Was macht ihr mit mir? Was habt ihr mit mir vor, ihr verfluchten Weiber! Was habe ich euch getan? Los, sagt es!« Seine Stimme kippte über, ein Hustenanfall schüttelte ihn durch. Er bewegte dabei die Füße, drückte sie nach oben und hörte das Brechen der dünnen Eisschicht auf der Wasserfläche.

Dort, wo ihn die Spitze des Messers berührte, zeichnete sich ein roter Punkt auf der Brust ab. Durch seine heftigen Hustenbewegungen hatte Ross dies provoziert, und der Tropfen lief allmählich über die Haut nach unten. Dabei sah er aus wie eine Perle, die an einem dünnen Faden hing.

Yvonne stand Ross am nächsten. Sie sprach er auch an, wobei er die Augen verdrehte. »Bitte!« flüsterte er. »Bitte, sag du wenigstens etwas. Ich ... ich ... kann es nicht begreifen. Was habe ich euch denn getan?« Er flehte sie nicht nur mit Worten an, auch mit Blicken, und er wartete auf die Antwort.

Yvonne schaute zu den anderen. Sie mußte sich erst das Einverständnis ihrer »Schwestern« holen. Erst nachdem die genickt hatten, bekam Ross Fandon seine Antwort.

Dabei beugte sich Yvonne noch weiter vor. Sie näherte ihr bleiches Gesicht dem seinen. »Du bist der letzte in der Reihe, der uns noch gefehlt hat. Wir brauchen dich für sie!«

»Mich?«

»Ja, dich ...«

»Aber für was braucht ihr mich? Für was? Ich kann euch nicht helfen, wirklich nicht.«

Yvonne nickte. »Doch, du kannst. Schon immer hat sie Männer gemocht. Seit altersher...«

»Sie?« Ross dehnte das Wort. Gleichzeitig hatte er begriffen, und er sprach es auch aus. »Sprichst du wieder von Lilith?«

»Ja, sie ist gemeint.«

Obwohl ihm nicht danach war, mußte er doch laut lachen. »Lilith!« schrie er. »Immer wieder Lilith. Es gibt sie nicht. Es kann sie überhaupt nicht geben. Sie ist eine Einbildung, eine Fiktion. Nein, kommt mir nicht mit diesen Sachen...«

»Du wirst für Lilith dein Leben lassen!« erklärte Yvonne mit einer Stimme, die keinen Widerspruch duldete. »So wie die beiden anderen es vor dir auch getan haben.«

»Lilith!« wisperte der Mann. »Ich höre immer nur Lilith. Sie ist ein Phantom, eine Gestalt...«

»Sind wir auch Phantome?«

Ross Fandon zuckte zusammen und blickte schräg in die Höhe. Er schaute genau in das Gesicht der Frau und sah hinter der bleichen Haut das Filigran der Knochen.

Auf dem Kopf bewegten sich die Haare wie rotbraune Schlangen, und sie neigten sich auch zu ihm herunter, wobei sie ihn aus stecknadelkopfgroßen Augen böse anstarrten.

Yvonne und die beiden anderen waren kein Bluff. Das Böse lebte, es steckte in ihnen, und wahrscheinlich mußte er auch Lilith akzeptieren. Für einen Moment schloß er die Augen, wollte sich bewegen und stellte fest, daß es nicht mehr ging.

Das Eis hatte ihn erreicht!

Erst jetzt kam ihm zu Bewußtsein, wie stark unterkühlt sein Körper inzwischen war. Und als er an seiner Brust vorbei nach unten schaute, sah er den Blutstropfen, der nicht mehr im Wasser verrann, sondern sich auf der dünnen Eisdecke allmählich ausbreitete und dort wie ein Klecks roter Tinte wirkte.

»Du wirst keine Chance mehr haben«, erklärte ihm Yvonne, »überhaupt keine. Wie die beiden anderen. Ich werde es sein, die dich opfert. Lilith braucht dich. Sie braucht einen Teil von dir. Das wichtigste an deinem Leben. Dein Herz!«

»Neiiinnnn...!«

Der Schrei des Mannes endete in einem Röcheln.

Und Yvonne stieß zu!

Über dem Atlantik hatte der Wind aufgebrist. Er zauberte kurze Wellenberge auf die lange Dünung und fuhr gegen die hohen Kreidefelsen, die das Gelände hinter der Küste abschirmten.

Er zerwühlte die Haare der hutlosen Männer und wehte ihnen den Geruch von kaltem Rauch, verbranntem Benzin, stinkendem Öl und geschmolzenem Lack entgegen.

Auch ich nahm den Geruch wahr. Ich hatte mich ein wenig abseits gestellt und schaute den Experten von Scotland Yard zu, die das Autowrack untersuchten.

Zudem befanden sich noch die Vertreter der örtlichen Mordkommission am Tatort. Ihr Leiter, ein Mann namens Charles Bingham, hatte mich angerufen.

Der Anblick des Meers interessierte mich nicht. Ich schaute zur linken Seite hoch, wo die Felsen weißgrau schimmerten und an einer schroffen, oftmals vorspringenden Kante endeten. Hoch über ihnen, wo dicke Wolken das blanke Himmelsblau verdeckten, segelten Möwen im Aufwind. Manchmal drangen schrille Schreie aus ihren Kehlen, als wollten sie sich darüber beschweren, daß wir ihre Ruhe störten.

Ich drehte mich ein wenig, weil ich den Geruch nicht mehr vertragen konnte. Den Mantelkragen hatte ich hochgestellt. Der Wind fuhr jetzt gegen meinen Rücken, und ich schaute zu, wie die Experten das Wrack vermaßen.

Es war ein Jaguar, der über die Klippen gestürzt war. Die Marke konnte man allerdings erst bei genauerem Hinsehen erkennen. Verbogenes Blech, zerschmorte Leitungen, ein rußgeschwärzter Motor und Glassplitter, die bis in die schäumende Brandung geflogen waren, als der Wagen zwischen den Klippen zerschellte.

Der Fahrer war tot, aber so weit aus dem Wagen herausgeschleudert worden, daß ihn die Flammen nicht mehr erfaßt hatten.

Er war von Fischern gefunden worden, die von See her das Feuer bemerkt hatten.

Der Fall wurde von Scotland Yard bearbeitet, dem »Verein«, dem ich als Oberinspektor angehörte. Ich ging zwar offiziell einem normalen Job nach, doch die an mich herangetragenen Fälle waren nie normal. Sehr oft ging es um Übersinnliches, aber auch um konkrete Dinge, zu denen ich die Existenz von Werwölfen, Vampiren und Dämonen zählte. Ich wußte, daß es sie gab, ich hatte oft genug gegen sie gekämpft, und ich wußte auch, daß eine Hölle existierte.

Was ich in diesem Fall zu tun haben sollte, war mir noch nicht ganz klar, zudem wollte ich die Ermittlungen der Spezialisten nicht stören und wartete ab, bis Inspektor Bingham auf mich zutrat. Er sprang dabei von Steinplatte zu Steinplatte, bis er dicht vor mir stehenblieb und dabei nickte, als hätte er von mir schon eine Antwort auf den Fall bekommen.

»Es ist tatsächlich so, wie ich angenommen habe«, sagte er. »Kein Irrtum möglich.«

Ich schaute mir Bingham an. Er machte einen ruhigen, ausgeglichenen Eindruck. In seiner Tweed-Kleidung hätte er gut und gern als Romanfigur von Dorothy Sayers durchgehen können, sogar die Pfeife fehlte bei ihm nicht. Sein dunkelbraunes Haar war gescheitelt, wobei ich mich wunderte, daß es selbst der Wind nicht zerzauste. Wahrscheinlich benutzt er eine besonders gute, wenn auch geruchlose Pomade. Der Anzug zeigte eine grüngraue Farbe, das Hemd und die Krawatte waren ebenfalls grün. Nur um einen Ton dunkler.

Er war schätzungsweise in meinem Alter. Die Lippen erinnerten mich an zwei schmale Messerrücken, während die Nase leicht gekrümmt aus dem Gesicht hervorsprang.

Wieder nickte er auf seine unnachahmliche Art, drückte mit dem Daumen Tabak in den Pfeifenkopf und zündete die Pfeife mit einem Sturmfeuerzeug an. »Ja, ich habe mich nicht getäuscht«, wiederholte er sich. »Es ist wie bei den anderen beiden Männern.«

»Wie was, Kollege?« erkundigte ich mich und setzte eine etwas bissige Bemerkung hinterher. »Bisher weiß ich überhaupt nicht, wo und wie der Hase läuft.«

»Das werden Sie gleich anders sehen.«

»Da bin ich gespannt.«

»Glaube ich Ihnen, Mr. Sinclair.«

»Inspektor, Sie können sich die Leiche jetzt genau ansehen.« Der Doc hatte gerufen.

»Wollen wir?« fragte Bingham.

»Wüßte nicht, was ich dagegen haben sollte.«

Bingham hielt mich noch zurück. »Aber machen Sie sich auf etwas gefaßt. Es ist kein schöner Anblick.«

»Ich werde ihn überleben.«

»Das hoffe ich für die Aufklärung des Falles, denn ich möchte ihn gern abgeben.«

Der Tote war mit einer Plane zugedeckt worden. Damit sie nicht wegflog, hatte man sie an drei Seiten mit Steinen beschwert. Der Kopf des Toten lag in meiner Blickrichtung. Der Arzt, er trug über seinem Kittel einen Mantel, hatte sich bereits gebückt und die Plane an einem Ende gefaßt. Er schaute zu uns hoch, sah unser Nicken und klappte die Plane zurück.

Darunter lag ein Mann. Der Kopf war an der rechten Seite beim Aufprall an einem harten Gegenstand zerschmettert worden, auch die Arme hatten etwas abbekommen, das alles interessierte mich nicht. Wichtig war die Brust des Toten. Hier sah ich das, was den Fall für mich interessant machen sollte.

Die Wunde.

Groß und tief und genau dort sitzend, wo sich das Herz bei einem Menschen befindet.

Der Tote hatte keines mehr.

»Es ist ihm genommen worden«, flüsterte Bingham neben mir. Er rauchte hastiger, und der scharf riechende Tabak wehte um meine Nase.

Ich schwieg. Bingham hatte recht gehabt. Der Anblick war nichts für schwache Nerven, ich schaute auch nicht länger hin, wandte mich ab und zündete mir eine Zigarette an, was trotz des steifen Windes schon beim ersten Versuch gelang.

»Soll ich ihn wieder zudecken?« fragte der Arzt.

»Meinetwegen.« Inspektor Charles Bingham hatte die Antwort gegeben. Auch ich hatte nichts dagegen.

Bingham schien ein guter Psychologe zu sein, denn er ließ mich zunächst in Ruhe. Nach einigen Minuten fragte er, ob wir miteinander reden könnten.

Ich trat die Kippe aus. »Natürlich.«

»Sollen wir hier oder . . .«

»Haben Sie einen anderen Vorschlag?«

»Ich könnte einen Whisky gebrauchen. Als Medizin gewissermaßen. Im Wagen habe ich immer eine kleine Flasche.«

»Wenn Sie mir so kommen, sage ich nicht nein.«

Wir brauchten nicht die Felsen hochzuklettern, denn man hatte einen Kran aufgestellt. Er würde uns in die Höhe bringen.

Wir stellten uns auf die kleine Plattform, die ein Schutzgitter besaß. Durch ein elektrisch ausgelöstes Tutsignal bekam der

Kranführer Bescheid. Wir hoben ruckartig ab und mußten uns am Handlauf des Gitters festhalten, um nicht das Gleichgewicht zu verlieren. Vor uns schien die Kreidewand in die Höhe zu steigen.

Der Wind wurde stärker, mein Mantelstoff knatterte. Inspektor Bingham hielt den Pfeifenkopf in der hohlen Rechten, als hätte er Angst davor, die Glut vom Wind ausgeblasen zu bekommen. Wir sprachen auf der Reise nach oben nicht miteinander.

Ich schaute in die Tiefe. Die Menschen wurden kleiner, und das Autowrack war nur mehr ein zwischen den Felsen kaum zu erkennender Klumpen.

Über die Kante holte uns der Kran hinweg. Er stand auf einem Spezialtransporter. Wir wurden gedreht und konnten neben dem hohen Führerhaus die Plattform verlassen.

Der Kranführer grinste uns an.

Bingham hob die Hand zum Gruß, ich grinste zurück und stiefelte neben dem Inspektor her zu seinem auf einer Wiese abgestellten Wagen. Er stand im schrägen Winkel zu den anderen Fahrzeugen der Mordkommission.

Als ich auf dem Beifahrersitz meinen Platz gefunden hatte, holte der Inspektor eine Taschenflasche aus dem Handschuhfach, schraubte sie auf und goß in die Verschlußkappe, die er als Becher zweckentfremdete, einen Schluck ein.

Ich trank auf sein Wohl, er anschließend auf das meine. Danach schraubte er die Flasche wieder zu. »Mehr als einen dürfen wir uns nicht leisten.«

Der Ansicht war ich auch.

Bingham übereilte nichts. Ich merkte es daran, daß er sich zunächst einmal seine Pfeife anzündete und ein paar graublaue Wolken paffte. »Der dritte Tote«, sagte er und schaute dem Rauch nach, der durch den Fensterspalt der Seitenscheibe abzog. »Der dritte Tote innerhalb einer Woche, und diesmal war es genau zu erkennen.«

»Was, bitte?«

Bingham schaute mich an. »Daß man ihm das Herz aus dem Leib geschnitten hat.« Er schlug sich auf den linken Oberschenkel. »Bei den anderen beiden Verbrannten hat es der Arzt zwar auch gesagt, aber er war nicht so hundertprozentig davon überzeugt. Und das alles passiert in meiner Gegend oder in meinem Revier. Da stimmt doch etwas nicht.«

Ich gab ihm recht. »Verfolgen Sie schon Spuren?« fragte ich allgemein.

»Nein. Wir wissen nicht einmal, wie die beiden ersten verbrannten Männer hießen.«

»Gab es keine Vermißtenanzeigen?«

»Nicht, daß ich wüßte.«

»Und über die Wagen?«

Der Inspektor lachte. »Was meinen Sie denn, Kollege, wie die aussahen. Da haben wir nichts mehr herausfinden können, wenigstens nicht mit unseren Mitteln. Deshalb habe ich ja Verstärkung angefordert. Wir fanden den ersten ebenfalls zwischen den Klippen, nur ein paar Meilen weiter nördlich. Den zweiten Wagen entdeckten wir auf einem Plateau. Er klebte an einem Felsen, als hätte man die Überreste mit einem besonders starken Mittel angeleimt. Das war nicht gut, kann ich Ihnen sagen.«

Ich glaubte es dem Kollegen aufs Wort.

»Nur hatten die Leichen etwas gemeinsam«, fuhr der Inspektor fort. »Ihnen fehlte das Herz. Und jetzt sind Sie dran, Kollege. Können Sie sich einen Reim darauf machen?«

»Nicht direkt.«

»Sinclair, Mensch, Sie haben einen Ruf.« Er schaute mich an und legte dabei die Stirn in Falten. »Nennt man Sie nicht Geisterjäger?«

»In der Tat.«

»Dann sagen Sie mal, was Sie denken.«

Ich gab eine knappe Antwort. »Ritualmord.«

Bingham lachte. »Ha, das habe ich mir auch gedacht. So schlau war ich ebenfalls. Nur, das frage ich Sie, wie sollte es bei uns in dieser verschlafenen Küstengegend nördlich von Dover zu einem Ritualmord gekommen sein. Das sind Dinge, die im Sündenbabel London geschehen können, aber nicht dort, wo sich Fuchs und Hase gute Nacht sagen.«

»Das müssen wir herausfinden.«

Bingham lachte wieder. »Ich nicht, mein Lieber. Der Fall liegt jetzt in Ihrer Hand.«

»Davon gehe ich aus. Nur scheint mir die Gegend nicht mehr so ruhig zu sein. Sie hören doch hin und wieder das Gras wachsen. Haben sich hier irgendwo Mitglieder einer Sekte niedergelassen?«

»Davon wüßte ich.«

»Dann könnte es sein, daß ich doch noch auf London zurückkomme. Vielleicht ist der Mord dort passiert. Man hat später, um Spuren zu verwischen oder falsch zu legen, den Wagen an die Klippen gefahren.«

»Sehr umständlich, Kollege.«

»Um ein Verbrechen zu vertuschen, nimmt der Mörder sehr viel in Kauf.«

»Wer sagt, daß es nur einer war?«

Ich lachte und sagte: »Jetzt werden Sie spitzfindig, Kollege. Aber Sie haben recht. Theoretisch können wir es mit einer Gruppe zu tun haben. Wobei wir nicht wissen, ob es sich dabei um Männer oder Frauen handelt.«

»Frauen? Sinclair, ich bitte Sie! Jetzt übertreiben Sie. Dazu sind Frauen nicht fähig.«

Ich wiegte den Kopf. »Lehren Sie mich das andere Geschlecht kennen! Im Normalfall nicht, aber ich habe im Laufe der Jahre schon einige böse Überraschungen erlebt, glauben Sie mir.«

Inspektor Bingham hob die Schultern. »Davon mal abgesehen, ich finde, wir sollten uns wichtigeren Dingen zuwenden. Da wäre zunächst einmal die Identifizierung des Opfers.«

»Die nicht möglich ist, weil man der Leiche zuvor die Papiere weggenommen hat.«

Bingham wedelte mit den Händen. »So ganz stimmt das nicht, mein Lieber. Ich habe den Toten noch einmal genauer untersucht und mir vor allen Dingen die Taschen angesehen. Dort fand ich einen kleinen Zettel. Sie können es als Zufall bezeichnen, daran will ich nicht glauben, es war nämlich eine Visitenkarte.«

»Die Sie jetzt bei sich tragen.«

»Sehr richtig.« Bingham griff in die Tasche. »Moment noch, ich hole sie eben hervor.«

Irgendwie mochte ich die Art des Kollegen. Er war kein geschliffener Großstadttyp, doch auf seine Art und Weise einmalig. Die Karte steckte in einer kleinen Plastikhülle. Ich nahm sie an mich und las den Namen murmelnd vor.

»Ross Fandon. Bus-Transporte Dover – London. Schnell und sicher.« Darunter stand kleiner gedruckt eine Adresse in Dover.

»Was sagen Sie jetzt?« fragte mich der Inspektor.

»Klasse.«

Er nahm die Karte wieder an sich. »Das würde ich auch sagen.«

»Haben Sie in Dover schon nachgeforscht?«

»Nein, noch nicht. Da ich den Fall nur am Rande bearbeite, wollte ich das Ihnen überlassen.«

Wirklich seltsam, wie dieser Kollege reagierte. Die meisten rissen sich um solche Fälle, nur Bingham wollte damit nichts zu tun haben.

Ich fragte nach dem Grund.

»Wissen Sie, Mr. Sinclair, ich habe hier einigen Trouble am Hals. Schon seit Monaten macht eine Bande die Gegend unsicher. Sie bricht in Kirchen und Schlösser ein. Wir sind hinter den Leuten her und haben auch gute Aussichten, sie zu stellen. Diese Mordfälle passen mir überhaupt nicht in den Kram. Zudem deuten sie auf etwas hin, das ich sowieso strikt ablehne.«

»Würden Sie mich denn unterstützen?«

»Das auf jeden Fall. Nur steht Ihnen doch der Apparat von Scotland Yard zur Verfügung. Weshalb brauchen Sie noch einen Mann wie mich?«

»Sie kennen sich hier aus. Ich nicht.«

»Kommen Sie mir nicht damit. Für mich weisen die Spuren nach London.«

»Da wäre ich an Ihrer Stelle nicht so sicher.«

»Wir werden es sehen.«

Ich wechselte das Thema. »Sie wollen also nicht mit nach Dover fahren?«

»Nein, Oberinspektor. Gehen Sie ruhig dorthin, wo dieser Ross Fandon gelebt hat. Ich kümmere mich um meinen Kirchenräuber. Da werde ich erfolgreicher sein.«

»Das wünsche ich Ihnen von ganzem Herzen.«

»Danke gleichfalls.«

Ich bekam die Adresse des Toten und auch die Visitenkarte des Inspektors.

Dann stieg ich aus.

Mein Bentley parkte nicht weit entfernt. Die graue Wolkendecke am Himmel war aufgerissen. Der frische Aprilwind fuhr mir ins Gesicht und bog die blitzende Antenne des Wagens.

Gedankenverloren stieg ich ein und blieb für eine Weile hinter dem Lenkrad sitzen. Der Fall gefiel mir nicht. Überhaupt nicht. Er kam mir vor wie ein Eisberg, von dem ich erst die Spitze entdeckt hatte und der sich, bei weiterem Vorstoßen, zu einem brodelnden Vulkan verändern konnte . . .

Die Adresse lag nicht weit von den Docks entfernt und nahe der Küstenpromenade, die Marine Parade heißt. In dieser Ecke hatten sich einige Firmen niedergelassen, und eine jede verdiente irgendwie am Tourismus.

Auch die Firma, die Ross Fandon gehörte. Fandon hatte Touristen von Dover nach London geschafft. Das Büro lag in einer schmalen Seitenstraße neben einer Fischhandlung.

Als ich ankam, war es geschlossen. Der Fischhändler erklärte mir, daß erst nach der Mittagspause wieder geöffnet sein würde.

Da er schon das Wort Mittag erwähnt hatte, spürte ich auch meinen Magen, der sich inzwischen meldete. Beim Fischhändler bekam ich nichts zu essen, der verkaufte den Fang nur roh. Schräg gegenüber gab es eine Kneipe, deren Tür offenstand, so daß der Bratfischgeruch auf die Straße geweht wurde.

Das Lokal steuerte ich an.

Es war ein uriges Fischergasthaus. Alte Balken stützten die Decke ab. Zwischen den senkrecht aufgebauten Stäben hingen grüne Fischernetze, die Tische bestanden ebenfalls aus Holz und waren so im Raum verteilt worden, daß einige Gäste auf einem höher gelegenen Podest sitzen und speisen konnten.

Auf den Tischen standen nachgebaute Öllampen. Das Licht stammte von elektrischen Birnen.

Zumeist aßen hier Touristen, die vom Festland gekommen waren. Drei Kellnerinnen hatten alle Hände voll zu tun, die hungrigen Mäuler zu stopfen. Ich fand einen Platz im vorderen Teil des Raumes, wo eine halbrunde Theke von einheimischen Fischern und Arbeitern belegt war, die dicke Bierkrüge stemmten und zwischendurch Rollmöpse verspeisten.

Als ich das sah, lief mir das Wasser im Mund zusammen. Es gab drei warme Gerichte. Ihre Namen waren mit Kreide auf eine Tafel geschrieben worden. Ich entschied mich für eine frische Kutterscholle.

»Die ist auch gut«, sagte der bärtige Seebär, an dessen Tisch ich Platz genommen hatte.

»Essen Sie die auch?«

Er lachte. »Nein, ich mag keinen Fisch mehr.« Dann hob er sein Glas und kippte einen Schnaps. »Den trinke ich lieber. Ein Freund hat ihn aus Germany mitgebracht. Das ist echter Korn. Müssen Sie mal probieren.«

»Habe ich schon getrunken.«

Meine Scholle kam. Sie war in Butter gebraten, besaß eine leichte Kruste und war in ihrem Innern sehr weich. Dazu bekam ich eine heiße Pellkartoffel serviert.

Der Seebär an meinem Tisch hatte nicht übertrieben. Mir schmeckte es tatsächlich ausgezeichnet. Ich bestellte noch ein kleines Bier, der Fisch muß schließlich schwimmen, und leerte in aller Ruhe den Teller. Da der Tisch groß genug war, gesellten sich noch zwei weitere Männer hinzu, die Runde auf Runde bestellten.

Die drei Seebären freuten sich, daß es mir so gut geschmeckt hatte. Nach dem Essen zündete ich mir eine Zigarette an und sah den Blick eines Mannes mit rotem Bart auf mich gerichtet. Der Typ saß mir genau gegenüber.

»Fremd hier?« fragte er.

»Ja, ich komme aus London.«

»Ach so.« Er verzog das Gesicht.

»Mögen Sie London nicht?«

»Nein, Mister. Zu laut, zu groß, zu schmutzig.« Damit war für ihn das Thema erledigt.

Nicht aber für mich. »Ich bin geschäftlich hier«, nahm ich den Faden wieder auf. »Ich habe einen Besuch vor. Vielleicht kennen Sie den Mann. Es ist Ross Fandon.«

Die drei lachten. Um sie zu beruhigen, bestellte ich eine Runde Korn für sie.

»Dann Cheerio, Mister«, sagten sie im Chor, als die Gläser vor ihnen standen.

Ich ließ sie trinken, obwohl ich vor Neugierde platzte. Bis ich dann fragte: »Sagen Sie mal, was haben Sie eigentlich gegen Mr. Fandon?«

»Wir?« antwortete der Rotbart. »Überhaupt nichts. Aber es gibt da jemand, der etwas gegen ihn hat.«

»Und wer, bitte sehr?«

»Seine Alte!« antwortete der mittlere der drei Seebären. »Die hat was gegen ihn.«

»Sie mag ihn nicht?«

»Junge«, sagte der Rotschopf. »Sie verstehen nicht. Sie können es nicht verstehen. Es geht hier um ganz andere Dinge. Zwar steht sein Name am Laden, aber die Fäden zieht Thelma, seine Frau. Begriffen?«

»Jetzt ja.«

»Na also.«

»Dann muß ich mich an Thelma wenden, wenn ich etwas erreichen will?«

»So ist es.«

Ich schaute auf meine Uhr. »Wahrscheinlich wird sie jetzt dasein. Die Pause ist vorbei.«

Die drei Seebären lachten wieder. »Und geben Sie acht, daß sie Ihnen nicht die Bratpfanne auf den Schädel schlägt. Wie wir von Ross hörten, soll die aus Gußeisen sein und dicke Beulen hinterlassen.«

»Ich setze mir einen Hut auf.« Die Kellnerin kam, ich zahlte, stand auf und sagte: »Bleibt sauber, Freunde.«

»Ja, Sie auch.«

»Immer.«

Draußen merkte ich, wie sehr ich nach Fisch roch. Der Geruch aus dem Lokal hatte sich in meiner Kleidung festgesetzt. Es würde etwas dauern, bis die Luft ihn vertrieben hatte.

Ich mußte nur über die mit Katzenköpfen gepflasterte Straße, um den Laden zu erreichen. Durch die Scheibe sah ich hinter einem Schreibtisch eine Frau sitzen.

Das mußte Thelma Fandon sein!

Sie hatte mich noch nicht bemerkt und war damit beschäftigt, irgendwelche Akten oder Schriftstücke durchzuschauen. Erst als die Glocke hinter der halbverglasten Eingangstür bimmelte, schaute sie hoch.

Ich mußte den Seebären an meinem Tisch recht geben. Thelma Fandon sah in der Tat gefährlich aus. Obwohl sie saß, war ihr anzusehen, daß sie zumindest meine Größe hatte. Mich erinnerte sie an sehr asketisch lebende Sektenpredigerinnen. Dazu paßte auch das hochgeschlossene Kleid aus derbem Stoff. Ihr Haar war grau, und ein seltsamer Mittelscheitel teilte es.

Im Geschäft roch es muffig. Der Fischgestank zog durch alle Ritzen. Lüften nutzte nichts, und Air-condition war auch nicht vorhanden. Dafür sah ich einige Stühle und eine kleine Wartebank, an der der Lack abgeblättert war.

Ein Bild der Queen durfte nicht fehlen. Es hing neben einem großen Tageskalender.

Das alles nahm ich in mich auf, während ich auf den Schreibtisch zuging und durch eine knappe Handbewegung einen Platz angeboten bekam. Ich ließ mich auf den harten Stuhl nieder.

»Womit kann ich Ihnen dienen, Mister?« Ihre Stimme klang seltsam weich. Sie wollte nicht zu dem Äußeren der Frau passen.

Ich kam als Überbringer einer Todesnachricht. Mochten Ross und Thelma Fandon gelebt haben, wie sie wollten, irgendwo hatte es sicherlich Gemeinsamkeiten gegeben, und es war für mich mehr als unangenehm, Nachrichten dieser Art zu überbringen, deshalb fiel ich nicht mit der Tür ins Haus, sondern stellte mich zunächst einmal vor, wobei ich gleichzeitig meinen Ausweis sehen ließ.

Falls Mrs. Fandon überrascht war, so zeigte sie es nicht. Vielleicht ein kurzes Heben der dunklen Augenbrauen, das war alles. »Sie sind von Scotland Yard«, murmelte sie. »Es gibt also einen Grund, daß Sie mich besuchen.«

»Den gibt es in der Tat, Mrs. Fandon.«

»Hängt es mit der Firma zusammen? Wobei ich meinen Mann mit einbeziehe.«

»Ja.«

Sie sagte nichts, legte ihre Hände übereinander und schaute mich so auffordernd an, daß ich mich genötigt sah, weiterzusprechen.

»Es geht in der Tat um Ross Fandon, und ich muß Ihnen leider eine sehr traurige Mitteilung machen.«

»Ihm ist etwas passiert!?«

»Schlimmer.«

»Dann ist er tot.«

Ich nickte. Wie sie die letzten vier Worte ausgesprochen hatte, das überraschte mich schon sehr. Ich hatte das Gefühl, als hätte sie auf irgendeine Art und Weise damit gerechnet. Durch mein Nicken sah sie sich in ihrer Vermutung bestätigt und lehnte sich zunächst einmal zurück. Dabei hob sie die Hände. Ihre Finger zitterten leicht. Sie griffen nach einem Bleistift und spielten damit.

Ich sagte nichts. Es war besser so, wenn ich den Mund hielt. Thelma mußte erst mit sich selbst ins Reine kommen. Sie stand auf. Meine Vermutung wurde bestätigt. Die Frau erreichte tatsächlich meine Größe. Sie trat an einen Aktenschrank und öffnete das Rolloschloß. Im mittleren Fach stand eine Flasche. Es war Gin.

»Sie auch einen?«

Ich schüttelte den Kopf.

Thelma hob die Schultern. Ein Wasserglas stand bereit. Sie goß es zu einem Drittel voll und trank im Stehen.

Ich schaute ihr zu, wie sie das Glas fast leerte. Nur mehr ein kleiner Rest blieb zurück, als sie es auf den Schreibtisch stellte, noch einmal nachschluckte, sich setzte und die Unterlippe vorschob, wobei ihr Blick durch mich hindurchging.

»Er ist also tot«, sagte sie, hob den Kopf und schaute mich scharf an.

»War es Mord?«

»Wie kommen Sie darauf?«

»Weil ein Oberinspektor von Scotland Yard zu mir gekommen ist. So dumm bin ich auch nicht.«

»Ich bin mir nicht sicher, ob es Mord gewesen ist«, gab ich eine vorsichtige Antwort.

»Wo ist er denn umgekommen?«

»An den Klippen. Er ist mit seinem Wagen hinabgestürzt. Ihr Mann fuhr doch einen Jaguar?«

»Das stimmt.«

»Er stürzte also hinab, und der Wagen brannte völlig aus.«

»Ist Ross auch verbrannt?«

»Nein, wie durch ein Wunder geschah dies nicht. Er muß beim Aufprall aus dem Wagen geschleudert worden sein. Wir fanden ihn fast unversehrt, sieht man von kleineren Verletzungen einmal ab.«

»Das kann ich mir vorstellen.« Thelma kippte die Flasche und nahm noch einen Schluck.

Hinter mir bimmelte die Glocke. Zwei Frauen wollten etwas, wurden wieder weggeschickt mit dem Hinweis, daß der Laden für den Rest des Tages geschlossen bliebe.

Persönlich hängte die Besitzerin das Schild mit der entsprechenden Aufschrift außen an die Tür. Als sie wieder zu ihrem Schreibtisch zurückkehrte, hörte ich ihr hartes Lachen. »Es hat ja so kommen müssen«, sagte sie. »Ich habe es geahnt. Irgendwann einmal würde er die Rechnung bekommen. Wahrscheinlich hat er zuviel getrunken oder war mit seinen Gedanken woanders.«

»Sie verstanden sich nicht sehr gut?« fragte ich.

»Nein!« Das Wort war scharf gesprochen. Thelma Fandon setzte sich wieder mir gegenüber. »Wir gingen gewissermaßen getrennte Wege. Ross kümmerte sich um nichts.«

»Auch nicht ums Geschäft?«

»Hin und wieder einmal, dann war er in London, wo wir noch eine kleine Filiale unterhalten.«

»Mochte er London?«

»Mögen ist nicht der richtige Ausdruck. Er liebte die Stadt. London war für ihn alles.«

»Weshalb?«

»Da stand er nicht unter meiner Kontrolle. Dort konnte er seinen Neigungen nachgehen.«

»Wie soll ich das verstehen?«

Thelma schaute mich an, bevor sie die Antwort gab. Mit einer Hand umklammerte sie das Glas. »Wissen Sie, man soll über Tote nichts Schlechtes sagen, daran halte ich mich auch. Aber was mein Mann getan hat, war in seinen Augen nichts Schlechtes. Er liebte Mädchen. Junge Dinger um die Zwanzig herum. Dafür zahlte er. Mein Alter muß in den Londoner Nobelpuffs Stammgast gewesen sein.«

Ich nickte. »Das ist möglich. Wir müßten es erst überprüfen...«

Thelma unterbrach mich durch eine Handbewegung. »Das brauchen Sie nicht, Mister. Verlassen Sie sich auf meine Aussagen. Er hat es wild getrieben, mein feiner Mann. Irgendwie mußte er einmal so enden, so etwas bleibt nicht aus, wenn man sich in Kreisen herumtreibt, wie er es getan hatte. Wahrscheinlich steckte er voller Rauschgift, wer kann das alles wissen? Ich habe ihn immer gewarnt, doch auf mich wollte er nicht hören. Zu Hause spielte er zwar den Ehemann, der sich sehr besorgt zeigt, aber woanders zog er über mich her.«

Die beiden mußten sich tatsächlich auseinandergelebt haben. Aus den Kommentaren der Frau sprach kein Bedauern. Sie stellte einfach nur fest. Ich hatte ihr nicht gesagt, auf welch ungewöhnliche Art und Weise der Mann ums Leben gekommen war. Meine Annahme, durch Thelmas Antworten auf eine Spur zu kommen, hatte sich nicht bestätigt. Allerdings würde ich dort einhaken, was sie mir über die Mädchen gesagt hatte.

»Sie erzählten, daß er Bordelle besuchte...«

»So war es auch.«

»Kennen Sie da Adressen?«

Thelma Fandon schaute mich an, als hätte ich einen scharfen Herrenwitz erzählt. »Ich soll Adressen dieser Etablissements kennen, in denen sich mein Mann herumgetrieben hat?« Die Frau funkelte mich an. »Wissen Sie überhaupt, was Sie da von sich gegeben und mir unterstellt haben, Mister? Das ist eine üble Nachrede, ungeheuer, ich werde mir überlegen, ob ich nicht Schritte gegen Sie einleite. Hier zu behaupten, ich würde . . .«

»Ich behaupte gar nichts«, unterbrach ich ihren Redestrom. »Ich habe Sie nur etwas gefragt.«

»Wie kommen Sie überhaupt darauf?«

Mittlerweile hatte ich die Frau ein wenig besser kennengelernt. Sie war nicht geschockt über den Tod ihres Mannes. Sie hatte ihn gehaßt und moralisierte jetzt. Das konnte ich nicht leiden. Entsprechend fiel auch meine Antwort aus. »Mrs. Fandon, ich kenne Sie zwar noch nicht lange, doch ich halte Sie für eine Frau, die ihren Mann auch nicht aus den Augen läßt, wenn er sich nicht hier in Dover befindet. Habe ich recht?«

Mit einer scharfen Antwort hatte ich gerechnet. Diesmal täuschte ich mich, denn Thelma Fandon verzog die Lippen zu einem verkniffen wirkenden Lächeln. Das sagte mir genug.

»Wissen Sie, Mr. Sinclair, es gibt Männer, die kann man an der langen Leine laufen lassen. Meiner gehörte nicht dazu.«

»Demnach waren Sie informiert.«

»So ungefähr.«

»Kennen Sie die Etablissements, die Ihr Mann besucht hat?«

»Einige vom Namen her. Ich hatte einen Detektiv beauftragt, ihn unter Kontrolle zu halten.«

»Wie heißt der Mann?«

Sie hob beide Arme und winkte ab. »Tut mir leid, das kann ich Ihnen nicht sagen.«

»Sie müssen! Ihr Gatte lebt nicht mehr. Die Aussagen dieses Detektivs könnten dazu beitragen, den Tod aufzuklären.«

Sie hatte noch einen Einwand. »Es war ein Unglücksfall. Was wollen Sie da aufklären?«

»Das wird sich eben noch herausstellen. Wie heißt der Detektiv, und wo wohnt er?«

Sie zierte sich noch. »Ich weiß nicht, ob ich das wirklich soll. Sie bringen mich in Teufels Küche.«

»Nein, Sie bringen sich selbst dahin, wenn Sie mir den Namen nicht sagen.«

»Also gut«, willigte sie nach einigem Zögern ein. »Ich werde über meinen eigenen Schatten springen. Er heißt Steve Bennet.«

»Und wohnt?«

»Hier in Dover!«

Überrascht hob ich die Augenbrauen. »Sie haben keinen aus London genommen?«

»Nein, denn mein lieber Gatte besuchte auch Mädchen, die hier in der Nähe wohnen.«

»Das wissen Sie durch den Detektiv?«

»Ja.«

Ich hatte mir den Namen notiert und fragte noch nach der Adresse, die ich auch bekam. Danach bedankte ich mich bei Thelma Fandon und erhob mich.

»Was wollen Sie jetzt machen?«

»Mit Steve Bennet reden.«

»Aber sagen Sie nicht, daß ich Ihnen die Information gegeben habe. Ich hatte sein Vertrauen.«

»Das bei einem Mord beendet sein sollte.«

Sie hatte sich ebenfalls erhoben und ging nun einen Schritt zurück. »Was sagen Sie? Mord? Ich dachte, es wäre ein Unglücksfall.«

»Vielleicht, vielleicht auch nicht.«

Thelma Fandon senkte den Blick. »Dann scheint die Sache ja größere Kreise zu werfen«, murmelte sie und hob ihre knochigen Schultern, als würde sie frösteln.

»Haben Sie vor, in den nächsten Tagen zu verreisen, oder bleiben Sie hier in Dover?«

»Ich bleibe in der Stadt.«

»Falls ich Fragen habe, werde ich noch einmal auf Sie zurückkommen. Danke für die Auskünfte.«

»Schon gut.«

Ich ging. Draußen schaute ich noch einmal durch die Scheibe. Mrs. Fandon war auf der gleichen Stelle stehengeblieben und starrte zu Boden. Gern hätte ich gewußt, was sich hinter ihrer Stirn abspielte.

Ich dachte an ihre Aussagen. Der Fall entwickelte sich in eine Richtung, die ich nicht vermutet hatte. Dennoch wurde ich das unbestimmte Gefühl nicht los, daß mehr dahintersteckte, als es den Anschein hatte . . .

Das Zimmer lag unter dem Dach, besaß ein schräges Fenster, vier schiefe Wände, und die Einrichtung schien auf dem Trödelmarkt zusammengekauft worden zu sein. Eine regelrechte Bude, mehr war es nicht. Im Sommer zu heiß, im Winter zu kalt.

Das störte Steve Bennet nicht, daran hatte er sich längst gewöhnt. Er war sowieso froh, daß ihn das Zimmer nichts kostete, denn das Haus gehörte seiner unter ihm wohnenden Tante. In einem Anfall von Großmut hatte sie ihm vor einem Jahr den Raum mietfrei überlassen, denn einen Wohnzins hätte Steve Bennet von seinem kargen Einkommen nicht zahlen können.

Schlechte Zeiten für Detektive, wie er selbst zugeben mußte. Mit den Aufträgen haperte es. Hin und wieder eine Ehesache, ansonsten gab es viel Leerlauf, so daß er Zeit und Muße hatte, die Abenteuer seiner berühmten Romankollegen nachzulesen. Wenn er das tat, wurde er noch frustrierter. Was die alles erlebten, war schon sagenhaft. Und er hockte in der zugigen Bude unter dem Dach und konnte seine Frustrationen nur in billigem Gin ertränken.

So hatte es bis vor einigen Tagen ausgesehen. Alles war grau in grau. Nun deutete sich eine Veränderung an. Ein Silberstreif zeigte sich am Horizont, zwar noch sehr fern, aber Steve hatte den Optimismus nicht verloren. Er glaubte fest daran, vor einem großen Geschäft zu stehen, das den Abenteuern seiner Romanhelden durchaus ebenbürtig war.

Dabei hatte alles so harmlos angefangen. Ein üblicher Beschattungsauftrag. Sehr diskret mußte er durchgeführt werden, denn Steve kannte die Person von einigen Kneipenbesuchen.

Es war Ross Fandon gewesen. Ein Mann aus Dover, verheiratet mit einer Gewitterhexe. Und ausgerechnet sie hatte ihm den Auftrag gegeben, sich an Ross Fandons Fersen zu heften. Alles sah nach Routine aus. Wenigstens in den ersten beiden Tagen. Ross war in London gewesen, hatte in der kleinen Filiale gearbeitet und nichts getan, was Thelma hätte als Scheidungsgrund ansehen können, falls sie so etwas überhaupt wollte. Es lief also glatt. Der Klient benahm sich beinahe mustergültig. Bis er sich dann wieder auf den Weg nach Dover machte. Da wurde es spannend, denn er bog plötzlich von der normalen Strecke ab.

Steve Bennet hatte aus seinen Romanen einiges gelernt. Dieses Wissen nutzte er bei der Verfolgung. So fuhr er ohne Licht hinter dem Jaguar her und gelangte zu einem einsam stehenden Haus, das angeblich nicht mehr bewohnt war. Ein Irrtum, wie er sehr schnell erkannte, denn für Ross Fandon wurde das Tor geöffnet. Man erwartete ihn.

Neugierde gehört ebenfalls zu den hervorstechenden Eigenschaften eines Detektivs. Da machte auch Bennet keine Ausnahme. Er betrat das Grundstück, fand den Jaguar vor dem Haus abgestellt und erhaschte auch einen Blick durch die Scheiben.

Eine Frau hatte er gesehen.

Und welch ein Weib!

Rothaarig, scharf bis in die Zehenspitzen, so daß selbst er als Kenner der Materie einen trockenen Hals bekam. Und dieses Girl empfing Ross wie einen alten Bekannten.

Zuerst hatte Bennet geglaubt, einen Traum zu erleben. Er war nicht in das Haus eingedrungen, hatte sich im Gebüsch versteckt, weil er warten wollte, bis Bennet wieder herauskam. Dann wollte er ihn ansprechen und ihm alles erzählen. Man konnte ja ihn und Thelma gegeneinander ausspielen und doppeltes Honorar kassieren. Also nahm er die Wartezeit in Kauf.

Es dauerte, bis Ross das Haus verließ. Da allerdings mit den Füßen voran und als Toter.

Jetzt wäre dem guten Bennet das Herz fast in die Hose gerutscht. Das Weib mußte ihn umgebracht haben oder die beiden anderen, die noch dazu gehörten, denn sie schafften den Toten zu dritt in den Jaguar und fuhren ab.

Bennet wartete, bis der Wagen nicht mehr zu sehen war, hastete zurück, warf sich in seine alte Klapperkiste und folgte dem anderen in sicherem Abstand bis zu den Klippen.

Dort verschwand der Jaguar nebst Leiche über dem Rand.

Für Bennet wäre es jetzt an der Zeit gewesen, Konsequenzen zu ziehen und die Polizei zu benachrichtigen. Das tat er nicht. Er sah plötzlich die große Chance und wollte sein eigenes Süppchen kochen.

Die drei Weiber waren Mörderinnen. So jedenfalls sah er es. Und er würde dafür sorgen, daß sie nicht ungeschoren davonkamen. Wenn sie ihren Lebensunterhalt als Nutten verdienten, hatten sie bestimmt einiges auf der Kasse. Davon wollte Bennet was abhaben.

Er wußte nicht, wie sie zu erreichen waren, denn er kannte keine Telefonnummer. Also schrieb er einen Brief, fuhr vor den Frauen wieder zum Haus zurück und klebte ihn so an das Torgitter, daß er auffallen mußte.

Danach fuhr er in seine Bude und wartete. Die Fallstricke waren gelegt, jetzt mußte die Maus nur anbeißen.

In seinem Zimmer befand sich zwar viel alter Kram, das Telefon allerdings war modern. Auf sein Läuten wartete er, denn er hatte den Weibern, wie er sie nannte, eine Frist gegeben.

Von seiner Tante wurde er nicht gestört. Sie kümmerte sich nicht um ihn. Kaum daß sie einmal die Tageszeit sagte. Außerdem hatte sie mit ihrer Familie zu viel zu tun.

Steve Bennet rauchte Kette. Das Telefon stand auf einem Tisch mit wackligen Beinen. Daneben hatte sich der Detektiv in einen zerschlissenen Sessel geworfen, den Standascher aufgestellt und die Beine hochgelegt. So wartete er ab.

Noch eine Viertelstunde, dann war die Zeit verstrichen. Bennet hatte zwar mit der Polizei gedroht, war sich aber nicht sicher, ob er sie tatsächlich anfordern sollte, und bei Thelma hatte er sich auch nicht gemeldet.

Dreißig Jahre zählte er. Geleistet hatte er in seinem bisherigen Leben so gut wie nichts. Der Job als Detektiv war sein erster. Zuvor hatte er sich herumgetrieben. Mal die Welt ansehen und schauen, wo's langgeht, so lautete seine Devise.

Zumeist landete er dabei im Abseits, denn er fiel immer wieder auf die Nase. Man erwischte ihn als blinden Passagier, einmal war er im Libanon als Spion verhaftet worden, und in die Fänge der IRA wäre er auch fast geraten.

In einer einsamen Nacht kam er schließlich auf den Gedanken, es als Detektiv zu versuchen.

Den Job übte er nun aus.

Das unstete Leben hatte seine Spuren hinterlassen. Er war kein Abenteurer-Typ von der Zigarettenreklame, eher das Gegenteil. Leicht übergewichtig, das Gesicht ein wenig aufgedunsen, die Augen hin und wieder rot geädert. Gin und Whisky ließen eben ihre Spuren zurück. Das dunkelblonde dünne Haar lag ungekämmt auf seinem Schädel und wuchs strähnenartig in den Nacken.

Als Kleidung bevorzugte er Jeans und alte Lederjacken. Damit kam er aus.

Bennet hatte die Beine ausgestreckt und schielte gleichzeitig zur Uhr und zur Flasche. Noch wenige Minuten, dann mußten sich die Weiber melden. Er beschloß, sich noch einen kleinen Schluck zu genehmigen. So etwas tat ihm immer gut.

Als der Gin in das Glas gluckerte, begann er zu lächeln. Ein herrliches Geräusch. Er stellte sich vor, daß es Whisky wäre und dachte daran, sich schon bald den besten Scotch leisten zu können, wenn sein großer Plan klappte.

Das Läuten des Telefons bewahrte ihn vor einem ersten Schluck. Hastig stellte er Glas und Flasche zur Seite, schaute den Apparat an und hörte bereits das dritte Klingeln.

»Das sind sie!« flüsterte er, »das sind sie.« Er hob ab und meldete sich mit einem barschen »Ja!«

»Sagen Sie nie Ihren Namen, Bennet?«

Steve verzog das Gesicht. Ausgerechnet Thelma Fandon. Sie hatte ihm gerade noch gefehlt. Leider mußte er freundlich sein, denn er bekam von ihr Geld.

»Ich habe gerade etwas gegessen«, log er, »deshalb das seltsame Melden. Wo brennt es denn?«

»Es brennt nicht mehr. Das Feuer ist gelöscht, Bennet.«

Der Detektiv runzelte die Stirn. »Wieso? Verstehe ich nicht.«

»Mein Mann ist tot, und Sie sind ein Idiot, Bennet!«

Steve starrte den Hörer an, als könnte er ihm eine Antwort auf seine brennenden Fragen geben. Dabei hätte ihm sein gesunder Menschenverstand sagen müssen, daß irgend jemand das Wrack entdecken und dementsprechend handeln würde. Aber er hatte sich so in seinen Plan verbohrt, daß er daran nicht dachte.

»Sind Sie noch dran, Bennet?«

»Ja, Mrs. Fandon.«

»Dann haben Sie gehört, daß mein Mann tot ist. Die Polizei war bei mir. Ein Kerl von Scotland Yard. Sie ziehen den Fall wohl groß auf. Ich habe diesem Oberinspektor auch Ihre Adresse gegeben. Wahrscheinlich wird der Mann bald bei Ihnen auftauchen, und was Sie ihm sagen, das können Sie vorher mir mitteilen. Also, wie ist Ross umgekommen?«

»Woher soll ich das wissen?« erwiderte Steve patzig.

»Sie hatten den Auftrag, ihn zu beschatten.«

»Das stimmt, aber er hat mich abgehängt. Ihr Alter war sehr raffiniert. Der kannte alle Tricks, dem war nichts Menschliches fremd.« Steve setzte noch ein Lachen hinterher.

»Sie Anfänger!«

»Moment, Mrs. Fandon. Ich bin zwar ein Anfänger, aber versetzen Sie sich mal in meine Lage. Ihr Mann fuhr einen Jaguar.

Ich nur einen Mini. Er brauchte das Gaspedal nur anzuschauen und hängte mich ab.«

»Damit mußten Sie schließlich rechnen. Sie hätten sich auch ein anderes Fahrzeug zulegen können.«

Steve Bennet lachte schrill. »Bei meinem Einkommen?«

»Das ist Ihr Problem. Jedenfalls ist mein Auftrag damit gelöscht.«

»Und das Geld?«

»Welches Geld?«

»Das Sie mir noch schulden!«

»Ich schulde Ihnen nichts«, erwiderte die Frau hart. »Oder haben Sie etwas herausgefunden?«

Der Detektiv zögerte mit der Antwort. »Nein, das habe ich nicht. Ihr Mann hat einen soliden Lebenswandel geführt, wenn ich Ihnen das sagen darf.«

»Meinen Sie?«

»Wenn ich es ...«

»Hören Sie auf, Bennet! Wahrscheinlich hat er Sie bestochen. Ich wollte Ihnen auch nur Bescheid geben, daß Sie bald Besuch bekommen. Das war alles. Bin gespannt, was Sie dem Oberinspektor erzählen werden.« Thelma lachte auf, bevor sie die Verbindung unterbrach.

Auch Steve schleuderte den Hörer auf die Gabel. »Verdammte Nebelkrähe«, fluchte er. »Altes Giftweib. Aber dich kriege ich auch noch. Verlaß dich drauf.« Er stand auf und schaute auf seine Uhr.

Die Zeit war um.

»Mist«, schimpfte er. »Wahrscheinlich hat die Rothaarige anzurufen versucht, während ich telefonierte.« Er atmete tief durch und ballte die Hände. »Läuft denn auch alles schief?« Er fluchte und hieb mit der Faust auf die Sitzfläche eines Sessels, so daß der Staub in wahren Wolken aus dem Polster quoll.

Als Steve sich wieder aufrichtete, fiel sein Blick zufällig auf die alte Zimmertür. Daß er sie geschlossen hatte, daran konnte er sich erinnern. Jetzt stand sie offen.

Zwar nur einen Spalt, aber von allein war dies nicht geschehen, denn sie besaß ein gut funktionierendes Schloß.

Vor zwei Jahren hatte sich Bennet einen kurzläufigen Revolver gekauft, den er stets bei sich trug. Trotzdem überzeugte er sich vom Sitz der Waffe, bevor er auf die Tür zuschlich. Vielleicht war es seine Tante, die nach ihm schauen wollte, oder der Mann vom Yard, der sich klammheimlich anschlich.

Er sollte sich geschnitten haben.

So lautlos wie möglich näherte er sich der Tür, faßte nach der Klinke und riß die Tür mit einem heftigen Ruck auf.

Weder seine Tante noch der Polizist standen auf der Schwelle. Es war eine andere Person.

Die Rothaarige aus dem Haus!

Die Szene hätte aus einem Film stammen können. Und wie im Film kam sich Steve Bennet auch vor. Er starrte die Rothaarige an, als wäre sie ein Wesen aus einer völlig fremden Welt, das sich zufällig in seine Bude verlaufen hatte, um gleich wieder zu gehen.

Aber sie war kein anderes Wesen, sondern ein Mensch aus Fleisch und Blut, der auch sprechen konnte.

»Darf ich eintreten?«

Akustisch antworten konnte er nicht. Er nickte nur und gab den Weg frei.

Die Besucherin drückte sich über die Schwelle und schwebte an ihm vorbei. Anders konnte er ihren Gang nicht bezeichnen. Steve nahm sogar den Hauch des Parfüms wahr, der sie einhüllte. Ein süßlicher Geruch mit einem Schuß Fäulnis.

Er schüttelte sich, vergaß den Duft sehr bald und konzentrierte sich auf die Frau.

Sie trug einen Mantel aus grün gefärbtem Pelz. Er war glockenartig geschnitten, die beiden unteren Hälften schwangen beim Gehen auf, so daß Steve die langen Beine erkennen konnte.

»Unbestrumpfte« Beine, und der Detektiv begann zu schlukken. Das war in der Tat ein Hammer. Wenn er die Tatsache weiter in Gedanken verfolgte, konnte es durchaus möglich sein, daß sie unter dem Mantel überhaupt nichts trug.

Wie im Film, dachte er und drückte hastig die Tür ins Schloß. Er überlegte auch, wie er sich verhalten sollte, wenn er seine Annahme bestätigt sah. Eigentlich hätte er es wissen müssen, denn so etwas stand in seinen Romanen, aber ihm fielen die passenden Szenen leider nicht ein. Nur eine trockene Kehle hatte er bekommen.

Die Frau ging so weit vor, bis sie fast mit der Stirn gegen die schräge Decke stieß. Dort drehte sie sich um. Sie stand dicht vor dem Fenster. Die Scheibe befand sich über ihrem Kopf. Plötzlich schämte sich Steve wegen des verschmutzten Glases.

Verflucht, diese Frau hatte ihn völlig aus dem Konzept gebracht. Am Telefon hätte er gewußt, was er sagen wollte, nun kam er sich auf verlorenem Posten vor.

Ihm fiel nichts Gescheites ein, und er erkundigte sich, ob sie etwas trinken wollte.

Sie schaute ihn an. Ihr Gesicht wirkte seltsam bleich. Die langen, roten Haare sah er auch nicht als so normal an, wenigstens nicht den Schnitt, denn einige Strähnen waren zu Zöpfen zusammengedreht worden, die zu beiden Seiten des Kopfes herabhingen. Hinzu kamen die bleiche Haut, der etwas breite, sinnliche Mund und die sehr schmalen Hände mit den langen Fingern, deren Nägel in derselben Farbe lackiert waren, wie das Haar leuchtete. Sie erinnerten den Detektiv an aufgeklebte Blutstropfen.

»Möchten Sie jetzt etwas trinken?« fragte er.

»Was haben Sie denn anzubieten?«

»Ähm – Gin . . .«

»Nein danke.«

Hätte ich auch gesagt, wenn ich du wäre, dachte Steve und deutete auf den Sessel.

»Sie können sich ruhig setzen.«

»Es dauert nicht lange.«

Steve hob die Schultern. Er stand ein wenig geduckt vor ihr, als hätte er Angst bekommen. »Wollen Sie nicht wenigstens ablegen?«

Die Frau schaute ihn an. Sie war knapp über Zwanzig, und Steve ging ihr Blick durch und durch. Mann, dachte er, das ist eine Kanone.

»Ablegen?« Sie hob die Schultern. »Möglich.« Noch während ihrer Worte begann sie damit, den Mantel aufzuknöpfen, und die Augen des Detektivs schienen aus den Höhlen springen zu wollen.

Die Frau trug nur die blanke Haut unter dem Mantel. Keinen Fetzen sonst am Leib.

Das war ein Hammer.

Steve kam sich immer mehr vor wie der Held in einem Krimi. Er wußte plötzlich, wie die Frau ihn bezahlen wollte, und er fragte sich, ob er nicht lieber auf Schweigegeld verzichten und das andere Angebot annehmen sollte. Schließlich konnte man auch dies beliebig oft wiederholen, wenn man zäh genug war.

Und penetrant konnte Steve Bennet sein, wenn es darauf ankam.

Die Rothaarige nahm Platz. Sie schlug die langen Beine übereinander und raffte den Mantel vor der Brust zusammen, was aber nicht viel half, er klaffte stets auf.

Das Auftauchen dieser Person hatte Steve so durcheinandergebracht, daß er einen Schluck brauchte. Deshalb griff er zur Flasche und schenkte sich einen Doppelten ein.

Seine Besucherin ließ ihn erst trinken, bevor sie zu reden anfing. »Du hast uns den Brief geschrieben, nicht wahr?«

Steve nickte, ging zurück und lehnte sich gegen die Wand. »So ist es, Süße.«

»Und was versprichst du dir davon?«

»Allerlei.«

»Zum Beispiel?«

Bennet grinste. »Darüber habe ich mir noch keine großen Gedanken gemacht. Ich warte auf Vorschläge.«

Sie ging darauf nicht ein, sondern fragte: »Und du bist dir tatsächlich sicher, dich nicht getäuscht zu haben?«

Steve entging zwar nicht der lauernde Unterton in der Fragestellung, er achtete nur nicht darauf. »Absolut sicher.«

»Was hast du denn gesehen?«

»Alles.«

»Auch den Mord?«

Steve Bennet erschrak. Mit dieser Antwort hatte sie das Verbrechen praktisch zugegeben. Damit hätte er nicht gerechnet, es machte ihn unsicher.

»Willst du nicht antworten?«

»Ich habe den Mord nicht gesehen«, erklärte er. »Aber ich sah, wie ihr die Leiche aus dem Haus geschafft habt. Und das reicht ja wohl, oder nicht?«

»Doch, es reicht.«

»Sag ich ja.«

»Was willst du also?«

Steve holte eine Zigarette hervor und zündete sie an. »Eigentlich wollte ich Geld. Aber wenn ich dich so anschaue, fällt mir etwas anderes ein.«

»Rede!« forderte die Frau ihn auf, als er nicht weitersprach.

»Ich könnte mir vorstellen, kostenloser Dauerkunde bei euch zu sein«, sagte er und sog hastig an seinem Glimmstengel. »Gar nicht schlecht, wie?«

»Nein, für dich nicht.«

»Dann bist du einverstanden?« fragte er gierig.

»Davon habe ich nichts gesagt. Ich kann nicht allein entscheiden. Schließlich sind wir zu dritt.«

»Das ist mir klar.«

»Und welche Möglichkeiten kämen noch für dich in Betracht?«

Als Antwort rieb Steve Daumen und Zeigefinger gegeneinander.

»Geld?«

»Sicher.«

»Wieviel?«

»Für den Anfang fünfhundert«, erwiderte der Detektiv lauernd und wartete gespannt auf eine Reaktion.

»Das ist nicht wenig.«

»Schwester, wer so aussieht wie du, der verdient sein Geld leicht. Also, entscheide dich. Geld oder jederzeit eine Freinummer mit euch dreien.«

Die Rothaarige schaute ihn starr an. Steve war jetzt so sicher geworden, daß er dem Blick standhalten konnte. Er sah auch in ihr Gesicht und glaubte, daß sich die Haut dort verändert hatte. Seiner Meinung nach war sie noch blasser geworden.

»Ich glaube, mein Freund, daß ich keine Alternative akzeptieren kann. Weder das eine noch das andere.«

»Dann gehe ich zu den Bullen!«

Die Rothaarige lächelte. »Daß du so reagieren würdest, habe ich mir gedacht, aber ich wüßte da noch eine dritte Möglichkeit, von der du bisher nicht gesprochen hast.«

»Und welche?«

Die Rothaarige krümmte den Zeigefinger. »Komm mal her zu mir.«

Er zögerte. Eine innere Stimme warnte ihn. Das war ein Trick, aber er sah, wie sich die Frau im Sessel bewegte, der Mantel aufklappte und mehr freigab, als er verbarg.

Da konnte er nicht anders und ging auf sie zu. »Hast du eigentlich keinen Namen?« fragte er.

»Doch. Ich heiße Yvonne.«

Vor ihr blieb er stehen und schaute sie an. Seine Blicke glitten über den hellen Körper, der ein gutes Modell für einen Bildhauer oder Maler abgegeben hätte. Diese Frau war ein Traum. Aber sie hatte noch nichts von der dritten Möglichkeit gesagt, und darüber wollte er mehr erfahren.

»Also, was ist das für eine dritte?«

»Diese hier!«

Yvonne bewegte ihren rechten Arm nach hinten. Es ging sehr schnell. Die Hand verschwand unter dem Mantel, und als sie wieder zum Vorschein kam, hielt sie ein Messer mit langer Klinge umklammert. Sie mußte es an der inneren Rückseite des Mantels verborgen gehabt haben.

Steve sah die Klinge und sprang zurück. Plötzlich klopfte sein Herz überlaut, und er erinnerte sich wieder an seinen Revolver, den er gedankenschnell aus dem Gürtel riß und dessen Mündung er auf die rothaarige Frau richtete.

»Und das ist meine dritte Möglichkeit«, erklärte er.

Yvonne blieb ruhig. »Nicht schlecht«, gab sie zu. »Aber nicht wirkungsvoll genug.«

Steve Bennet lachte schrill. »Glaubst du nicht, daß eine Kugel schneller als dein Messer ist?«

»Das schon.«

Bennet nickte heftig. »Okay, Süße, dann schmeiß deinen Zahnstocher weg, und wir können wieder reden.«

»Nein!«

Steve Bennet hatte vor einer Revolvermündung immer Respekt gezeigt. Die Frau vor ihm tat es nicht. Entweder war sie lebensmüde, oder sie hielt noch einen Trumpf in der Hinterhand. »Habe ich mich verhört?« fragte Steve sicherheitshalber noch einmal nach.

»Das hast du nicht!«

»Dann weg mit der Klinge!«

Yvonne dachte nicht daran. Ein Revolver schüchterte sie nicht ein. Sie tat etwas, das den anderen noch mehr überraschte. Sie setzte sich in Bewegung und ging auf ihn zu.

Dies geschah mit schwingenden Hüften, als wäre sie auf Männerfang gegangen. Nur dieses Messer in der rechten Hand paßte absolut nicht dazu. Die Klinge zeigte auf Steve Bennet, der nicht wußte, was er unternehmen sollte.

Sein Blick saugte sich an der Waffe fest.

Der Stahl besaß zwar nicht die Länge einer Machete, viel fehlte aber nicht, und bei jeder Bewegung schimmerte er anders. Manchmal hell, dann wieder bläulich, auf jeden Fall war es eine Waffe zum Fürchten. Und sie gab ihrer Trägerin eine gewisse Sicherheit, die sich auf dem Gesicht widerspiegelte.

Es war ein kaltes Lächeln, das ihre Lippen in die Breite zog. Aber Steve sah noch mehr, als sein Blick wanderte und die Haare der Frau erfaßte.

Sie hatten sich äußerlich nicht verändert. Noch immer wuchsen sie in Zöpfen auf ihrem Kopf, dennoch geschah etwas mit ihnen, denn sie bewegten sich.

Und das nicht im Rhythmus der Schritte!

Normalerweise hätten sie dem wiegenden Gang der Frau folgen und dabei von vorn nach hinten schwingen müssen, dies geschah aber nicht. Sie bewegten sich genau im Gegensatz dazu von unten nach oben und auch umgekehrt.

Sie waren selbständig!

Aber nur Haare ...

Plötzlich wußte Steve Bennet nicht mehr, was er noch denken sollte. Die seltsamen Haare auf dem Kopf der Frau hatten ihn durcheinandergebracht. In der rechten Hand hielt er den Revolver, mit der linken wischte er über sein Gesicht und verteilte dabei die Schweißperlen zu einer Schicht. Er glaubte auf einmal daran, Schlangen auf dem Schädel zu sehen und keine geflochtenen Zöpfe.

Einen halben Schritt trat er zur Seite und merkte, daß er schon mit dem Rücken an der Zimmertür entlangschrammte.

Die Frau war nicht zu stoppen. Sie ging auf ihn zu, hatte den Mund zu einem Lächeln verzogen und schaute Steve aus Augen an, die einen taxierenden und gleichzeitig scharfen Ausdruck besaßen. Als überlegte sie, in welches Körperteil sie die Klinge des langen Messers versenken wollte.

Steve Bennet schluckte zweimal. Er räusperte sich auch und fand erst dann den Mut, etwas zu sagen. »Bleib stehen, verdammt! Komm mir nicht zu nahe! Ich schieße!«

»Würdest du das tun?«

»Sicher!«

Sie stoppte und breitete die Arme aus. Dabei drehte sie das rechte Handgelenk, so daß die Klinge zu Boden wies und der Detektiv erleichtert aufatmete.

Als er ihre nächsten Worte vernahm, glaubte er, sich verhört zu haben, denn Yvonne sagte mit der normalsten Stimme der Welt. »Und jetzt schieß, mein Lieber. Jag mir die Kugel in den Schädel oder in die Brust. Es spielt keine Rolle!«

»Erst das Messer . . .«

»Schieß endlich!« Sie ging vor, kümmerte sich nicht mehr um die Befehle, und ihr Gesicht veränderte sich dabei. Die schon von Natur aus nicht sehr dicke Haut wurde noch dünner, so daß sie Steve an Pergament erinnerte, durch das er schauen konnte.

Dahinter sah er Knochen. Der Kopf dieser Frau kam ihm wie ein Totenschädel vor, über den jemand ein dünnes Tuch gespannt hatte.

Ein unheimlicher Vorgang . . .

Kalt rann es Steves Rücken hinab. Ihm wurde klar, daß er sich hier auf ein Spiel eingelassen hatte, dessen Regeln für ihn zu hoch gesteckt waren.

Konnte er diese Frau, die ihn einmal so fasziniert hatte, noch als normal bezeichnen. Ihm kam sie vor, als wäre sie überhaupt kein Mensch, sondern ein Monster, eine auf zwei Beinen wandelnde Mutation, die nur für eine gewisse Zeit ein menschliches Aussehen angenommen hatte.

Möglich, aber er wollte es nicht glauben. Das waren Dinge, die in seinen Verstandskasten nicht hineinpaßten und die er dort nicht einsortieren konnte. Wer lief schon mit Haaren herum, die aus Schlangen bestanden?

Normale Argumente nutzten bei ihr nichts. Es hatte überhaupt keinen Sinn, sie zu gebrauchen, sie lachte nur darüber und hatte ihn sogar herausgefordert.

Sollte er schießen?

Steve fühlte die metallene Kälte des Revolvers. Obwohl er auf der Handfläche schwitzte, war sie noch zu spüren, und er krampfte vier Finger seiner rechten Hand fest um den Kolben.

Der fünfte Finger, der Zeigefinger, lag am Abzug. Er brauchte »nur« abzudrücken, und alles war vorbei. Auf seinen zahlreichen Reisen hatte er sich manchmal verteidigen müssen, aber nie war er in eine Lage gekommen wie diese, wo ein Mensch direkt vor ihm stand und ihn sogar aufforderte, eine Kugel auf ihn abzufeuern.

Sollte er? Nie hätte er gedacht, daß ihm dies so schwerfallen würde. Die eine Bewegung des Zeigefingers glich einem Riesenschritt, den er zurücklegen mußte.

Sein Herz hämmerte. Es schlug sogar arhythmisch und pumpte das Blut schneller durch die Adern. Er kam sich wie in einem fürchterlichen Alptraum vor, spürte einen fürchterlichen Druck im Kopf, der nicht weichen wollte und ständig stärker wurde.

»Kannst du dich nicht entscheiden?« Die Stimme der Rothaarigen klang hohnerfüllt. Yvonne lächelte ihn kalt an. Ein Lauern lag in ihren Augen. Und gleichzeitig eine Aufforderung, es endlich zu tun.

Eine Körperlänge trennte die beiden. Da schoß selbst ein Kleinkind nicht daneben.

Er würde auch treffen.

»Na los doch! Oder traust du dich nicht?« Sie verspottete und verhöhnte ihn und sah zu, wie sich sein Gesicht zu einer grimassenhaften Fratze verzerrte.

»Ich tue es. Verdammt, ich tu es!«

Yvonne hob das Messer. Durch die Anstrengungen spannten sich ihre Gesichtszüge noch stärker.

»Wenn du es nicht machst, schlage ich dir mit diesem Messer den Schädel ab. Scharf genug ist die Klinge!«

Steve öffnete den Mund. Es war das Vorzeichen. Gleichzeitig drückte er sich noch weiter zurück, preßte die Schulter hart gegen das Türholz und spürte sogar den Druck gegen die Wirbelsäule. Sein linker Arm hing an der Seite herab. Die schweißnasse Handfläche schien mit der Tür verleimt zu sein, nur der rechte Arm wanderte langsam höher und höher.

Schrei und Schuß waren eins!

Der Mann mußte sich einfach Luft verschaffen. Er konnte es nicht schlucken, sah alles wie in einer Zeitlupenaufnahme vor sich, sogar das blasse Mündungsfeuer vor dem Lauf, das einer fahlen Blume glich.

Der Treffer!

Er sah den Einschlag dicht unter der rechten Brust. Jetzt mußte die Frau fallen, und sie wurde tatsächlich wie eine Spirale um die eigene Achse gedreht, wobei sie die Arme hochwarf, ebenfalls einen Ruf ausstieß, sich schräg nach vorn drückte und mit der rechten Hand zuschlug.

In ihr hielt sie das machetenartige Messer!

Steve sah noch das Blitzen der Klinge und spürte plötzlich einen Schmerz wie nie zuvor in seinem Leben. Noch in derselben Sekunde verschwamm sein Blick, blieb aber noch so klar, daß er das zurückschnellende Messer sah und die rote Tropfenspur, die die Klinge eine Handbreite von ihr entfernt begleitete.

Es war sein Blut!

Auf einmal war es aus.

Er brach in die Knie, drückte sich dabei noch nach hinten und rutschte mit dem Rücken an der Holztür entlang. So dauerte es länger, bis er auch mit dem übrigen Körper den Kontakt zum Boden bekam. Daß der Revolver längst neben ihm lag, bemerkte er nicht.

Den Blick hielt er nach vorn gerichtet. Er sah die Frau, die sich ihm als Yvonne vorgestellt hatte und so grausam lächelte. Vergeblich suchte er nach der Einschußwunde. Auch sah er kein Blut auf ihrer Haut. Nur an der Messerklinge klebte es.

Das war sein eigenes.

Der Fall!

Schwer dröhnte er auf die alten, schmutzigen Holzdielen. Daß er mit der Stirn dabei aufschlug, merkte er nicht mehr, und er hörte auch nicht das Lachen dieser Person, die sich nach wie vor in greifbarer Nähe aufhielt.

Dann brach das Lachen ab. Für einen Moment breitete sich die Stille des Todes innerhalb des Raumes aus. Mit beinahe lässig anmutenden Bewegungen knöpfte Yvonne ihren lindgrün eingefärbten Pelzmantel zu, schaute dabei auf den Mann, der sie hatte erschießen wollen, und schüttelte nur den Kopf.

Welch große Idioten diese Kerle doch waren...

Ein anderer hätte es eilig gehabt, das Zimmer zu verlassen. Nicht so Yvonne. Sie schaute sich zunächst einmal um, ob sie irgend etwas Auffälliges entdeckte. Spuren wollte sie auf keinen Fall hinterlassen. Bisher war alles gutgegangen, und sie brauchten auch nur eine Nacht, um das große Ereignis endlich auslösen zu können.

Nein, sie hatte keinerlei Spuren hinterlassen und konnte den Raum beruhigt verlassen.

Zuvor mußte sie diesen komischen Detektiv noch zur Seite schieben. Sie tat es widerwillig und nahm auch ihre Füße zu Hilfe. Schließlich lag der Körper so, daß sie die Tür öffnen konnte, um aus dem Raum zu schlüpfen.

Geschickt drehte sie sich durch den Spalt, trat über die Schwelle, ging zur Treppe und blieb an der obersten Stufe stehen.

Auf halber Strecke kam ihr ein blondhaariger Mann entgegen!

Dover ist eine Küsten- und gleichzeitig auch eine Hafenstadt! Besonders Hafenstädte gleichen sich überall auf der Welt. Es gibt dort zahlreiche schmutzige Ecken, und auch Dover machte keine Ausnahme.

Ich hatte die Adresse des Detektivs bekommen und erkundigte mich bei einem Streifenpolizisten danach.

Der Beamte schaute zunächst auf meinen silbergrauen Bentley, schabte über seine Stirn und meinte: »Lassen Sie Ihr Fahrzeug lieber in der Nähe stehen, sonst fehlen Ihnen nachher noch die Reifen.«

»So schlimm?«

»Manchmal ja.«

»Ich muß trotzdem hin.«

Er erklärte mir, wie ich zu fahren hatte. Ich bedankte mich, dampfte ab und folgte dem Rat des Einheimischen. Nicht weit von einer Bushaltestelle entfernt parkte ich meinen Wagen. Zwei Schritte weiter befand sich eine Laterne.

Um mein Ziel zu erreichen, mußte ich einen kleinen Park durchqueren. Jenseits davon lag eine andere Welt. Ich sah keine Kais oder Fabrikhallen, sondern alte, oftmals verschmutzte Wohnhäuser, die aus der Zeit der Jahrhundertwende stammten und in der Höhe nie mehr als ein Geschoß besaßen, wobei man den schrägen Dachboden noch hinzurechnen mußte.

Straßen und Häuser zusammen bildeten ein Viereck, in dessen Innern die Wege schachbrettartig angelegt worden waren. Jede Straße sah hier aus wie die andere.

Kinder spielten Fußball, ich hörte den Lärm der Stimmen und sah zahlreiche Frauen vor den Häusern stehen und miteinander tratschen.

Auch Jugendliche fielen mir auf. Provozierend lässig lehnten sie an den Hausecken und wachten mit Argusaugen darüber, was in ihrer näheren Umgebung geschah.

Ich wurde als Fremder besonders kritisch angeschaut. Da ich mich normal verhielt, taten sie mir nichts. Sie pöbelten mich nicht einmal mit Worten an.

Das Haus, in dem Steve Bennet wohnte, fand ich ziemlich schnell. Die Haustür lag in einer Nische, in die einige Stufen hineinführten. Eine ältere Frau putzte die Treppe. Sie stand gebückt, so daß ich auf ihr breites Hinterteil schaute.

Irgendwie mußte sie mich bemerkt haben, kam in die Höhe,

wischte mit dem Handrücken über ihre Stirn und zog die Strickjacke vor dem gewaltigen Busen zusammen.

Ich grüßte freundlich.

»Wollen Sie zu mir?« fragte die Frau.

»Nein, Madam, zu Mr. Bennet!«

»Das ist mein Neffe.«

»Wie schön für Sie.«

Ihr rundliches Gesicht verfinsterte sich. »Das können Sie auch nur sagen, weil Sie ihn nicht kennen. Steve ist ein Tunichtgut, der dem Lieben Gott die Zeit stiehlt.«

Ich nahm den Gesprächsfaden auf. »Immerhin ist er Detektiv.«

»Ein Hungerleider. Aber in letzter Zeit muß es ihm wohl bessergehen. Vorhin kam eine Frau. Die trug sogar einen Pelzmantel.«

»War es zufällig Mrs. Fandon?«

»Nein, doch nicht diese Nebelkrähe. Ein junges Girl. Es sah toll aus, ehrlich. Ich habe sie auch nur kurz gesehen, als sie ankam. Sie muß den Hintereingang benutzt haben.«

»Ist sie noch oben?«

»Vielleicht.« Die Frau lächelte verschmitzt. »Sie meinen wohl, daß Sie jetzt nicht stören sollen, wie?«

»So ungefähr.«

»Ach, gehen Sie ruhig hinauf, Mister. Bis oben unter das Dach. Wo es am schmutzigsten ist, wohnt mein Neffe. Und wenn Sie einen Job für ihn haben, geben Sie ihm den. So schlecht wie ich ihn gemacht habe, ist er auch nicht. Wie die jungen Leute eben so sind.«

»Da sagen Sie was, Madam . . .«

»Machen Sie ruhig einen großen Schritt, Mister. Die Treppe wird sowieso wieder schmutzig. In dieser Gegend nimmt nämlich kein Mensch Rücksicht.«

Ich berührte die Stufen dennoch nur mit den Zehenspitzen. Der Bauweise des Hauses entsprechend, so eng war auch der Flur. Wenn ich geradeausging, lief ich genau auf die nach oben führende Treppe zu. Unter dem Dach sollte der Detektiv wohnen.

Ich mußte grinsen. Eine gute Adresse war dies bestimmt nicht. So manche Klienten würden sicherlich schon im Treppenhaus wieder kehrtmachen. Ich ging weiter.

Eng waren die Stufen, zudem noch hoch. Die Decke wurde niedriger, die Wände schräger.

Noch einen Absatz hatte ich vor mir.

Ich schaute nach unten auf die Stufen, weil ich nicht gern stolpern wollte. Aus diesem Grunde entdeckte ich die Frau etwas später. Zudem war die Beleuchtung nicht gerade optimal.

Ich blickte hoch, sie sah mich, ich sah in ihrer Hand das Messer und wurde brutal aus meinen »Träumen« gerissen.

Nicht nur das, im nächsten Augenblick stieß sie sich ab und erwischte mich kalt...

Das Funkeln der Klinge war wie ein Reflex. Meine Gegnerin hielt die Waffe nie ruhig, sie drehte sie kreis- und spiralförmig.

Es gab nur eine Chance!

In den Angriff hineinzutauchen, wäre tödlich gewesen.

Ich schnellte deshalb nach hinten, sah dennoch über mir die blitzende Klinge und wurde von einigen dunklen Tropfen im Gesicht erwischt, bevor ich das häßliche Geräusch vernahm, das entstand, als eine Messerseite an der Wand entlangfuhr.

Der Hieb hätte mich voll erwischt. So aber fetzte er nur ein Stück Tapete ab, und die Frau konnte sich nicht mehr fangen. Sie fiel ebenfalls gegen die Wand, tickte dort ab und prallte mit dem Rücken gegen das gegenüberliegende Geländer, das gefährlich wackelte und allen Erwartungen zum Trotz dennoch hielt.

Das bekam ich während meines Fluges mit, bevor der harte Aufprall auf dem Treppenpodest erfolgte.

Zum Glück bestand die Unterlage aus Holz, dennoch spürte ich den Stoß bis in den letzten Gehirnwinkel.

Heftig wurde ich durchgeschüttelt, rollte noch herum und wollte mich hochstemmen, als ich über mir den Schatten der Frau sah. Sie hatte sich ebenfalls gefangen und hechtete auf mich zu.

Es war ein ungemein kurzer Moment, in dem ich sie und auch ihr Gesicht sah. Diese Züge prägten sich ein. Die seltsame dünne Haut, die Knochen dahinter und die unnatürlich schwingenden, schlangenartigen Zöpfe auf ihrem Schädel.

Sie trug einen langen Mantel, der aufgeklafft war, so daß ich einen Blick auf einen nackten Körper erhielt.

Der lenkte mich allerdings nicht von der Klinge ab. Der Arm mit dem Messer fuhr nach unten, als ich meine Beine hochschleuderte, die Füße einen weichen Widerstand trafen und ich den Körper seitlich über das Treppengeländer hinwegkatapultierte.

Meine Gegnerin segelte abwärts.

Einen Schrei hörte ich nicht. Dafür den Aufprall unten im Flur und die keifende Stimme der putzenden Frau.

Himmel, sie schwebte in Gefahr.

Ich rappelte mich hoch. Sehr schnell war ich nicht. Zahlreiche Knochen taten mir weh, doch ich biß die Zähne zusammen und nahm die Verfolgung auf.

Mehr stolpernd als gehend brachte ich die Treppe hinter mich, dann zog ich meine Beretta hervor. Sie war mit geweihten Silberkugeln geladen. Die würde ich wahrscheinlich auch brauchen, denn die Frau vor mir hatte zwar ein menschliches Aussehen besessen, nur deuteten einige Anzeichen bei ihr auf eine dämonische Besessenheit hin.

Pro Treppenabsatz benötigte ich zwei Sprünge. Als ich den letzten erreichte, sah ich Steve Bennets Tante. Sie stand dicht vor der untersten Stufe und hielt ihre Hände vor den wogenden Busen gepreßt.

»Aus dem Weg!« schrie ich.

Als sie ging, stieß ich mich ab, kam im Flur auf und rutschte fast nach hinten weg.

Am Treppengeländer fing ich mich, drehte mich sofort herum und fragte: »Wo ist die Frau hin?«

»Da, da . . .!« Mehr brachte sie nicht hervor. Zum Glück deutete sie auf die Hintertür.

Ich drehte den Kopf und sah dort, wo sich die Tür befinden mußte, einen schmalen Ausschnitt.

Da also war sie hingelaufen.

Tief atmete ich durch und startete schon. Die Tür flog mir beinahe gegen den Kopf, so hastig hatte ich sie aufgestoßen, und sofort glitten meine Blicke durch den Hof.

Er gehörte zu drei oder vier Häusern. So groß war er immerhin. An drei Seiten bildeten Mauern die Grenzen, während die vierte Seite von den Hinterfronten der Häuser eingenommen wurde.

Früher hatte man die Toiletten auch auf die Hinterhöfe gebaut. Primitive Häuschen, manchmal aus Stein oder aus Holz.

Diese hier bestanden aus Stein.

Und auf dem Dach hockte die Frau.

Sie hielt noch immer das Messer fest. Erst jetzt sah ich das Blut auf der Klinge genauer. Das Gesicht war mir zugedreht, der Mund zu einem breiten Spalt geöffnet. Bleich schimmerte das

Gesicht, während auf ihrem Kopf die sich bewegende Haarflut wuchs.

Ich kam nicht einmal mehr dazu, sie anzurufen. Kaum hatte sie mich gesehen, als sie sich umdrehte, den Rand des Daches erreichte und sich kurzerhand fallen ließ.

Ich war der Gelackmeierte.

Was die Frau konnte, das schaffte ich schon lange. Mit wenigen Sätzen hatte ich das Toilettenhaus erreicht, sprang hoch und bekam den Dachrand zu fassen.

Trotz meiner schmerzenden Knochen schwang ich mich geschmeidig in die Höhe, blieb auf dem Dach für einen Moment liegen und kam mit einem Sprung in die Senkrechte.

Ich sah sie nicht. Dafür hörte ich von links das Geräusch eines startenden Wagens. Als ich in die Richtung schaute, sah ich Wäsche auf einer Leine flattern und in den Lücken zwischen den Bettüchern blaugraue Auspuffgase. Die Marke des Fahrzeugs konnte ich nicht erkennen.

Ich sprang vom Dach.

Auf einem Stück Rasen kam ich auf, sah eine Frau mit einem Wäschekorb und sprach sie an.

»Madam, sagen Sie mir, welcher Wagen dort eben abgefahren ist?«

»Wie?«

»Die Automarke bitte.«

»Ach so.« Sie lachte. »Ich kenne mich da nicht so aus. Wir können uns keinen Wagen leisten . . .«

»Schon gut, Madam, vielen Dank!«

»Aber ich weiß, mit welch einer Kiste die Puppe da verschwunden ist«, meldete sich eine helle Jungenstimme. »Das war ein dunkler Rover.« Der Junge kam quer über die Wäschewiese auf mich zu.

Ich faßte ihn an den Schultern. »Hast du dir zufällig das Kennzeichen gemerkt?«

»Nein.«

»Ich danke dir trotzdem.« Für seine Auskunft bekam er von mir zwei Münzen.

»He, Mister«, sagte er, als ich schon im Begriff stand, mich umzudrehen. »Hatte die Frau da unter ihrem Mantel wirklich nichts an. Oder meine ich das nur?«

»Das meinst du nur.«

Er lachte und lief weg.

»Was ist die Jugend heute verdorben«, sagte die Frau, die Wäsche aufhängte. »Zu meiner Zeit, da . . .«

Ich hörte ihre nächsten Worte nicht mehr, denn ich mußte wieder zurück. Bisher hatte ich Steve Bennet noch nicht zu Gesicht bekommen, und ich ahnte Fürchterliches.

Den etwas beschwerlichen Weg, den ich auch gekommen war, ging ich wieder zurück. Diesmal merkte ich die Blessuren, denn die Anspannung hatte mittlerweile nachgelassen. In der Schulter und der Hüfte brannte es. Auch die Oberschenkel und die rechte Kniescheibe hatten etwas abbekommen. Nur der Kopf nicht.

Steve Bennets Tante fand ich noch unten im Flur. Sie hatte sich einen Schnaps geholt und trank aus der Flasche. Vor der offenen Haustür standen Kinder und schauten ihr zu. Sie verschwanden auch nicht, als ich neben ihr stehenblieb.

»Sie sind auch eine Bennet?« fragte ich.

Ein Nicken antwortete mir. Gleichzeitig ließ sie die Flasche sinken. Ich roch Wacholder. »Ja, ich heiße Clara Bennet. Steve ist der Sohn meines verstorbenen Bruders. Wo seine Mutter sich herumtreibt, weiß ich nicht. Deshalb habe ich ihn aufgenommen. Außerdem bin ich Junggesellin geblieben.« Sie wischte über ihre Lippen. »Haben Sie dieses schamlose Weib erwischt?«

»Leider nicht.«

»So etwas wie die habe ich noch nicht gesehen. Die trug ja nur einen Mantel. Ansonsten war sie nackt.«

»Das soll vorkommen.«

»Und in meinem Haus.«

»Ich werde jetzt nach oben gehen«, sagte ich. »Bleiben Sie bitte hier!«

»Warum?«

Ich wollte ihr nichts von meinem Verdacht sagen und erwiderte: »Falls Neugierige ankommen, können Sie die vertreiben?«

»Wüßte nicht, was ich lieber täte, Mister. Wenn Sie weg sind, werde ich mit meinem Neffen noch ein Wörtchen reden, verlassen Sie sich darauf.«

»Natürlich.«

Ich stieg wieder die Treppen hoch. Diesmal ging ich davon aus, daß man mich nicht mit einem stoßbereiten Messer erwartete. Unangefochten erreichte ich die Wohnungstür und sah vor ihr dicke, dunkle Flecken auf dem Boden.

Ich prüfte nach, tippte die Fingerspitze hinein, und als ich sie mir genauer anschaute, sah ich die rote Färbung.

Es war Blut!

Nicht das der Frau und auch nicht von mir.

Tief atmete ich durch. Erst jetzt fiel mir auf, daß die Tür nicht dicht schloß. Durch einen Spalt sickerte die rote Flüssigkeit.

Vorsichtig drückte ich die Tür nach innen, traf bald auf einen Widerstand, konnte aber durchgehen.

Ich hatte mit dem Schlimmsten gerechnet. Aus diesem Grunde war mein Schreck auch nicht so groß, als ich über den verkrümmt am Boden liegenden Mann hinwegsteigen mußte.

Es hatte ihn schlimm erwischt. Die Lache auf dem Holzboden war sehr groß geworden, und ich ging in die Knie, um mir anzuschauen, auf welch grausame Weise Steve Bennet getötet worden war.

Er lebte noch!

Als ich ihn an der leichenblassen Wange berührte, zuckte er, seine Augenlider begannen zu flattern, und sogar den Mund öffnete er. Ich hörte einen geflüsterten Namen.

»Yvonne . . . du . . . du . . .«

Mehr konnte er nicht sagen. Seine Stimme brach ebenso abrupt ab, wie sie aufgeklungen war.

Wenn noch etwas gerettet werden sollte, mußte es schnell geschehen. Ein Telefon befand sich im Raum.

Ich wählte mit fliegenden Fingern die Nummer des Rettungsdienstes und anschließend die von Inspektor Bingham, den ich zum Glück erreichte, in wenigen Worten erklärte, was geschehen war, und auflegte, bevor er weitere Fragen stellen konnte.

Danach blieb mir nichts anderes übrig, als mich in einen Sessel zu setzen und zu warten.

Das Zimmer sah aus wie der Verkaufsraum eines Trödlers. Selbst das Bett paßte besser in ein Museum. Während ich eine Zigarette rauchte, dachte ich über den Fall nach.

Eine Spur hatte ich.

Yvonne!

Ein Name nur, aber immerhin. Ich war in diesem Fall schon damit zufrieden. Zudem hatte ich mir die Frau genau angesehen. Sie war mit ihren roten Haaren eine sehr auffällige Erscheinung. Eigentlich mußte sie in Dover bekannt sein.

Der Fall weitete sich allmählich aus. Ich beschloß, meinen

Freund, Kollegen und Partner Suko hinzuzuziehen. Der Inspektor hockte in London und kümmerte sich wahrscheinlich um Aktenberge, denn momentan lag kein anderer Fall an.

Wieder sah ich die Frau vor meinem geistigen Auge. Sie hatte einiges an sich gehabt, das mich gewaltig störte. Da war das seltsame Haar gewesen, von dem ich glaubte, es würde leben. Haare, die leben, gibt es nicht, aber es gab medusenhafte Wesen, gegen die ich schon gekämpft hatte. Vielleicht zählte die Rothaarige dazu. Ferner hatte sie auch kein normales Gesicht besessen. Niemand besaß eine so dünne und durchscheinende Haut. Es sei denn, eine Mumie. Doch die hatte ich nun nicht vor mir gehabt. Für mich stand jetzt schon fest, daß in diesem Fall die Schwarze Magie eine tragende Rolle spielte. Und Steve Bennet hatte man beseitigen wollen, weil er ein Zeuge gewesen war.

Ein heulender Ton unterbrach meine Gedanken. Ich erhob mich aus dem Sessel und ging zur Tür. Vor der Wohnung erwartete ich das Rettungskommando.

Schon bald polterten Schritte die Treppe hoch. Auf den Holzstufen hörten sie sich doppelt so laut an. Mrs. Bennet hatte es sich nicht nehmen lassen, das von mir alarmierte Kommando zu begleiten. Sie wußte ja nicht, um was es ging, und stellte deshalb Fragen an die Männer, die diese ebenfalls nicht beantworten konnten.

Ich hatte vor der Tür Aufstellung genommen und erwartete die Leute dort. Ein Arzt befand sich auch unter ihnen. Mit knappen Sätzen setzte ich ihn in Kenntnis.

Er bedankte sich und schob mich zur Seite, um das Zimmer durch den Türspalt zu betreten.

Auch Mrs. Bennet wollte hinter ihm her. Ich hielt sie auf. Wütend fuhr sie herum. »Sind Sie verrückt, Mister. Sie können mich nicht im eigenen Haus . . .«

»Sie würden nur stören, Mrs. Bennet.«

»Aber wer gibt Ihnen das Recht, so zu handeln?«

»Mein Beruf«, erwiderte ich und zeigte ihr meinen Ausweis, den sie staunend anschaute.

»Polizei?«

»Ja, Mrs. Bennet.«

»Was hatte mein Neffe mit der Polizei zu tun?«

»Nicht direkt mit der Polizei, sondern mit anderen Dingen, die eine Nummer zu groß für ihn waren.«

Die Frau nickte und starrte gleichzeitig ins Leere. »Es ist so furchtbar«, sagte sie leise. »Ich... ich kann es noch immer nicht fassen. Er ist doch nicht tot – oder?«

Ich sah ihre Augen voller Flehen und gleichzeitigem Hoffen auf mich gerichtet und schüttelte den Kopf. »Nein, Mrs. Bennet, er ist nicht tot. Das gewiß nicht. Nur...«

Sie dachte realistisch und unterbrach mich mit den Worten: »Hat viel daran gefehlt?«

Ich lehnte mich gegen das Geländer und schüttelte den Kopf. »Es ist verflixt knapp. Gerade noch mal gutgegangen. Ob er es allerdings überstehen wird, ist fraglich.«

»Ja«, hauchte sie, »ich werde für ihn beten.« Sie schaute zu Boden und sprach ins Leere. »Er ist nicht so schlecht, wie Sie vielleicht gedacht haben, Sir. Ich habe mich vorhin wohl etwas im Ton vergriffen. Entschuldigen Sie. Er war nur eben zu leichtsinnig.«

»Sicher.«

Sie fuhr zu mir herum. »Dieses schamlose Weib mit dem Messer. Hat die Frau ihn auf dem Gewissen?«

»Ich gehe davon aus.«

Mrs. Bennet schluckte. Sie öffnete und schloß ihre Hände. Wenn sie die Rothaarige jetzt zwischen ihre Finger bekommen hätte, wäre es der anderen schlecht ergangen. »Man muß sie finden«, flüsterte sie. »Verdammt, man muß sie finden.«

»Das werde ich auch«, erwiderte ich und fragte gleich weiter. »Ich kenne ihren Namen. Sie nannte sich Yvonne. Ist Ihnen dieser Name schon einmal begegnet?«

»Yvonne?« wiederholte sie. »Nein, habe ich nie gehört. Ist französisch, wie?«

Ich nickte.

»Yvonne.« Sie lachte hart auf. »Man muß sie fassen, man muß sie...«

»In Dover wohnt sie nicht?«

»Ich habe sie noch nie gesehen.«

Die Tür wurde aufgestoßen. Auf einer Trage lag der schwerverletzte Steve.

Man hatte ihn noch nicht vom Blut gesäubert. Angeschlossen war er an einen Tropf, den der behandelnde Arzt in der rechten Hand hielt. Das Gesicht des Mannes war ernst. Als sich unsere Blicke trafen, hob er die Schultern.

Mrs. Bennet sah dies nicht. Sie hatte nur Augen für ihren Neffen, rang dabei die Hände, und auf ihrem Gesicht zeichnete sich der Schmerz ab, während sie ständig seinen Namen flüsterte.

Vorsichtig transportierten die Träger den schwerverletzten Mann die Stufen hinab.

Der Arzt wurde von Mrs. Bennet noch zurückgehalten. »Sir, kann ich mit Ihnen fahren?«

»Nein, das geht leider nicht.«

»Ich kann doch zum Krankenhaus, nicht wahr?«

»Dem steht nichts im Wege«, erklärte der Doc. »Sie können dort sicherlich warten. Jetzt muß ich mich um Ihren Neffen kümmern. Er hat sehr viel Blut verloren. Sein Leben steht noch immer auf der Kippe.«

»Ja, ja, ich verstehe.«

Der Arzt nickte mir noch einmal zu und ging ebenfalls. Mrs. Bennet weinte leise. Ich legte ihr eine Hand auf die Schulter und tröstete sie.

»Sie sollten nicht zu schwarz sehen, Madam. Ihr Neffe ist noch jung. Sein Körper wird genügend Widerstandskräfte besitzen, um diese schlimme Verletzung zu überstehen.«

»Das . . . das sagen Sie nur so.«

»Nein, ich meine es ehrlich.«

Sie lächelte und sagte, daß sie etwas packen müßte. Ich hatte nichts dagegen, daß sie ging, denn ich wollte mich noch einmal im Zimmer umschauen und vor allen Dingen auf Inspektor Bingham warten. Er löste sich praktisch mit Mrs. Bennet ab. Als sie die Treppe nach unten schritt, kam er hoch.

Er zeigte der Frau seinen Ausweis, die das Dokument kaum wahrnahm und weiterging.

Bingham war ein wenig überrascht. »Was hat sie?« fragte er mich nach kurzer Begrüßung.

Ich erklärte dem Kollegen mit wenigen Worten die Lage.

»Oh, das muß für sie furchtbar gewesen sein.« Er deutete auf die Zimmertür und wechselte das Thema. »Hier ist das Verbrechen also passiert?«

»So sieht es aus.«

Bingham öffnete vorsichtig die Tür, betrat als erster den Raum, sah die große Blutlache und schüttelte sich. Dann ging er in die Knie, nahm ein Taschentuch hervor und wickelte es um einen Revolver, der am Boden lag.

Ich hatte die Waffe vorhin nicht gesehen. Wahrscheinlich war sie von dem Toten verdeckt worden.

Bingham hielt mir die Waffe auf dem flachen Handteller entgegen. »Kennen Sie diesen Revolver?«

»Ich sehe ihn jetzt zum erstenmal.«

Der Inspektor schnüffelte an der Mündung. »Es ist daraus geschossen worden. Man kann es noch riechen.« Er schaute sich um. »Nur sehe ich keinen Kugeleinschlag.«

Den fanden wir auch nicht nach genauem Suchen. Irgend etwas war da faul.

»Die Kugel kann doch nicht verschwunden sein«, murmelte der Polizist aus Dover und schüttelte den Kopf.

»Das ist sie bestimmt nicht. Vielleicht steckt sie im Körper des Angreifers oder Fastmörders.«

Bingham verzog den Mund. »Dann müßte diese Person ebenfalls verletzt sein. Wenn nicht noch mehr.«

»Normalerweise ja«, gab ich ihm recht. »Aber es gibt Dinge, die . . .« Ich winkte ab. »Lassen wir das.«

Bingham wollte nicht so recht. »Sie wissen inzwischen mehr, Kollege?«

»Etwas.«

»Dann raus mit der Sprache.«

»Was sagt Ihnen der Name Yvonne?«

Bingham lehnte neben der Tür an der Wand. Er hob eine Hand und strich mit zwei Fingern die Falten zwischen Mundwinkeln und Nasenflügeln nach.

»Das ist ein französischer Vorname. Als Gentleman lautet mein Kommentar: Sehr delikat.«

»Konkret können Sie nichts mit dem Namen anfangen?«

»Nein.«

»Dabei hätte eine Frau namens Yvonne diesen Mann fast ermordet. Und zwar mit einem verflucht langen Messer. Hätte ich nicht soviel Glück gehabt, wäre ich auch erwischt worden.«

»Das müssen Sie mir sowieso genauer erzählen. Sie haben am Telefon nur Andeutungen gemacht.«

Ich tat es und erklärte dem Inspektor haarklein, wie ich auf die Spur des Detektivs gekommen war, während Bingham den gefundenen Revolver in eine kleine Plastiktüte packte, die er immer bei sich trug.

Er war ein Mann, der sich nicht so leicht aus der Ruhe bringen ließ. Auch jetzt sagte er nur: »Das, mein lieber Sinclair, hat gewaltige Kreise gezogen.«

»Meine ich auch. Ich glaube, Dover ist nicht so ruhig, wie man den Eindruck haben könnte.«

Bingham nickte. »Ich muß es leider zugeben, obwohl es mir nicht sehr gefällt.« Er holte tief Atem. Wahrscheinlich werde ich meine Kirchen- und Schloßräuber sausen lassen und mich ebenfalls um die Sache kümmern. Die drei Mordfälle sind einfach zu spektakulär und auch zu unbegreiflich. Wer raubt einem Menschen schon das Herz?«

»Das müssen wir herausfinden.«

»Was haben Sie denn über den Detektiv erfahren können?«

»Nichts«, erwiderte ich. »Oder fast nichts. Er sagte mir nur den Namen Yvonne. Danach konnte ich nichts mehr aus ihm herausbekommen. An diese Spur müssen wir uns halten. Zudem fährt sie einen dunklen Rover.«

»Die Nummer?«

Ich hob die Schultern. »Sorry, aber die habe ich leider nicht erkennen können.«

»Das ist dumm.«

»Sicher. Was wollen Sie machen? Unsere einzige Hoffnung wäre Steve Bennet. Ich drücke ihm beide Daumen, daß er durchkommt. Wenn er reden kann, haben wir viel gewonnen.«

Bingham hob die Schultern. Noch einmal schaute er sich um. »Einen Kugeleinschlag sehe ich nicht. Also haben wir hier nichts mehr zu tun. Oder wollen Sie noch . . .«

»Auf keinen Fall bleibe ich hier. Ich möchte zum Krankenhaus und mich dort erkundigen, wie es Steve Bennet geht. Vielleicht bekomme ich eine Chance, wenigstens zwei, drei Worte mit ihm zu reden. Ich sage Ihnen was, Bingham. Wir stehen erst am Anfang. Allmählich habe ich das Gefühl, daß sich über unseren Köpfen eine Wolke zusammenbraut, die uns alle erdrücken will.«

»Malen Sie den Teufel nicht an die Wand.«

»Das brauche ich nicht. Der mischt sicherlich schon kräftig mit.«

Inspektor Bingham stand an der Tür. Er zog sie auf und verließ das Dachzimmer.

Auch ich ging. Nebeneinander schritten wir die Treppe hinab. Im Haus war es ruhig. Wahrscheinlich hatte sich Mrs. Bennet schon auf den Weg zum Krankenhaus gemacht.«

Bingham hatte seinen Wagen vor dem Haus geparkt. Bevor er einstieg, schaute er sich um, sah meinen Bentley nicht und fragte: »Soll ich Sie vielleicht mitnehmen, Kollege?«

»Ich gehe die kurze Strecke zu Fuß.«

Bingham wollte sich verabschieden, ich hatte auch eine Frage auf der Zunge, mußte sie herunterschlucken, denn in Binghams Wagen glühte die Alarmlampe.

»Entschuldigen Sie«, sagte er, öffnete die Tür, tauchte in sein Fahrzeug und hob den Hörer des Telefons ab.

Ich drehte mich für die Dauer des Gesprächs um und schaute die Straße entlang. Es hatte sich herumgesprochen, daß etwas Außergewöhnliches geschehen war. Zahlreiche Gaffer hatten sich versammelt und eine halbkreisförmige Mauer aus Menschenleibern gebildet.

Das Gespräch dauerte nicht lange. Bingham stieg aus. Ich sah, daß er bleich geworden war.

»Was ist los?«

»Tut mir leid, Kollege. Ich muß weg. Heute ist der Teufel los. Ein Banküberfall. Die Täter sind flüchtig, aber wir riegeln die Zufahrtsstraßen ab.«

»Okay, fahren Sie. Und viel Glück!«

»Danke.«

Ich schaute ihm nach, wie er startete. Ein Banküberfall gehörte nicht zu meinen Aufgaben. Ich mußte mich mit anderen Dingen beschäftigen. Wie sehr ich mich irrte, konnte ich zu dem damaligen Zeitpunkt noch nicht wissen.

Statt dessen dachte ich an Suko. Auf dem Weg zu meinem Bentley hatte ich eine Telefonzelle gesehen. Sie leuchtete signalrot, war zum Glück nicht besetzt,und ich rief zunächst einmal in London an.

Suko befand sich in unserem Büro. Sein Organ klang nur so seltsam kratzig.

»Was ist mit deiner Stimme los?« fragte ich.

»Das macht der verdammte Aktenstaub.«

Ich mußte lachen.

»All right, Partner. Dann spüle den Aktenstaub mal runter und schwinge dich auf deine Harley.«

»Hast du Sehnsucht?«

»Und wie. Aber nicht allein ich. Es scheinen sich hier einige Dinge zu entwickeln, die auf einen Sturm hindeuten.«

»Einen dämonischen?«
»Das versteht sich.«
»All right, Partner, ich fliege...«

Als Stuntman hatte Tony Manero so lange gut verdient, bis er sich ein Bein brach und die Versicherung es schaffte, nicht zu zahlen. Tony gesundete wieder, doch auf dem Krankenbett war in ihm der Entschluß gereift, den Job an den Nagel zu hängen. Um Geld zu verdienen, stellte er sein Wissen und die erworbene Geschicklichkeit in den Dienst einiger Bosse, wobei er es mit dem Gesetz nicht besonders genau nahm. Zwei seiner »Arbeitgeber« flogen auf und marschierten in Richtung Dartmoor. Tony wurde nicht erwischt. Er war inzwischen in ein Lebensalter geraten, wo es sich lohnte, intensiver über die Zukunft nachzudenken. Viel Geld hatte er nicht verdient. Also beschloß er, sich selbständig zu machen.

Die erste Bank raubte er allein aus. Bei der zweiten wäre es fast schiefgegangen. Da hatte er sogar die Beute zurücklassen müssen. Das waren immerhin über 20000 Pfund gewesen. Eine Summe, für die selbst eine Edelnutte lange auf den Strich gehen mußte.

Tony überlegte weiter und kam zu dem Entschluß, daß er als Einzelkämpfer, dem die guten Beziehungen zur Unterwelt fehlten, kaum Chancen hatte, richtig durchzukommen.

Er mußte es mit Partnern versuchen.

Ein halbes Jahr lang suchte er nach den geeigneten Leuten. Er wollte nur zwei haben, auf die jedoch mußte er sich hundertprozentig verlassen können. Deshalb die sorgfältige Suche.

Seine Wahl fiel zunächst auf Archie Atkins. Archie kam zwar nicht aus dem Filmgeschäft wie er, dafür kannte er sich in der internationalen Szene gut aus. Gerüchten zufolge sollte er schon für die IRA gearbeitet haben und auch für andere Terror-Organisationen. So genau ließ er sich darüber nicht aus, hatte aber immerhin eine Gesichtsoperation hinter sich gebracht, denn es gab einige Leute, von denen er nicht so gern erkannt werden wollte.

Archie war gut und vor allen Dingen schweigsam. Kein Energiebündel wie Tony Manero.

Fehlte noch der dritte.

Und den kannte Archie. Ein Mann, der selbst den Teufel aus der Hölle holt, so wurde über ihn gesprochen, denn Sugar Caine bezeichnete sich als Söldner. Legionär war nicht modern, Söldner hieß das heute. Und Sugar, der seinen richtigen Vornamen selbst nicht mehr wußte, hatte schon an allen Fronten gekämpft. Besonders intensiv in Afrika, wo er sich bei gewissen Leuten den Ruf eines erbarmungslosen Killers verschafft hatte, der mit allen Waffen umgehen konnte. Von der Pistole über die MPi bis hin zum Sprengstoff jeglicher Art. Ihm machte es auch nichts aus, mit Granaten durch die Gegend zu laufen und hin und wieder ein Höllenei zu schleudern.

Von Afrika hatte er die Nase voll, weil er einmal um seinen Sold betrogen worden war. Da hatte eine Regierung kein Geld mehr gehabt. Seit dieser Zeit war er auf die »Bimbos« nicht gut zu sprechen.

Drei Männer, die sich gesucht und gefunden hatten. Sie besaßen sogar Vertrauen zueinander.

In langen Nächten wurden Pläne geschmiedet. Tony Manero spielte so etwas wie den Boß, und er setzte seine Pläne durch, obwohl Sugar Caine mehr für Kidnapping und anschließende Erpressung plädierte.

Das gab Maneros Ansicht nach zu viele Schwierigkeiten. Banküberfälle waren in seinen Augen problemloser.

Auch Atkins stimmte ihm da zu. Er gehörte zu den glücklichen und begabten Menschen, die alles fahren konnten, was sich auf zwei oder vier Rädern bewegte.

Manero als Denker, Atkins als Planer und Caine als Mann, der über Leichen ging.

Dieses Trio mußte einfach Erfolg haben.

Man brauchte sich nur die richtige Bank auszusuchen.

Da ihr Einsatzgebiet zunächst auf die Britischen Inseln beschränkt bleiben sollte, lag es auf der Hand, daß man sich für eine Bank in London interessierte. Das hätte auch fast geklappt, bis Tony Manero erste Bedenken kamen.

Die internationalen Banken waren zu gut bewacht. Auch die kleineren hatten schon vorgesorgt, deshalb stimmte er dafür, es in einer anderen Stadt zu versuchen.

Atkins und Sugar Caine ließen sich von seinen Argumenten überzeugen. Man ging die Städte durch, besorgte sich die entsprechenden Pläne und kam auf Dover.

»Da nehmen die meisten an, wir würden uns nach Frankreich absetzen«, meinte Manero.

»Was ein Irrtum ist!« stellte Sugar Caine fest.

»Genau.«

»Wir verziehen uns nämlich ins Hinterland. Es gibt genügend Burgen und einsame Häuser, wo wir uns für die nächste Zeit verstecken können.«

Dover als Stadt war also klar. Jetzt mußte man sich nur noch die entsprechende Bank aussuchen.

Das wiederum war ebenfalls nicht ganz einfach. Es sollte keine Bank sein, die direkt in der Innenstadt lag, eher in den Randbezirken, und hier standen drei zur Auswahl. Zwei davon strichen sie nach reiflicher Überlegung.

Bei der dritten blieben sie hängen.

Es war die DT-Bank. Ein privates Unternehmen, das eigentlich Dover Transport hieß.

Sie lag günstig. Nach drei Seiten konnten sie weg. Zudem befand sich der Bank gegenüber ein öffentlicher Parkplatz, integriert in eine Grünfläche, die zur Küste hin parkähnlichen Charakter annahm.

Niemand widersprach den Plänen, und die Männer begannen mit ihren Vorarbeiten.

Sie beobachteten tagelang und abwechselnd. Dabei stellten sie fest, daß es am frühen Nachmittag immer am ruhigsten war. Überhaupt hatten sie keinen allzu großen Kundenverkehr registriert. Es waren zumeist Geschäftsleute, die ihre finanziellen Belange erledigten, und das taten sie in den Vormittagsstunden.

Der Nachmittag blieb also frei.

Archie Atkins besorgte den Wagen. Der Typ war egal, es sollte nur einer mit vier Türen sein.

Er kam mit einem mausgrauen Mercedes der S-Klasse an.

Tony war er zu auffällig, doch Archie zerstreute dessen Bedenken. »Auf einen Mercedes achtet heute keiner mehr.«

Sie entschieden sich für den Wagen, tankten ihn voll und fuhren zehn Minuten vor der verabredeten Zeit zu dem der Bank gegenüberliegenden Parkplatz, wo sie warteten.

Sie hatten Glück, denn der Platz war zu mehr als fünfzig Prozent belegt. Es regnete nicht. Zahlreiche Spaziergänger bevölkerten die weiträumig angelegte Grünfläche und hatten ihre Fahrzeuge abgestellt.

Zudem konnten die drei ihren Mercedes in eine Parktasche lenken, die sich an der Außenseite befand und dem Bankeingang genau gegenüberlag.

Am Lenkrad saß Archie Atkins. Tony Manero hatte es sich auf dem Beifahrersitz bequem gemacht. Im Fond hockte Sugar Caine. Neben sich hatte er seine »Braut«, die Maschinenpistole, gelegt. Wenn er auf sie schaute, glitt ein entrückt wirkendes Lächeln über sein Gesicht. Sugar Caine liebte Waffen über alles. Die anderen beiden hatten ihm die MPi gern überlassen.

Man konnte Sugar Caine als einen Bullen bezeichnen. Er machte alles mit Kraft. Die Muskeln hatte er sich nicht durch einen Home Trainer erworben, sondern in harten Schlägereien, aus denen er zumeist als Sieger hervorgegangen war. Seine Hände glichen Schmiedehämmern. Auf das Blut, das an ihnen klebte, war er stolz. Sugar Caine hatte flachsblondes Haar, das er nach vorn kämmte, um eine beginnende Glatze zu verbergen. Sein Gesicht zeigte die Spuren eines wüsten Lebens. Einige Narben und schlecht verheilte Schnitte ließen ihn gefährlich aussehen.

Im Gegensatz zu ihm konnte man in Archie Atkins einen Gentleman sehen. In der Tat war er der Mann mit den besten Manieren. Er bewegte sich in einem Grand-Hotel ebenso sicher wie in den Slums einer Großstadt. Seine Gesichtszüge waren fast weich zu nennen. Hinzu kam das halblange braune Haar, das in Wellen seinen schmalen Kopf umrahmte. Seine ebenfalls braunen Augen blickten stets ein wenig melancholisch, und auch der weiche Mund paßte nicht so recht zu ihm. Man durfte sich durch sein Äußeres nur nicht täuschen lassen. Archie ging, wenn es sein mußte, über Leichen. Bei einem Grenzübertritt hatte er zwei tote Zöllner hinterlassen. Auf seiner Oberlippe wuchs ein schmales Bärtchen, das er jeden Morgen sorgfältig ausrasierte.

Blieb Tony Manero, der Boß. Ein Typ wie aus dem Bilderbuch. Von Geburt Italo-Engländer. Schmalhüftig, kein Gramm Fett zuviel auf dem Körper. Breit in den Schultern, geschmeidige Bewegungen, ein braungebranntes Gesicht und ein Lächeln, das Frauen schwach werden ließ. Tony Manero war der große Aufreißer. Er hätte auch als Heiratsschwindler sein Geld verdienen können, doch er liebte die Gefahr. Er wollte ihr stets ins Auge sehen, da konnte er den ehemaligen Stuntman nicht verleugnen. Das schwarze Haar wuchs kraus auf seinem Kopf. Das Gesicht war hart geschnitten, die Nase gerade, und die Augen unter den buschigen Brauen dunkel wie zwei Kohlestücke.

Manero war raffiniert, durchtrieben und ging ebenfalls über Leichen. Geld bedeutete ihm alles. Er hatte mit seinen Kumpanen abgemacht, daß sie im Rhythmus von drei Monaten jeweils eine Bank überfallen wollten.

Tony und Archie waren mit Lederjacken bekleidet. Sugar Caine mußte sich einen Mantel überwerfen, unter ihm konnte er die Maschinenpistole besser verbergen.

Sie wußten, daß in der Bank Kameras installiert waren, deren gläserne Augen alles beobachteten. Um nicht erkannt zu werden, wollten die drei Männer auf Strumpfmasken zurückgreifen. Eine alte, dennoch immer sehr wirkungsvolle Methode.

»Noch fünf Minuten«, sagte Archie. Seine Stimme klang nicht um eine Spur nervös. Er kannte Einsätze wie diesen aus seiner Vergangenheit.

Manero nickte nur.

»Ich könnte ja sofort schießen!« meldete sich Sugar Caine aus dem Fond.

»Dann liegen sie direkt unten.«

»Nein!« Hart sprach Tony dagegen, und Archie Atkins hob die Augenbrauen, enthielt sich ansonsten eines Kommentars. »Du tust genau das, was wir abgemacht haben. Sugar.«

»Klar, sicher. War auch nur ein Vorschlag.«

»Behalte ihn demnächst für dich.«

Die beiden vorne sitzenden Männer schauten wieder auf das Bankgebäude. Die Filiale war in einem aus roten Ziegelsteinen errichteten Haus untergebracht. Die Bank nahm das Untergeschoß in seiner gesamten Breite ein. Die Dekorationen der beiden großen Schaufenster rechts und links neben dem Eingang wiesen auf Kreditkonditionen und attraktive Spareinlagen hin. Die Werbeplakate leuchteten in lockenden, bunten Farben. Die Eingangstür selbst bestand aus Milchglas. In der Mitte befand sich eine breite Aluleiste. Gegen sie mußten die Kunden drücken, wenn sie die Tür öffnen wollten.

»Zwei Minuten«, meldete Atkins.

Im Fond bewegte sich Sugar Caine. Er verbarg seine MPi unter dem weit geschnittenen Staubmantel.

Manero hatte die Augen leicht verengt. Er ließ den Eingang der Bank nicht aus dem Blick. Seine Lippen bildeten einen Strich.

Soeben öffnete sich die Tür. Ein Frau mit einem kleinen Kind verließ das Gebäude.

»Haben die ein Glück!« flüsterte Tony.

»Wir sollten gehen«, sagte Archie Atkins ruhig.

Manero hatte nichts dagegen. Die Strumpfmasken steckten in den Taschen, sie brauchten sie nur im Eingang der Bank über die Köpfe zu streifen.

Völlig normal stießen sie die Tür auf. Niemand sollte Verdacht schöpfen, wenn sie den Wagen verließen. Und ebenso sacht drückten sie die Wagenschläge wieder zu.

Zu sprechen brauchten sie nicht. Gelassen schreitend überquerten sie die Straße.

Tony als erster, Archie folgte, und Sugar Caine machte den Schluß. Er hatte seine Maschinenpistole unter dem Mantel so verborgen, daß sie überhaupt nicht auffiel.

Eine sehr breite Stufe führte zur Eingangstür der Bank hoch. Tony überwand sie mit einem Schritt, griff in die Tasche und holte seine Strumpfmaske hervor.

Die drei Männer hatten zuvor geübt. Das Überstreifen der Masken war ihnen in Fleisch und Blut eingegangen. Sekunden später wirkten die Gesichter wie kompakte Klumpen.

»Okay, denn«, sagte Manero und stieß die Tür auf.

Hatten sie sich bisher mit einer gewissen angespannten Langsamkeit bewegt, änderte sich dies schlagartig. Plötzlich wurden die Männer schnell. Zugleich stürmten sie in den Kassenraum und verteilten sich blitzschnell, so daß sie einen Halbkreis bilden konnten.

»Keiner bewegt sich! Das ist ein Überfall!« Tony Maneros Stimme klang verzerrt unter der Maske hervor, und es war sein Schrei, der das Personal aus der Erstarrung riß, denn bisher waren die Männer noch nicht bemerkt worden.

Vier Angestellte befanden sich im Schalterraum. Hinzu kamen zwei Kunden. Ein Mann und eine Frau. Die Frau hatte Geld abgeholt, die Scheine noch nicht weggesteckt. Als sie die Stimme hörte, rutschten sie ihr aus der Hand und flatterten zu Boden, der mit einem schalldämpfenden Teppichboden bedeckt war.

Der andere Kunde wurde bleich wie eine Kinoleinwand und riß sofort die Arme hoch.

Den Angestellten erging es nicht anders. Sie hatten genaue Verhaltensregeln bekommen, was zu tun war, wenn es zu einem

Überfall kam. Vor allen Dingen sollten sie keinen Widerstand leisten.

Auch sie hoben die Arme. Der Kassierer und gleichzeitig Filialleiter der Bank spielte mit. Er hatte bisher hinter seinem Schreibtisch neben dem Kassenhäuschen gesessen und stand nun auf. Nicht ohne Absicht, denn während er sich hochstemmte, berührte er mit dem Knie einen unter dem Schreibtisch und direkt an der Kante angebrachten Alarmknopf.

Das bemerkte niemand.

Die drei hatten es eilig.

»Bis auf den Kassierer alle von ihren Plätzen, herkommen und sich hinlegen!« gellte der nächste Befehl. »Und zwar schnell!«

Tony Manero hatte gesagt, was gesagt werden mußte. Das Bewachen der Leute wollte er seinen beiden Partnern überlassen, denn er mußte sich um den Kassierer kümmern.

Die Angestellten kamen zitternd und mit erhobenen Händen hinter dem Tresen hervor. Sugar Caine ging es nicht schnell genug. Er schlug zweimal mit dem Lauf der MPi zu und sah die Leute vor seinen Füßen zusammenbrechen, was ihn zu einem Lachen veranlaßte.

Auch die Kunden legten sich flach auf den Boden. Die Frau, die das Geld verloren hatte, auf den Rücken.

»Umdrehen, verdammt!« schrie Sugar. »Das ist kein Betriebsausflug, sondern ein Überfall.«

Die Frau gehorchte zitternd. Den komischen Witz hatte sie überhaupt nicht begriffen.

Tony Manero war inzwischen auf den Tresen geflankt. So hart und heftig, daß der Kassierer erschreckt zurücktrat. Zudem starrte er in das dunkle Mündungsloch eines schweren Revolvers, und er bebte am gesamten Körper. Er war neu in der Bank, außerdem jung verheiratet und hatte Angst um sein Leben.

Manero ging näher an ihn heran und drückte ihm die Mündung an den Hals. »Das Geld, Junge, und zwar alles, was du da hast.«

»Ja, ja . . .«

Manero wußte, wie man es machte. Er löste den Revolver auch nicht, als er zusammen mit dem Kassierer das Kassenhäuschen von der Rückseite her durch eine schmale Tür betrat.

Manero holte die Plastiktüte mit der freien Hand unter seiner Lederjacke hervor.

Bis zu diesem Zeitpunkt war noch kein Schuß gefallen. Ein gutes Zeichen, wie Tony fand, und auch die drei Bankräuber behielten die Nerven. Das Geld lag in einer auf Schienen laufenden großen Schublade. Um es aus den einzelnen Fächern zu holen, mußte sich der Kassierer bücken, wobei er nach wie vor den Druck der Revolvermündung im Nacken spürte.

Er packte ein, und Manero schaute zu.

»Wenn du vernünftig bist, Junge, passiert dir überhaupt nichts. Nur wenn du Ärger machst, blase ich dir ein gewaltiges Loch in deinen Bankschädel.«

Der Mann erwiderte nichts. Seine Hände zitterten. Er räumte alles in die Tüte.

»Wo ist noch mehr Geld?« fragte Manero, als die Schublade leer war. »Erzähle mir nicht, daß ihr nichts mehr habt...«

»Nur noch ausländische hier oben...«

»Dann die Scheine auch!«

Der Mann mußte sich zur Seite drehen und zog die Tür eines kleinen Tresors auf. Dort lagen Schweizer Franken, Dollarnoten und Deutsche Mark. Auch die packte er ein.

Tony war sehr ruhig. Er warf einen Blick in die Schalterhalle und sah seine beiden Kumpane.

Archie hielt ebenfalls einen Revolver in der Hand. Die Mündung wies schräg nach unten. Sie zeigte dabei auf die am Boden liegenden Kunden und Angestellten.

Breitbeinig hatte sich Sugar Caine aufgebaut. Er hielt die Maschinenpistole in den Armen wie eine Frau ihr Baby. Manero konnte sich vorstellen, daß er gern geschossen hätte.

Noch kam kein weiterer Kunde.

»Auch das Hartgeld?« fragte der Kassierer.

»Klar, für die Parkuhren!«

Die Geldstücke klingelten, als sie in die Tüte fielen und zwischen den Scheinen verschwanden.

Als Tony Manero sah, daß kein Geld mehr in den Schubladen oder im kleinen Tresor lag, riß er dem Kassierer die Tüte aus der Hand und raffte sie an sich. »Leg dich auch hin!« befahl er dabei.

Der Mann gehorchte und preßte sein Gesicht gegen den Teppich.

Manero hob die Tüte hoch. »Alles klar!« rief er zu seinen Kumpanen hinüber, flankte wieder über den Tresen, kam gut an der anderen Seite auf und steckte seine Waffe weg.

»Hier rührte sich auch niemand«, erklärte Archie.

»Dann nichts wie weg!«

Es war ein nahezu klassischer Banküberfall geworden, der glatt über die Bühne gegangen war.

Im nächsten Augenblick änderte sich einiges.

Es war das ferne Heulen einer Polizeisirene, das alles umwarf.

»Verdammt, die Bullen!« brüllte Sugar und schaute sich wild um. »Die Schweine haben uns reingelegt!«

»Weg!« Das war Maneros Befehl. Er wollte den Mercedes erreicht haben, noch bevor der Polizeiwagen eintraf. Tony wischte auch als erster durch die Tür, Archie, der ebenfalls die Nerven behielt, folgte.

Nur Sugar Caine drehte durch. In seinem Gehirn stimmte einiges nicht. Er bekam einen Wutanfall, beschimpfte die Menschen und feuerte, mit dem Rücken zur Tür stehend, eine Garbe in den Kassenraum. Er hielt die MPi so fest umklammert, daß sie nicht einmal in seinen Händen tanzte. Die Angstschreie der Menschen waren Musik in seinen Ohren. Im nächsten Augenblick war auch er wie ein Spuk verschwunden.

Seine beiden Kumpane jagten bereits über die Straße und auf den Parkplatz zu.

Sugar Caine lief ebenfalls, als er nach drei Schritten wieder stoppte, denn ein Mann in der Kleidung eines Bauarbeiters stürmte wie ein wild gewordener Bulle auf ihn zu.

Sugar Caine zielte und schoß.

Er hatte direkt auf den Arbeiter gehalten, der unter den Kugeln zusammenbrach. Sofort drehte sich Caine wieder um. Er hörte den Motor des Mercedes und sah den Wagen auf sich zuschießen, wobei die linke Fondtür nicht geschlossen war und aufschwang.

Die Bankräuber hatten diese Situation geprobt. Sie war eine von vielen, die sie durchgegangen waren, deshalb hatte Sugar Caine auch keine Angst. Er würde es schaffen.

Archie fuhr.

Sein Gesicht war hinter der verdunkelten Scheibe nur schattenhaft zu erkennen. Während am Eingang der Bank zahlreiche Menschen zusammenliefen – die Schüsse waren gehört worden –, wartete Sugar Caine ab, bis Archie abbremste und langsamer fuhr. Caine schaffte auch den Sprung bei einem fahrenden Wagen.

Er duckte sich kurz zusammen und hechtete in den Fond. Tief drückte er mit seinem Gewicht das Polster des Sitzes ein. Die Beine befanden sich noch außerhalb des Mercedes, als Archie Atkins bereits beschleunigte.

»Du hirnloser Idiot!« brüllte Tony Manero vom Beifahrersitz. Damit meinte er Sugar, der die Beine angezogen hatte, sich herumwälzte, hinsetzte, sich zur Seite beugte, den Türgriff zu fassen bekam, so daß er den Wagenschlag zuwerfen konnte.

Genau im richtigen Augenblick, denn Archie riß den Mercedes in eine scharfe Rechtskurve, so daß Caine durch die Fliehkraft im Fond des Wagens an die linke Tür geschleudert wurde.

Die drei Bankräuber befanden sich nun auf gerader Strecke. Die Straße führte aus Dover heraus, und sie kreuzte einige Nebenstraßen. Aus der dritten von rechts schoß in diesem Augenblick der Streifenwagen.

Die Sirene erzeugte ein wimmerndes und gleichzeitig schrilles Geräusch. Beide Wagen trennte nur mehr eine kurze Distanz. Es lag auf der Hand, daß die Polizisten sofort Bescheid wußten und die Verfolgung aufnehmen würden.

Sie bremsten hart ab.

Auch Archie stoppte. Die Reifen radierten noch über den Asphalt, aber der Mann bewies durch seine Aktion, welche Nerven er besaß.

»Jetzt kannst du schießen, Sugar!« befahl Manero.

Caine wußte Bescheid. Auf einen Knopfdruck hin hatte Manero die vier Scheiben des Fahrzeugs nach unten fahren lassen.

Sugar Caine legte den Lauf der MPi auf den waagerecht laufenden Fensterholm und feuerte.

Vor der Mündung tanzten die fahlen Lichter. Er schwenkte die Waffe ein wenig, und wie explosive Erbsen hieben die Geschosse in das Blech des stehenden Streifenwagens. Sie durchschlugen es mühelos, während an der dem Mercedes abgewandten Seite die Tür aufflog und einer der Polizisten schreiend und blutend auf die Straße rollte.

Der Beifahrer saß noch auf dem Sitz. Die Scheibe in seiner Nähe war nicht mehr vorhanden, und sein Kopf fast auch nicht.

»Weiter!«

Archie startete sofort. Die Räder drehten fast durch, der Wagen sackte tiefer und schoß mit hoher Geschwindigkeit los.

Die Killer und Bankräuber rissen sich die Strumpfmasken von

den Gesichtern. Sie atmeten tief durch. Sugar Caine begann zu lachen.

»Was findest du denn so spaßig daran?« fragte Manero.

»Jetzt werden sie uns jagen!«

»Daran kann ich nichts Tolles finden!«

»Wir legen die Bullen um!« keuchte Sugar, »und zwar alle. Das wird ein Spaß!«

»Halt endlich dein Maul!« meldete sich Archie. »Ich muß mich hier konzentrieren.«

»Nerven?«

»Nein. Meine sind jedenfalls besser als deine!«

»Ach, leck mich.«

Die Gangster jagten über die Allee stadtauswärts. Der Weg führte nach Nordosten in Richtung Deal. Wenn sie später einen Bogen nach Nordwesten schlugen, konnte es ihnen gelingen, über Nebenstraßen den Ort Canterbury zu erreichen.

Erst einmal mußten sie aus Dover verschwinden.

Es gab jedoch etwas, das ihre Pläne zunichte machte. Es war das Heulen der Sirenen. Sie hörten es trotz der Fahrgeräusche, und Tony Manero sprach das aus, was die anderen beiden dachten.

»Freunde, wir müssen uns etwas einfallen lassen. Bis Deal schaffen wir es nicht. Da haben sie uns längst.«

»Und was willst du machen?« fragte Archie.

»Laß mich mal überlegen . . .

Das Tor öffnete sich lautlos vor der Schnauze des Rover. Yvonne war wieder daheim.

Bevor sie anfuhr, warf sie noch Blicke in beide Spiegel. Verfolger sah sie nicht, hatte sie auf der gesamten Strecke nicht gesehen. Dennoch war sie beunruhigt.

Schärfer als gewöhnlich nahm sie die Kehren der kurvenreichen Strecke, während hinter ihr das Tor allmählich zuschwang. Sie hatte ihre Aufgabe erledigt und einem Erpresser das Handwerk gelegt. Doch dann war jemand erschienen, den sie überhaupt nicht einsortieren konnte.

Sie hatte den Mann nur kurz gesehen und seine Reaktionsschnelligkeit erkannt, was darauf schließen ließ, wie gefährlich dieser blondhaarige Typ war. Selbst durch eine so furios vorgetragene Attacke hatte er sich nicht aus dem Konzept bringen lassen. Für Yvonne war dies Warnung genug.

Die Frau mit den Schlangenhaaren fuhr um das Haus herum. An der rechten Seite gab es einen schmalen Weg, der kaum zu erkennen war, weil die Arme zahlreicher Sträucher ihn so bedeckten, daß er fast zuwuchs. Der Rover schob sich hinein wie in einen Tunnel. Die Zweige schabten und kratzten über den Lack.

Parallel zur Hausseite fuhr Yvonne entlang, bis sie die offene Tür eines Holzschuppens sah, in dem die drei Frauen ihre beiden Fahrzeuge stets abstellten.

Sie fuhren nicht nur den Rover, sondern auch einen feuerroten Renault Fuego. Die Farbe ließ den Wagen aussehen wie ein erstarrtes Flammenpaket.

Yvonne parkte den Rover neben dem anderen Fahrzeug, stieg aus und verließ mit schnellen Schritten die Holzgarage. Die Rückseite des alten Hauses sah noch verfallener aus. Wo sich kein Putz mehr befand, breiteten sich dunkelgraue Flecken aus, so daß die Wand wirkte wie ein großer Flickenteppich. Die Fenster waren vernagelt worden, nur die Tür eines Hinterausgangs ließ sich öffnen. Sie war auch nicht verschlossen. Als Yvonne sie öffnen wollte, wurde sie von innen aufgezogen. Eine Gestalt stand auf der Schwelle. Es war Tamara.

Yvonne blieb stehen. Ihr gefiel der Gesichtsausdruck der Freundin nicht, und sie wollte wissen, was geschehen war.

»Wir haben auf dich gewartet.«

»Jetzt bin ich da.«

»Das sehen wir, aber wir brauchen dich. Die Große Mutter wird noch in der Nacht kommen.«

Yvonne erschrak. »In der folgenden Nacht?«

»Ja, wir haben es erfahren.«

»Laß mich rein!« Yvonne stürzte förmlich an Tamara vorbei, die die Tür schloß.

Durch mehrere düstere Gänge gingen die beiden Frauen dorthin, wo Rachel wartete. Sie hockte auf einem Diwan und trug einen weit geschnittenen Hausmantel aus grünem Seidenstoff. Er lag auf ihrer nackten Haut.

»Ich ziehe mich noch um«, erklärte Yvonne, als sie verschwand.

Rachel steckte die Beine aus und stellte ihre Füße auf den Boden. »Was hat sie denn?«

Tamara hob die Schultern. »Ich weiß es nicht. Irgend etwas scheint schiefgegangen zu sein.«

»Möglich.«

Die beiden beschlossen, so lange zu warten, bis ihre »Schwester« zurückgekehrt war.

Sie hatten sich in einem Wohnraum versammelt. Sofas, Teppiche, Kissen, barocke Möbel und geschwungene Vorhänge aus kostbaren Materialien gaben ihm den Anflug eines orientalischen Luxusboudoirs, das sich ein Pascha zu seinem und dem Wohl seiner Damen eingerichtet hatte. Dazu paßte auch das breite Bett, auf dem mehrere Personen Platz finden konnten und auf dessen Fläche wie wahllos verteilt bunte, aufgeplusterte Kissen lagen.

Einige Lampen gaben nur mattes Licht. Es wurde von den Schirmen zum Teil verschluckt, so daß der Raum den Touch eines Geheimnisvollen bekam, was die drei so seltsamen Frauen letztendlich wollten. Die Welt in diesem alten Haus sollte anders sein als draußen.

Auch unheimlicher, denn Lilith, die Große Mutter, brauchte diese Atmosphäre.

Damit sie sich wohlfühlte, dafür taten ihre drei Dienerinnen alles.

Yvonne kehrte zurück. Sie hatte sich umgezogen und trug einen einteiligen Hosenanzug aus schwarzem Lackleder, der durch einen Reißverschluß bis zum Nabel in zwei Hälften geteilt werden konnte. Für ihre Verhältnisse hatte ihn Yvonne hochgeschlossen.

Nur Tamara bevorzugte weiterhin eine federleichte Kleidung, die aus mehreren übereinandergelegten hauchdünnen Tülltüchern bestand und die Umrisse des gutgewachsenen Körpers durchaus ahnen ließ.

Auf einem Sitzkissen ließ sich Yvonne nieder. Sie sah die gespannten Blicke ihrer beiden »Schwestern« auf sich gerichtet und las auch die Sorge in den Augen der mittlerweile wieder normal gewordenen Gesichter.

Die ersten Sätze sollten Tamara und Rachel beruhigen. »Keine Angst, ich habe es geschafft.«

»Dann ist dieser Mensch tot?« fragte Tamara.

Yvonne nickte. »Es deutet alles daraufhin.«

»Dennoch gab es Ärger?« fragte die schwarzhaarige Tamara.

»Woher weißt du das?«

»Ich habe es gefühlt.« Sie schaute zu Rachel hin, die bestätigend nickte.

»Ich möchte es nicht gerade als Ärger bezeichnen«, sagte Yvonne. »Aber es ist in der Tat etwas dazwischengekommen. Mir begegnete ein seltsamer Mann . . .«

Yvonne berichtete, was ihr widerfahren war, und die beiden anderen Frauen hörten gespannt zu. Auch nach Ende der Erzählung konnten sie sich keinen Reim auf die Begegnung machen. Tamara erklärte in einem feststellenden Tonfall: »Wir haben also noch einen Zeugen.«

»Das ist sicher«, antwortete Yvonne.

»Wobei doch herauszufinden sein müßte, um wen es sich handelt«, fügte Rachel hinzu.

»Natürlich. Aber haben wir die Zeit?« Yvonne hob fragend die Augenbrauen.

Das Schweigen der anderen war Antwort genug. Sie hatten keine Zeit. Die Große Mutter war wichtiger.

»Was hattest du bei der Begegnung denn für ein Gefühl?« wollte Rachel wissen.

»Kein gutes.«

»Erkläre das genauer«, verlangte Tamara.

»Mache ich gern. Der Mann, der mir im Treppenhaus entgegenkam, sah zwar völlig normal aus, aber er hatte etwas an sich, das mir Angst einjagte. Ich möchte es einmal als Fluidum bezeichnen, und ich kam mir plötzlich wie in einer Kirche vor.«

Die anderen Frauen zuckten zurück, als sie die Worte hörten. »Eine Kirche?« Tamara schüttelte sich. »Das ist unmöglich. Wir wollen so etwas ausmerzen, weg aus unserer Existenz. Allein das Wort, das du in den Mund genommen hast . . .«

»Es war aber so.«

»In der Kirche hängen Kreuze«, sagte Rachel. »Kann es vielleicht damit etwas zu tun haben?«

Die drei Frauen überlegten eine Weile, bis Yvonne nickte. »Es ist nicht von der Hand zu weisen, meine Lieben.«

»Dann ist er ein Feind!« stellte Tamara fest. Ihre beiden Schwestern nickten zustimmend, und sie waren wieder dort angelangt, wo sie das Gespräch begonnen hatten.

Tamara faßte zusammen. »Leider können wir uns jetzt nicht um ihn kümmern. Die Große Mutter wartet. Deshalb möchte ich dich bitten, Yvonne, ihr die Ehre zu erweisen.«

Die rothaarige Frau sprang auf. »Ich darf sie sehen?« hauchte sie ehrfurchtsvoll.

»Ja, denn wir haben sie ebenfalls erblickt. Die drei Herzen gaben ihr die nötige Kraft. Sie befindet sich bereits auf dem Weg ihrer großen Rückkehr. Der Samen, der zu Anbeginn der Zeiten gesät wurde, geht nun auf. Wir haben es geschafft!« Tamara hatte die Worte gesprochen und einen entrückten Ausdruck in ihre Augen bekommen. »Man hat uns auf die Erde geschickt. Die Hölle setzte Vertrauen in uns. König Luzifer durften wir nicht enttäuschen. Wir haben es nicht getan, denn die Große Mutter ist unterwegs, und Luzifer kann triumphieren!«

»Es lebe der Höllenkaiser!« riefen sie im Chor. Ihre Gesichter verzerrten sich dabei vor Gier und Triumph.

Tamara ging vor. Sie schritt trippelnd, wie eine Tänzerin. Vielleicht war es die Aufregung, die sie so handeln ließ. Schließlich hatten sie und die anderen beiden eine Gestalt angenommen, die ihrer eigentlich nicht würdig war.

Niemand wußte, woher sie kamen und welch ein Geheimnis sie umgab. Und es brauchte auch niemand zu erfahren. Außerdem hätte es kaum jemand geglaubt. Wenn sie einem Fremden das Geheimnis offenbart hätten, wäre er vielleicht seines Verstandes beraubt worden. Diese drei Wesen waren fleischgewordene Mystik.

So geheimnisvoll wie sie war auch das Haus. Ein rätselhaftes Gebäude mit zahlreichen Gängen, Zimmern, Kammern und im Keller verliesartigen Räumen.

In den Mauern lebte etwas, das nicht zu erklären und verstandesmäßig nicht zu begreifen war. Man mußte es fühlen oder mit der Seele ertasten. Erst dann konnte man sich darauf konzentrieren und geriet möglicherweise in seinen Bann.

»Nehmen wir die Treppe?« fragte Yvonne, die sich dicht an Tamara gedrängt hatte.

»Nein, den Lift!«

»Das geht auch schneller.« Die rothaarige Frau konnte es kaum erwarten. Sie stand unter einer gewissen Erregung und fühlte auf ihrer Haut das Kribbeln, das sich bis zum Kopf hin fortsetzte, wobei es die Haare erfaßte und sie wie mit Strom auflud.

Wieder bewegten sich die geflochtenen Zöpfe und stellten sich aufrecht. Tamara zog die Tür auf. Sie betrat als erste den Lift. Yvonne folgte, den Schluß machte Rachel.

Sie fuhren nach unten. Niemand von ihnen sprach, nur ihre Augen strahlten einen seltsamen Glanz ab. Manchmal bewegten sich auch ihre Lippen. Worte drangen nicht aus den Mündern.

Der Lift hielt.

Er paßte überhaupt nicht in dieses alte, unheimlich wirkende Haus. Er und das Haus waren zwei verschiedene Zeiten. Da begegneten sich Vergangenheit und Gegenwart.

Sie waren nicht bis in den Liebeskeller gefahren, sondern noch tiefer. Dieses Gebäude schien bodenlos zu sein. Unter ihm begann ein düsterer Abgrund – vielleicht die Hölle.

Eine Hölle, in der die drei Frauen sich wohlfühlten. Die Welt der Dunkelheit, der rabenschwarzen Finsternis, die sie nun betraten und in der sie sich bewegten, als wäre sie voller Licht und die Finsternis überhaupt nicht vorhanden.

Sie hatten sich beim Verlassen des Fahrstuhls an den Händen gefaßt, trennten sich nach wenigen Schritten, gingen in verschiedene Richtungen davon und blieben zeitversetzt stehen, so daß sie ein Dreieck bildeten.

Die Dunkelheit schluckte alles. Dennoch sahen die drei Frauen, denn gleichzeitig streckten sie ihre Arme aus. In dieser Haltung verharrten sie, während sie ihre Gedanken gemeinsam auf die Reise schickten und die riefen, um die sich alles drehte.

Lilith oder die Große Mutter!

Der Strom ihrer gedanklichen Rufe überbrückte Zeit und Raum. Wie ein Suchstrahl tastete er sich vor und in die Ewigkeit hinein, um dort das große Ziel zu finden.

Zeit, sowieso eine relative Größe, war bedeutungslos geworden. Es gab nur die Gedanken, die sich mit einer kaum meßbaren Geschwindigkeit voranbewegten und ein Ziel fanden.

Eine Rückkopplung geschah.

In ihren Gehirnen spürten es die drei Frauen. Sie merkten, wie die Ströme wieder trafen und allmählich zu einem Bild zusammenwuchsen, das, in der Unendlichkeit geboren, in diesem unheimlichen Keller des geheimnisvollen Hauses zur Realität wurde.

Innerhalb des Dreiecks entstand ein Kreis.

Rotglühend, als hätten ihn unsichtbare Hände mit einem erhitzten Messer geschnitten. Der Kreis lief vor den Fußspitzen der Frauen entlang, strahlte sein Licht ab und warf es auf die drei Gestalten.

Es traf Yvonne, deren Haut wieder so dünn wie Papier wirkte. Das Knochengerüst dahinter war mehr zu ahnen als zu sehen. Es hatte einen roten Schimmer angenommen. Ebenso rot schimmerte die graue, faltige und aufgerissene Haut von Rachel. Der zähe Schleim, der aus den Wunden drang, bekam die Farbe von Blut, und er wurde von der vorspringenden, lappigen Unterlippe aufgesaugt. Die vorspringenden Augen in dem häßlichen Gesicht erinnerten an allmählich verglühende Kohlestücke. Aus Tamaras Gesicht lief das Blut in kleinen Rinnsalen nach unten. Ihre Haut sah aus, als wäre sie mit einem Rasiermesser bearbeitet worden.

Drei Frauen waren voll und ganz in ihrer Schwarzen Magie gefangen.

Noch zeigte sich die Große Mutter nicht, aber die unheimlichen Vorbereitungen liefen und waren auch nicht mehr zu stoppen, denn die Erde innerhalb des Kreises begann zu brennen.

Aus einer nicht meßbaren Tiefe drang das unheilvolle Glühen, das die feste Materie in eine flüssige verwandelte, so daß der Boden vor ihnen wie heiße Vulkanlava aussah.

Er brodelte, er kochte, stand nie still, wurde allmählich gläsern und auch leicht durchsichtig.

Sie senkten ihre Köpfe. Jetzt war der Blick in die Tiefe frei. Eine Tiefe, die für die Frauen gleichzeitig ein Zeittunnel in die ferne Vergangenheit war, denn sie konnten die sehen, nach der sie sich so sehnten:

Die Große Mutter.

Oder Lilith!

Nur eine Armlänge entfernt und doch so unendlich weit, daß man es gedanklich nicht verarbeiten und fassen konnte, sahen sie ein pulsierendes, wurm- und quallenartiges Etwas, das aus rot gefärbten, dicken Eiweißklumpen zu bestehen schien, sich bewegte, atmete, fraß und verdaute.

Lilith!

Sogar ein Gesicht war innerhalb dieser qualligen, in seiner Form nicht meßbaren, weil sich stets verändernden Masse zu sehen. Züge, die Ähnlichkeit mit der einer Frau hatten, wieder verschwanden, neu entstanden oder eine andere Form bildeten, wobei innerhalb der Masse an verschiedenen Stellen drei faustgroße, dunklere Klumpen hervortraten, die zuckten und pulsierten.

Nahrung für die Große Mutter.

Die Herzen der Menschen!

Drei hatten sie gebraucht, und drei Herzen schlugen innerhalb dieses Monstrums.

Jeder Schlag pumpte etwas durch einen Wirrwarr von kleinen Adern und hielt die Große Mutter am Leben.

Bisher waren die Frauen sprachlos gewesen. Nun aber ergriff Tamara das Wort. »Was wir erleben, ist die Geburtsstunde der Schwarzen Magie. Es ist der Anfang des Bösen, den wir zurückgeholt haben, weil er damals vor urlangen Zeiten gestoppt worden ist. Uns gelang es, die Brücke zu schlagen. Eine Brücke in die fernste Vergangenheit, in die Reiche der Finsternis, die gerade erst gegründet worden waren, weil der erste entscheidende Kampf zwischen Gut und Böse noch nicht lange zurücklag. Luzifer wurde von dem Erzengel Michael in die Tiefen der Verdammnis gestoßen und bildete dort eine neue Macht. Er erschuf die Wesen, die heute noch sind und als deren Vorfahren wir uns bezeichnen können, obwohl wir in der heutigen Zeit auch existieren. Und wem haben wir das zu verdanken. Wir, die Huren der Gegenwart?«

»Lilith, der Großen Mutter!«

Drei Kehlen antworteten gemeinsam, und drei Köpfe bewegten sich dabei nickend nach vorn.

»Ja, wir haben es ihr zu verdanken, und wir werden ihr unsere Dankbarkeit beweisen. Auf dieser Erde, in dieser Zeit und in diesem Haus findet noch einmal das seinen Beginn, was in der Vergangenheit für uns so tragisch endete. Damals waren wir gefallene Engel. Heute sind wir Hexen und Huren. Wir eifern Lilith nach. Jeder, der unseren Hexenkuß empfangen wird, gerät in ihre Gewalt. Freut euch, Schwestern, die Nacht des Bösen rückt näher ...«

Tamara stoppte ihre Rede und begann zu lachen. Wild, laut, gellend. In das Gelächter fielen die anderen mit ein. Schaurig hallte es durch die von dem rötlichen Licht blutig erscheinende Finsternis, bis es irgendwo verklang.

Gleichzeitig verschwand das Licht. Dunkelheit legte sich wie ein schwarzes Tuch über die drei Frauen.

Ihnen machte es nichts aus. Sie wußten Bescheid, denn das Böse war da. Jetzt konnte es niemand mehr stoppen ...

»Nun, Yvonne?« Nach einer Weile begann Tamara wieder zu sprechen. »Was sagst du dazu?«

»Es war wunderbar, meine Liebe. Einfach herrlich. Ich durfte die Große Mutter erleben.«

»Ist sie nicht schön?«

»Wunderschön.«

»Und wir holen sie zurück«, flüsterte Rachel. »Wir allein. Habt ihr das gehört? Wir allein . . .«

»Ja, meine Freundinnen und Schwestern«, erwiderte Tamara, »wir werden es schaffen. Bestimmt sogar . . .«

Es waren ihre letzten Worte, die sie innerhalb des Dreiecks sprach. Das wußten auch die beiden anderen, die mit Tamara eine geistige Verbindung eingegangen waren.

Ohne daß sie einen Befehl bekommen hätten, verließen sie ihre Plätze und näherten sich dem Lift.

»Nein, nicht einsteigen!« Es war wiederum Tamara, die die Worte sprach. »Hier stimmt etwas nicht!«

»Wieso?«

»Spürt ihr nichts, meine Schwestern?«

Rachel und Yvonne konzentrierten sich. Sie streckten ihre Fühler aus. Es waren Gedanken, die die nähere Umgebung durchforschten wie kleine Sonden. »Ja«, hauchte Yvonne nach einer Weile, »da könnte etwas sein.«

»Jemand will zu uns«, wisperte Rachel.

»Es nähert sich dem Haus«, sagte Tamara.

»Sollen wir es einlassen?« fragte Yvonne.

»Natürlich, meine Schwester, natürlich. Was kann uns, die wir unter dem Schutz der Großen Mutter stehen, denn noch gefährlich werden? Nichts, gar nichts . . .«

Ohne die beiden anderen zu warnen, riß Archie Atkins das Lenkrad des Mercedes nach rechts, fing den schlingernden Wagen durch Gegenlenken ab und fuhr in einen schmalen Waldweg hinein, der vom letzten Regen noch aufgeweicht war, so daß sich die Reifen des Wagens tief in die feuchte Erde hineinwühlten.

Nach wenigen Yards schon stoppte er und hörte aus dem Fond die Proteste des ehemaligen Söldners Sugar Caine.

»He, was soll das eigentlich?«

Archie drehte sich um. »Ich will nur in Ruhe überlegen können. Hier sind wir relativ sicher.«

»Mehr aber auch nicht.«

»Hört auf, euch zu streiten«, sagte Tony. »Archie hat recht. Wir müssen in Ruhe nachdenken.«

»Hoffentlich erreichen wir was«, brummelte Caine.

»Du mit deinem Spatzenhirn bestimmt nicht«, erklärte Manero kalt. »Bei dir habe ich immer das Gefühl, als würden sich deine Gehirnwindungen aus zahlreichen leeren Leitungen zusammensetzen.«

Sugar Caine warf seinen Kopf zurück und drückte ihn gegen das Polster. »Schön, wie du das sagst. Einem anderen hätte ich schon den Schädel vom Hals geschossen, aber irgendwie mag ich dich, Bruder.« Er schlug Tony Manero auf die Schulter. »Nur sag uns endlich, wieviel Kasse wir in der Bank gemacht haben.«

»Wenig!«

»Shit.« Wenn Sugar nichts aufregte, aber Geld, das machte ihn nervös. »Wir hätten uns doch eine andere Bank aussuchen sollen.«

»Zwanzig Mille sind es sicher.«

Sugar war beruhigt und lehnte sich wieder zurück. »Damit können wir schon zwei Wochen auskommen.«

»Sicher.«

»Nun zur Sache«, meldete sich Archie. »Wo sollen wir hinfahren? Ich nehme an, daß die Bullen inzwischen Sperren errichtet haben und bald damit anfangen werden, das Gebiet zu durchkämmen. Hier im Wald sind wir also nur bedingt sicher.«

»Wir brauchen einen Unterschlupf«, sagte Sugar.

»Hotels oder Pensionen kommen nicht in Frage«, murmelte Manero. »Alte Burgen werden sie bestimmt auch durchkämmen ...«

»Geiseln«, meldete sich Sugar aus dem Fond. »Wir nehmen Geiseln. Ich habe da mal einen Film gesehen, der hieß ›An einem Tag wie jeder andere‹, da sind auch Geiseln genommen worden, und Bogie spielte damals noch ...«

»Den Boß, der es zum Schluß ebenso wenig geschafft hat wie seine beiden Kumpane«, erklärte Archie. »Ich kenne den Film. Laß dir was Besseres einfallen, Sugar. Du hast in der Sonne Afrikas zuviel Gehirnschmalz gelassen, das merkt man immer wieder.«

»Hör auf, mich zu beleidigen, Fatzke!«

»Verdammt, streitet euch nicht«, mischte sich Manero ein.

»Uns muß etwas einfallen, damit wir bei Anbruch der Dunkelheit verschwunden sind.«

Archie Atkins tat etwas. Er holte eine Karte der Gegend hervor und breitete sie auf seinen Beinen aus. »Schauen wir doch mal nach«, sagte er und verfolgte den Weg, den sie bisher von der Bank aus gefahren waren. Mit dem kleinen Finger tippte er auf einen bestimmten Punkt in einem großen Grünfeld. »Hier müssen wir jetzt sein«, erklärte er. »Wenn wir wieder auf die Straße zurückfahren und ihr folgen . . .«

»Landen wir fast wieder in Dover«, fuhr Tony Manero fort, »denn die Straße schlägt einen Bogen. Das ist nichts für uns, wirklich nicht.«

»Und wenn wir tiefer in den Wald stoßen?« fragte Sugar Caine.

»Werden wir uns verlaufen wie Rotkäppchen«, erwiderte Archie bissig.

»Sieh doch mal nach, wohin der Weg führt!«

»Zu einem Grillplatz.«

»Hunger habe ich keinen!« brummte Sugar. »Höchstens auf ein Weib!«

Archie und Tony achteten nicht auf seine Worte, sondern schauten weiter auf die Karte.

Schließlich entschlossen sie sich, wieder den Weg zurückzufahren, den sie gekommen waren.

Archie wollte schon starten, als er das Heulen einer Polizeisirene vernahm. Er ließ den Zündschlüssel los, als wäre er glühend.

Die drei Männer schwiegen. Sie lauschten bei heruntergefahrenen Scheiben, ob sich das Jaulen verstärkte. Es war nicht der Fall, es verklang in der Ferne.

Allerdings hatte es sie gewarnt, und Tony schlug vor, den Plan wieder zu ändern.

»Und wie, bitte?« fragte Atkins. »Allmählich müssen wir uns etwas einfallen lassen.«

»Wir fahren tiefer in den Wald.«

»Wie ich es sagte!« meldete sich Sugar Caine lachend.

Tony Manero ignorierte die Antwort. Er schaute statt dessen Archie an. »Bist du einverstanden?«

»Bleibt mir eine Wahl?«

»Kaum.«

»Dann los!« Diesmal startete Atkins. Auf der Karte hatten sie gesehen, daß der Weg zu einem Grillplatz führte. Dort allerdings war Schluß. Das gab Tony noch einmal zu bedenken.

»Ist vielleicht nicht schlecht. Wir lassen die Karre stehen und schlagen uns zu Fuß durch.«

»Gute Idee«, sagte Manero.

Auch Sugar stimmte zu. Er drehte sich auf der Rückbank und schaute durch die hintere Scheibe.

»Verdammt«, sagte er.

»Was ist denn?« Auch Tony wandte den Kopf.

»Da ist gerade jemand vorbeigefahren.«

»Ein Bulle?«

»Nein, aber ein Bentley.«

Manero verdrehte die Augen. »Seit wann kümmerst du dich um Bentleys, Sugar?«

»Seit man Jagd auf uns macht.«

»Behalte die Nerven, ballere nicht in der Gegend herum, das andere werden wir schon schaffen.«

»Wie du meinst.«

Es war gar nicht einfach, wegzukommen. Der Boden wollte den Mercedes nicht loslassen, so daß Archie den zweiten Gang einlegen mußte, um zu starten.

Danach ging es besser.

Sie schaukelten den Waldweg entlang. Holzfäller hatten ihn auch benutzt. In den Lehm hatten sich die Spuren ihrer Fahrzeuge eingegraben. Das breite Rillenprofil der Traktorenreifen war ebenso vorhanden wie das der wesentlich dünneren Karrenreifen. Zum Glück behielt der Weg seine ursprüngliche Breite. Die Zweige der an seinen Rändern dicht stehenden Nadelbäume kratzten nicht über den Lack.

Der vollbesetzte Mercedes schaukelte die Strecke weiter. Die Männer kamen sich vor wie auf dem Deck eines Schiffes. Zudem konnten sie nur im Schrittempo fahren, was sie natürlich ärgerte.

Der Wald schluckte sie schließlich, so daß sie auch von der Einmündung der Straße her kaum noch zu sehen waren.

Dafür entdeckten die beiden vorn Sitzenden den Grillplatz, und dort hörte der Weg auf.

Der Platz besaß die Größe eines halben Fußballfeldes. Man hatte noch einige Trimmgeräte aufgebaut und einen kleinen Spielplatz für Kinder angelegt.

Die Grillstelle selbst war überdacht. Ein hoher Pilz, von Holzsäulen gestützt und mit Stroh bedeckt, schützte vor Regen. Um die Grillstelle herum standen Bänke und andere Sitzgelegenheiten aus Holz. Sie alle waren im Boden verankert.

Der Mercedes wühlte sich aus dem Lehm und rollte kurz danach über einen Kiesbelag. Nach einer Seite hin war der Platz offen, und den Weg hatten die Ankömmlinge genommen. Wenn sie in andere Richtungen laufen wollten, mußten sie sich tatsächlich zu Fuß durchschlagen.

»Die Karte hat nicht gelogen«, erklärte Archie, als er den Mercedes stoppte. »Tut mir leid, Kameraden. Wir müssen auf Schusters Rappen wandern.«

»Dann raus«, sagte Manero.

Die Männer verließen den Wagen. Archie hatte ihn so hingestellt, daß er vom normalen Zufahrtsweg aus nicht sofort gesehen werden konnte. Sie hatten während der gesamten Zeit Handschuhe getragen, um keine Fingerabdrücke zu hinterlassen. Auch jetzt zogen sie die Handschuhe nicht aus. Dabei packten sie alles aus, was wichtig war.

»Sollten wir die Beute nicht besser aufteilen?« fragte Sugar Caine grinsend.

»Wieso?«

Caine schaute Manero an. »Nicht daß ich dir mißtraue, Bruder, aber es ist besser, wenn jeder einen Teil des Geldes bei sich trägt. Oder?«

Manero blickte zu Archie. Der hob die Schultern. Bei ihm ein Zeichen, daß es ihm egal war.

»Bevor du an deinem eigenen Mißtrauen erstickst, Sugar, ich bin dafür. Teilen wir die Beute, aber du nimmst das Hartgeld.«

Caine lachte. »Mache ich alles.« Dann griff er unter sein Jackett und holte seine eigene Tüte hervor. »Vorsichtshalber habe ich die mitgenommen, Tony. Man kann ja nie wissen.«

Die drei Männer verschwanden unter dem Dach der an den Seiten offenen Grillstube. Manero stellte die Tüte mit der Beute auf den kalten Eisenrost und schaufelte die Scheine heraus.

Archie Atkins rauchte eine Zigarette. Er wußte, daß Manero ihn nicht betrügen würde. Sollte er es dennoch versuchen, würde Archie ihn fertigmachen.

Der ehemalige Söldner Sugar Caine bekam glänzende Augen. Das Hartgeld nahm er tatsächlich an sich und ungefähr ein Drittel der Scheine. Manero wandte sich an Archie.

»Willst du auch was?«

Atkins winkte ab. »Wir sind ja Partner.«

»Meine ich auch.«

Sugar Caine hob den Kopf, während er die Tüte zuknotete. »Sollte das gegen mich gerichtet sein, so möchte ich sagen, daß ich schon oft genug beschissen worden bin. Ich verlasse mich lieber auf mich selbst. Ist ja auch kein Fehler, oder?«

»Sicher nicht, Sugar.«

Archie trat die Zigarette aus. Er hatte sich bereits über ihren weiteren gemeinsamen Weg Gedanken gemacht und schlug vor, wenn sie schon im Wald blieben, sich an der Straße zu halten. Zumindest parallel zu ihr zu laufen.

»Was haltet ihr davon?« fragte er.

Tony Manero hatte nichts dagegen. Auch Sugar war einverstanden. Er fragte nur, wie lange es dauern würde, bis sie sich wieder unter Menschen trauen konnten.

»Eine Woche«, meinte Manero.

Caine wurde blaß. »So lange soll ich . . .«

»Nein, wir trennen uns nach der nächsten Nacht, teilen das Geld genau auf, und jeder versucht, sich allein durchzuschlagen. Treffpunkt ist London.«

»Da wäre ich auch für«, sagte Archie.

Sugar Caine brummte.

Tony packte ihn an den Aufschlägen seiner Jacke und schüttelte ihn durch. »Behalte bloß die Nerven, Bursche, und dreh uns nicht durch! Nur weil du ein paar Mäuse hast.«

»He, laß mich los!«

»Gern, Sugar.« Manero grinste kalt. »Ich wollte nur, daß du Bescheid weißt.«

»Bin ja nicht beschränkt.«

Nachdem er das gesagt hatte, verzog Atkins den Mund zu einem Grinsen. Sugar war eben der typische Söldner, der nur auf Befehle hörte und sie dann ausführte.

Spuren hatten sie kaum hinterlassen. Vielleicht ein paar schwache Fußabdrücke, und die Zigarettenkippe hatte Archie in die Erde getreten. Der Wagen konnte ruhig gefunden werden. Er war sowieso gestohlen worden. Prints hatten sie auch nicht hinterlassen.

»Auf denn«, sagte Tony und nickte den beiden Kumpanen zu. »Ich hoffe, ihr erinnert euch noch an Pfadfinderzeiten.«

»Ich kenne den Dschungel!« erklärte Sugar und schulterte seine Maschinenpistole. So behinderte ihn die Waffe beim Gehen nicht.

Der Wald rahmte den Grillplatz ein. Es gab bis auf den einen keine anderen Wege, die in verschiedene Richtungen führten, deshalb mußten sich die Männer quer durch das Gelände schlagen, was nicht besonders angenehm war.

Der Untergrund hatte den Regen aufgesaugt und war entsprechend feucht. Zahlreiche Nadelbäume kratzten mit ihren Zweigen über die Kleidung der Männer. Sie fluchten nicht, sondern kämpften sich voran. Wo der Mischwald wuchs, wurde es besser. Da gab es größere Lücken zwischen den Bäumen, manchmal erreichten die drei Leute auch eine kleine Lichtung, und einmal sahen sie sogar die Straße.

Sofort zogen sie sich tiefer zurück, blieben stehen, warteten ab und hörten auch wieder das bekannte Heulen der Sirenen. Die Polizisten hatten die Suche noch längst nicht aufgegeben. Einen Streifenwagen sahen sie nicht. Zudem entfernte sich das Heulen.

»Die bauen Straßensperren auf«, sagte Archie, der in diesen Dingen Erfahrungen hatte.

Sugar lachte. »Sollen sie ruhig. Wir sind ja hier.«

Archie sprach dagegen. »Unterschätze die Bullen nicht. Wenn die Straßen dicht sind, nehmen sie ihre Hunde und fangen an, die Gegend zu durchsuchen.«

»Die Köter killen wir.«

»Red doch nicht so dummes Zeug«, beschwerte sich Manero. »Durch Schüsse machst du nur andere auf uns aufmerksam. Nein, wir werden uns schön ruhig verhalten. Auch du bist nicht kugelfest, Caine.«

»Leider.«

Sie schlugen wieder ihre ursprüngliche Richtung ein, nur blieben sie nicht mehr so dicht an der Straße, sondern tauchten tiefer in den dichten Mischwald.

Altes, allmählich faul werdendes Unterholz zerknackte unter ihren Schuhen. Die Geräusche störten sie, ließen sich aber nicht vermeiden.

Archie hatte die Führung übernommen. Hin und wieder blieb er stehen, sicherte nach allen Seiten, ging weiter, schritt durch altes Laub vom letzten Jahr und verschwand in einer kleinen Mulde. Als Caine und Manero deren Rand erreicht hatten, sahen sie ihren Partner an der anderen Seite hochklettern.

Die beiden anderen Männer umrundeten die Mulde und wunderten sich, daß Archie Atkins nicht weitergegangen war.
»Was ist los?« fragte Manero.
Archie deutete nach vorn. »Schau genau hin, dann kannst du es sehen.«
»Das ist ja ein Zaun«, flüsterte Tony. Er blickte Archie wieder an. »Was soll das bedeuten?«
»Keine Ahnung.«
»Wenn hier jemand Gelände abgeteilt hat, ist das nicht ohne Grund geschehen«, sprach Manero. »Was kann sich hinter dem Zaun verborgen halten?«
»Vielleicht ein Lager?« Sugar hatte es gesagt. »Militärisches Sperrgebiet oder so.«
»Wäre möglich«, sagte Archie. »Nur hätten wir auf der Karte etwas eingezeichnet sehen müssen. Nein, der Zaun muß einen anderen Grund haben.«
»Finden wir ihn heraus«, schlug Sugar vor und setzte sich bereits in Bewegung, um den Zaun zu erkunden.
Diesmal hatten seine beiden Partner keine Einwände. Es dauerte nicht lange, da blieb Archie stehen und deutete durch den Maschendraht. »Verdammt, da ist doch ein Haus.«
»Wo?«
Archie zeigte es ihnen. Er deutete auf eine Lücke zwischen zwei dicken Eichenstämmen. »Da muß etwas sein. Glaubt mir, Brüder, das sieht mir nach einem alten Kasten aus.«
»Den wir uns anschauen könnten«, sagte Manero.
»Glaubst du nicht, daß der Bau durchsucht wird?« fragte Archie gegen.
»Die Chancen stehen fünfzig zu fünfzig. Die Bullen nehmen doch an, daß wir Dover und dessen Umgebung längst verlassen haben. Nein, das Haus könnte gut für uns sein.«
»Und wenn es bewohnt ist?« fragte Sugar.
»Das werden wir ja feststellen.« Manero war davon überzeugt, daß es keine bessere Lösung gab, als sich das Gebäude anzusehen und dort eventuell einen Unterschlupf zu finden.
Als Stuntman hatte er gejobbt. Daß er nichts verlernt hatte, bewies er in den nächsten Augenblicken, als er mit der Gewandtheit einer Katze am Zaun hochkletterte, an seinem Ende geschickt über den sich biegenden Maschendraht hinwegkletterte und an der Innenseite geschmeidig zu Boden sprang, wo er weich auf-

kam. Er drehte sein Gesicht den anderen beiden zu. »Bleibt ihr zurück. Ich sehe mal nach, ob es sich wirklich um ein leeres Haus handelt.«

Die anderen waren einverstanden und warteten. Sugar Caine lehnte sich mit dem Rücken gegen den Maschendraht. »Ich glaube, Archie, das packen wir.«

»Meinst du?«

»Klar.«

»Und was macht dich so optimistisch?«

Caine grinste breit. »Erstens die Dummheit der Bullen und zweitens unsere Raffinesse. Wir zusammen haben doch mehr drauf, mehr als eine ganze Kompanie. Meine ich wenigstens.«

»Eingebildet bist du gar nicht.«

Sugar verzog den Mund. »Brauche ich auch nicht zu sein. Was glaubst du, wie viele meiner Kumpel im Dschungel geblieben sind. Das waren Hunderte. Und die Bimbos waren link, kann ich dir sagen. Die haben mit Haken und Ösen gekämpft. Da blieb kein Auge trocken. Nachher konnte ich besser mit der Machete umgehen als sie.« Er lachte schrill. »Das war ein Spaß, kann ich dir sagen. In einer Hand das Haumesser, in der anderen eine scharfe Granate. Wir haben uns den Weg . . .«

Sugar verstummte, denn er hatte Schritte gehört. Jenseits des Zauns war hinter sperrigen Buschzweigen die Gestalt des Tony Manero zu sehen. Geschmeidig kam er näher und winkte bereits, bevor er den Zaun noch erreicht hatte. »Ihr könnt kommen.«

»Was ist mit dem Haus?« fragte Archie.

»Ein alter Kasten. Halb verfallen schon. Scheint unbewohnt zu sein.«

»Hast du auch überall nachgesehen?« wollte Archie wissen. Er war stets mißtrauisch.

»Dazu blieb mir nicht die Zeit.«

»Was soll's«, sagte Sugar Caine. »Klettern wir rüber und sehen wir selbst nach.« Er machte den Anfang und schaffte es ebenfalls ohne Schwierigkeiten, das Hindernis hinter sich zu lassen.

Als letzter folgte Archie Atkins. Nebeneinander blieben die drei stehen. Sugar ließ den Riemen der MPi am Arm nach unten rutschen und nahm die Waffe in beide Hände. Sollte er irgend etwas Verdächtiges entdecken, würde er sofort feuern, das stand fest.

»Dann laß uns mal gehen.« Manero nickte. »Und haltet euch in meiner Nähe. Ich habe den besten Weg schon ausgekundschaftet. Wir erledigen alles der Reihe nach.«

Die Männer blieben dicht zusammen. Sie waren sehr wachsam, hatten ihre Blicke überall und hörten auch die Geräusche der Straße. Immer wenn Wagen vorbeifuhren, vernahmen sie ein Brausen. Erst schwächer, danach stärker, dann abklingend.

»Die Straße ist mir ein wenig zu nahe«, sagte Archie. »Irgendwie gefällt mir das nicht.«

Sugar Caine hatte die Worte vernommen und blieb stehen. »Ich kehre nicht mehr um.«

»Davon hat auch keiner etwas gesagt.«

»Weiter«, mischte sich Tony ein. »Wir können uns hier nicht eine Ewigkeit aufhalten. Und mit der Straße, das ist eben nicht zu ändern.«

»Bleibt der Wald so verwildert?« fragte Archie.

»Bis zum Haus.«

»Dann scheint es ja doch leer zu stehen.«

Tony schob sich durch einen sperrigen Busch. »Wir werden an die Rückseite gelangen. Sollen wir dort versuchen, reinzukommen, oder gehen wir erst einmal herum?«

»Lieber rein«, meinte Sugar.

Archie war auch dafür. Bis die Männer das Haus erreicht hatten, sprachen sie nicht mehr. Schließlich blieben sie an der Seitenwand stehen und schauten sich an.

»Du bist der Boß«, sagte Archie.

Manero hob die Schultern. Er schritt durch das schienbeinhohe Gras, erreichte als erster die Rückseite und blieb vor der Hintertür stehen.

Sugar Caine schaute an der Front hoch. Er hatte den Kopf in den Nacken gelegt und folgte mit der Waffenmündung seinen Blicken. »Ist das ein Kasten. Da blättert der Putz ab. Glaube kaum, daß sich hier jemand aufhält. Sogar die Fenster haben sie vernagelt.«

»Und die Tür verschlossen«, kommentierte Archie, als er auf die Klinke gedrückt hatte.

Sugar Caine zielte auf das Schloß. »Das ist kein Problem. Das zerblase ich mit einer Garbe.«

»Ich würde trotzdem vorn noch einmal nachschauen«, schlug Manero vor.

Seine beiden Partner schauten ihn überrascht an. »Was ist los mit dir?« fragte Archie. »Du bist so anders. Wirkst irgendwie unentschlossen, Bruder.«

Manero hob die Schultern. »Ich weiß es auch nicht genau. Aber ich habe ein komisches Gefühl.«

»Und welches?«

»Hier scheint einiges nicht zu stimmen, Freunde. Unsere Flucht, das Haus, es paßt mir einfach zu gut.«

»Hast du Muffe?« fragte Sugar.

»Nein, nicht direkt. Nur...« Er hob die Schultern. »Ich weiß nicht so recht. Irgendwie geht von diesem Bau eine seltsame Strömung aus. Sogar eine Gänsehaut habe ich bekommen.«

»Das ist die Angst«, lachte Sugar.

»Vielleicht.«

Archie Atkins war beunruhigt. Er legte seinem Freund die Hand auf die linke Schulter. »Mensch, Junge, mach keinen Mist! Du hast doch bisher die Nerven behalten.«

»Die behalte ich auch jetzt noch. Nur würde es mich wirklich interessieren, ob ihr auch so denkt.«

»Ich nicht«, erwiderte Sugar.

»Damit du beruhigt bist, schauen wir auch vorn noch einmal nach«, sagte Archie entschlossen.

»Ja, das wäre mir recht.«

Die Männer nahmen jetzt einen anderen Weg. Sie wollten das Gebäude an der Ostseite umrunden. Es blieb nicht aus, daß sie auf den Holzschuppen trafen.

Zunächst sahen sie noch nichts. Erst als sie ihn hinter sich gelassen hatten, wurden sie aufmerksam, denn die Tür des Schuppens war nicht geschlossen.

Die beiden Fahrzeuge sahen sie zur gleichen Zeit.

Überrascht blieben sie stehen. »Die sehen aber nicht sehr alt aus«, flüsterte Archie, tauchte in den Schuppen ein, während sich Sugar gegen die Innenwand preßte.

Archie Atkins legte eine Hand auf die Motorhaube des Renault Fuego. »Kalt!« kommentierte er. Danach fühlte er bei dem Rover und hob die Schulter. »Die ist noch warm.«

»Es könnte also jemand damit gefahren sein«, meinte Tony.

»So sieht es aus.«

Archie kam wieder zurück. Er hatte die Stirn in nachdenkliche Falten gelegt. »Was machen wir? Noch können wir verschwinden und uns irgendwo im Wald verbergen.«

»Ich würde erst einmal in dieser komischen Bude nachschauen«, erklärte Sugar.

»Und dann?«

»Machen wir es uns bequem. Trotz der Wagen ist nicht sicher, ob hier jemand wohnt. Vielleicht sind die Kisten gestohlen worden, so daß wir hier noch Partner treffen.«

Die Möglichkeit schloß keiner der beiden anderen Männer aus. Sie kamen zu dem Entschluß, sich im Haus umzusehen, und hatten schon sehr bald den Haupteingang erreicht. Auf der Treppe dahinter wuchs Moos.

Archie ging in die Knie und fühlte nach. Er sah auch Abdrücke. »Hier ist vor kurzem noch jemand die Stufen hochgestiegen. Wir sollten vorsichtig sein.«

Manero stand an der Tür. Er schaute sich die Holzmaserung an und schüttelte den Kopf.

»Was hast du?« fragte Sugar.

»Sieht aus wie ein Gesicht.«

»Was?«

»Das Holz hier.«

Caine sah ebenfalls nach. Tony hatte ihm Platz gemacht. »Tatsächlich, das ist ein Gesicht.«

»Wenn das der Bewohner des Hauses sein soll, habe ich nichts dagegen«, grinste Tony.

»Ist sogar eine Frau.« Sugar lachte hoch.

Manero war es leid. »Bevor wir bis zum Anbruch der Dunkelheit diskutieren, laß uns endlich reinen Tisch machen und den Bau betreten. Los jetzt!«

Er ging vor, drückte die schwere Klinke aus Gußeisen nach unten und stieß die Tür auf.

Mit der freien Hand hatte er seinen Revolver gezogen. Schußbereit hielt er die Waffe, als er über die Schwelle schritt und wenig später abrupt stehenblieb.

»Das darf doch nicht wahr sein«, flüsterte er, kniff die Augen zusammen, öffnete sie wieder, doch das Bild blieb.

Archie und Caine betraten das Haus. Auch sie waren erstaunt und hatten das Gefühl, in eine andere Welt gekommen zu sein . . .

Die Ärzte kämpften um das Leben des Steve Bennet!

Ich hatte das Krankenhaus nach einigem Suchen gefunden und

dank meines Ausweises auch einen der Ärzte zu sprechen bekommen. Der Mann konnte nur die Schultern heben.

»Gibt es überhaupt noch eine Chance?«

»Wir tun unser Bestes.«

Diese und ähnliche Antworten kannte ich von Ärzten, wenn sie um das Leben eines Patienten kämpften. Ich konnte den Leuten auch keinen Vorwurf machen, an ihrer Stelle hätte ich ebenso gehandelt.

Die langen Flure der Krankenhäuser sind mir zuwider. Deshalb ging ich zwei Stockwerke tiefer, wo es eine Kantine gab. Sie war ebenso mies eingerichtet und raucherfüllt.

Ich holte mir eine Tasse Kaffee und nahm an einem kleinen viereckigen Tisch Platz. Dort trank ich die Brühe, die mir überhaupt nicht schmeckte.

In meiner Nähe saßen Kranke. Eingewickelt in Bademäntel, schlürften sie Kaffee, den sie allerdings mit einem Schuß Whisky aus heimlich mitgebrachten Flaschen veredelten. Mit den grüngrau gestrichenen Wänden machte dieser Raum einen deprimierenden Eindruck auf mich. Dann schon lieber ein langer Gang im Krankenhaus.

Ich leerte die Tasse und lief wieder nach oben. Der lange Gang war leer, bis auf eine Frau. Sie schritt in Richtung eines Lichthofes, der den Flur praktisch abschloß. Die Frau drehte mir den Rücken zu. Dennoch erkannte ich die einsame Besucherin. Es war Mrs. Bennet, Steves Tante. Als sie sich umwandte, sah sie mich.

»Sie sind auch hier, Sir?« fragte sie.

Ich ging auf sie zu und deutete auf eine Wartebank, wo wir beide unseren Platz fanden. »Schließlich kann ich meinen Schützling nicht allein lassen.«

Sie legte ihre Hand auf die meine. »Das finde ich nett von Ihnen, Mr. Sinclair.« Dabei hob sie in einer deprimierend wirkenden Geste die Schultern. »Wir können nur hoffen und beten.«

»Sicher.« Ich hatte den Kopf gesenkt und nickte. Es war ruhig auf dem langen Flur. Rechts von uns ging es zum OP-Bereich. Eine hohe Milchglastür schloß diesen Komplex ab.

»Ich glaube, Sie sitzen hier umsonst«, sagte die Frau leise. »Sollte Steve es schaffen, wird er wohl kaum in der Lage sein, zu reden.«

»Mir wäre schon mit einem Satz zu diesem Thema gedient. Steve muß die rothaarige Frau gekannt haben.«

»Ich kannte sie nicht.«

»Sie haben doch in einem Haus gewohnt.«

Mrs. Bennet winkte ab. »Das stimmt zwar, doch wir sind verschiedene Wege gegangen. Wenn ich etwas zu ihm sagte, empfand Steve dies stets als eine Bevormundung. Das wollte er auf keinen Fall. Er ging immer seine eigenen Wege, auch wenn ich sie nicht akzeptieren konnte, aber ich fühlte mich verpflichtet, mich um den Jungen zu kümmern. Deshalb habe ich ihm auch den Fernkurs bezahlt.«

»Welchen?«

»Er wollte ja Detektiv werden.« Sie schüttelte den Kopf. »Eigentlich ein Unsinn. Nur war ich froh, daß er überhaupt etwas tat, wissen Sie. So herumzulungern, das ist ja nichts für einen jungen Mann in seinem Alter.«

»Da haben Sie recht.« Ich fragte weiter. »Wie sah es denn mit Damenbekanntschaften bei ihm aus?«

»Darum habe ich mich nie gekümmert. Er brachte auch kaum ein Mädchen oder eine Frau mit nach Hause. Vielleicht hat er sich wegen seiner Bude unter dem Dach geschämt. Ich habe nie eingesehen, daß ich die auch noch sauberhalten soll. Er ist alt genug.«

»Und seine Fälle?«

Verständnislos schaute mich die Frau an. »Wie meinen Sie das denn, Sir?«

»Welche Fälle hat er angenommen?«

»Wenige oder keine.«

»Wovon hat er gelebt?«

»Ich gab ihm hin und wieder ein wenig Geld. Man kann ihn ja nicht einfach sitzenlassen. Sie verstehen?«

»Klar. Steve hat also keinen Auftrag gehabt? Bis auf den einen.«

»Welchen meinen Sie?«

»Mrs. Fandon hatte ihn doch engagiert, um ihren Mann zu überwachen. Und Ross Fandon ist umgebracht worden. Deshalb bin ich überhaupt erst auf den Fall gekommen. Man hat ihn getötet und ihm, jetzt behalten Sie nur die Nerven, das Herz aus der Brust genommen.«

Trotz meiner Warnung erschrak Mrs. Bennet heftig. »Aber wer macht denn so etwas?« fragte sie und war noch bleicher geworden.

»Wenn ich das wüßte, hätte ich den Fall vielleicht gelöst.

Möglicherweise wissen Sie mehr. Es kann sein, daß dieses Motiv im Leben des Ross Fandon zu finden ist.«

Mrs. Bennet verstand auch ohne Nachfrage, worauf ich hinauswollte.

»Ich kenne den Mann«, erklärte sie. »Ein jeder in Dover kennt ihn eigentlich. Ross Fandon und sein Transport-Unternehmen sind gewissermaßen ein Begriff hier.«

»Kannten Sie ihn persönlich?«

»Nein. Ich hatte ja nie dienstlich mit ihm zu tun. Wenn ich mal nach London fuhr, nahm ich die Bahn. Fandon gehörte aber zu Dover. Er und seine Frau – na ja . . .«

»Er soll nicht gerade die Hosen angehabt haben.«

»Das stimmt, Mr. Sinclair. Die Hosen hatte sie an. Es wurde natürlich viel darüber gelacht. Die Fandons waren stets einen Klatsch wert. Ich glaube, das wußten sie auch.«

»Wie hat er sich denn aus der Affäre gezogen?«

Nach meiner Frage bekam Mrs. Bennet einen roten Kopf. »Es sind auch nur Gerüchte, Sir . . .«

Ich half ihr. »Mädchen?«

»Ja, Mr. Sinclair, Mädchen. Darum ging es eigentlich. Ross Fandon soll in einschlägigen Lokalen ein bekannter Kunde gewesen sein, der sich auch nicht lumpen ließ und hin und wieder einen Schein zulegte.«

»Aber nicht hier in Dover!«

»Wo denken Sie hin, Mr. Sinclair!« Mrs. Bennet war empört. »Seine Frau hätte es fertiggebracht und wäre in dieses Bordell gestürmt, um ihn dort rauszuholen. Sie wäre zu einer Furie geworden. Nein, er muß woanders hingefahren sein. Mit einem Jaguar ist London ja schnell zu erreichen.«

»Da gibt es genug Abwechslung für einsame Gentlemen«, gab ich zu.

»Dann könnte die Rothaarige aus London stammen«, sagte die Frau.

»Möglich. Ich frage mich nur, weshalb sie dann nach Dover fährt und versucht, Ihren Neffen umzubringen. Wo ist die Verbindung zwischen dieser Yvonne, Ross Fandon und Ihrem Neffen?«

»Er hatte die Aufgabe, Fandon zu beschatten.«

»Richtig. Dabei muß er meiner Ansicht nach etwas entdeckt haben, das für eine Frau wie Yvonne gefährlich werden konnte.

Etwas anderes kann ich mir nicht vorstellen. Zeigte er sich in den letzten Tagen verändert?«

»Nicht daß ich wüßte.«

»Hat er nichts gesagt?«

»Nein, er sprach mit mir nicht über seine Fälle. Nur eine Andeutung machte er.«

»Und welche?«

Mrs. Bennet lachte auf und winkte gleichzeitig ab. »Das durfte man bei ihm nicht so ernst nehmen. Er hat oft so geredet. Er meinte nur, daß er bald von den Armen weg sein würde und er mir alles zurückgeben könnte, was ich ihm nur ›geliehen‹ hatte. Das war es.«

»Wie haben Sie reagiert?«

»Nur gelacht. Solche Worte habe ich bei ihm schon öfter vernommen. Ich konnte sie einfach nicht mehr glauben.«

Hätte sie es dieses eine Mal nur getan. Diesmal schien Steve wirklich eine Goldgrube aufgetan zu haben. Was hatte Yvonne zu verbergen gehabt? Im menschlichen Sinne normal war sie meiner Ansicht nach nicht. Ich hatte, als ich ihr gegenüberstand, etwas Seltsames gespürt. Einen Hauch nur, vielleicht auch eine Strömung, aber sie hatte mir die Richtung auf die Schwarze Magie gezeigt. Zudem dachte ich an ihr Aussehen, das Messer ließ ich dabei mal außer Betracht. Nein, Yvonne sah nicht normal aus. Vielleicht beim ersten Hinschauen, später entdeckte man an ihr Kleinigkeiten, die störten. Wie die Haare, zum Beispiel.

»Mehr kann ich Ihnen auch nicht sagen, Sir.«

»Hat Ihr Neffe nie über seinen Fall mit Ihnen gesprochen, Mrs. Bennet? Es muß für ihn doch etwas Außergewöhnliches gewesen sein, eine Arbeit zu bekommen.«

Sie schüttelte den Kopf.

»Er war verschlossen. Außerdem durfte er ja nicht viel verraten. Was er sagte, war eigentlich schon zu viel. Im nachhinein sehe ich das anders. Steve muß einer gefährlichen Sache auf der Spur gewesen sein.«

Schade, daß diese Frau nicht mehr wußte. Als einzige Hoffnung blieb mir nur Steve Bennet. Hoffentlich schaffte er es.

Die nächsten Minuten vergingen schweigend. Inzwischen war es auch hoher Nachmittag geworden. Ich schaute auf meine Uhr, schätzte die Zeit ab und kam zu dem Entschluß, daß es nicht mehr lange dauern würde, bis Suko eintraf. Vier Augen sahen mehr als zwei. Vielleicht hatte mein Partner, der ja unbelastet war, eine bessere Idee.

Meine Gedanken wurden unterbrochen, als die rechte Hälfte der Milchglastür aufgestoßen wurde. Mrs. Bennet sprang schneller in die Höhe als ich, ging einen Schritt, blieb stehen und starrte die drei Ärzte an, die auf den Gang traten.

Die Männer hatten die Mundtücher abgenommen, und ich schaute in erschöpfte Gesichter, deren Haut bereits einen grauen Farbton zeigte. Ich hatte mich ebenfalls erhoben und Mrs. Bennets Ellbogen umfaßt. Sie schluckte zweimal, bevor sie zum Sprechen ansetzen konnte.

»Ist er . . . ist er . . .«

Der kleinere der beiden Ärzte lächelte schmal. »Er lebt«, sagte er dann, um die Schultern zu heben. »Wir haben alles getan, was möglich war. Sein Schicksal liegt jetzt in der Hand eines anderen.«

»Gott!« Mrs. Bennet sank zusammen. Ich fing sie ab und setzte sie auf die Bank. Ihr Gesicht war blaß, und sie starrte ins Leere. Wenn die Ärzte so reagierten, sah ich meine Chancen schwinden, noch etwas zu erreichen. Dennoch wollte ich wissen, ob es möglich war, ein paar Worte mit Steve zu wechseln.

Strafend wurde ich angeschaut. »Das ist unmöglich, Oberinspektor. Wo denken Sie hin!«

»Ich meinte ja nur.«

»Nein, da ist nichts zu machen. Mr. Bennet ist mehr tot als lebendig. Die Klinge ist tief in seinen Körper gedrungen. Sie hat auch die Lunge verletzt.«

»Dann danke ich Ihnen.«

»Wenn Sie in wenigen Tagen vorbeischauen wollen, sieht es vielleicht besser aus«, versuchte man mir Mut zu machen.

»Die Zeit habe ich leider nicht.«

Die Ärzte verschwanden, während ich mich auf die Bank setzte und Mrs. Bennet flüstern hörte. »Er lebt, mein Gott, er lebt.«

»Ich bin sicher, daß er es überstehen wird, Mrs. Bennet. Ihr Neffe ist noch jung.«

»Ja, ich hoffe es.«

»Soll ich Sie nach Hause bringen?«

Sie schüttelte den Kopf. »Nein, Mr. Sinclair. Ich möchte noch bleiben. Vielleicht braucht er jemand, wenn er erwacht, dann soll er wenigstens ein bekanntes Gesicht sehen.«

»Verstehe. Wahrscheinlich hätte ich an Ihrer Stelle auch nicht anders gehandelt.«

Ich verabschiedete mich von der tapferen Frau und machte ihr noch einmal Mut. Dann verließ ich das Krankenhaus.

Mein Wagen stand auf dem Besucherparkplatz. Direkt unter den Ästen einer alten Ulme. Bevor ich startete, dachte ich über mein nächstes Ziel nach.

Hatte ich überhaupt eines? Eigentlich nicht, denn die Spur war gerissen. Es gab da ein Loch. Ich wußte nicht, wo ich noch ansetzen sollte. Niemand kannte die Rothaarige, sie war wie ein Phantom, einfach nicht zu fassen.

Vielleicht sollte ich Mrs. Fandon noch einmal interviewen. Möglicherweise wußte sie mehr, als sie mir gesagt hatte. Ich dachte auch an Inspektor Bingham. Auf seine Hilfe konnte ich auch nicht rechnen, denn er mußte sich mit Bankräubern herumschlagen.

Mich interessierte der Fall ebenfalls. Vielleicht wußte man schon mehr. Über Autotelefon rief ich bei Bingham an. Die Nummer stand auf seiner Karte. Ich hatte Glück und erwischte ihn. Die Stimme des Kollegen klang ein wenig gehetzt.

»Sinclair«, sagte er. »Ich bin voll im Streß. Die verfluchten Verbrecher haben gewütet.«

»Gab es Tote?«

»Zwei. Ein Polizist und ein Zeuge. Ein anderer Polizist wurde schwerverletzt und zwei Leute in der Bank zum Glück nur leicht. Es ist schrecklich.«

»Die Fahndung läuft?«

»Natürlich. Die drei Kerle sind mit einem Mercedes geflohen. Vielleicht kriegen wir sie noch. Und bei Ihnen?«

»Negativ. Ich bin hier noch am Krankenhaus, aber da tut sich leider nichts.«

»Hat Steve Bennet überlebt?«

»Bis jetzt ja.«

»Wenigstens eine gute Nachricht.«

»Ob er es aber schafft, muß abgewartet werden. Ich konnte auf jeden Fall nicht mit ihm sprechen.«

»Das hatte ich mir gedacht. Haben Sie schon weitere Pläne?«

»Keine konkreten. Ich komme zu Ihnen, denn dort wird auch mein Partner Suko erscheinen.«

»Wie heißt er?«

»Suko, er ist Chinese.«
»Und Polizist?«
»Inspektor.«
»Das habe ich auch noch nicht gehört. Na, mir soll es egal sein. Nur muß ich Sie warnen. Durch den Bankraub habe ich alle Hände voll zu tun. Ich kann mich also nicht um Sie kümmern. Sie müssen Ihren Fall alleine lösen.«
»Das werde ich auch.« Ein Blick auf die Uhr zeigte mir, daß ich etwa gegen 16.00 Uhr bei Bingham im Büro eintreffen würde, was ich ihm noch mitteilte.
»Gut, ich warte dann.«
Als ich die Verbindung unterbrochen hatte, blieb ich noch für einen Moment nachdenklich im Wagen sitzen. Dieser Fall war so etwas von vertrackt und seltsam wie selten einer. Ich konnte mich gut auf meine Gefühle oder auf eine Art sechsten Sinn verlassen, und ich glaubte daran, daß sich über meinem Kopf eine dicke, dunkle Wolke zusammenbraute, die sich allmählich tiefer senkte. Da kam etwas auf mich zu. Leider wußte ich nicht, um was es sich dabei handelte.
Die Gefahr war vorhanden.
Kaum hatte ich den Zündschlüssel ein wenig bewegt, sprang der Motor des Silbergrauen an. Ich fuhr rückwärts aus der Parktasche, drehte und rollte der Ausfahrt entgegen.
Links von mir, getrennt durch ein Rasenstück, befand sich die Anfahrt zur Notaufnahme. Dort rollte soeben ein Rettungswagen aus. Das Warnlicht auf seinem Dach drehte sich noch.
Den Weg in den Ort hinein kannte ich mittlerweile. Ich hatte ihn mir auf der Hinfahrt gemerkt. Diesmal brauchte ich nicht zu fragen. Nach einem Kreisverkehr mußte ich mich in die zweite Straße rechts einordnen. Sie sah aus wie eine Allee. Schnurgerade schoß sie dem Ort entgegen.
Dover liegt direkt an der Küste. Fähren vom Festland laufen die Stadt an. Und die Nähe der See war zu riechen und auch zu sehen, denn hoch in der Luft segelten zahlreiche Möwen unter dem grauen Himmel. Die Wolken waren dort vom Wind zu langen Schleiern auseinandergezupft worden und klebten zusammen.
Ich brachte den Bentley auf Touren. Es herrschte nicht viel Verkehr, und meine Gedanken drehten sich auch um den Banküberfall. An Straßensperren geriet ich nicht. Sie waren weiter

auseinandergezogen worden, doch hin und wieder vernahm ich den Klang einer Sirene. Aus Bankräubern waren Mörder geworden, und ich hoffte, daß sie der Polizei in die Falle gehen würden. Wenn ich mithelfen konnte, wäre ich gern dabeigewesen.

Auf der linken Seite begann ein Waldstück. Ich hatte es auch bei der Hinfahrt passiert und wußte, daß es erst dort aufhörte, wo die eigentliche City von Dover begann.

Hin und wieder wurde die glatte Wand des Waldes durch Einschnitte unterbrochen. Es waren einfache Wege, die den Holzfällern als Transportpfade dienten.

Automatisch warf ich jedesmal einen Blick hinein. Dann verengte sich die Straße ein wenig. Pfeile kennzeichneten die Stelle. Ich fuhr langsamer und sah abermals an der linken Seite wieder einen dieser Einschnitte.

In ihm stand ein Wagen!

Ich war schon vorbei, als etwas in meinem Gehirn einrastete. Eine einsame Limousine, wahrscheinlich kein britisches Fabrikat.

Einen Mercedes erkannte ich und bremste ab. Mit zwei Rädern rollte ich auf den neben der Straße herlaufenden Grünstreifen, stoppte den Bentley, stieg aber nicht aus, sondern drehte den Wagen, um wieder zurückzufahren. Ein Stück vor dem Waldweg hielt ich endgültig an, stieg aus und nahm am Waldrand Deckung hinter einem dicken Baumstamm.

Ich hatte mich so hingestellt, daß ich den Weg überschauen konnte.

Der Mercedes fuhr. Sehr langsam, denn die Strecke war schlecht. Er schaukelte wie ein Schiff bei Seegang. Zum Glück besaß ich gute Augen und konnte erkennen, daß mehrere Personen in der Limousine saßen.

Wahrscheinlich drei . . .

Und drei Bankräuber waren es gewesen!

Manchmal gibt es wirklich Zufälle im Leben, die es normalerweise nicht geben durfte. Wonach möglicherweise eine Hundertschaft von Polizisten suchte, hatte ich durch einen glücklichen Zufall entdeckt. Ich dachte an mein Versprechen, das ich mir gegeben hatte, und an die Morde, die die Bankräuber auf dem Gewissen hatten.

Bei meinem eigenen Fall war ich nicht so recht weitergekommen. Vielleicht konnte ich hier helfen.

Jetzt gab es zwei Möglichkeiten. Entweder zog ich mich zurück, alarmierte Inspektor Bingham und wartete, bis er eingetroffen war, oder ich nahm die Verfolgung allein auf.

Ich entschied mich für die letzte Möglichkeit. Noch war ich nicht sicher, ob es sich tatsächlich um die Bankräuber handelte. Wenn ich Alarm schlug und es sich herausstellte, daß ich einer Täuschung erlegen war, hatten sich durch das Abziehen der Polizei an anderen Stellen große Lücken aufgetan, durch die die Bankräuber und Killer eventuell schlüpfen konnten. Zudem war ich es gewohnt, so ziemlich auf eigene Faust vorzugehen. Das wollte ich auch beibehalten.

Durch meine Überlegungen hatte ich Zeit verloren. Als ich wieder nachschaute, hatte der Mercedes fast das Ende des Hohlwegs erreicht. Ich traute mir durchaus zu, schneller zu laufen, als der Wagen fuhr, auch wenn ich dabei nicht auf dem Weg bleiben konnte, sondern mich durch den Wald bewegen mußte.

In Deckung der Bäume blieb ich. Sperriges Unterholz hinderte mein Fortkommen. Die noch im letzten Jahr von den Bäumen herabgefallenen Zweige oder Äste lagen kreuz und quer. Manchmal verhakten sie sich mit ihren Spitzen in meinen Hosenbeinen, so daß ich mich gezwungen sah, sie immer wieder fortzuschleudern. Unter den Resten war der Boden weich. Abgefallene Fichten- und Tannennadeln bedeckten ihn wie einen Teppich. Ich ging geduckt, damit vorstehende Zweige nicht in mein Gesicht peitschten.

Der Mercedes war längst aus meinem Blickfeld entschwunden. Ich sah ihn erst wieder, nachdem ich das Ende des Holzfällerwegs fast erreicht hatte.

Man erkennt manchmal daran, wie ein Wagen abgestellt worden ist, was die Besitzer vorhaben. Das war auch hier der Fall. Die Männer hatten den Mercedes so geparkt, daß seine Schnauze in ein zwischen den Bäumen wachsendes Gestrüpp hineinstach. Die Vorderräder hatten sich tief in den weichen Boden gewühlt. Für mich stand fest, daß die Typen das Fahrzeug nicht mehr benutzen wollten.

Ich sah sie zudem nicht.

Dafür eine überdachte Grillhütte, die ich ebenfalls betrat, nachdem ich mich mit einem Rundblick vergewissert hatte, daß mir keine Falle gestellt wurde.

Dennoch rann eine Gänsehaut über meinen Rücken, als ich unter dem Dach stehenblieb.

Vor meinen Fußspitzen lag etwas Blinkendes. Ich bückte mich und hob eine Münze auf. Ein weiteres Detail, das mir bewies, auf der richtigen Spur zu sein.

In welche Richtung hatten sich die Bankräuber und Killer davongemacht? Das war die große Frage. Da ich leider nicht hellsehen konnte, mußte ich mich an den Spuren orientieren, ging um die Hütte herum und fand im weichen Boden frische Fußabdrücke, die zu einer dichten Wand aus Nadelbäumen hinführten.

Den Weg nahm auch ich.

An den abgerissenen und zerknickten Zweigen erkannte ich, daß auch die drei Männer die Strecke gegangen waren. Wer derart deutliche Spuren hinterläßt, macht es einem Verfolger leicht. Auch mir gelang es, den Weg der Kerle genau zu verfolgen.

Einmal hörte ich sogar ihre Stimmen.

Augenblicklich nahm ich hinter einem Baumstamm Deckung und wartete mit angehaltenem Atem ab. Bekannte Geräusche bewiesen mir Sekunden später, daß sie sich wieder auf den Weg gemacht hatten.

Ich setzte die Verfolgung fort. Sollten sich die Männer wie Elefanten im Porzellanladen benehmen, ich tat es nicht und versuchte, so wenig Geräusche wie eben möglich zu verursachen. Dabei blieb ich ihnen auf den Fersen, schlug sogar manchmal Bögen und holte auch auf.

Die Nadelbäume waren einem lichteren Mischwald gewichen. Daher bestand auch die Gefahr einer schnelleren Entdeckung, und ich mußte höllisch achtgeben.

Zudem hörte ich die Geräusche der Männer nicht mehr. Sehr vorsichtig ging ich weiter. Behutsam setzte ich einen Fuß vor den anderen und tastete zunächst nur den Boden ab, denn ich wollte auch das kleinste Geräusch vermeiden.

Irgendwann traute ich mich nicht mehr weiter, sondern suchte Deckung. Das war auch gut so, denn plötzlich sah ich einen der Kerle. Er trug einen Staubmantel und eine MPi bei sich. Das Haar war fahlblond. Von der Figur her war er sehr kräftig, was durch die Weite des Mantels noch unterstrichen wurde.

Ein zweiter Typ geriet ebenfalls in mein Blickfeld. Der Mann war mit seiner Lederjacke modisch gekleidet. Ebenfalls modern war sein Haarschnitt.

Die beiden paßten zusammen wie Feuer und Wasser. Von dem dritten Kerl sah ich nichts, entdeckte dafür etwas anderes und stellte bei genauerem Hinsehen fest, daß es sich dabei um einen Zaun aus graugrünem Maschendraht handelte.

Ein Zaun mitten im Wald!

Normal war das nicht. Es mußte etwas zu bedeuten haben, und ich dachte darüber nach. Ein Zaun umfriedet ein bestimmtes Areal. Er soll jemand am Betreten des Geländes hindern oder es ihm zumindest schwermachen. Welche Funktion besaß dieser Zaun?

Ich wußte es nicht, war mir aber sicher, es herausfinden zu können, obwohl ich von dem dritten Bankräuber abgelenkt wurde. Schattenhaft sah ich ihn. Er stand hinter dem Maschendraht, flüsterte mit den anderen, was ich nicht verstand, und sorgte dafür, daß ihm seine Partner folgten.

Gewandt kletterten sie über das Hindernis.

Ich blieb noch in meiner Deckung. Erst zwei Minuten später löste ich mich wieder und schlich auf den Zaun zu. Warum hatte man das Gelände umfriedet?

An der Stelle, wo die drei Verbrecher den Zaun überklettert hatten, war er nach außen gebogen, als wollte er mir entgegenkommen. Ich faßte zu und kletterte hoch. Ohne mir etwas aufzureißen, kam ich an der anderen Seite sicher herunter.

Der Boden war naß und weich. Die einzelnen Halme strichen an meinen Hosenbeinen entlang oder wurden von meinen Schuhen zertreten.

Abermals bewegte ich mich sehr vorsichtig voran. Von den Bankräubern hörte ich nichts mehr. Erst später vernahm ich wieder ihre Stimmen, da hatte ich bereits das Haus gesehen.

Ein altes Haus mitten im Wald. Wenn das keine Überraschung war! Und wahrscheinlich barg dieses Haus auch ein Geheimnis, das für die Bankräuber ebenfalls vorhanden war, denn ich hörte ihre Unterhaltung. Sie wußten nicht, was sie anstellen sollten, und hielten den alten Kasten sicherlich für unbewohnt.

Dann entschieden sie sich, das Gebäude genauer zu begutachten, und verschwanden wieder.

Es wurde still. Deshalb fielen mir auch die manchmal aufklingenden, leicht brausenden Geräusche auf. Es geschah immer dann, wenn ein Wagen vorbeifuhr.

Also war die Straße in der Nähe. Ich hatte das Haus auf meiner

Fahrt nicht gesehen. Bei dem dichten Baumbestand kein Wunder. Wenn die drei Bankräuber den alten Bau betraten, saßen sie in der Falle. Als ich daran dachte, konnte ich mir ein Lächeln nicht verkneifen und wartete ab, was sie weiterhin vorhatten.

Einmal noch hörte ich ihre Stimmen. Sie klangen dabei seltsam dumpf, als hätten sie einen Raum betreten.

Das kam mir ein wenig seltsam vor. Ich verließ meinen Standort, drückte mich mit der Schulter gegen die rauhe Hauswand und schlich an ihr entlang.

Die Stimmen der Bankräuber wurden wieder schwächer. Sie befanden sich jetzt auf der anderen Seite, und ich entdeckte wenig später ein barackenähnliches Holzhaus, das an der Ostseite des eigentlichen Hauptgebäudes stand.

Es war keine Baracke, dafür eine Garage. Ich schlich um eine offenstehende Tür herum, warf einen Blick in das Innere und sah zwei Wagen dort abgestellt.

Ins Auge stach mir ein feuerroter Fuego. Er stand dort wie ein lauerndes Raubtier aus Stahl.

Der daneben parkende dunkle Rover wirkte gegen den kleineren Fuego direkt massig.

Ein dunkler Rover!

Suchte ich nicht ebenfalls einen dunklen Rover!

Natürlich. Nur gab es Wagen dieses Fabrikats zuhauf. Trotzdem wollte ich nicht an einen Zufall glauben. Das konnte durchaus der Wagen sein, mit dem Yvonne geflohen war.

Ich spürte meine innere Aufregung und vergaß die drei Bankräuber. Mich interessierte nur noch dieses Auto, deshalb schritt ich auch tiefer in diese Garage hinein.

Das Tageslicht brachte soviel Helligkeit, daß ich den Wagen genau untersuchen konnte. Ich schaute hinein und hoffte, etwas Verdächtiges zu entdecken. Vielleicht sogar den Pelzmantel der Rothaarigen. Leider sah ich nichts dergleichen.

Die Karosserie war ziemlich staubig. Leere Vorder- und Rücksitze, nichts, was Hinweise auf den Besitzer gegeben hätte. Ich schaute mir das Nummernschild an. Es war mir unbekannt.

War es tatsächlich der Rover, mit dem die rothaarige Frau geflohen war? Der Wagen selbst konnte mir keine Antwort geben. Wenn es einer schaffte, dann die Fahrerin selbst.

Die Garage gehörte zum Haus, der Wagen parkte in der Garage, und es gab für mich nur eine Folgerung.

Die Rothaarige mußte in diesem Haus wohnen. So alt und vergammelt es auch aussah. Wahrscheinlich hatte sie hier ihren Schlupfwinkel. Der Fuego ließ darauf schließen, daß sie mit mehreren Personen zusammenlebte. Vielleicht mit weiteren Frauen, die hier ein kleines Bordell im Wald eröffnet hatten. Wenn ich davon ausging, was ich bisher gehört und herausgefunden hatte, war dies nicht so abenteuerlich.

Man würde sehen.

Gleichzeitig dachte ich daran, daß die drei Bankräuber das Haus betreten hatten. Wenn sie auf die Frau oder die anderen Personen trafen, waren die Folgen unabsehbar.

Konnte ich allein überhaupt etwas ausrichten? Wahrscheinlich nicht. Teamarbeit war oftmals besser.

Ich verließ die Garage wieder, blieb bei den nächsten Schritten abermals dicht an der Hauswand und erreichte schließlich die Frontseite des Gebäudes.

Von den drei Bankräubern war nichts zu sehen.

Sie hielten sich bestimmt nicht irgendwo im Gebüsch versteckt. Für mich gab es nur eine Möglichkeit. Sie hatten das Haus betreten.

Ich schaute nach den Fenstern.

Entweder waren die Scheiben von innen geschwärzt worden, oder man hatte die Vorhänge vorgezogen. Hindurchschauen konnte ich nicht.

Dieses Haus barg ein Geheimnis in sich. Dessen war ich mir sicher.

All meine Vorsätze und Pläne wurden in den nächsten Sekunden über den Haufen geworfen, denn plötzlich geschah etwas, womit ich nie im Leben gerechnet hätte, und ich wurde hineingezogen in einen wahren Strudel aus Magie und Mystik.

Die Schuld daran trug mein Kreuz!

»Das ist ja irre!« Sugar Caine hatte die Worte geflüstert. Laut zu sprechen, traute er sich nicht, und seine beiden Kumpane schwiegen ebenfalls. Sie waren so ruhig, daß sie sogar das Geräusch der zufallenden Haustür als störend empfanden.

Caine stieß einen Laut aus, der an ein glucksendes Lachen erinnerte. »Ist das ein Märchenschloß?«

»Nein, ein Traum«, murmelte Manero. Er ging vor und war

dabei nicht zu hören, weil der dicke Teppich seine Schritte bis zur Geräuschlosigkeit dämpfte.

Selbst Archie Atkins, der schon viel gesehen hatte und den deshalb nichts so leicht aus der Fassung bringen konnte, staunte nicht schlecht, als er die Pracht des Raumes sah. Es war nicht das Zimmer, sondern die Einrichtung. Hinter einer so baufälligen Fassade hätte er das nie im Leben vermutet.

Atkins wischte sich über die Augen, während er die Luft scharf durch die Nase ausstieß. »Das kann ich nicht begreifen«, hauchte er. »Es ist doch keine Einbildung?«

»Nein«, gab Tony Manero zurück. »Eine Halluzination erleben wir nicht. Alles echt.« Er ließ seine Finger über den weichen Veloursstoff eines Diwans gleiten. »Hier muß jemand wohnen.«

»Aber wer?«

»Vielleicht eine Königin«, hauchte Caine, der ehemalige Söldner.

Manero steckte seine Waffe weg, schüttelte den Kopf und sagte: »Idiot. Eine Bienenkönigin, wie?«

Atkins lachte leise. »Das ist das Stichwort. Das kommt mir hier vor wie ein exklusiver Puff. Die Lampen, die Farben der Sessel und Sofas, die Tapete, die Vorhänge . . . ich kann mir nicht helfen. So etwas habe ich schon mal in Paris erlebt.«

»Auch so ruhig?« fragte Manero.

»Nein, da war mehr los. Die hatten den Puff auf die Zeit der ›Belle Epoque‹ getrimmt. Fehlt nur noch, daß hier gleich die Puppen auftauchen und anfangen, langsam zu tanzen.«

»Das würde mich nicht wundern.«

Sugar Caine hatte sich an der Unterhaltung nicht beteiligt. Er war einige Schritte zur Seite gegangen, hatte die MPi wieder über seine Schulter gehängt und stand vor einem großen, überbreiten Ölbild. Das Bild schien ihn zu faszinieren, denn er starrte es ununterbrochen an.

»Was hast du, Sugar?« fragte Manero.

»Komm mal näher.«

Das taten die beiden auch, und Caine deutete auf das Gemälde. »Schaut euch die Figuren an. Da kann man direkt Angst vor kriegen.«

Tony und Archie sahen genauer hin. Ihr Kumpan hatte nicht gelogen. Die obere Hälfte des Bildes wurde von drei Frauen eingenommen, bei denen eigentlich nur die Köpfe und damit die

Gesichter genau und deutlich zu erkennen waren. Die Körper verschwammen. Sie waren nur mehr geisterhafte Fahnen.

Dafür traten die Gesichter um so deutlicher hervor. Es waren schillernde Fratzen von einer nahezu beklemmenden Eindringlichkeit. Selbst die harten Killer erschauderten, als sie in diese Fratzen blickten.

Ein Gesicht bestand praktisch nur aus einer blassen, fast durchsichtigen Haut, hinter der das Knochengerüst eines Schädels zu erkennen war. Auf dem Kopf wuchsen Haare, die Hälfte von ihnen war zusammengeflochten, hatte sich hochgestellt, so daß sie wie zu Eis erstarrte Schlangen wirkten.

Das zweite Gesicht war blutüberströmt. Die rote Flüssigkeit quoll aus zahlreichen kleinen Wunden, auch auf der Kopfplatte, und verschmierte die sonst dunklen, kurzgeschnittenen Haare.

Das dritte Gesicht glich einer aufgedunsenen Maske. Schrecklich anzusehen, verquollen, verschleimt, und dieser Schleim rann in gelbgrünen Bahnen nach unten, wobei er in einen Mund hineinfloß, dessen untere Lippe weit vorgestülpt war.

Die drei Gesichter schwebten mit ihren Geistkörpern zwar im freien Raum, dennoch hatten sie Kontakt, und zwar mit einem Wesen, das den unteren Teil des Bildes einnahm.

Es sah aus wie eine riesige, knallrote Qualle. Ein Konglomerat aus Eiweiß und Schleim, in dessen Mitte sich ebenfalls Gesichtszüge abzeichneten.

Tony Manero fand als erster die Sprache wieder. »Verdammt«, flüsterte er, »das Gesicht . . .«

»Welches meinst du?« fragte Archie mit kratziger Stimme.

»Das da unten.«

»Was ist damit?«

»Es hat Ähnlichkeit mit dem an der Tür.«

Archie warf Manero einen schiefen Blick zu. »Bist du dir sicher, Bruder?«

»Ja.« Tony nickte heftig.

Von Sugar bekam er Unterstützung. »Ich meine das auch.« Er drehte sich ab. Seine Haut war blaß geworden. »Ehrlich gesagt, wohl fühle ich mich hier nicht.«

Tony lachte und deutete auf das Bild. »Hast du davor Angst?«

»Nicht direkt, aber . . .«

Archie nahm es gelassener. Er hatte den ersten Schreck überwunden und wollte sein Wissen beweisen. »Es gibt so viele Maler auf der Welt, die den Horror auf die Leinwand pinseln, daß dies hier noch harmlos ist. Und die Maler werden von den Kunstkritikern geachtet.«

Sugar Caine war stur. »Das ist mir egal«, knurrte er. »Ich mag dieses verdammte Bild nicht.«

»Brauchst du auch nicht«, erklärte Tony Manero und warf sich in einen Sessel. »Besser hätten wir es doch überhaupt nicht treffen können. Dieses Haus ist ein kleines Paradies. Wir haben alles, was wir brauchen. Irgendwo wird es eine Küche geben, einen Kühlschrank, Whisky ...«

»Und wo stecken die Bewohner?« fragte Archie. Er hatte mit einer Wanderung durch das Zimmer begonnen.

»Die müßten wir finden.«

»Vielleicht auch umlegen«, sagte Sugar.

Tony hob die Schultern. »Wenn sie sich widerspenstig anstellen, wird uns nichts anderes übrigbleiben.« Er begann breit zu grinsen. »Wie war das noch mit der ›Belle Epoque‹, Archie?«

»Der Puff in Paris.« Atkins lachte. »Toll, sage ich dir. Ein Himmel auf Erden.«

Tony breitete die Arme aus. »Vielleicht erleben wir hier auch so etwas. Wenn das hier schon ein Märchen ist, weshalb sollte es dann nicht fortgeführt werden?«

»Meine ich auch«, sagte Sugar und nickte heftig. »Wir sind in diesem Märchen die Prinzen.«

Archie dachte praktischer. »Wer durchsucht das Haus?«

»Wir alle«, antwortete Manero.

»Klasse, Tony. Nur sehe ich außer der Eingangstür hier im Zimmer keine weitere.«

Bisher hatten sich die drei Männer nur auf die Einrichtung und das Bild konzentriert. Als Archie sie aus ihren Träumen riß, schauten sie sich um und mußten sich eingestehen, daß ihr Freund recht behalten hatte.

Sie sahen keine zweite Tür.

»Aber die muß es geben!« zischte Caine, der sich schon wie ein Gefangener vorkam und die MPi langsam von seiner Schulter gleiten ließ.

Archie dachte nach. »Vielleicht hat man die Tür ebenfalls vernagelt, auch die Fenster und von innen Tapete vorgeklebt.«

»Wäre eine Möglichkeit«, gab Manero zu.

»Wir können ja abstimmen. Wer dafür ist, zu verschwinden,

hebt die Hand. Wer nicht, läßt sie unten.« Der Vorschlag kam von Sugar. Er sah seine Partner auffordernd an. »Also, wer will abhauen?« Er selbst hob zögernd den Arm.

Die anderen beiden ließen die Hände unten.

Sugar Caine grinste schief. »All right, ihr habt mich überzeugt. Ich beuge mich der Mehrheit. Wir bleiben!«

»Was hätte es auch für einen Sinn, wegzugehen, ihr drei . . .«

Die Männer hörten die Worte und reagierten blitzschnell. Tony Manero hechtete über die Lehne einer Couch hinweg, flog kopfüber nach unten, rollte sich geschickt ab, zog dabei seinen Revolver und blieb, mit der Waffe im Anschlag, liegen.

Archie hatte sich dort fallen lassen, wo er stand. Eine blitzschnelle Bewegung, mit den Augen kaum zu verfolgen, so war er zusammengesackt und hatte ebenfalls seine Waffe gezogen.

Auch Caine war nicht stehengeblieben. Ein Sprung brachte ihn hinter einen Sessel. Von ihm selbst war nicht viel zu erkennen, dafür von der MPi, deren Mündung seitlich des Sitzmöbels hervorlugte.

Die Männer warteten ab. Sie hatten die Stimme gehört. Nur zeigte sich niemand.

»Ihr seid sehr schreckhaft, meine Lieben!« vernahmen sie abermals das Organ der Frau. Sanfte Worte, die ihnen dennoch einen Schauer über den Rücken jagten, denn die Sprecherin war nicht zu sehen.

Tony fand als erster die Sprache zurück. »Hör zu, Puppe! Wenn du uns schon anmachen willst, dann zeig dich lieber, damit wir sehen können, was du zu bieten hast.«

»Keine Angst, ich komme. Und ich bringe zwei Freundinnen mit. Ihr seid uns willkommen. Nur braucht ihr nicht auf dem Boden liegen zu bleiben. Steht ruhig auf, es droht keine Gefahr . . .«

Die Unbekannte hatte so eindringlich gesprochen, daß den drei Killern nichts anders übrigblieb. Zudem wollten sie sich nicht lächerlich machen. Dazu noch vor einer Frau. Deshalb standen sie der Reihe nach auf. Manero machte den Anfang. Er stemmte sich in die Höhe, behielt die Waffe jedoch vorerst in der Hand.

Auch Archie kam. Gleitend und lauernd, die Augen zu Schlitzen verengt und wie auf dem Sprung stehend.

Den Schluß machte Sugar Caine. Er hatte sein Gesicht verzogen. Ein häßliches Lächeln entstellte es. Er blieb auch nicht stehen, bewegte sich von einer Seite zur anderen, so daß seine

Maschinenpistole stets in eine andere Richtung des Zimmers zielte. Dieser Mann war auf der Hut wie ein Wachhund.

Sekunden vertropften. Keine Frau zeigte sich. Nur Caines heftiges Schnaufen war zu hören, während die anderen beiden ihren Atem besser unter Kontrolle hielten.

»Allmählich glaube ich an einen Bluff«, murmelte Archie.

»Und die Stimme?« fragte Caine.

»Hätte auch von einem Tonband stammen können«, erwiderte Atkins.

»Gut, Archie, ehrlich.«

»Nein, es ist kein Bluff«, meldete sich Manero, während er einen Schritt vorging und mit der Waffenmündung auf die Wand deutete, in der sich plötzlich eine Tür öffnete.

Eine Tapetentür, die völlig fugenlos abschloß, denn sie war bisher von den drei Killern nicht entdeckt worden.

Sie schwang langsam auf, ohne ein Geräusch von sich zu geben, und auf der Schwelle erschien die Gestalt einer Frau. Sie trat einen schnellen Schritt nach vorn, schuf der zweiten Person Platz, und die einer dritten.

Schwarz, rot, aschblond ...

So leuchteten die Haare der Frauen, und der ansonsten etwas begriffsstutzige Sugar Caine merkte es zuerst. Er blickte nicht mehr die drei Lebewesen an, von denen die Blonde die Tapetentür schloß, sondern drehte sich um und schaute kurz auf das Bild.

»Die Haarfarbe«, ächzte er. »Verdammt, die stimmt genau mit denen auf dem Bild ...«

»Halt dein Maul, Sugar!« sagte Manero langsam, der seine Blicke nicht mehr von den dreien wenden konnte und die Lippen allmählich zu einem breiten Lächeln verzog, das immer mehr den Ausdruck eines gierigen Grinsens annahm.

Genau das hatte Tony gefehlt. Drei Frauen, die so gebaut waren wie diese hier.

Ein Wunder ...

Archie Atkins blieb ruhig. Auch er schaute zu den Schönen hin. Sein Blick war jedoch lauernd geworden, er wußte nicht so recht, wie er die Frauen einstufen sollte, und orientierte sich an der Kleidung.

Da war zunächst die Schwarze, die sich ein weißes Kleid übergeworfen hatte, das mehr die Form eines Gewands besaß.

Trotz mehrerer übereinanderliegender, leichter Stoffbahnen schimmerte der nackte Körper durch.

Dann die Rothaarige. Der Einteiler aus Lackleder glänzte wie frisch gestrichen. Er besaß in der Mitte einen Reißverschluß, der war so weit aufgezogen, daß die herausdrängenden Brüste Männern Appetit machten.

Der grüne Hausmantel, den die Aschblonde sich übergeworfen hatte, klaffte in der unteren Hälfte bei jedem Schritt auseinander, so daß die Killer erkennen konnten, daß sie unter ihm nichts anderes als die nackte Haut trug.

Das war Sex in höchster Potenz!

Archie schüttelte sich und fragte mit etwas belegter Stimme: »Wer seid ihr eigentlich?«

Die Rothaarige antwortete. »Wir sind Hexen und heißen euch in unserem Paradies willkommen.«

Caine begann zu kichern.

»Hexen? Wären wir nicht im Paradies, würden wir zu euch Nutten sagen.«

»Sugar, halt die Schnauze!« fuhr Manero den ehemaligen Söldner an, steckte seine Waffe weg und ging auf die schwarzhaarige Person vor ihm zu. »Wie heißt du?«

»Tamara.«

»Klingt exotisch.«

Wieder lachte Caine. »Vielleicht heißt sie in Wirklichkeit ganz anders, Tony. Laß dich doch nicht reinlegen.«

»Das ist mir egal.«

»Meine ich auch«, erwiderte Tamara, streckte die Arme aus, umfaßte Tony und schmiegte sich an ihn. »Die Große Mutter wird sich freuen!« flüsterte sie.

»Wer ist das denn?«

»Nur so.«

»Die Puffmutter bestimmt«, meinte Sugar.

Blitzschnell löste sich Tamara von Tony und trat einen Schritt auf Sugar zu. Auch die anderen beiden Frauen wirkten wie verwandelt. Ihre Körper schienen zu Eis geworden zu sein. Der Hauch einer unbestimmten Gefahr ging von ihnen aus, und es war Tamara, die eine Antwort gab.

»Sag das nie wieder, Sugar. Hast du gehört?«

Sugar wollte lachen, es blieb ihm im Hals stecken. Er wußte plötzlich nicht mehr weiter, hob die Schultern und gab den

Frauen recht. »Okay, wenn ihr euch so anstellt, ich halte den Mund.«

»Das wäre auch besser für dich, Kleiner«, erwiderte die rothaarige Yvonne und »swingte« auf ihn zu. Unter ihrem Lederanzug bewegte sich einiges und verwirrte Caine. Und er bekam einen trockenen Hals, als sich die Frau gegen ihn schmiegte und ihre Lippen dicht an sein rechtes Ohr brachte. »Ich heiße übrigens Yvonne.«

»Der Name paßt.«

»Meine ich auch, Süßer.«

Für Archie blieb die Blonde. Sie hatte ihm sowieso am besten gefallen. Was der Hausmantel bisher noch verbarg, schien wirklich erstklassig zu sein, und Archie hatte Sekunden später das Vergnügen, seine Hände unter den Stoff schieben zu können. Das törnte ihn an.

»Wenn du Rachel zu mir sagst, bin ich zufrieden.«

»Ich heiße Archie.«

»Wie schön für dich. Aber ich finde, daß wir eine zu trockene Luft hier haben – oder?«

»Das ist auch meine Ansicht.«

Rachel drehte sich aus seinem Griff. Ihre langen Haare flogen hoch. »Kinder, haben wir denn keinen Champagner mehr?«

»Doch, es ist noch genug da!« rief Tamara. »Ich hole ein paar Flaschen.«

Damit waren alle einverstanden.

»Ich werde verrückt und zieh' aufs Land!« flüsterte Tony Manero. Er schlug gegen seine Stirn. »Träume ich?«

»Dann müßten wir alle träumen«, erwiderte Archie. »Und so weit sind wir noch nicht.«

»Wenn ich daran denke, daß uns draußen die Bullen ...«

»Schnauze, Sugar!« zischte Manero. »Halt dich nur zurück!«

»Okay, schon gut.«

Die Frauen taten, als hätten sie nichts gehört. Wichtig war der Champagner, aber es gab auch Whisky. Tamara und Yvonne schleppten die Getränke herbei. Sie holten aus einem Nebenraum einen fahrbaren Tisch. Lautlos rollten die Räder über den Teppich. Die Augen der Männer wurden groß, als sie entdeckten, was dieser fahrbare Tisch alles zu bieten hatte. Die edelsten Schnäpse, Liköre, Sekt, Wein, zerhacktes Eis, dazu Gläser, es fehlte nichts, was das Herz begehrte.

Sugar Caines Augen glänzten. Er hatte längst seinen Mantel ausgezogen und ihn in die Ecke geschleudert. Da er am Rand einer Couch saß, hatte er die Maschinenpistole direkt daneben gelehnt.

»Wer möchte Champagner?« rief Tamara. Sie schwang dabei um ihre eigene Achse, so daß die Stoffbahnen von Luftwirbeln hochgeschleudert wurden und die Männer viel Haut zu sehen bekamen.

Tony Manero und Archie Atkins stimmten dafür. Sugar schielte auf den goldbraunen Whisky. Er war genau das, was er benötigte. Und er sagte es auch.

»Ich werde dir einen doppelten Whisky einschenken«, flüsterte Yvonne dicht an Sugars Ohr.

Er grinste breit. »Es kann auch ein Dreifacher sein.«

»Wie du willst, Süßer.«

Als Yvonne sich vorbeugte, umfaßten Sugars Hände ihre Hüften, um danach höher zu wandern.

Yvonne hatte nichts dagegen. Sie lachte noch girrend, und auch die anderen beiden Mädchen gaben sich nicht gerade prüde.

Für die drei Bankräuber tat sich wirklich ein Paradies auf. Keiner hätte mit einer solchen Wende gerechnet. Den Raub und die Toten hatten sie schon längst vergessen. Auch schwand allmählich die Anspannung bei ihnen, und nach den ersten Schlucken fühlten sie sich fast wie im Paradies. Für ihre Umgebung hatten sie keine Augen, sie sahen nur die drei Mädchen, in deren Armen sie sich wohlfühlten.

Aber es tat sich etwas.

Nicht umsonst hatte sich Sugar vor dem Bild ein wenig gefürchtet. Instinktiv hatte er gespürt, daß bei dem Gemälde nicht alles mit rechten Dingen zuging. Die Männer drehten dem Bild den Rücken zu und bekamen deshalb nicht mit, daß sich mit den Gesichtern etwas tat.

Waren sie vorhin ruhig und still gewesen, so kam nun Leben in sie. Besonders in die Augen, die wie sechs Sonden alles beobachteten. Sie rollten in den Höhlen, sie zuckten, und auch die rote, quallige Masse unter den geisterhaften Körpern blieb nicht mehr still, sondern begann zu zittern und zu wallen.

Inzwischen knallten die ersten Champagnerkorken. Das kostbare Getränk schäumte aus den Flaschenhälsen und lief in langen Bahnen an der Außenhaut entlang.

Die Männer hatten ihre hinderliche Kleidung längst abgelegt. Nur die Kanonen behielten sie, denn von den Waffen trennte sich keiner gern. Sie waren ihre Lebensversicherung.

Platz hatten sie genug gefunden, und die drei Frauen verwöhnten sie in jeder Hinsicht.

Bis zum Äußersten kam es nicht. Auch ließen sich die Mädchen nicht ausziehen, das heizte die Bankräuber nur noch mehr an.

Tony wurde als erster mißtrauisch. »Was ist mit euch los? Weshalb stellt ihr euch plötzlich so an?«

Tamara fühlte sich angesprochen. Die Stoffbahnen an ihrem Körper waren verschoben. Sie zeigte mehr Haut als zuvor. »Das ist doch erst ein kleines Vorspiel«, gab sie bekannt.

»Und wann bekommen wir die Hauptspeise?«

»Später.«

»Wieso?« Tony hatte bisher gelegen. Jetzt richtete er sich auf, das Glas mit Champagner behielt er in der Hand.

»Später und nicht hier«, erklärte Tamara. »Ich bin dafür, daß wir uns in den Liebeskeller zurückziehen.«

Auch Archie hatte die Worte gehört. Mit Rachel im Arm setzte er sich steif hin. »Liebeskeller?«

»Ja.«

»Was ist das?«

»Laßt euch überraschen!« rief Rachel. »Es gibt hier noch mehrere Räume. Eine jede von uns wird ihren Partner nehmen und sich mit ihm zurückziehen. Der Liebeskeller ist einmalig.«

Sugar Caine stieß auf, lachte und nickte. »Das glaube ich auch, Freunde. So etwas habe ich noch nie erlebt und auch noch nie gehört. Dabei bin ich verdammt viel herumgekommen. Das haben mir selbst die Schwarzen nicht geboten, und die konnten schon viel.«

»Müssen wir in den Keller?« fragte Tony.

»Ja.«

»Davor habe ich immer Angst gehabt!« erklärte Sugar. Er schüttelte sich und leerte sein Glas.

Yvonne schenkte sofort nach. Sugar war beim Whisky geblieben. Er hatte ziemlich schnell getrunken und schon glänzende Augen bekommen. »Also, ich bin dafür, den Liebeskeller vorzuziehen. Was meint ihr, Freunde?«

Tony und Archie grinsten. Sie nickten synchron, doch die Frauen wollten es noch etwas hinauszögern. »Laßt uns erst noch die Flaschen leeren«, sagte Rachel. »Außerdem ...« Sie begann zu lächeln. »Ist Vorfreude immer die schönste Freude.«

»Ja, das stimmt.« Sugar rief es laut und nickte heftig.

Wieder schoß Champagner aus der Flaschenöffnung. Das Mißtrauen der Männer war fast abgebaut, nur Atkins dachte ein wenig praktischer, denn er wollte wissen, weshalb sich die Mädchen gerade in dieses alte Haus zurückgezogen hatten.

»Es liegt so herrlich einsam«, erklärte Rachel. »Außerdem ist es ein Geheimtip.«

»Vielleicht zu einsam.«

Sie hob die Schultern. »Wir nehmen nicht jeden. Wenn wir uns für einen entschieden haben, bekommt er den Himmel auf Erden. Darauf kannst du dich verlassen.«

»Klar, das erleben wir ja.«

»Bitte ...«

»Und wie sieht es mit der Bezahlung aus?« erkundigte sich Tony Manero. »Ihr tut doch nichts umsonst.«

Tamara strich über seine Wangen. »Wir wollen uns doch nicht über so profane Dinge unterhalten. Dieses Thema schneiden wir an, wenn ihr wieder geht.«

Tony streichelte mit seiner Hand ihren Oberschenkel. »Wann wird das sein?«

Unschuldig schaute ihn Tamara aus ihren dunklen Augen an. »Das liegt ganz bei euch.«

»Wir könnten also die Nacht hier verbringen?«

»Natürlich. Damit rechnen wir. Wir werden zwischendurch auch etwas essen, denn hungrige Liebhaber sind nicht gerade spitze. Kaviar wird euch wieder auf die Beine helfen.«

»Sehr nobel«, lobte Tony und küßte die Frau. Es war das erste Mal. Doch er erschrak heftig, als er die Berührung verspürte. Es war wie ein Funkenschlag gewesen, der plötzlich überzuckte, und Tony drängte sich sofort zurück.

»Was hast du?« fragte Tamara.

»Deine Lippen ...«

»Ja, was ist mit ihnen?« Die Stimme klang sanft. Das Lauern darin war jedoch nicht zu überhören.

»Sie sind so seltsam.«

»Nicht weich genug, mein Freund?«

»Das schon, aber so kalt.«

»Du hast es geprüft?« Tamara lächelte und legte ihren Kopf in den Nacken. »Das finde ich gut, denn du hast einen besonderen Kuß bekommen oder ihn dir genommen.«

»Wieso?«

»Es war der Hexenkuß!«

Tony Manero hatte lachen wollen. Der Laut gefror ihm in der Kehle. Auch seine Lippen zogen sich nicht mehr in die Breite, sondern wurden hart aufeinandergepreßt. Für wenige Sekunden hatte er das Gefühl, zwischen ihm und der Frau würde eine unsichtbare Mauer stehen. Lauernd blickte er Tamara an. »Was soll ich denn darunter verstehen?«

»Der Hexenkuß ist etwas Besonderes. Er...«

»Dann bist du eine Hexe«, unterbrach er sie laut.

»Nicht nur ich, auch die anderen.« Sie zupfte ihre Kleidung zurecht und lächelte dabei sphinxhaft.

Tonys Gesichtszüge entspannten sich allmählich. Zunächst zuckten nur die Mundwinkel, die Bewegung breitete sich aus, erfaßte die Wangen, dann öffnete er den Mund und begann schallend zu lachen. Die anderen wurden aufmerksam und hoben die Köpfe. Tony schlug sich auf die Oberschenkel. »Das ist nicht zu fassen, wirklich. Ich habe eine Hexe geküßt.« Er wollte sich ausschütten vor Lachen. »Aber eine verdammt hübsche. Ihr alle seid hübsche Hexen. Toll, wirklich.«

Auch die anderen lachten mit. Sugar am lautesten. Nur Archie wollte nicht so recht. Er lachte zwar auch, dennoch beobachtete er die drei Frauen und entdeckte in ihren Augen einen Ausdruck, der ihm überhaupt nicht gefiel. Er war ihm zu kalt, zu lauernd. Zu abwägend vielleicht...

»Sagt man heute Hexen zu euch?« fragte er so laut, daß die anderen ihr Lachen ließen und zuhörten.

»Zu uns ja«, erwiderte Rachel.

»Aber Hexen reiten auf einem Besen!« rief Sugar. Er schwenkte sein Whiskyglas. »Wollt ihr uns das nicht vormachen, ihr Hübschen? Oder seid ihr so modern, daß ihr keinen Besen, sondern einen Staubsauger nehmt?« Caine war leicht angetrunken und wollte sich über seinen eigenen Witz ausschütten vor Lachen.

»Vergiß es«, sagte Yvonne.

Archie und Tony tauschten einen Blick. Beide waren mißtrauisch geworden. So paradiesisch ihnen die Umgebung auch vorkam, sie trauten dem Frieden plötzlich nicht mehr.

Das merkten auch die Frauen. Tamara versuchte zu beschwichtigen. »Es war nur ein Spaß. Frauen sind doch Hexen – oder nicht?«

»Ja«, gab Tony gedehnt zu. »Sie können einen Mann schon verhexen, da hast du recht.«

»Ist es mir bei dir gelungen?«

»Möglich.«

Sie schenkte nach. »Komm, trink, es ist das letzte Glas vorerst. Wir werden dann den Liebeskeller aufsuchen.«

»Gemeinsam?« fragte Tony.

»Ja, wir beide. Die anderen gehen und bleiben für sich. Das Haus ist groß. Es gibt viele Möglichkeiten. Du wirst Dinge erleben, von denen du bisher noch nichts gehört hast.«

»Ich bin gespannt.«

»Das darfst du auch sein.«

Tony trank das Glas leer. Er war alkoholische Getränke gewohnt, deshalb machte es ihm nichts aus, einige Gläser Champagner zu schlürfen. Er stand noch immer sicher auf den Beinen.

Yvonne und Sugar machten den Anfang. Nach dem vierten Doppelten stand auch der ehemalige Söldner nicht mehr so sicher auf den Beinen. Das Mädchen hatte Mühe, ihn von der Couch hochzubekommen. Geduckt und sich an der Lehne abstützend, wartete er, schüttelte den Kopf und stierte zu Boden. »O verflucht, ich muß unbedingt etwas essen.«

»Du wirst dich schon erholen«, erklärte Yvonne und faßte ihren neuen Freund unter beide Achseln. Sie fühlte die Schwitzflecken. Um ihre Mundwinkel zuckte es.

»Ja, das werde ich.«

»Ich habe da eine besondere Methode. Das Hexenbad.« Sie lachte girrend. »Wenn wir schon bei Hexen sind.«

»Und worin soll ich baden?«

»Du wirst es sehen. Laß dich überraschen.«

»Okay«, erwiderte Sugar. Er griff zur MPi. Auf die Waffe wollte er nicht verzichten. Vom Boden bekam er sie noch nicht hoch, denn Yvonne legte ihm ihre Hand auf den Arm. »Was willst du damit?«

Schwerfällig drehte Sugar den Kopf. »Ich gehe nie ohne meine Braut ins Bett. Auch nicht in andere.«

»Aber ich bin . . .«

»Nein, die Kanone nehme ich mit. Da kannst du dich auf den Kopf stellen, Süße.«

»Laß ihn doch«, sagte Tamara. »Wenn er sich so besser fühlt.«

»Gut, wir gehen dann.« Yvonne zog Sugar zur Seite, in Richtung auf die Tapetentür zu.

Das sahen die beiden anderen Männer. Manero stemmte sich von der Couch hoch. »Moment«, sagte er und trat ihnen in den Weg. »Ich hätte da einen kleinen Einspruch.«

»Was ist?« erkundigte sich Sugar Caine. »Gönnst du mir das nicht, mein alter Freund?«

»Doch, doch.« Tony lächelte breit und tätschelte die Wangen des ehemaligen Söldners. »Ich gönne dir alles, Bruder, wirklich alles. Nur solltest du achtgeben und vorsichtig sein. Laß auch die Finger von der Whiskyflasche.«

»Klar, das mache ich ...«

»Dann ist es gut.«

Tamara trat an ihren Freund heran und legte eine Hand auf seine Schulter. »Was machst du dir für Sorgen um deinen Freund. Ist er nicht alt genug?«

»Das schon. Wie heißt das Sprichwort noch? Alter schützt vor Torheit nicht.«

»Trifft das auf dich nicht zu?«

»Noch nicht, Süße. Unser Freund Sugar ist eben ein wenig ungestüm.«

»Dabei hat er einen so süßen Namen«, sagte Yvonne. »Sugar. Hört sich gut an.«

Caine lächelte wie der selige Fernandel in besten Zeiten, als er diese Worte vernahm. »Meine Mutter hat schon Sugar zu mir gesagt. Und das hat sich erhalten.«

»Ich bleibe auch dabei.«

Niemand hielt die beiden noch auf, als sie gingen. Yvonne hatte sich bei Sugar eingehängt und den Kopf an seine Schulter gelegt. Sie genoß es, öffnete die Tür und vernahm Sugars überraschten Ausruf.

»Was hast du?«

»Ein Gang?«

»Ja, und ein Lift.«

»Der zum Liebeskeller führt.«

»Natürlich. Wir wollen es doch so bequem wie möglich haben. Oder bist du nicht dafür? Wenn du willst, nehmen wir auch die Treppe. Mir ist das gleich ...«

»Nein, nein, mit dem Lift.«

Yvonne hatte die Tür bereits aufgezogen und ließ Sugar einsteigen. Der Mann schaute auf die rote Tapete und sah an der Wand, die der Tür gegenüberlag, ein Gesicht.

Für einen Moment blieb er steif stehen und hob sogar die Maschinenpistole an.

»Was hast du?«

»Das Gesicht da.«

»Ja, was ist damit.«

Sugar schluckte. Verdammt, er hatte viel getrunken. Vielleicht bildete er sich auch alles nur ein. »Ich . . . ich kenne es. Ich habe es schon einmal gesehen.«

»Wo denn?«

»Auf dem Bild. In dieser komischen roten Masse.« Er wollte sich heftig umdrehen und Yvonne anschauen, bekam aber Schwierigkeiten mit dem Gleichgewicht und schrammte mit dem Ellbogen über die Innenwand des Lifts. Verfluchter Whisky, dachte er.

»Laß uns fahren!«

Sugar war leicht benebelt. Er wußte auch nicht mehr, was er sagen sollte, und stellte sich so hin, daß er das Gesicht auf der Tapete nicht mehr zu sehen brauchte.

Der Lift schoß nach unten. Sugar merkte es kaum. Er war mit sich selbst zu sehr beschäftigt und sah auch nicht den Blick, mit dem ihn die Frau anschaute.

Sie fixierte und taxierte ihn, als würde sie darüber nachdenken, wie sie ihn umbringen wollte. In der Tat bewegten sich ihre Gedanken in diese Richtung.

Sugar merkte auch nicht, daß der Fahrstuhl angehalten hatte. Erst als Yvonne ihn aufforderte auszusteigen, schaute er hoch. Die Tür war bereits geöffnet.

Sugar Caine wischte über seine Augen. Er wollte nicht glauben und konnte nicht fassen, was er da geboten bekam. Sein Blick fiel in einen Raum, der schwarz gekachelt war. An den Wänden hingen seltsam matte Spiegel.

»Was ist das denn?« hauchte er.

»Ein Teil unseres Liebeskellers.«

»Aber das ist . . .« Sugar fehlten einfach die Worte. »Also, das ist ja ein Bad . . .«

»Komm erst mal mit.« Yvonne faßte ihn an und schob ihn auf den Ausgang zu. Sugar Caine ging mit seltsam steifen Schritten.

Wie ein Mensch, der erst noch das Laufen lernen will. Seine Welt und seine Vorstellungskraft waren völlig aus dem Takt geraten. So etwas hatte er noch nie erlebt, damit hätte er auch nicht im Traum gerechnet, und er nahm einen Duft wahr, der ihn auf eine gewisse Art und Weise betörte und ihn gleichzeitig abstieß, weil er irgendwie nach Friedhof und Moder roch.

Abgestrahlt wurde der Duft von der Essenz, die sich in dem Wasser der ovalen Wanne aufgelöst hatte. Von der Oberfläche des Wassers wallten Dampfschwaden hoch. Zwei Lampen brannten nur. Sie schufen schwache Lichtinseln und ließen den größten Teil des Raumes im Dunkeln.

Sugar schüttelte den Kopf. So etwas hatte er noch nicht erlebt. Das war noch märchenhafter als oben.

»Und was soll ich machen?« fragte er, nachdem er zögernd den Liebeskeller betreten hatte.

»Dich ausziehen!«

»Soll ich in die Wanne?«

»Natürlich. Ein Bad entspannt. Ich habe es auch mit besonderen Essenzen versetzt.«

»Das rieche ich.«

»Dann zier dich nicht länger.« Yvonne trat zur Seite.

»Und du?«

Die rothaarige Yvonne blieb stehen und drehte den Kopf. Das Lächeln wirkte etwas gekünstelt. »Ich werde dir schon zeigen, wo es langgeht, mein Lieber.«

»Kommst du auch rein?« Sugar sprach mit schwerer Zunge. Er hatte Mühe, die Worte zu finden. Schuld daran trug der Alkohol, obwohl Sugar es mehr auf die Dämpfe schob, die ihn so durcheinander machten.

Er schaute Yvonne nach, wie sie im Hintergrund des Raumes verschwand. Das war schon ein Weib, das einem Mann alles geben konnte. Den Himmel und die Hölle.

Ausziehen sollte er sich. Er überlegte noch. So wohl fühlte er sich nicht. »Eigentlich hätte ich nicht mitgehen dürfen«, sagte er, denn er vermißte seine Freunde.

»Hast du etwas?« fragte Yvonne.

»Nein, nein, ich mache schon.« Es war nicht einfach für ihn, aus der Kleidung zu steigen. Wenn er ein Bein anhob, hatte er das Gefühl, alles um ihn herum würde sich bewegen. Selten hatte er soviel Mühe gehabt, sich seiner Hose zu entledigen.

Das andere folgte.

Bevor er nackt, wie Gott ihn erschaffen hatte, in die Wanne stieg, legte er seine Waffen zurecht. An die dachte er immer. An das Kopfende drapierte er die Maschinenpistole. Daneben legte er die beiden Eierhandgranaten, die er stets bei sich trug. Ein Revolver folgte, außerdem ein Messer. Diese Dinge wollte er stets in Griffweite haben.

Zögernd blieb er am Rand der großen, in den Boden eingelassenen Wanne stehen. Yvonne war fast aus seinem Blickfeld verschwunden. Er sah ihren Körper nur mehr als Schatten, auch jetzt, als sie sich umdrehte. »Du kannst ruhig in die Wanne steigen. Das Wasser ist wohltemperiert. Ich komme gleich.«

»Was machst du denn da?«

»Ich muß noch etwas erledigen.«

Es gefiel Sugar zwar nicht, doch er konnte auch nichts daran ändern. Deshalb tat er, was ihn Yvonne geheißen hatte. Zögernd stieg er in die Wanne. Wenig später war sein Körper verschwunden. Nur mehr mit dem Kopf schaute er hervor.

Es erging Sugar Caine wie Ross Fandon, von dessen Tod er keine Ahnung hatte. Caine erlag der Faszination des Wassers und den darin enthaltenen Essenzen.

Sie stimulierten ihn, brachten seinen Kreislauf auf Touren, und er hatte sich mittlerweile auch an die Dämpfe gewöhnt. Sogar als angenehm empfand er sie, wie sie ihn umschmeichelten und dafür sorgten, daß er noch stärker in den Bann geriet.

Ein Bad dieser Art hatte er noch nie in seinem Leben genommen. Yvonne hatte wirklich nicht übertrieben.

Sugar schloß die Augen. Er kam sich vor wie auf einer Wolke schwebend und allmählich der Wirklichkeit entgleitend. Dabei versuchte er, das zu beschreiben, was er fühlte.

Es gelang ihm nicht, weil es einfach unbeschreiblich war, was er in den nächsten Minuten mitmachte.

Die Augen hielt er weiterhin geschlossen und öffnete sie erst wieder, als er Schritte hörte.

Yvonne hatte sich aus dem Hintergrund gelöst und trat allmählich aus der seltsamen Dunkelheit auf ihn zu. Ihr Gesicht wirkte seltsam blaß. Das schwarze Leder ihres Anzugs verschmolz zudem noch mit der dunkleren Umgebung.

Sugar Caine kniff die Augen zu und schloß sie wieder. Er hatte plötzlich an das seltsame Bild oben im Eingangszimmer denken müssen. Eine der auf dem Bild gemalten Frauen hatte ebenfalls ein so bleiches Gesicht gehabt und auch rote Haare.

War Yvonne mit ihr identisch?

Sie näherte sich der Wanne. Eine Hand hielt sie auf dem Rücken verborgen, der andere Arm, es war der linke, pendelte an der Körperseite herab. Die Frau hatte versprochen, sich ebenfalls auszuziehen. Dieses Versprechen hatte sie bisher nicht gehalten. Noch immer trug sie ihren schwarzen Anzug, bei dem der Reißverschluß nach wie vor sehr hoch geschlossen war.

Zu hoch für Sugar.

Am hinteren Rand der fast poolgroßen Wanne blieb sie stehen, und Sugar nickte heftig. »Okay, Süße, bisher war alles gut. Aber wolltest du dich nicht auch ausziehen, oder willst du in deinem Lederanzug zu mir in die Wanne kommen. Wäre mal was Neues, aber ich habe es anders viel lieber.« Er hob seine Arme aus dem Wasser und streckte ihr die gespreizten Hände entgegen.

»Gedulde dich noch«, sagte sie und kam zwei Schritte näher. »Es ist doch auch so gut. Oder fühlst du dich nicht wohl?«

»Das schon.«

»Was willst du mehr?« Sie lächelte lockend, und Sugar Caine konnte seinen Blick nicht von ihrem Gesicht lösen. Verdammt, da stimmte etwas nicht. Da hatte sich was getan. Das Gesicht sah anders aus als noch vor Minuten.

Und auch die Haare wirkten so. Zwar hatte Yvonne immer eine etwas seltsame Frisur getragen, doch ihre Zöpfe bewegten sich jetzt wie Schlangen.

Wind strömte nicht in den Baderaum. Sie mußten sich also von allein bewegen.

Sugars Mißtrauen wuchs. Das merkte auch Yvonne. Sie hob die linke Hand. Mit zwei Fingern faßte sie den schmalen Nippel und zog den Reißverschluß nach unten. Sie tat es langsam. Das dabei entstehende Geräusch beruhigte Sugar Caine ein wenig.

Er atmete auf und lehnte sich zurück.

Dicht über dem Nabel hörte der Reißverschluß auf. Der Anzug klaffte auseinander. Caines Blick fraß sich förmlich an den Brüsten der Frau fest.

»Wenigstens etwas«, sagte er und schaute zu, wie Yvonne vor ihm in die Knie ging.

Sie blieb in der Hocke. Sugar Caine konnte die Frau jetzt genauer erkennen.

Verdammt, da stimmte doch etwas nicht! Er schüttelte den Kopf. Ihr Gesicht hatte sich verändert. Die Haut war dünn geworden, dahinter schimmerten Knochen.

Wie auf dem Bild!

Und dann die Haare. Diese dunklen Schlangen auf dem Schädel. Sie sahen aus wie widerliche Tiere, grausame Geschöpfe, die nur darauf lauerten, töten zu können.

Sugar Caine atmete tief ein. Sein Herz schlug schneller. Er ahnte, daß sich das Paradies allmählich veränderte und dabei leicht zu einer Hölle werden konnte.

»Was ist los?« fragte er und bewegte seinen rechten Arm unter Wasser. Er wollte ihn hochheben, um schneller an die Waffen zu gelangen, das sollte die Frau aber nicht merken.

»Was los ist?« fragte sie. »Nichts. Du siehst es doch . . .«

»Verdammt, du bist so anders.«

»Wie denn?«

»Nun, ich . . .« Sugar schüttelte den Kopf, wollte etwas hinzufügen, wurde aber unterbrochen, denn die Frau sagte mit veränderter Stimme und sehr hart:

»Wolltest du nicht baden, mein Freund?«

»Klar. Deshalb sitze ich ja hier!«

»Du kannst auch baden«, erwiderte sie flüsternd und schrie ihm die nächsten Worte entgegen. »In deinem Blut, du Bastard!«

Im gleichen Augenblick zog sie ihre rechte Hand hinter dem Rücken hervor. Caine starrte auf die lange Klinge eines Messers!

Der Mann in Lederkleidung, der die Polizeistation betrat, wurde schief angesehen. Ein schwergewichtiger Beamter näherte sich ihm mit wiegenden Schritten. »Für Rocker haben wir jetzt keine Zeit«, sagte er und stemmte die Hände in das Koppel. »Los, verzieh dich!«

Der Fremde ließ sich von den Worten nicht beeindrucken. Er hob die Arme und nahm den Helm ab.

Jetzt wurden die Augen des anderen noch größer, denn ein Chinese stand vor ihm. »Haben Sie sich verlaufen?«

»Sicher nicht«, erwiderte Suko und lächelte. Er war es gewohnt, nicht gerade freundlich aufgenommen zu werden. Vorurteile gab es leider immer wieder. »Ich war angemeldet, mein Lieber.«

Der Polizist holte tief Luft. Er war zwar nur Corporal, aber so etwas konnte er sich nicht gefallen lassen. Mit »mein Lieber« hatte ihn noch kein Fremder angesprochen. Bevor die Antwort über seine Lippen drang, starrte er auf das, was der Chinese vor ihm in der Hand hielt, und zwar sehr gut lesbar.

Es war ein Ausweis. Der Corporal las, kniff die Augen zusammen und trat einen Schritt zurück. Dabei lief er rot an. »Sir, Inspektor, ich meine, es tut mir . . .«

Suko winkte ab. »Lassen Sie das. Ich war angemeldet. Gibt es hier einen Inspektor Bingham?«

»Selbstverständlich, Sir.«

»Dann sagen Sie ihm, daß ich eingetroffen bin. Ich komme aus London und habe nicht viel Zeit.«

»Natürlich, Sir.« Der Corporal verschwand.

Suko blieb allein zurück. Die übrigen Beamten hielten sich in den rückseitigen Räumen auf. Dort mußte einiges los sein, denn Suko vernahm den Stimmenwirrwarr und hörte auch ein bekanntes Rauschen. Zumeist wurde es von einer Funkanlage abgegeben, die nicht völlig entstört war. Es dauerte nicht lange, als ein verschwitzter Mann erschien, dessen Haar in die Stirn gefallen war und der die Ärmel seines Hemdes in die Höhe gekrempelt hatte.

Als er Suko sah, hob er die Schultern. »Tut mir leid, Kollege, aber hier ist der Bär los.«

Suko lächelte. »Ich will auch nicht lange stören.« Er stellte sich vor und reichte Bingham die Hand.

»Ihr Kollege hat mir bereits von Ihnen berichtet.«

»Dann sagen Sie ihm doch, daß ich hier bin.«

Bingham schaute Suko erstaunt an. »Tut mir furchtbar leid, aber John Sinclair ist nicht hier.«

»So? Wo kann er denn sein?«

Bingham hob die Schultern. »Weiß ich nicht. Ich habe hier alle Hände voll zu tun. Es geht um einen Bankraub. Drei Täter waren es, und sie haben Tote zurückgelassen, diese verfluchten Killer. Bisher konnten wir sie nicht fassen, obwohl wir die Fahndung bis nach London hin ausgedehnt haben. Im Umkreis von hundert Meilen sind alle Polizeidienststellen alarmiert. Dennoch sind sie durch das Netz geschlüpft, so daß wir momentan dabei sind, zu anderen Maßnahmen zu greifen. Wir werden das Gelände durchkämmen und auch Spürhunde einsetzen.«

Suko hob die Hand, um den Redefluß des Kollegen zu unterbrechen. »Okay, ich verstehe Ihre Sorgen, aber hat das Ganze etwas mit John Sinclair zu tun?«

»Nein, nicht.«

»Aber John wollte hier warten.«

»Das hat er mir auch gesagt. Nur ist er nicht gekommen.«

»Wo könnte er stecken?«

Bingham rieb über sein Kinn, auf dessen Haut sich die dunklen Stoppeln des Tagesbarts zeigten. »Das ist alles ein wenig kompliziert. Sie wissen, worum es geht.«

»Ich bin einigermaßen informiert.«

»Ihr Kollege wollte zum Krankenhaus, um dort einen schwerverletzten Zeugen zu befragen. Anschließend, so hatten wir ausgemacht, wollte er hier vorbeikommen und auf Sie warten.« Bingham blickte auf seine Uhr. »Daß er bisher noch nicht eingetroffen ist, finde ich in der Tat ein wenig merkwürdig.«

»Wenn nicht noch mehr«, sagte Suko.

»Wie meinen Sie das?«

»Hat er nichts mit den Bankräubern zu tun gehabt? Ich meine, sind Sie sich dessen sicher?«

»Absolut.«

»Dann ist es seltsam, daß ich ihn nicht hier vorfinde.« Unschlüssig drehte Suko seinen Helm in den Händen.

Inspektor Bingham schaute ihm zu. Er wußte auch nicht mehr zu sagen und wartete ab.

Suko schlug mit der flachen Hand auf die Platte der trennenden Barriere.

»Können Sie mir den Weg zum Krankenhaus beschreiben, Kollege?«

»Gern. Aber ob Sie ihn dort noch finden?«

»Es ist besser, als hier zu warten. Vielleicht begegnet er mir unterwegs auch.«

»Das wäre möglich, denn es gibt nur diesen einen direkten Weg. Sie können ihn zudem gar nicht verfehlen. Hören Sie zu!« Der Inspektor erklärte Suko, wie er fahren mußte. Es war leicht zu merken, und Suko behielt, was ihm der Mann gesagt hatte. »Wenn Sie einmal auf der geraden Strecke sind, fahren Sie direkt auf das Krankenhaus zu. Es ist ein großer Komplex, eingebettet in eine waldreiche Gegend. Aber das ist ja uninteressant.« Der Inspektor lächelte noch. »Ich gebe Ihnen sicherheitshalber mal die

Beschreibung des Fluchtfahrzeugs der Bankräuber. Sie sind in einem Mercedes ...«

Suko hörte sich die Worte an und registrierte auch. Tatsächlich drehten sich seine Gedanken um John Sinclair. Er kannte den Geisterjäger lange genug. Wenn sie sich verabredet hatten, hielt jeder von ihnen das Treffen ein. Es sei denn, es war etwas dazwischengekommen, und das mußte schon verdammt ungewöhnlich sein.

»Alles klar?« fragte Bingham zum Schluß.

»Es könnte nicht klarer sein.« Der Chinese reichte seinem Kollegen die Hand.

Bingham hielt sie noch länger fest. »Es tut mir wirklich leid, daß ich Sie nicht unterstützen kann. Aber das habe ich Sinclair auch schon gesagt. Die Bankräuber ...«

»Ich verstehe.« Suko winkte dem Inspektor zu und grinste den Corporal an, der einen roten Kopf bekommen hatte. Dann verließ er die Polizeistation.

Seine Harley hatte er vor dem Gebäude geparkt. Sie stand direkt am Straßenrand und keinem anderen Wagen im Weg. Als Suko seinen Helm aufsetzte, hielt ein Streifenwagen. Aus ihm sprangen vier Polizisten und stürmten dem Eingang der Polizeistation entgegen. Suko fing noch einige Gesprächsfetzen auf und erfuhr, daß die Leute trotz intensiver Suche nichts erreicht hatten. Die drei Bankräuber blieben wie vom Erdboden verschluckt.

Dennoch hatte Suko ein ungutes Gefühl bekommen. Es hing mit dem Verschwinden des Geisterjägers zusammen. Er konnte sich einfach nicht vorstellen, daß John so unpünktlich war. Da mußte etwas vorgefallen sein, das völlig aus dem Rahmen fiel.

Als die Polizisten verschwunden waren, schwang sich Suko ebenfalls auf seine Harley und startete.

Der Inspektor hatte die Wegbeschreibung seines Kollegen nicht vergessen. Er wußte genau, wie er zu fahren hatte, und erreichte schon bald die gerade Straße, die direkt zum Krankenhaus führen sollte.

Suko beschleunigte.

Für ihn gab es kaum eine größere Freude, als den satten Sound der Harley zu hören, wenn die Maschine allmählich auf Touren kam. Der Inspektor war ein zügiger, aber auch ein sicherer Fahrer. Er hielt sich an die Verkehrsregeln, spielte die Stärke seines Motorrads nie schwächeren Wagen gegenüber aus, nur wenn die Fahrbahn frei war, brachte er seine Maschine auf Touren.

So auch jetzt.

Flach hockte Suko auf dem Feuerstuhl, bot der Luft so wenig Widerstand wie möglich und spürte, daß die schwere Harley wie ein Brett auf der Straße lag.

Nicht einmal kam bei ihm das Gefühl der Unsicherheit auf. Suko fuhr sehr umsichtig. Nicht nur die vor ihm liegende Fahrbahn behielt er im Auge, sondern auch die Ränder. Er bekam gewissermaßen aus den Augenwinkeln mit, was rechts und links von ihm geschah.

Als die Häuser verschwunden waren, begann der Wald. Auf der rechten Seite lag er, bildete eine grüne Lunge und auch einen Wall gegen den Straßenlärm.

Die einzelnen Wege, die an verschiedenen Stellen in den Wald hineinführten, huschten vorbei. Der Verkehr hielt sich in Grenzen. Suko wurde kein einziges Mal überholt und stoppte plötzlich ziemlich hart ab, denn er hatte auf der rechten Seite und nicht einmal weit entfernt einen Wagen stehen sehen, der ihm bekannt vorkam.

So ganz schaffte es der Chinese nicht mehr. Er rollte vorbei, bremste und fuhr wieder zurück.

Neben einem silbergrauen Bentley bockte er seine Harley auf. Suko brauchte nicht einmal auf das Nummernschild des Fahrzeugs zu schauen, er wußte auch so Bescheid.

Es war John Sinclairs Silbergrauer!

Suko schaute in den Wagen hinein und schüttelte den Kopf. Keine Spur von John Sinclair.

Als Freund des Geisterjägers trug Suko stets einen Reserveschlüssel bei sich. Er öffnete die Fahrertür, untersuchte das Innere und fand keinerlei Spuren, die auf einen Kampf oder ähnliches hingedeutet hätten. Auch kein Blut.

John hatte den Wagen freiwillig verlassen.

Suko warf die Tür wieder zu und schaute sich um. Wo konnte der Geisterjäger von dieser Stelle aus hingegangen sein?

Es blieben an sich nicht viele Alternativen. Suko konnte sich kaum vorstellen, daß sein Freund die Straße entlang gewandert war. Aber ein paar Yards entfernt befand sich der nächste Weg, der in den Wald führte.

Ihn schaute sich Suko genauer an.

Sofort fielen ihm die Reifenspuren auf. Er brauchte sich nicht einmal zu bücken, um festzustellen, daß es noch sehr frische Spuren waren. Zudem standen die Räder ziemlich weit auseinander. Ein Kleinwagen war hier nicht hergefahren.

Der Chinese konnte sich selbst nicht erklären, aus welchem Grunde er gerade in diesem Augenblick an die Bankräuber denken mußte, aber sie gingen ihm einfach nicht aus dem Kopf.

Schnell faßte er einen Entschluß.

Die Spuren führten in den Weg hinein. Zu Fuß wollte Suko ihn nicht gehen. Er lief wieder zurück, schob die Harley über den Randstreifen, schwang sich auf den federnden Sattel und startete.

Wie ein Geländefahrer rollte er an, wobei er sich stets in einer breiten Reifenspur hielt. So kam er doch besser als zu Fuß voran.

Es dauerte nicht sehr lange, da hatte er das Ende des Wegs erreicht, entdeckte die zu den Seiten hin offene Grillhütte und den abgestellten Mercedes.

Dieser Wagen war für den Inspektor der Beweis, das Fluchtauto der Bankräuber gefunden zu haben. Er verspürte ein leichtes Magenziehen, als er daran dachte, wie leicht er in eine Falle hätte laufen können. Zum Glück befand sich keiner der Bankräuber in der Nähe. Auch von John Sinclair sah er leider nichts.

Neben der Grillhütte bockte Suko seine Maschine auf. Wie ein alter Trapper begann er mit der Spurensuche.

Die Erde war weich, und er fand genügend Fußabdrücke im Boden. Hier waren mehrere Personen gegangen. Vielleicht auch John Sinclair. Aber wohin hatten sie sich gewandt?

Suko ging systematisch vor und drehte seine Kreise um die Hütte. Er zog sie immer größer, bis er plötzlich stutzte und frisch abgebrochene Zweige im hohen Unterholz sah.

Sie markierten den Fluchtweg der Bankräuber und vielleicht auch den des Geisterjägers.

Ob John ihnen in die Hände gefallen war, konnte Suko nicht sagen. Er mußte damit rechnen.

Sollte es tatsächlich der Fall sein, mußte er sich beeilen und hatte nicht noch die Zeit, Inspektor Bingham und seine Leute zu warnen. Deshalb schlug der Chinese dieselbe Richtung ein, die kurz zuvor die Bankräuber und sein Freund John Sinclair gegangen waren.

Du bist total betrunken, dachte Caine. Verdammt, das ist doch ein Traum und niemals Wirklichkeit.

Es war kein Traum.

Die rothaarige Frau hielt das Messer mit der langen Klinge tatsächlich fest.

Ihr Gesicht konnte man schon nicht mehr als menschlich bezeichnen. Es war eine dämonische Fratze mit Augen, aus denen der Tod leuchtete. Ein wahres Mordversprechen, obwohl sie noch kein einziges Wort gesprochen hatte.

Sugar Caine kannte die Blicke. Im Dschungelkampf, wenn die Nerven unter Dauerstreß standen, hatte auch er schon so geschaut, bevor er anfing zu wüten. Entweder mit dem Haumesser, der MPi oder seinen Granaten. Und er wußte, daß er sehr schnell tot sein würde, wenn ihm nicht augenblicklich etwas einfiel.

Yvonne war sich ihrer Sache sicher. Sie lachte dabei sogar. Dennoch war es kein lautes Lachen, mehr ein angedeutetes, denn sie hatte den Mund geöffnet, und nur fauchende Atemzüge drangen über ihre Lippen.

Caine verfluchte den Whisky. Er hätte nicht so viel von dem Zeug trinken sollen, aber wer ahnte schon so etwas. Dieses Weib war nicht normal, man konnte es als Furie bezeichnen, möglicherweise sogar als nichtmenschlich, denn hinter wessen Haut schimmerte schon das Knochengerüst des Schädels?

Es fiel Caine schwer, Gedanken zu fassen. Zudem blieb ihm so gut wie keine Zeit. Er wunderte sich darüber, daß die Frau noch nicht zugeschlagen hatte. Vielleicht wollte sie die Lage noch ein wenig auskosten und ihn vor Angst vergehen sehen.

Trotz des warmen Wassers rann eine kalte Gänsehaut über seinen Rücken und erreichte auch die Arme.

Als er dies merkte, fiel ihm ein, daß er den rechten unter Wasser ein wenig angehoben hatte. Wenn er sich beeilte, kam er vielleicht noch an seine MPi.

Da wuchtete sich die Frau vor.

Sie streckte dabei ihren Arm aus. Die Klinge bildete die Verlängerung der Hand und wurde ein wenig gekantet, so daß die Breitseite auf die Kehle des in der Wanne sitzenden Mannes zielte.

Caine war schnell, dennoch zu langsam. Zudem behinderte das Wasser seine Bewegungen. Er versuchte noch eine Abwehr, bekam auch ein Bein hoch, spürte Widerstand, als Knie und Körper zusammentrafen, sah Wasserfontänen zwischen sich und der Frau hochspritzen und spürte plötzlich den Schmerz.

Nicht den alles verlöschenden und auch nicht an der Kehle, sondern an der linken Schulter. Ihm war sofort klar, was geschehen war. Durch seine Aktion hatte er die Frau aus dem Konzept gebracht, doch der Schnitt an der Schulter reichte aus. Ein normaler Mensch, ein nicht so kampferprobter, wäre zusammengesackt und hätte sich wahrscheinlich nicht mehr gerührt.

Nicht Sugar Caine!

Aus seinem Mund drang ein Wutschrei. Yvonnes Körper fiel auf ihn und wollte ihn mit seinem Gewicht unter Wasser drükken. Sugar stemmte sich dagegen, drehte sich dabei und stieß die Frau mit seiner gesunden Schulter zurück.

Noch einmal sah er die Klinge. Diesmal dicht vor seinen Augen, aber sie traf wieder nicht, sondern hackte in das Wasser hinein, wobei der Stahl noch Gischtfontänen in die Höhe schleuderte.

Caine rammte die rechte Faust nach unten. Er traf den Rücken. Dieser Schlag hätte eigentlich gereicht, doch bei Yvonne mußte man andere Saiten aufziehen. Eine Frau wie sie war auf diese Art und Weise nicht außer Gefecht zu setzen. Zwar tauchte sie unter, drehte sich im Wasser und kam am anderen Ende der Wanne wieder hoch.

Caine brüllte vor Wut. Um ihn herum färbte sich das Badewasser hellrot. Sugar verlor sehr viel Blut, darauf achtete er nicht. Er reagierte jetzt wie ein angeschossenes Tier. Wild, unkontrolliert und alles einsetzend, um doch noch zu gewinnen.

In seinen Augen machte Yvonne einen Fehler, als sie nicht mehr in der Wanne blieb, sich am Rand aufstützte, Schwung gab und dann aus dem Wasser schoß.

Dicht neben der Wanne kam sie auf, drückte sich in die Knie, drehte sich und sprang auf die Füße.

Sie hatte sich verändert. Naß wie eine Katze war sie. Das Haar klebte an ihrem Kopf. Aber die zusammengedrehten Fäden standen weiterhin hoch und bewegten sich, ohne daß die Frau selbst etwas dazutat.

Auch Caine stemmte sich hoch. Er mußte sich mit der gesunden Hand aufdrücken, so daß es ihm nicht leicht fiel, aus der Wanne zu klettern. Der linke Arm schien in Feuer gebadet zu werden, das machte ihm in diesen Augenblicken nichts. Er konnte seine *Braut* auch mit einer Hand bedienen, das hatte er schon oft genug bewiesen.

Bevor Yvonne etwas dagegen unternehmen konnte, hatte er die MPi schon an sich genommen, sie herumgedreht und so angelegt, daß die Mündung auf die Frau wies.

Die Wannenbreite trennte sie.

Aus der Armwunde sickerte Blut. Es rann an der Haut entlang und vermischte sich danach mit dem Wasser. Das alles störte Sugar Caine nicht mehr. Er sah nur noch die veränderten Fronten, denn nun war er am Drücker.

Im Dschungel hatte er oft genug Schmerzen unterdrücken müssen. Dieses Training kam ihm nun zugute.

Er starrte die Frau an. Verflogen war sein Rausch. Für ihn gab es nur noch eins.

Die Abrechnung!

In seine Augen trat ein seltsam matter Glanz, der schon einem Schleier glich und die Pupillen verschwommen aussehen ließ. Caine selbst hatte den Glanz nie gesehen, er wußte es nur von anderen, und er wußte auch, daß er kein Zurück mehr kannte.

Er würde töten!

»Du hast mich erwischt, Süße«, flüsterte er, »aber nicht richtig erwischt. Ich lebe noch. Ich werde es dir zurückzahlen. Und zwar alles.«

»Wie denn?«

Caine verzog den Mund und ging zwei Schritte nach vorn. »Indem ich dir den Balg mit Blei vollpumpe. Mehr nicht.«

Yvonne schaute nicht ihn an, sondern das Messer. Sie lächelte dabei, was der ehemalige Söldner nicht verstehen konnte. Der heiße Haß überschwemmte ihn wie eine Woge, sein Finger lag bereits am Drücker. Was hinderte ihn daran zu schießen?

Nichts.

Die Maschinenpistole hämmerte ihre tödliche Melodie. Obwohl sie von Caine nur mit einer Hand gehalten wurde, tanzte oder schwankte sie kaum, als er schoß.

Und er traf auch.

Die Frau stand in einer gebückten Haltung, als sie die Garbe voll nehmen mußte. Schräg zeichneten die Kugeln eine Naht in ihren Körper, und Sugar Caine ließ die MPi sinken, denn wenn er so getroffen hatte, war noch nie ein Gegner aufgestanden. Aus seinem Mund drang ein leises Kichern. Er war sich seines Sieges voll gewiß und sah die Frau zudem auf den Fliesen liegen.

Es herrschten ziemlich miese Lichtverhältnisse. Sugar konnte nicht erkennen, ob Yvonne blutete, doch er sah, wie sie sich zur Seite wälzte. Vielleicht letzte Bewegungen vor dem Tod, dachte er und bekam tellergroße Augen, als er das weitere Geschehen sah.

Yvonne winkelte den waffenfreien Arm an, preßte den Ellbogen auf den gefliesten Boden und kam mit einem blitzschnellen Sprung in die Höhe, wobei sie ihr Messer schwang wie ein Torero sein Tuch.

Sugar ging zurück. Er atmete schwer und spürte plötzlich die Wand in seinem Rücken. Da ging es nicht mehr weiter. Er warf Blicke nach rechts und links, wobei er feststellte, daß er genau zwischen zwei auf den Oberflächen so matten Spiegeln stand.

Und da blieb er.

Der Ex-Söldner spürte nicht mehr die Schmerzen der Wunde und auch nicht das warme Blut, das über seinen kalten Arm rann, er sah nur die rothaarige Frau, die gerade eine MPi-Garbe überstanden hatte und sicher auf den Beinen stand.

Für ihn war es das absolute Grauen. Er wußte nicht mehr, was er noch machen sollte, schielte auf seine übrigen Waffen und dachte auch an die Granaten.

Yvonne erriet seine Gedanken. »Laß sie liegen«, erklärte sie kalt. »Damit erreichst du auch nichts.«

Sugar tat das, was er noch nie in seinem Leben getan hatte. Er gehorchte dem Befehl.

Yvonne ging vor. Am Rand der Wanne blieb sie stehen. Über das Wasser schaute sie hinweg in Sugars Gesicht und schüttelte leicht ihren Kopf. »Ich hätte es dir gern leichter gemacht«, erklärte sie. »Was nun folgt, hast du dir selbst zuzuschreiben. Du hättest dich nicht wehren sollen.«

»Wer bist du?« ächzte Sugar. »Verdammt, sag mir, wer du wirklich bist. Kein Mensch – oder?«

»Vielleicht – vielleicht nicht.«

»Das ist doch keine Antwort.«

»Ich bin zurückgekehrt«, erklärte Yvonne. »In den Anfängen der Welt bin ich entstanden, als es noch nicht die Trennung zwischen Gut und Böse gab. Da sagte man Engel zu uns. Die meisten glauben zwar, es hätte nur männliche Engel gegeben, doch das ist ein Irrtum. Ich war auch einer, und ich lebte, wie unsere Meisterin, schon damals von der Prostitution. Ja, wir waren Huren. Ihr Menschen habt stets von dem ältesten Gewerbe der Welt gesprochen und habt recht gehabt. Es ist das älteste Gewerbe der Welt, das wir treiben.«

»Und jetzt bist du hier?« kreischte Sugar, wobei er noch ein Lachen hinterhersetzte.

»Natürlich.«

Caine schüttelte den Kopf. »Das ist so lange her, daß man da nichts von weiß. Das hat niemand aufgeschrieben. Es ist eine Sage, eine Legende, die sich die Menschen gemacht haben.«

»Bin ich auch eine Legende?«

»Nein, das nicht. Aber...«

»Es gibt kein aber für dich. Nur noch den Tod. Ich werde dich umbringen. Und meine Freundinnen töten deine Freunde. Ihr werdet zu Opfern für die große Lilith, unsere Meisterin. Je mehr Blut wir in ihrem Namen vergießen, um so stärker wird sie sein. Hast du das verstanden, Sugar Caine?«

»Klar, habe ich.«

»Dann bereite dich auf deinen Tod vor!«

Diese gelassen ausgesprochenen Worte brachten den Ex-Söldner fast um den Verstand. Er hatte die MPi, einen Revolver, die Granaten und ein Messer. Und trotzdem hatte ihm die rothaarige Frau bewiesen, daß sie ihm überlegen war.

Sie kam auf ihn zu. Dabei ging sie locker, sogar ein Lächeln lag auf ihrem Mund. Das Messer mit der langen Klinge hielt sie in der rechten Hand. Bei jedem Schritt schwang der Arm auf und nieder, die Spitze des Messers rasierte fast über den Boden. Die Haut auf dem Gesicht bewegte sich wie dünnes Pergament, wenn sie die Muskeln anspannte, und die Knochen dahinter leuchteten in einem stockigen Weiß.

Sugar Caine spürte zum erstenmal in seinem Leben, was es heißt, so richtig Angst zu haben. Selbst unter dem Trommelfeuer des Gegners war sie nicht so groß gewesen. Sein Magen schien allmählich zu wachsen, er drückte nach allen Richtungen, und Sugar bekam Atembeschwerden.

Auch spürte er wieder die Schmerzen. Er hatte das Gefühl, als müßte sein linker Arm jeden Augenblick abfallen, aber er hatte noch nicht aufgegeben.

Als letzten Ausweg gab es noch die Flucht. Hin zum Lift, einsteigen und weg.

Noch einmal dachte er nach. Eine andere Alternative fiel ihm nicht ein, also weg.

Die Situation war günstig. Er stand näher zum Lift als seine Gegnerin. Und er startete.

Sugar Caine besaß Kraft, Energie und Ausdauer. Er war zwar durch die Verletzung ein wenig geschwächt, dennoch hatte er nicht aufgegeben und kam auf dem Weg zum Lift auch an seinen abgelegten Waffen vorbei. Die Maschinenpistole hatte er unter den Arm geklemmt. Dies aus gutem Grund. Er brauchte eine freie Hand, um so schnell wie möglich eine Granate aufzunehmen.

Das Ei aus Metall paßte in seine Pranke, und er hätte fast einen Jubelschrei ausgestoßen, denn die Rothaarige tat nichts, um ihn aufzuhalten.

So erreichte er den Lift.

Kaum konnte Sugar abbremsen. Mit dem Rücken fiel er gegen die Tür, stand kaum richtig und riß den Stift ab.

Die Handgranate war scharf!

»Jaaaa!« brüllte er laut, anstatt wie sonst zu zählen. Der letzte Ton schwang noch in der Luft, als er die Granate schleuderte und sie gut gezielt der Rothaarigen entgegenwarf.

Er wußte nicht, ob er getroffen hatte, es war ihm egal. Wahrscheinlich würde die Frau auch die Detonation überleben, die Druckwelle hatte genügend Platz, sich auszuweiten, das wollte er nicht sehen, sondern verschwinden.

Sugar Caine wirbelte herum, packte den Griff der Lifttür und schrie, als wäre er von einem Stromstoß malträtiert worden.

Die Tür war verschlossen!

Dreimal ruckte er noch daran, ohne einen Erfolg zu erreichen. Der Eintritt in den Lift blieb ihm verwehrt.

Und er hatte die scharfe Granate bereits geschleudert. Noch an der Tür stehend, kreiselte Sugar Caine herum. Er konnte zunächst nicht viel erkennen und fragte sich, wie viele Sekunden seit dem Schleudern der Granate vergangen waren.

Zwei, drei?

Die Detonation!

Der Krach war mörderisch. Er hallte als Echo über die blanken Fliesen und schien sie zerstören zu wollen. Caine hatte alles vergessen. Die Regeln wollten ihm nicht mehr einfallen, deshalb blieb er auf den Beinen, anstatt sich zu Boden zu werfen.

Dies rächte sich furchtbar.

Die Druckwelle packte ihn. Ob sie die Frau auch schaffte und wegwirbelte, konnte er nicht sehen. Plötzlich kam er sich vor wie ein Blatt, wurde zurückgeschleudert und mit dem Rücken hart gegen die Tür geworfen.

Sein Hinterkopf bekam etwas ab, wobei er gleichzeitig das Gefühl hatte, seine Lunge würde auseinandergerissen. Auf den Beinen konnte er sich nicht mehr halten, der Raum wurde zu einem furiosen Wirbel, zu einer sternenübersäten Galaxis, die ihn an sich reißen wollte und es auch schaffte. Der Ex-Söldner Sugar Caine brach zusammen und fiel auf die Seite. Aus seinem Mundwinkel rann ein dünner Blutfaden über die Haut am Kinn und tropfte zu Boden, wo die rote Flüssigkeit allmählich eine kleine Lache bildete.

Sugar war noch nicht tot, obwohl es so aussah. Seltsamerweise erlebte er alles so unnatürlich klar.

Er vernahm Schritte.

Es war ein Hämmern. Jedes Aufsetzen des Fußes löste in seinem Kopf einen Gongschlag aus. Ohne zu sehen, wer sich da näherte, wußte Sugar Bescheid.

Die Rothaarige kam, um ihm den Rest zu geben.

So war es in der Tat.

Sie näherte sich dem Mann und schwang locker die Waffe mit der langen Klinge. Beidseitig geschliffen, war dieses Messer für sie und ihr Vorhaben ideal.

Neben Caine blieb sie stehen.

Sie hatte ihre magischen Kräfte noch nicht voll auszuspielen brauchen. Auch jetzt tat sie es nicht. Yvonne senkte nur ein wenig den Kopf und schaute auf den Mann herab.

Dann hob sie das Messer.

Sie tat es langsam. Die lange Klinge, die Hand, ein Teil des Arms geriet in den Lichtschein, der blitzende Reflexe auf das Messer warf, so daß es wie die berühmte Mordszene aus Hitchcocks Meisterwerk »Psycho« wirkte.

Sie sprach noch einige Worte. »Ich habe dir den Tod versprochen, Bastard! Und was ich verspreche, das halte ich auch.«

Dann stieß sie zu.

Man sah nur mehr das Zucken der Klinge, die immer dann in den Lichtschein geriet, wenn sie wieder hochgehoben wurde. Bei jeder rückwärtigen Bewegung hatte sich ihre Farbe verändert.

Sie wurde stets dunkler.

Nach vier Sekunden hielt Yvonne inne. Ein Lachen drang aus ihrer Kehle. Dem Toten gönnte sie keinen Blick mehr, sondern drehte sich um und ging zur Wanne, um das Messer von den Spuren zu säubern.

Sie hielt stets ihr Versprechen. Das gleiche konnte man auch von ihren »Schwestern« behaupten. Sie machte sich um die beiden keinerlei Sorgen. Jede wurde eben auf ihre Art und Weise mit den Problemen fertig.

Blut für Lilith. Opfer, Tote, so etwas brauchte sie. War der gefallene Engel Luzifer schon so absolut böse, stand Lilith ihm in nichts nach. Sie war die Hure des Teufels und hatte dafür gesorgt, daß es seit Anbeginn der Zeiten Frauen gab, die ihren Körper verkauften.

Unzählige Nachfolgerinnen hatte Lilith, die Große Mutter, gefunden. Die drei, die mit menschlichen Namen Yvonne, Tamara und Rachel hießen, gehörten praktisch zu denen der ersten Stunde. Yvonne hatte Sugar Caine gegenüber eine Andeutung gemacht. Er hatte sie nicht verstanden oder nicht verstehen wollen.

In der Tat steckte mehr hinter den so einfach gesprochenen Worten. Caine hatte es nur nicht richtig begriffen und auch nicht durchdacht.

Den Toten wollte sie nicht vor der Lifttür liegenlassen, ging wieder zurück, hob ihn an und schleifte ihn zur Wanne, wo sie Sugar Caine hineinwarf.

Der Körper sackte zunächst einmal nach unten und trieb dicht über dem Grund der Wanne dahin. Durch die Lichtbrechung des Wassers sah er für den Betrachter noch schauriger aus.

Erst jetzt war für die rothaarige Yvonne die Sache endgültig erledigt.

Sie wandte sich um, und ihr Blick fiel dabei auf die an der Wand hängenden Spiegel. Daß sie eine besondere Bedeutung hatten, war ihr klar. Die Spiegel zeigten Wege und Tore in die ferne Vergangenheit. Sie waren Tunnel der Zeiten, doch in diesen Augenblicken glaubte sie, etwas anderes in ihnen zu sehen.

Die Spiegel hatten sich verändert.

Zwar war die Oberfläche nach wie vor matt geblieben, nur zeigte sich innerhalb der Flächen die Gestalt eines Mannes.

Yvonne stand unbeweglich. Selbst die seltsamen Schlangenhaare auf ihrem Kopf waren erstarrt.

Zu schlimm war für sie das Bild, obwohl es eigentlich sehr harmlos aussah. Aber sie kannte den Mann. Sie hatte ihn gesehen, sogar selbst versucht, ihn zu töten.

Es war der Blonde, der ihr nach der Untat an Steve Bennet im Treppenhaus begegnet war...

Ich hatte gewußt, daß mit diesem einsam stehenden Haus etwas nicht stimmte. Jedoch nie daran gedacht, daß es eine so große Wirkung auf das haben würde, was ich bei mir trug und mein Beschützer war. Eben das Kreuz.

Es stammte aus uralter Zeit. War von dem Propheten Hesekiel in babylonischer Gefangenschaft hergestellt worden und mit den Insignien und Schutzzeichen versehen, die ihm damals bekannt waren. Er hatte auch in die Zukunft schauen können und gewußt, welche Bedeutung das Kreuz einmal haben würde. Deshalb hatte er diesen Talisman so angelegt.

Hesekiel hatte nicht nur aus der alttestamentarischen Lehre etwas übernommen, sondern auch aus der fremder Völker. So war die ägyptische Mythologie ebenso vertreten wie die indische, doch das wichtigste waren die Zeichen an den vier abgerundeten Enden des Kreuzes.

M für Michael.

R für Raffael.

G für Gabriel

U für Uriel.

Vier Buchstaben und damit die Identifikation für die vier großen Erzengel. Die Hauptträger der Macht. Die Mächte des Lichts und des Guten, die das Böse am Beginn der Zeiten in ihre Schranken verwiesen hatten.

Durch einen bestimmten Spruch konnte ich das Kreuz aktivieren. Dann zeigte es seine Macht, die auf teuflische Dinge zerstörerisch wirkte und mich dabei wie ein Panzer schützte.

In diesem Fall hatte ich es nicht zu aktivieren brauchen, denn es reagierte von allein.

Ich kam mir nicht mehr wie ein Mensch vor, sondern als eine zum Zuschauen degradierte Puppe inmitten einer seltsamen Landschaft aus Licht und Schatten.

Ich war eingekreist und fühlte, obwohl ich mit beiden Beinen auf der Erde stand, dennoch keinen Grund unter den Füßen. Die

Dimensionen hatten sich für mich verschoben, ich befand mich auf einmal woanders, obwohl ich mich an derselben Stelle aufhielt.

Und ich erlebte etwas Seltsames, für mich Unerklärliches. Die Welt war eine andere geworden. Ein Reich ohne Grenzen und Begrenzungen, in dem Wesen lebten, die ich mit meinem menschlichen Verstand vielleicht als Geister beschrieben hätte.

Ich war zu einem Teil dieser Welt geworden, spürte, wie mich mein Kreuz hielt und mich gegen andere Dinge abschirmte, so daß ich weiterhin nur beobachten konnte.

Ich sah, daß es Laute um mich herum gab, und konnte sie dennoch nicht hören. Ich wollte sprechen, konnte nicht reden. Ich wollte laufen, blieb aber auf der Stelle. Dann wollte ich fühlen, doch ich hatte keinen Körper mehr, obwohl er noch existierte.

Dimensionen hatten sich verschoben. Die dreidimensionalen Maßeinheiten der Erde waren ausgeschaltet worden, und ich hörte, obwohl ich keinen sah.

Die Stimme, so ruhig, so vertrauenerweckend, drang von Ferne an meine Ohren, und ich bekam mit, wie sie meinen Namen aussprach.

»John Sinclair, du bist der Sohn des Lichts, der Erbe des von Hesekiel geschaffenen Kreuzes. Du hast eine schwere Aufgabe übernommen, das weißt du genau. Und nicht immer kannst du eine solche Aufgabe allein bewältigen, da brauchst du Hilfe. Auch das, was vor dir liegt, ist so schlimm und schaurig, daß ich dich warnen und dir einige Erklärungen geben möchte. Hör mir jetzt genau zu, Sohn des Lichts.«

»Ich höre...« Daß ich gesprochen hatte, merkte ich kaum. Womöglich waren es auch mehr Gedanken, die den anderen erreichten.

»Du wirst bald die Zahl drei erleben, denn in der Magie der Zahlen ist sie die wichtigste. Sie ist eine heilige Zahl, eine vollkommene Zahl, und sie ist mächtig, denn drei Personen sind in Gott. Dabei ist die Drei bei religiösen Ritualen von einer so ungeheuren Bedeutung. Gebete und Verbannungen werden dreimal wiederholt. Die Dreiheit ist das Gesetz, nach dem alles zu ordnen ist, denn in der Dreiheit ist alles vorhanden, was das Leben ausmacht. Im Anfang, in der Mitte und im Ende. Du kannst es einteilen in Geburt, das Werden und das Gewordene. Mit drei Dimensionen versucht der Mensch die Welt zu begreifen.

Länge, Breite und Höhe. Jede Größe wird durch die Dreiheit erfaßt. Es gibt die Linie, die Fläche und den Körper. Dreifach sind auch die Lebensgeister; vegetierende, fühlende und verständige. Dreifach sind die Vermögen der verständigen Kreaturen, zu denen auch du gehörst: Gedächtnis, Vernunft und Wille. Es gibt die drei theologischen Kräfte. Glaube, Liebe und Hoffnung. Nun folgt das, was für dich sehr wichtig ist. Drei Furien gibt es in der Unterwelt, im Reich des Bösen, in der Dimension, die von Luzifer beherrscht wird. Drei Furien, Sohn des Lichts, deren Namen ich dir nun nennen will und die du nicht vergessen darfst. Deshalb höre mir genau zu. Diese Namen sind für dich von ungeheurer Bedeutung. Eisbeth Zenunim, Naamah und Mahlaht. Es sind die Namen deren, die Lilith, der Großen Mutter, der Herrin des Bösen, dienen. Sie und Luzifer verkörpern die ewige Verdammnis, bewacht werden sie von diesen drei Furien, die einmal Engel waren und beim ersten großen Kampf in die Tiefen der Verdammnis gestürzt wurden. Dort vegetierten sie hin, aber sie haben nie aufgegeben. Du weißt selbst, wie anfällig die Menschen in deiner Zeit für das Böse geworden sind. Der Teufel ist überall. Es gibt keine Hölle, so wie man sie sich vorstellt. Du kannst die Hölle in der Familie erleben, aber auch im Krieg. Das alles liest und siehst du tagtäglich. Du bist der Sohn des Lichts. Du hast die Aufgabe übernommen, gegen die Mächte der Finsternis zu kämpfen, und du hast das Kreuz in der Hand. Setze es richtig ein und nimm dich vor dem Grauen in acht. Die Große Mutter will zurück. Sie hat die Furien in diese Welt geschickt, damit sie ihr den Weg bereiten. Der magische Zauber kann erfüllt werden, wenn die Herzen *dreier* Menschen ihr geopfert werden. Merke dir die Zahl drei. Sie wird dir immer und überall begegnen. Noch ist es Zeit, aber die Große Mutter ist schon längst erwacht. Sie lauert an der Grenze und wartet darauf, sie überschreiten zu können. Versuche, sie zu stoppen, und schlage ihre drei Furien zurück, deren Namen ich noch einmal wiederholen möchte. Eisbeth Zenunim, Naamah, Mahlaht. Diese drei sind ungeheuer mächtig, sie haben es geschafft, sich auf der Erde zu etablieren, und werden versuchen, alles zu vernichten. Sie gehörten zu den ersten Huren, und sie werden dieser Aufgabe auch in einer anderen Zeit gerecht. Hüte dich vor ihren Küssen. Es sind Hexenküsse, die dich treffen und vernichten sollen. Furien, Huren und Hexen – wiederum sind es drei Begriffe für einen. Sie werden versuchen, dir dein Leben zu nehmen und auch das anderer Menschen . . .«

Ich hatte den Worten gelauscht. Jedes einzelne war von mir aufgenommen worden. Ich wußte, daß derjenige, der da zu mir sprach, es gut meinte. Ich sah ihn nicht, aber ich ahnte, daß sich der Seher eingemischt hatte. Bisher wußte ich noch nicht, um welch eine Person es sich dabei handelte. Ich hatte Ahnungen, Vermutungen, aber Beweise hatte er mir nicht gegeben.

Ich wollte es wissen!

»Du bist der Seher!« Wieder flüsterte ich, obwohl ich meine eigenen Worte kaum verstand. »Bitte, sage mir endlich, wer du bist! Ich möchte dich kennenlernen, ich möchte dich sehen und endlich deinen Namen wissen. Ich weiß, daß du eine Art von Schutzengel bist, mein großer Beschützer, aber wer verbirgt sich hinter dir?«

Die Antwort klang enttäuschend. »Es ist nicht gut, wenn du immer alles weißt. Ich kann dir keine direkte Antwort geben. Ich habe keinen Namen und bin ein künstliches Geschöpf.«

»Das begreife ich nicht . . .«

»Es ist auch schwer, das gebe ich zu. Doch denke nach. Ich habe dir die Zahl drei genannt, muß ich unbedingt nur eine Person sein oder kann ich auch aus drei . . .«

Es klang in mir wie ein Aufschrei. »Bist du . . . bist du . . .«

»Nein«, erwiderte er mit ruhiger Stimme. »Ich bin nicht der Allgewaltige, der Schöpfer des Ganzen, aber ich vereinige mehrere Dinge in mir. Ich brauche nicht unbedingt eine Person zu sein, Sohn des Lichts. Merke dir auch diesen Satz. Ich habe dir schon einmal gesagt, daß die Zeit für dich noch nicht reif ist, meine endgültige Existenz zu begreifen. Deshalb nimm es so hin, wie ich es dir gesagt habe. Ich bin der Seher, vielleicht auch manchmal dein Begleiter. Dabei lasse es bleiben, Sohn des Lichts. Es ist besser . . .«

Er sprach die Worte, ich hörte sie und lauschte ihnen noch nach. Dabei wurde mir warm ums Herz. Ein etwas kitschiger Ausdruck für das Gefühl, das mich plötzlich umfing, aber ich konnte es nicht anders formulieren.

In mir breitete sich ein nie erlebtes Vertrauen aus, das wie ein elektrischer Strom durch meinen Körper zog, die Seele in mir anhob und sie erfüllte.

Vertrauen auf das Gute, auf die Kräfte des Lichts und gegen das Böse. So war es, so mußte es sein, so würde es bleiben.

Noch immer stand ich inmitten dieser Insel aus Raum und Zeit. Einer unbegreiflichen Magie, die mir so viel gab, und mein Helfer hielt diese Magie auch weiterhin aufrecht, deshalb traute ich mich, die nächsten Fragen zu stellen.

Der Seher hatte mir sehr deutlich zu erkennen gegeben, wer meine eigentlichen Gegner waren.

Die drei Furien! Über sie wollte ich mehr erfahren, denn sie mußten sich auf der Welt gezeigt und andere Menschen in ihren Bann gezogen haben. Die drei Toten, denen die Herzen fehlten, waren das beste Beispiel dafür.

»Sag mir eins«, rief ich dem Seher entgegen. »Wo finde ich die drei Furien? Wo halten sie sich versteckt? Befinden sie sich in meiner Nähe?«

»Du bist dicht dabei, Sohn des Lichts«, gab er mir zur Antwort. »Du hast die Spur gefunden, und es ist die richtige gewesen. Ich muß in meiner Dimension bleiben und kann dir nicht zur Seite stehen, du aber wirst den Kampf aufnehmen. Als Furien oder gefallene weibliche Engel waren sie gestaltlos, geistige Wesen, doch als Menschen zwangen die Umstände sie dazu, auch menschliche Gestalt anzunehmen. Sie waren zu Beginn der Zeiten die Huren, und sie sind als Huren zurückgekehrt, denn auch heute noch ist es für Frauen sehr leicht, Männer in eine Falle zu locken. Sie werben mit ihren Reizen, und sie finden ihre Opfer. Drei Herzen haben sie benötigt, sie bekamen alles. Jetzt bereiten sie die Rückkehr der Großen Mutter vor. Lilith soll erscheinen. Du bist deinen Weg gegangen und hast dieses Haus erreicht. Wenn du hineingehst, wirst du eine Hölle betreten, denn das Haus haben sie zu ihrem, zu einem Reich des Grauens, gemacht. Mir ist der Weg versperrt, aber ich werde dir zeigen können, wie es innen aussieht, ohne daß du es betrittst. Es gibt dort magische Löcher, transzendentale Tore, durch die Zeiten verschoben und aufgehoben werden können. Mit Hilfe der Kreuz-Magie kann es auch dir gelingen, hineinzuschauen, und ich werde dir den Blick in die Welt nicht verwehren.«

Es war keine Lüge, die der Seher ausgesprochen hatte, denn ich merkte es schon einen Augenblick später.

Meine eigenen körperlichen Reaktionen hatte ich nicht beeinflussen können, das übernahm ein anderer, und er schaffte mich dorthin, wo die physikalischen Gesetze denen der Magie hatten weichen müssen.

Ich *sah.*

Es war seltsam, plötzlich wieder mit Dingen und Ereignissen konfrontiert zu werden, die noch vor kurzem so weit zurücklagen. Die Realität hatte mich auf eine gewisse Art und Weise wieder. Es war eine grausame, brutale und fürchterliche Realität.

Ich erlebte einen Mord!

Und ich sah die Frau mit den roten Haaren, die auch mich schon hatte töten wollen.

Wieder nahm sie ihr Messer!

Ein Mann lag am Boden.

Ich hatte ihn zuvor noch nie gesehen. Kleidung trug er nicht, dafür hielt er noch seine Maschinenpistole fest, aber die nutzte ihm nichts.

Die Rothaarige war gnadenlos.

Ich sah das Blut, ich sah den Mord, und ich konnte nichts dagegen tun, weil ich ein Gefangener der Dimensionen war. Vielleicht trennte mich nur eine Armlänge von ihr, in Wirklichkeit konnten es ebensogut Lichtjahre sein.

In der Magie war alles relativ.

Sie richtete sich auf, drehte sich um und ging zu einer im Boden eingelassenen großen Wanne, in der Wasser schwappte. Dort reinigte sie die Klinge.

Ich vernahm wieder die Stimme des Sehers. »Hast du es nun begriffen, John Sinclair?«

»Ja, ich weiß es . . .«

»Das war nur eine der drei Furien. Die anderen sind ebenso schlimm. Deshalb bitte ich dich, sehr vorsichtig zu sein. Sie werden alles daransetzen, ihre Feinde zu vernichten, du hast selbst erlebt, wie grausam sie sind, und sie werden auf dich keine Rücksicht nehmen. Ich habe dein Kreuz aktiviert und dich mit einem Schutzwall umgeben. Ich habe dir ein Tor der Zeiten gezeigt, durch das du Einblick bekommen hast in die reale Welt der Furien. Sie sind Menschen geworden, Frauen, Huren und Mörderinnen. Dabei besitzen sie die Kraft der Hölle. Luzifer und Lilith stehen hinter ihnen. Du, John Sinclair, Sohn des Lichts, mußt versuchen, sie zu stoppen. Ich muß mich zurückziehen. Ich habe dir gesagt, was gesagt werden mußte. Ab jetzt bist du auf dich allein gestellt. Nur den Tunnel der Zeiten öffne ich dir, so daß du der ersten Furie schon sehr bald gegenüberstehen wirst. Setze alles ein, Sohn des Lichts. Schicke sie wieder zurück in die ewige Verdammnis! Laß das Unheil nicht über die Menschen hereinbrechen . . .«

Bei den letzten Worten war seine Stimme leiser geworden. Gleichzeitig spürte ich, wie mich eine Wolke umhüllte. Ein Nebelstreif möglicherweise, der mich wie ein Paket umschnürte. Ich wurde von Kräften geleitet, die unsichtbar blieben.

Allerdings schaute ich nach vorn und beobachtete weiterhin die Rothaarige.

Sie hatte die Klinge im Wasser gesäubert, drehte sich um, schaute mir entgegen – und sah mich!

Im selben Augenblick trat ich ein in die Realität. Ich war wieder in der normalen Welt.

Und vor mir stand die Mörderin!

Tamara legte ihre Hände gegen Tony Maneros Wangen und drehte seinen Kopf, wobei sie sich gleichzeitig beschwerte: »Ist dir Yvonne wichtiger als ich?«

»Wieso?«

»Weil du ihr nachschaust.«

Er hob die Schultern. »Das hat nichts mit Yvonne zu tun. Ich denke an Sugar Caine.«

»Und wieso?«

Wieder vollführte er die gleiche Gestik. »Du kennst meinen Kumpel nicht. Sugar ist manchmal ein wenig übermütig. Es kann sein, daß er durchdreht.« Tony tippte sich an die Stirn. »Der Dschungel hat Spuren bei ihm hinterlassen. Oft genug tickte er nicht mehr richtig, das habe ich leider erleben müssen.«

»Erzähle.«

»Er ist ein besessener Killer.«

Die Schwarzhaarige begann zu lachen. »Seid ihr nicht auch Killer, ihr beiden?«

»Nicht direkt. Wenn wir jemand töten müssen, hat es für uns einen Grund. Verstehst du?«

»Nein.«

»Das ist mehr ein Schutz. Wenn es sich eben vermeiden läßt, schießen wir nicht.«

»Euch jagen die Bullen, nicht wahr?«

»Das stimmt.«

»Und was habt ihr angestellt?«

»Eine Bank ausgeraubt.«

»Gab es Tote?«

Tonys Augen verengten sich. »Weshalb interessiert dich das? Warum willst du das so genau wissen?«

Sie lachte hell. »Du brauchst keine Angst zu haben. Ich verpfeife euch nicht an die Bullen, doch ich konnte an eurem Benehmen ablesen, daß man euch im Nacken sitzt.«

»Das stimmt.« Tony schaute sich um. »Dabei habe ich das Gefühl, hier auch nicht sicher zu sein.«

»Das kannst du aber.«

»Und die Bullen? Sie werden die Umgebung durchkämmen. Das Haus hier lassen sie bestimmt nicht aus.«

Tamara lächelte fein und wissend. »Du brauchst keine Angst zu haben. Die Bullen werden hier nicht eindringen. Es kommt niemand in unser Haus, wenn wir es nicht wollen. Das solltest du dir merken. Deshalb kannst du ganz beruhigt sein und dein Leben in meinen Armen genießen. Alles klar, mein Lieber?«

»Fast!«

»Was stört dich noch?«

»Ihr!«

»Ich bitte dich. Was soll dich an uns stören?«

»Hör zu, Süße. Ich habe viele Nutten erlebt. Was ihr hier macht, ist nicht normal. Wer versteckt sich schon wie ihr in einem Haus im Wald und bewirtet hier rein zufällig vorbeikommende Gäste wie kleine Könige. Das ist nicht Nuttenart. Und wenn, dann muß der Kunde dafür sehr viel zahlen. Ihr aber habt bisher nicht von Geld gesprochen. Das steigert mein Mißtrauen.«

»Das sollte es aber nicht.«

»Nenn mir den Grund!«

»Über den Preis werden wir später reden«, erwiderte die Frau orakelhaft. »Keine Angst, du wirst noch bezahlen.«

Tony streckte einen Arm aus, legte zwei Finger unter Tamaras Kinn und hob ihren Kopf leicht an. »Wenn du dabei denkst, daß du dir die Beute unter den Nagel reißen kannst, hast du dich geschnitten. Okay?«

»Klar. Stört dich sonst noch etwas?«

»Ja.«

»Dann sag es, damit wir alle Probleme aus der Welt schaffen können.«

»Wo befindet sich Archie?«

»Er ist schon weg.«

»Das habe ich nicht gesehen.«

»Du warst so auf mich konzentriert, daß du auf Rachel, aber nicht auf ihn geachtet hast. Das ist alles.«

Tony schüttelte unwillig den Kopf. Es gefiel ihm überhaupt nicht, was hier gespielt wurde. Normalerweise bestimmte er, wie der Hase laufen sollte. In diesem Fall taten es die anderen. Und das war er nicht gewohnt.

Dennoch ging er weiterhin auf das Spiel ein und fragte: »Was hast du nun vor?«

»Laß dich überraschen.«

»Nein, ich will...«

»Ich bereite dir den Himmel auf Erden. Sag mir nur, worauf du besonders stehst. Du kannst alles haben. Alles, verstehst du? Es gibt für meine Freundinnen und mich keine Tabus.«

»Ich bin nicht pervers«, erklärte Tony.

Sie lachte. »Das sagen alle. Ich werde schon herausfinden, was dir am meisten Freude bereitet. Darauf kannst du dich verlassen, mein Lieber.«

Sie hatte das Mißtrauen in Tony Manero noch nicht beseitigen können. »Was habt ihr mit uns vor? Komme ich eigentlich mit meinen Freunden zusammen?«

»Willst du das?«

Manero schlug die Hand auf ihre Schulter und drückte zu. Seltsamerweise verzog Tamara nicht einmal das Gesicht. Sie schien Schmerzen ertragen zu können, was Tony wiederum wunderte. Er nahm die Hand zurück und nickte. »Also, was ist?«

»Später kommen wir sicherlich alle zusammen.«

»Und jetzt?«

»Zu zweit allein kann es schöner sein...« Tamara erklärte dies mit einem Locken in der Stimme, daß Tony Manero schwach wurde. Zum Teufel, was nutzte es, sich Gedanken zu machen. Wenn die Frauen gewollt hätten, wären längst die Bullen gekommen. Sie schienen wirklich nur ihren Spaß haben zu wollen.

»Bleiben wir denn hier, schöne Tamara?«

»Nein, selbstverständlich nicht. Unser Haus ist groß. Sehr groß sogar. Es besitzt zahlreiche, geheimnisvolle Räume, in die wir uns zurückziehen können. Keine Sorge, dir wird es ausgezeichnet gefallen...«

»Das hoffe ich sehr«, erwiderte Manero und legte einen Arm

um die Schultern der Frau. »Bisher hat sich ja zwischen uns nicht viel abgespielt.«

»Das ändert sich.«

Tamara nahm die Hand des Mannes. Sie führte ihn auf die gleiche Tür zu, durch die auch Sugar Caine und Yvonne verschwunden waren. Manero war trotz allem vorsichtig. Ihn hatte das Leben gelehrt, ständig auf der Hut zu sein.

Mißtrauisch blickte er sich um, durchmaß den schmalen Gang mit seinen Blicken und zeigte sich überrascht, die Tür des Lifts zu sehen. »Das ist ein Ding!« kommentierte er.

»Wieso?«

»Einen Aufzug hätte ich in diesem Haus nicht vermutet.«

Tamara blieb vor der Tür stehen. Sie lehnte sich für einen Moment dagegen und lachte leise. »Das Haus birgt viele Überraschungen«, antwortete sie hintergründig.

»Fahren wir in den Liebeskeller?«

»Auch. Aber nicht dorthin, wo sich deine Freunde befinden. Der Keller ist sehr groß. Es ist auch nicht der richtige Ausdruck. Das gesamte Haus ist gewissermaßen ein Liebeskeller, wenn du verstehst. Wir können es uns in allen Räumen gemütlich machen. Überall gibt es herrlich weiche Lager...«

»Du machst mir wirklich Appetit.«

»Das will ich auch.« Tamara öffnete die Tür. Tony Manero schritt vor. Er schaute in die Kabine, sah sich auch um und entdeckte das Gesicht auf der der Tür gegenüberliegenden Wand.

Für einen Moment stutzte er.

»Hast du etwas?«

»Eigentlich nicht. Nur kommt mir das Gesicht da auf der Wand bekannt vor.«

»Ach so.« Tamara trat neben ihn. »Es ist die Große Mutter, weißt du? Unsere Königin.«

Tony schüttelte den Kopf. »Tut mir leid, damit kann ich nichts anfangen. Wer oder was ist das genau?«

»Du wirst es schon merken und sie auch sehen, das kann ich dir versprechen.« Sie streichelte seine Wange. »Aber nun laß uns fahren. Die Zeit läuft einfach zu schnell. Man soll sie nutzen.«

»Stimmt.«

Tamara hatte einen Knopf gedrückt. Es war kaum zu merken, wie rasch sich der Aufzug in Bewegung setzte und nach unten fuhr. Als er stand, wunderte sich Manero. »Wir sind schon da?«

»Natürlich.«

»Und was erwartet mich?«

Die Frau drückte die Tür auf und sagte nur: »Schau her!«

Die Augen des Mannes wurden groß. Damit hatte er nicht gerechnet. Sie befanden sich im Keller, in einem großen Raum, den man schon fast als kleinen Saal hätte bezeichnen können. Aber das war es nicht, was ihn so überraschte. Er wunderte sich über die Einrichtung, denn sie glich der eines Märchens aus dem Orient.

Das war wunderbar, prachtvoll, luxuriös. Breite Liegen, weiche Sitzkissen, ein prunkvolles Bett mit einem Himmel aus kostbarem Stoff darüber... ein gläserner Boden, auf dem Kissen, Liegen und Bett standen.

»Und das ist der Liebeskeller?« hauchte Tony. Er war tatsächlich überwältigt.

»Zumindest ein Teil davon.« Tamara griff zum Lichtschalter. Die indirekte Beleuchtung wurde heller, und Tony entdeckte eine weitere Tür, die ins Bad führte, wo es auch neben der Wanne noch eine Dusche gab. »Dort kannst du dich frisch machen«, sagte Tamara und deutete auf das Bad. »Ich werde solange warten.«

Tony schaute sie an. In ihren Augen las er keine Falschheit. Deshalb nickte er und ging ins Bad. Er betrat einen Traum aus Glas und Marmor. Schon längst hatte er seine Bedenken über Bord geworfen. Hastig schlüpfte er aus seiner Kleidung und sprang unter die Dusche. Die Temperatur war schon richtig eingestellt. Das warme Wasser prasselte auf seine Haut und massierte sie durch.

Es tat ungemein gut, dies zu spüren, sich den Schmutz vom Körper zu spülen, auch den Schweiß und in einem gewissen Sinne sogar die Angst.

Er war zufrieden und fand den Geruch des Duschgels stimulierend. In langen Schaumstreifen rann es über den Körper, bevor es gurgelnd im Abfluß verschwand.

Noch eine Minute blieb er unter den harten, massierenden Wasserstrahlen stehen, dann drehte er das Wasser ab und rief nach Tamara, denn er sah, daß er kein Handtuch griffbereit hatte.

Sie kam.

Und sie war nackt!

Zum erstenmal sah er sie so. Tonys Augen konnten sich nicht

von ihrer Figur lösen. Da stimmte einfach alles. Und das sollte ihm sehr bald gehören. Er schluckte, bevor er den Arm ausstreckte und mit rauher Stimme sagte: »Los, komm her...«

»Nein, Tony«, erwiderte sie lachend. »So einfach mache ich es dir nicht. Ich erwarte dich im Bett...«

Bevor er noch protestieren konnte, hatte sie ihm das Badetuch zugeworfen, das er blitzschnell auffangen mußte. Er hüllte sich darin ein.

Mit einem Satz sprang er aus der Dusche. Tamara huschte soeben aus dem Raum, wobei er sie lachen hörte.

»Na warte«, rief er. »Ich bekomme dich noch. Mit einem armen Mann so herumzuspielen...« Tony war plötzlich gelöst. Die Wasserstrahlen schienen all seine Sorgen weggespült zu haben. Auch seine Bedenken waren geringer geworden. Der alte Wolf hatte seine Haut verlassen und war in eine andere geschlüpft. Es konnte ihm nicht schnell genug gehen, sich abzutrocknen.

Der Schmerz durchfuhr ihn wie ein Schlag. Urplötzlich hatte er ihn gespürt und wurde von diesem Gefühl jäh aus seinen Träumen gerissen. Der Schmerz war auch nicht in seinem Innern aufgeflammt, sondern auf der Haut der Beine.

Tony Manero sank zusammen. Er schleuderte das Badetuch zur Seite und schaute nach.

Das helle Blut stach ihm ins Auge. Er merkte plötzlich, daß er sich die Haut an den Beinen aufgerissen hatte. Lange, streifenartige Wunden fanden ihren Weg von oben nach unten. In ihnen perlte und quoll es. Das Blut rann seinen Füßen entgegen, wobei es schon auf dem Boden zu einer Lache verlief.

Tony sagte nichts. Er war nicht fähig, einen klaren Gedanken zu fassen. Dafür schaute er auf das Badetuch, das rechts neben ihm zusammengefaltet am Boden lag.

Auch dort schimmerte es rot. Nur sah er da noch mehr. Stücke seiner eigenen Haut.

Tony Manero begann zu zittern. Für einen Moment schloß er die Augen, weil er es einfach nicht wahrhaben wollte. Als er wieder hinschaute, hatte sich nichts verändert.

»Kommst du nicht, Tony?« Lockend klang die Stimme der Frau. Sie versprach ihm den Himmel auf Erden, aber für Tony war er jetzt schon zu einer Hölle geworden.

An seinem Oberkörper war noch alles normal, nur die Beine bluteten. Er holte tief Luft, bevor er eine Antwort gab, und er

nte Ballestar

Satans Knochenuhr
John Sinclair, 1. Auflage, Band 292

Vicente Ballestar — *Desteros*
John Sinclair, 1. Auflage, Bar

nte Ballestar

Liebe, die der Teufel schenkt
John Sinclair, Taschenbuch, Band 73 031

Vicente Ballestar

Die Schäde
John Sinclair, 1. Auflage, Ban

nte Ballestar

Im Jenseits verurteilt
John Sinclair, 1. Auflage, Band 197

Vicente Ballestar

Maskenball der Mo
John Sinclair, 1. Auflage, Band

nte Ballestar

Die Träne des Teufels
John Sinclair, 1. Auflage, Band 306

Vicente Ballestar

Friedhof der Verflu
John Sinclair, Taschenbuch, Band 7

e Ballestar

Die Leichenkutsche von London
John Sinclair, 1. Auflage, Band 214

Rafael Lara

Der Seelen-V
John Sinclair, 1. Auflage, Ban

Vhite

Das Hexenrätsel
John Sinclair, Taschenbuch, Band 73 033

Terry Oakes — *Ein Leben unter T*
John Sinclair, Taschenbuch, Band 73

DIE HITLISTE

10
der schönsten Titelbilder
ausgewählt
von Jason Dark

BASTEI
GEISTERJÄGER
JOHN SINCLAIR
Die große Gruselserie von Jason Dark
Lebendig begraben
JOHN SINCLAIR

BASTEI
GEISTERJÄGER
JOHN SINCLAIR
Die große Gruselserie von Jason Dark
Die Horror-Reiter

BASTEI
GEISTERJÄGER
JOHN SINCLAIR
Die große Gruse
Jason Dark
Der Sensenmann als Hochzeitsgast

BASTEI
GEISTERJÄGER
JOHN SINCLAIR
Die große Gruselserie von Jason Dark
Der Würfel des Unheils

BASTEI
GEISTERJÄGER
JOHN SINCLAIR
ie große Gruselserie von Jason Dark
Medusas Rache

BASTEI
GEISTERJÄGER
JOHN SINCLAIR
Die große Gruselserie von Jason Dark
Die Teufels-Dschunke

BASTEI
GEISTERJÄGER
JOHN SINCLAIR
ie große Gruselserie von Jason Dark
Stellas Rattenkeller

BASTEI
GEISTERJÄGER
JOHN SINCLAIR
Die große Gruselserie von Jason Dark
Macht und Mythos
Wie ich das Geheimnis der Zeichen entdeckte

Jason Dark

bemühte sich, seiner Stimme nichts anmerken zu lassen. »Ja, ich komme«, erwiderte er so gelassen wie möglich. Moment noch . . .«

Nackt wollte er das Nebenzimmer nicht betreten. Er streifte seine Hose über und auch das Hemd, während seine Beine brannten, als würden sie im Feuer gebadet.

Dann griff er zur Waffe. Ohne Revolver würde er nicht vor Tamara treten. Sie sollte in die Mündung schauen, wenn er von ihr eine Erklärung verlangte.

Und er ging.

Seine Schritte waren kaum zu hören, den Mund hielt er fest geschlossen, in seine Augen war ein gefährliches Glitzern getreten. Tamara würde ihm eine Erklärung geben müssen, und wenn nicht, sollte sie eine Kugel bekommen.

Vom Himmel in die Hölle!

So ähnlich sah er die Situation. Plötzlich dachte er an seine beiden Kumpane. Sie waren getrennt worden. Das bestimmt nicht ohne Grund. Wahrscheinlich hatten die Frauen einen jeden von ihnen allein haben wollen, um ihn sich genau vorzunehmen.

Mit diesen Gedanken trat er über die Schwelle. Mochte Tamara noch so harmlos tun und auch nach Ausreden suchen, er ließ keine mehr gelten. Der Schmerz an seinen Beinen erinnerte ihn stets daran, was tatsächlich geschehen war.

Sein Blick fiel auf das prunkvolle Himmelbett. Der Vorhang an der Seite war geteilt worden, so daß der Mann auf die leere Fläche schaute. Tamara mußte woanders sein.

Er sah sie nicht, er spürte sie. Da war es bereits zu spät. Sie hatte im toten Winkel gelauert und schlug zu.

Irgendeinen harten Gegenstand hielt sie in der Hand. Der Schlag war sehr schnell geführt worden, so daß Tony Manero nicht mehr dazu kam, ihm auszuweichen.

Am Rücken und an der Hüfte wurde er getroffen. Dabei hatte er das Gefühl, in zwei Teile gerissen zu werden, stolperte nach vorn, ächzte und bekam weiche Knie.

»Hund!« hörte er und mußte den nächsten Schlag nehmen.

Noch stand Manero auf den Beinen. Bis zu dem Augenblick, als er das Gefühl hatte, der Kopf wäre ihm vom Körper gerissen worden. Irgend etwas explodierte in seinem Nacken und wuchtete ihn nach vorn. Der Boden kam rasend schnell auf ihn zu. Den Aufschlag merkte er kaum, dafür sah er, wie die Waffe aus seiner rechten Hand geschleudert wurde. Sie rutschte noch über den glatten Boden und verschwand unter dem Bett.

Manero wurde nicht bewußtlos. Seine Gegnerin hatte sehr dosiert zugeschlagen, sie wollte ihn nur paralysieren, das hatte sie in etwa geschafft, denn er lag stöhnend vor ihren Füßen.

Sie kam langsam näher.

Es waren nur zwei kleine Schritte, die sie zu gehen brauchte, um ihn zu erreichen. Tamara blieb so dicht vor ihm stehen, daß sie ihn fast berührte. Tony spürte ihre Nähe, doch er konnte nichts tun. Er lag da und war hilflos.

Sie lachte leise. Dieses Lachen klang in seinen Augen wie eine finstere Drohung und bewies ihm gleichzeitig, daß er dieser Frau auf den Leim gegangen war. Sie hatte ihn in der Hand. Aber wieso? Was wollte sie von ihm?

Eine Antwort darauf konnte Tony Manero nicht geben, er brachte es nicht einmal fertig, sich in die Höhe zu drücken, sondern mußte liegenbleiben.

Bisher hatte er nicht sehen können, was die Frau in der Hand hielt und mit welch einer Waffe sie zugeschlagen hatte. Auch jetzt sah er nicht, wie Tamara die beiden Backen der Würgezange auseinanderklappte, dabei teuflisch lächelte, wie sich die Hälften allmählich dem ungeschützten Nacken des Mannes näherten.

Tamara war nicht mehr nackt. Ihre Blöße hatte nur zur Lockung gedient. Sie hatte wieder ihre weißen Tücher umgeschlungen und packte mit der Zange zu.

Tony Manero hatte mit vielem gerechnet. Damit nicht. Kaum spürte er das kalte Metall am Hals, als er aufstöhnte und in die Höhe zucken wollte. Die zischende Stimme ließ seinen Vorsatz erstarren. »Bewege dich nicht! Bleib ruhig liegen! Hast du verstanden? Nur ruhig, mein Lieber, nur ruhig . . .«

Er war zusammengesackt. Tamara brauchte nichts mehr zu sagen. Die Eisenklammer sagte mehr als alle Worte. Deshalb kam er diesem Befehl auch nach, blieb still liegen und wartete darauf, was seine Feindin noch alles mit ihm vorhatte.

Sein Kinn berührte den gläsernen Boden des Zimmers. Tony hatte die Augen weit geöffnet, weil er in die Tiefe starren wollte. Er konnte dies auch und sah unter sich etwas, das sich bewegte.

Es war seltsam. Kein Mensch, kein Tier, sondern eine Masse. Manero erkannte sie, und er wußte plötzlich, wo er sie schon einmal gesehen hatte.

Es war noch gar nicht so lange her. Und zwar auf einem Bild, kurz nach ihrem Eintritt. Da waren nicht nur die drei Frauen zu sehen gewesen, auch die rote Masse unter ihren Füßen. Und in ihr hatte sich ein Gesicht gezeigt.

Wie auch hier...

Das widerliche, abstoßende Gesicht, das sich ständig veränderte, eintauchte in die rote, zuckende, pulsierende Masse, wieder hochkam und klar erschien.

Ein Vorgang, den der Mann einfach nicht fassen konnte, der ihm unbegreiflich erschien.

Die Züge veränderten sich plötzlich nicht mehr. Sie erstarrten allmählich – bis auf den Mund. Er zog sich in die Breite wie weicher Kaugummi. Wahrscheinlich sollte es ein Lächeln sein. Manero empfand es als gemeines, hinterhältiges Grinsen, das einen gewissen Triumph zeigte.

Er hatte es gelernt, Schmerzen zu unterdrücken. Auch in diesem Fall reagierte er so.

Die Schmerzen waren auf einmal nicht mehr wichtig, er konzentrierte sich nur auf seine Situation und eben auf das häßliche Gesicht in der roten Masse.

Zu wem gehörte es?

Wenn er richtig schaute, war es das Gesicht einer Frau. Tamara und auch die anderen beiden hatten des öfteren den Begriff der Großen Mutter erwähnt. Sollte dieses Gesicht damit in einem unmittelbaren Zusammenhang stehen?

Für Tony ein absurder Gedanke, dennoch nicht so weit hergeholt, weil er sich einfach keine andere Möglichkeit vorstellen konnte. Und so wartete er ab.

Flüsternd war die Stimme, die seine Ohren traf. Tamara sprach ihn leise an. »Siehst du das Gesicht unter dir, du Hundesohn? Siehst du es genau?«

»Ja«, ächzte er.

»Es ist die Große Mutter«, wurde er aufgeklärt. »Lilith, unsere Königin. Sie war die erste Hure, und sie ist unsere Schutzpatronin. Zu Anbeginn der Zeiten hat sie schon existiert, und wir werden dafür sorgen, daß sie nie mehr in die Tiefen der Verdammnis zurückkehrt. Sie hat in Luzifer, dem Höllenkaiser, einen großen Verbündeten. Beide stehen auf unserer Seite. Schau genau hin, Tony. Sehr genau, dann wirst du die drei dunklen Flecken erkennen...«

Obwohl Manero starke Schmerzen verspürte, folgte er der Aufforderung und konzentrierte sich auf dieses Bild.

Tamara hatte ihm nichts vorgemacht. Er sah die dunklen Flekken, die zwar ruhig lagen, sich dennoch leicht bewegten, weil sie pulsierten und in ihrem kompakten Innern zuckten.

»Es sind die Herzen dreier Männer, die uns ebenfalls in die Falle gingen. Es hat sich im Laufe der langen Zeiten nichts geändert, mein lieber Tony. Alles ist gleich geblieben. Für die Frauen und für eine Schäferstunde mit ihnen tut ihr Männer alles. Ihr geht in unsere Netze. Deine Freunde und du, ihr seid beste Beispiele dafür.« Sie lachte laut. »Ist es nicht so, lieber Tony? Hast du nicht selbst die Magie gespürt, die hier herrscht? Warst du nicht überrascht, als du beim Abfrottieren plötzlich Haut verloren hast? Das ist Magie. Ich wollte dir zeigen und beweisen, daß es für dich so gut wie unmöglich ist, unserem Netz zu entkommen. Wir haben es um euch gelegt, und die Große Mutter wird es uns danken. Du wirst ihr nächstes Opfer sein. Das Blut, das für sie vergossen wird, stärkt sie und macht sie so mächtig wie zu Beginn der Zeiten, als es den großen Kampf zwischen Gut und Böse gab.«

Manero glaubte an einen Alptraum. Daß es keiner war, merkte er an den Schmerzen, die ihn durchfluteten. Er erlebte all dies in der Realität, schaurig und grauenhaft. Der Druck in seinem Nacken hatte nicht zugenommen, dennoch fiel es ihm ungemein schwer, eine Frage zu formulieren. Er sprach die Frau auf die in der Masse pulsierenden Herzen an. »Werde ich auch mein Herz . . .«

»Nein, du nicht. Sie hat nur drei gebraucht, lieber Tony. Dich bringt sie auf eine andere Art und Weise um.«

»Und . . . wie?«

»Die Große Mutter wird kommen und dich kurzerhand verschlingen. Das ist alles. Glaube nur nicht, daß es für sie irgendwelche Hindernisse gibt. Sie überwindet alles. Barrieren aus Raum und Zeit können sie nicht aufhalten. Für die Große Mutter gibt es auf dieser Erde keine Probleme. Und ich werde zuschauen, wenn sie dich verschlingt.«

Verschlingen!

Tony hatte das Wort sehr deutlich gehört, und er wußte Bescheid. Zu fassen war es für ihn nicht, aber auch nicht unmöglich. Dieses Wort schien es bei den Hexen nicht zu geben.

»Dein Blut wird ihr guttun«, vernahm er Tamaras Stimme. »Die Große Mutter freut sich darauf. Sie will Blut haben, denn nur dadurch ist ihr Leben gesichert. Da reagiert sie ähnlich wie ein Vampir. Hast du alles verstanden, Tony?«

»Ja, das habe ich.«

»Dann freut es mich für dich. Das Verstehen ist ebenso wichtig wie das Begreifen. Du mußt allmählich einsehen, daß du am Tod nicht mehr vorbeikommst. Es ist das Ende, es ist das Aus. Du wirst bald nicht mehr unter den Lebenden weilen.«

»Verdammt, ich . . .«

»Wer unsere Hexenküsse empfängt, ist verloren. Sie sind das Siegel für die Große Mutter. Mehr will ich dir nicht sagen, mehr brauche ich dir auch nicht zu sagen!«

Zunächst glaubte Tony an Einbildung. Bis er tatsächlich merkte, daß der Druck am Hals verschwunden war. Tamara hatte die Würgezange plötzlich zurückgezogen.

Dennoch blieb Manero liegen. Es fiel ihm nicht leicht, zuzugeben, daß ihn eine Frau fertiggemacht hatte. Was Männer nicht geschafft hatten, dazu rechnete er auch die Polizisten, brachte diese Frau fertig. Furchtbar . . .

Er hörte ihre Schritte. Da sie leiser wurden, entfernte sie sich von ihm und ließ ihn in Ruhe.

Wenn sie so reagierte, war sie sicher, daß er sich nicht wehren würde. Hatte es deshalb noch Sinn, etwas zu tun?

Er winkelte die Arme an. Der Revolver lag in einer für ihn momentan unerreichbaren Ferne. Wenn er sich verteidigte, dann mit den bloßen Händen, wobei er sich fragte, wie er das je schaffen sollte. Es gab wohl kaum eine Chance, gegen Tamara anzukommen.

Bisher hatte er unter Spannung gestanden. Da der psychische Druck ein wenig wich, spürte er wieder die Schmerzen. Sein Hals brannte, die Knie schienen nicht einmal vorhanden zu sein, und er wunderte sich, daß er es dennoch schaffte, auf die Füße zu kommen.

Schwankend blieb er stehen. Er hatte die Arme ausgebreitet, schaute an seinem Körper herab, sah die Beine und den mit Blut getränkten Stoff der Hose.

Am liebsten hätte er geschrien, seine Angst und Not hinausgebrüllt, doch er hielt sich zurück. Ein Mann mußte sich zusammenreißen, nur nicht mehr Blößen zeigen als unbedingt nötig.

Schwerfällig drehte er sich um.

Tamara saß auf der Kante des Himmelbetts. Sie hatte die Beine übereinandergeschlagen und zeigte viel Haut. Das interessierte den Mann im Augenblick nicht, seine Sorgen waren andere, obwohl Tamara ihn auch jetzt anmachte.

Es war nicht ihr Körper, nicht der Sex, den sie ausstrahlte, sondern ihre provozierende Haltung, die sie eingenommen hatte. Sie stand gewissermaßen über allem, und um ihre Mundwinkel hatte sich ein spöttisches Lächeln festgesetzt.

So sah eine Siegerin aus!

Schwankend stand Manero vor ihr. »Du«, keuchte er, »du verdammte Hure. Du wirst mich nicht kleinkriegen.« Fast anklagend streckte er die Arme vor. »Mit meinen eigenen Händen werde ich dich töten. Mit meinen eigenen Händen, das verspreche ich dir.« Er starrte an ihr vorbei und auf die Würgezange, die sie neben sich auf das Bett gelegt hatte. Das dunkle Metall hob sich scharf von dem weißen Bettlaken ab. »Die Zange hast du genommen, ich aber nehme meine Hände!« Haß überschwemmte ihn. Dieses Gefühl hielt ihn auf den Beinen. Sein Gesicht war verzerrt, als Tony einen ersten Schritt in Richtung Bett machte.

Es fiel ihm schwer, sich auf den Beinen zu halten. Wäre nicht der Haß auf diese Frau gewesen, er wäre schon längst zusammengesackt, aber Tamaras spöttisches, überhebliches Lachen brachte ihn weiter hoch.

»Noch hast du nicht gewonnen, Hure. Noch nicht. Ich lebe, und solange ich lebe, werde ich versuchen, dich in die Hölle zurückzuschicken!« brüllte er. »Nur in der Hölle ist dein verdammter Platz!« Der nächste Schritt brachte ihn abermals näher an die Frau heran.

Mit ihr geschah etwas!

Tony wurde wieder an das schreckliche Gemälde erinnert, das er bei seinem Eintritt gesehen hatte. Die drei Geistgestalten mit den absurden Gesichtern, die über der roten Masse schwebten. Plötzlich mußte er erleben, daß der Maler dieses Bildes kein Phantast, sondern ein Realist gewesen war.

Er hatte nach einer Vorlage gearbeitet.

Zum Beispiel bei Tamara. Ihr Gesicht begann sich auf schaurige Art und Weise zu verändern. Die Haut schien von innen Druck zu bekommen. Unzählige Poren öffneten sich und entließen den roten Lebenssaft. Tamaras Gesicht wurde blutig!

Einen unheimlichen lautlosen Vorgang bekam der Mann geboten. Er wußte nicht, wie er sich verhalten sollte, ihm fehlte einfach die Kraft, noch einen Schritt vorzugehen, deshalb blieb er auf der Stelle stehen und starrte die auf der Bettkante sitzende Frau an.

Ein Abziehbild des Schreckens bot sie. Eine Horror-Figur, ein Zerrbild, schaurig und unheimlich anzusehen, denn das Blut blieb nicht an den kleinen Wunden, sondern rann in mehr oder weniger dünnen Fäden an der Gesichtshaut nach unten.

»Na?« fragte Tamara und streckte den Arm aus. »Möchtest du mich noch immer?«

Tony holte schwerfällig Luft. »Verdammt«, flüsterte er. »Du ... du bist eine Bestie!«

»Bestie?« Sie wiederholte das Wort und begann zu lachen. »Wieso bin ich eine Bestie? Ich heiße für dich Tamara. Für Lilith und Luzifer aber bin ich Naamah, der gefallene Engel ...«

Der Mann glaubte, sich verhört zu haben. Wovon hatte sie gesprochen? Von einem Engel? Sie soll ein Engel gewesen sein? Aus Tonys Mund drang ein Geräusch, das Ähnlichkeit mit einem Lachen haben sollte, dabei mehr einem Schluchzen glich.

»Engel!« flüsterte er. »Ich kenne keine Engel. Und Engel sehen auch anders aus.«

»Wie denn?«

»Sie ... sie ...«

»Es hat keinen Sinn, daß du weiterredest. Du bist verloren, das habe ich dir gesagt, und ich stehe zu meinem Wort. Verstanden, Tony? Du bist verloren!«

Er wollte nicht und schüttelte seinen Kopf. »So leicht gebe ich mich nicht auf!« flüsterte er, »so leicht nicht. Ich werde dir schon zeigen, zu was ich noch fähig bin, ich ...«

»Sieh dich um!« unterbrach sie ihn scharf. Als er zögerte, wiederholte sie die Aufforderung.

Manero ahnte, daß ihn etwas Schreckliches erwartete, dennoch folgte er dem Befehl und drehte seinen Körper. Nicht schnell oder abrupt, sondern langsam, als hätte er Angst vor dem, was er zu sehen bekam.

Tony hatte die Drehung noch nicht vollendet, als er bereits sah, was ihn erwartete. Gedanken darüber hatte er sich nie gemacht, nun entdeckte er das Schreckliche.

Die Große Mutter zeigte sich.

Hatte er sie bisher nur unter dem Boden gesehen, so war nun eine radikale Änderung eingetreten. Die Große Mutter kam von allen Seiten auf ihn zu.

Ja, sie war überall!

Oben, unten, an den Seiten. Sie quoll aus den Wänden, der Decke und dem Boden.

Tony wollte kaum glauben, was er da zu sehen bekam. Lautlos brachen die Wände auf. Die kostbar aussehende Tapete riß ab, als sie von der Hinterseite her den nötigen Druck bekam. Sie gab die Wände frei, in denen sich feine Risse bildeten, die sich ebenfalls unter dem Druck veränderten und größer wurden.

Manche waren fingerdick, und aus ihnen quoll die schleimige rote Flüssigkeit.

Dick wie Sirup war sie, rann, den Anziehungsgesetzen folgend, nach unten und verteilte sich auf dem Boden. Eine breiige Masse, zäh und dick wie Schleim, schlangengleich kriechend, Lachen bildend und das Zimmer einnehmend.

Als wäre der Boden eine einzige Quelle, so hatte er zahlreiche Poren geöffnet, um den Schrecken zu entlassen. Dick und glitschig wie Würmer kroch und quoll es hervor, breitete sich aus, und im gleichen Maße tropfte es auch von der Decke.

Noch war Tony Manero nicht berührt worden. Er stand wie auf einer Insel. Von Sekunde zu Sekunde wurde er stärker eingekreist und eingekesselt, so daß er selbst feststellen mußte, daß er aus dieser Falle nicht mehr herauskommen würde.

Tony warf einen Blick zur Decke hoch. Es gab keine Stelle, die ausgelassen worden war. Überall brach sie auf. Einige Tropfen waren so dick und zäh, daß sie bis zum Boden reichende Schleimschlangen bildeten und nicht einmal rissen.

Ein Bild des Horrors!

Und Tamara lachte!

Sie, das Monstrum, war aufgestanden, hatte das blutende Gesicht zurückgelegt, den Mund geöffnet und freute sich an Maneros Entsetzen. »Aus!« schrie sie. »Aus und vorbei!«

Nein, das sollte es nicht sein. Nicht, wenn es nach Tony ging. Er hatte sich vorgenommen, diese Frau mit seinen eigenen Händen zu erwürgen. Noch konnte er es. Wahrscheinlich würden sie zusammen in den Tod gehen, das war es ihm wert.

Er brüllte, als er sich nach vorn warf, um seinen Vorsatz in die Tat umzusetzen.

Die Große Mutter schützte sie. Manero konnte nicht mehr auf sein Glück bauen, denn nun griffen andere Kräfte ein. Bisher war er verschont geblieben, doch jetzt traf es ihn gleich dreifach.

Zunächst von der Decke her.

Wie eine Dschungelliane peitschte einer dieser roten Schleimfäden näher und schlug zu. Es war ein kreisender, schneller, schräg angesetzter Hieb, der gegen den Körper des Mannes klatschte, wobei der Arm noch länger wurde und Tonys Vorwärtsdrang stoppte wie eine Gummiwand. Er federte innerhalb des Griffs und hatte die Arme noch ausgestreckt, um die am Bett stehende Tamara zu erreichen.

Tony griff ins Leere.

Er hörte das Lachen und übersah das zweite Verhängnis, das sich von der Seite näherte. Lautlos kroch der Schleimarm auf ihn zu, erreichte sein linkes Bein und glitt daran in die Höhe. Dabei übte er einen leichten Druck aus, dem der andere nichts entgegenzusetzen hatte, denn sein Bein wurde in die Höhe gerissen.

Tony stand nur mehr auf dem rechten.

Den peitschenden Schlag spürte er noch, als ihm dieses ebenfalls weggerissen wurde und er zu Boden fiel.

Direkt in eine Lache aus rotem Schleim!

Das war sein Verderben!

Plötzlich war der Schleim überall. Die Große Mutter rächte sich furchtbar. Sie sorgte dafür, daß die Wünsche ihrer Dienerin in Erfüllung gingen.

Tony Manero lag auf dem Rücken. Der Schleim glich gierigen, langen Fingern, die über seinen Körper tasteten und sich dabei aufblähten.

Wie eine Wolke kam ihm die Masse vor. Eine Wolke, die neben ihm höher wurde, sich aufrichtete und in ihrem Innern ein Gesicht zeigte, das durch die Masse schimmerte.

Die böse Fratze der Großen Mutter!

Noch war Tonys Kopf frei. Er konnte sehen, riechen und auch denken. Sein klar arbeitender Verstand sagte ihm, daß er keine Chance mehr besaß, obwohl er es noch einmal versuchte und sich herumwälzte, um dem Grauen zu entkommen.

Er schaffte es, sich auf die rechte Seite zu drehen. Dadurch wurde sein Blick so klar, daß er ihn auf seine Gegnerin richten konnte.

Tamara genoß den Triumph. Sie hatte wieder auf der Bettkante ihren Platz gefunden, den Körper ein wenig vorgebeugt, und begann zu kreischen. »Ich habe es dir gesagt!« schrie sie. »Ich habe es dir gesagt. Die Große Mutter wird dich verschlingen...«

So wie es den Bankräubern und John Sinclair ergangen war, erging es auch Suko, dem Chinesen.

Plötzlich stand er vor dem Haus!

Er war den Spuren quer durch den Wald gefolgt, an den Zaun gelangt, hatte ihn überklettert und das Gebäude erreicht, dessen Außenwand so verfallen aussah.

Da blieb er stehen!

Suko kannte die Regeln und hielt sich zunächst einmal in guter Deckung auf. Einem möglichen Beobachter wollte er es so schwer wie möglich machen.

Am Haus rührte sich nichts.

Suko fiel auf, daß die Fenster an der Rückseite vernagelt waren, und er rechnete damit, daß sich niemand innerhalb des Gebäudes aufhalten würde.

Das änderte sich, als Suko den zu einer Garage umfunktionierten Schuppen erreichte.

Dort sah er die beiden Wagen.

Einen feuerroten Fuego und einen dunklen Rover. Von ihm hatte John während des Telefongesprächs gesprochen. Den Wagen suchte er und vor allen Dingen die Frau, die ihn fuhr.

Der Inspektor änderte seine Meinung. Bisher war er der Ansicht gewesen, es mit einem nicht bewohnten Haus zu tun zu haben. Das stimmte nicht so ganz.

Nur wollten die Bewohner – und darauf ließen die an der Rückseite zugenagelten Fenster schließen – wohl nicht in ihrer Ruhe gestört werden. Sie hatten bestimmt einiges zu verbergen.

Suko verließ die Garage und konzentrierte sich auf die Geräusche in der Umgebung.

Er hörte kaum etwas. Nur hin und wieder ein Rascheln im Gebüsch. Vielleicht ein aufgeschrecktes Tier, aber menschliche Laute vernahm er keine. Man hatte sich zurückgezogen.

Den Helm hatte Suko bei seiner Maschine zurückgelassen. Er trug noch die Lederkluft. Dabei war der Reißverschluß zur Hälfte nach unten gezogen worden, damit Suko im Notfall schneller an seine Beretta herankommen konnte. Als weitere Waffe trug er die

Dämonenpeitsche und natürlich den Stab, dessen Abstammung auf den großen Buddha zurückging.

An der Frontseite des einsam stehenden Hauses schlich Suko entlang. Hier waren die Fenster zwar nicht vernagelt worden, dennoch konnte Suko nicht durch die Scheiben schauen, weil die Fenster von innen verdunkelt waren. Entweder durch einen Anstrich oder durch Vorhänge. Von außen war dies nicht so leicht festzustellen.

Suko bewegte sich dicht an der Hauswand entlang und erreichte den Eingang. Er sah auch die Treppenstufen und schaute sich die Tür genauer an. Sie bestand aus dickem Holz und wirkte sehr stabil. Als Suko sich auf die Maserung konzentrierte, erkannte er innerhalb der Linien ein Gesicht. Er stellte fest, daß es sich um das Gesicht einer Frau handelte, wobei es mehr zur Fratze verzogen war.

Für Suko stand fest, daß es sich hierbei nicht um die Abbildung eines menschlichen Gesichts handelte. Es wies zwar im Prinzip menschliche Züge auf, doch die Verzerrung ließ auf eine dämonische Fratze schließen.

Wenn er die Bankräuber fassen und auch seinen Freund John Sinclair finden wollte, mußte er hinter der dicken Holztür nachschauen. Während dieses Vorsatzes hatte er bereits seine Hand auf die Klinke gelegt. Sie war ziemlich breit, auch dick und dementsprechend schwer. Zudem bestand sie aus Metall.

Suko drückte sie nach unten. Er wollte die Tür aufstoßen, spürte aber schon beim ersten Versuch den Widerstand.

Die Tür war verschlossen. Da konnte er nichts machen.

Sie zu öffnen, hätte erstens Zeit gekostet und zweitens Lärm verursacht. Zudem war fraglich, ob er das Holz überhaupt überwinden konnte. Wollte er ins Haus, blieben nur noch die Fenster.

Dennoch kam Suko eine andere Idee. Das Gesicht in der Tür hatte ihn darauf gebracht. Sollte die Fratze tatsächlich dämonischen Ursprungs sein, würde sie auf magische Waffen reagieren. Den Versuch wollte Suko starten. Wozu trug er die Dämonenpeitsche bei sich?

Er zog sie hervor und schlug einmal einen Kreis über den Boden. Es war gewissermaßen die Initialzündung, denn durch die Bewegung löste sich im Innern des Peitschengriffs eine Sperre, die bislang die drei Riemen festgehalten hatte.

Es war ein besonderes Leder, denn es bestand aus Haut!

Nicht aus der eines Tieres oder eines Menschen, sondern aus der eines gefährlichen Dämons, der einmal auf den Namen Nyrana gehört hatte. Die drei Riemen rutschten aus der Öffnung und berührten mit ihren Spitzen den Boden.

Suko ging noch einen halben Schritt zurück, blieb auf dem Podest stehen und nahm Maß.

Schon beim ersten Schlag wollte er genau treffen. Wenn es ging, mit allen drei Riemen gleichzeitig, damit er die konzentrierte magische Kraft einsetzen konnte.

Er schlug zu.

Suko hörte das satte Klatschen, als er das Ziel traf. Die Riemen waren nicht auseinandergefächert. Sie hieben in das Gesicht und trafen es genau in der Mitte. Plötzlich veränderte sich die Fratze. Die Züge liefen auf eine gewisse Art und Weise ein, schrumpften zusammen, ein Fauchen ertönte, aus der Mitte des Gesichts sah Suko Dampf strömen, der ihm heiß entgegenfuhr, so daß er rasch den Kopf zur Seite nahm.

Dann war es vorbei.

Der Dampf zerfaserte. Suko trat näher an sein Ziel heran und erkannte die schwarze Fläche. Sie hatte sich tief in das Holz eingebrannt und besaß genau die Umrisse, die auch einmal das Gesicht gehabt hatte.

Sekundenlang starrte Suko auf den Krater. Für ihn war er der Beweis, daß er es mit Schwarzer Magie zu tun hatte. Ein Hindernis hatte er aus dem Weg geräumt, wobei er sich fragte, wie viele noch vor ihm lagen. Als Warnung hatte es Suko gereicht. Leider hatte er durch seine Tat keinen Nebeneffekt erzielt, denn die Tür blieb weiterhin verschlossen. Für Suko gab es keine andere Möglichkeit, als durch das Fenster seinen Weg nach innen zu suchen.

Er nahm sich das nächste vor, suchte einen Stein, fand ihn auch und umwickelte ihn mit seinem Taschentuch. So gerüstet, schlug er gegen das Glas.

Nicht sehr wuchtig, sondern genau dosiert. Er hörte ein leises Klirren, es splitterte, dann war die Scheibe gebrochen, wobei die einzelnen Scherben nach innen in das Zimmer fielen.

Suko sah das geschwärzte Glas. Man hatte das Fenster damit von innen angestrichen.

Er schlug noch ein paarmal zu und säuberte die Ecken sowie einen Teil des Rahmens von gefährlichen Splittern. Für ihn war es anschließend eine Leichtigkeit, in den Raum zu klettern, wo er sofort, nachdem er zu Boden gesprungen war, seitlich in Dekkung ging und abwartete. Suko mußte damit rechnen, daß die Geräusche gehört worden waren. Er atmete auf, als er keinen Menschen sah, dennoch hatten sich welche in diesem Raum aufgehalten, denn die zu sehenden Spuren deuteten darauf hin.

Man hatte gefeiert.

Suko sah die zahlreichen Flaschen und Gläser. Einige waren leer, andere halb oder noch ganz gefüllt. In der Luft lag ein seltsam schwüler Geruch. Eine Mischung aus Parfüm, verschüttetem Alkohol und Schweiß.

Hier gefiel es ihm nicht.

Auf Zehenspitzen bewegte er sich voran. Im Hintergrund stehende Lampen spendeten rotes Licht und gaben dem Raum eine gewisse Bordell-Atmosphäre. Auch die roten Kissen und dicken Liegepolster ließen darauf schließen.

Suko durchmaß den Raum. Er sah abgelegte Kleidungsstücke, unter anderem auch einen Staubmantel. An seinem Rand schaute die Hälfte einer Einkaufstüte hervor.

Suko nahm die Tüte an sich und hörte das Klimpern. Das ist Geld, überlegte er. Suko öffnete die Tüte. Beim ersten Blick erkannte er den Inhalt. Er wußte, daß er hier zumindest einen Teil der Beute aus dem Bankraub gefunden hatte. Die Spur war also richtig gewesen.

Suko legte die Tüte zur Seite und dachte nach. Was konnte den oder die Bankräuber dazu veranlaßt haben, die Tüte mit der Beute einfach liegenzulassen? Bankräuber setzten viel aufs Spiel, wenn sie ein Verbrechen begingen. Leicht trennten sie sich nie von der Beute. Da mußte etwas anderes im Spiel sein.

Nur was?

Daß gefeiert worden war, lag auf der Hand. Man hatte hier getrunken, und der die Luft schwängernde Parfümgeruch ließ darauf schließen, daß Mädchen mit von der Partie gewesen waren.

Auch die Rothaarige, die John Sinclair so sehr suchte? Bestimmt, zudem stand ihr Wagen in der Garage. Für Suko galt es, vorsichtig zu sein. Trotz der schwülen erotischen Atmosphäre konnte überall das Verhängnis lauern.

Suko fiel auf, daß der Raum nur eine Tür besaß. Dies war

ungewöhnlich, und er wollte es auch nicht so ohne weiteres hinnehmen. Seiner Ansicht nach mußte es noch einen zweiten Aus- oder Eingang geben. Wenn ja, war er gut versteckt worden.

Der Inspektor befand sich lange genug im Beruf, um auf solche Schlußfolgerungen zu kommen. Er wußte auch genau, was er unternehmen mußte, und begann mit der Suche.

Rechts neben der Tür fing er damit an, die Wände abzutasten. Er suchte nach Einkerbungen in der glatten Wand. Nur das Muster der Tapete fühlte er zunächst, machte weiter und hatte kaum die Hälfte des Zimmers hinter sich gelassen, als er plötzlich eine Einkerbung entdeckte. Einen langen Schnitt, sehr gut in die Wand integriert, denn nur bei genauem Hinsehen war er zu erkennen.

Suko bewegte seine Hand ein wenig nach rechts, drückte nach und spürte, wie die Tür nach außen schwang.

Also doch!

Ein Lächeln stahl sich um seine Mundwinkel. Er hatte es geschafft und die Geheimtür entdeckt.

Vorsichtig und wachsam schob sich Suko über die Schwelle. Er erreichte einen Gang, der nur spärlich ausgeleuchtet war. Eine Lampe brannte. Sie gab soviel Licht, daß Suko unter anderem die drei Türausschnitte sehen konnte.

Eine Tür stach ihm dabei besonders ins Auge. Es war keine normale, sie gehörte zu einem Lift.

Wieder eine Überraschung.

Wer hätte in einem so alt aussehenden Kasten die moderne Technik vermutet.

Wer sich einen Fahrstuhl einbaute, tat dies, um so rasch wie möglich von einem Ort zu einem anderen zu gelangen. Davon ging Suko zunächst einmal aus.

Natürlich interessierte ihn auch der Lift. Er öffnete die Tür, schaltete damit automatisch das Licht an und blickte überrascht auf das Gesicht, das ihn anschaute.

Es befand sich in der gegenüberliegenden Wand. Sein Anblick löste bei Suko eine Initialzündung aus. Er erinnerte sich an ein Bild, das er in dem Raum gesehen hatte, der direkt hinter der Tür lag. Es war ein seltsames Gemälde gewesen. Eine Apokalypse, und Suko war sicher, das Gesicht aus dem Lift auch in der roten Masse im unteren Drittel des Bildes gesehen zu haben.

Keine Täuschung.

Es wies auch Ähnlichkeit mit den Zügen auf, die von außen auf der Tür abgebildet worden waren.

Suko mußte sich beherrschen, um nicht ein weiteres Mal die Dämonenpeitsche einzusetzen und zuzuschlagen. Er wußte nicht, welche Folgen es in diesem engen Raum gehabt hätte, deshalb ließ Suko das Gesicht zunächst einmal außer acht.

Dafür schaute er sich die Kontaktleiste an. Er sah mehrere Tasten.

Ihm fiel auf, daß der Lift nur in eine Richtung fuhr, und zwar nach unten.

In die Keller . . .

Die Bewohner des Hauses hatten einiges zu verbergen. Suko wollte das Geheimnis herausbekommen und drückte auf den zweitletzten Knopf in der Reihe.

Er merkte kaum, daß sich der Lift in Bewegung setzte. Lautlos fuhr er nach unten.

Bisher war es still gewesen. Kaum stand der Fahrstuhl, als Suko jenseits der Tür Schreie hörte und auch die Stimme einer Frau.

Da war er richtig!

Die Dämonenpeitsche steckte der Inspektor in den Gürtel. Statt dessen zog er seine Beretta.

Mit der linken Hand drückte er die Tür auf, trat einen Schritt vor und sah das Unglaubliche . . .

»Du also!« sagte die Rothaarige zur Begrüßung und hob ihr Messer mit der langen Klinge.

Ich gab keine Antwort, da ich meine Überraschung erst noch überwinden mußte. Wie ein Geist war ich in das Haus gelangt, und nun stand ich der Person gegenüber, die ich als Mörderin erlebt hatte.

Es war keine Halluzination gewesen, der Mord hatte sich tatsächlich abgespielt.

Mich schauderte, als ich einen Blick auf den verkrümmt vor einer Tür liegenden Körper warf. Die Blutlache breitete sich immer weiter aus. Die Rothaarige hatte keine Gnade gekannt.

Ob sie auch wußte, wer ich war? Bisher hatte sie nämlich ein sehr menschliches Gefühl gezeigt. Das der Überraschung. Gesprochen hatte bisher niemand von uns. Sie hielt sich ebenso zurück wie ich. Beide wollten wir uns keine Blöße geben.

Aber sie war neugierig, denn sie fragte mit einem lauernden Unterton in der Stimme: »Wer bist du?«

»Ein Mordzeuge.«

Gellend schallte mir ihr Lachen entgegen. »Ein Mordzeuge! Ja, das stimmt, du bist es tatsächlich, aber das stört mich nicht weiter. Du kannst meinetwegen tausend Morde sehen, für mich ist es uninteressant. Ich bringe jeden um, der mir im Wege steht.«

Das glaubte ich ihr. Nur schien sie nicht so leicht umzubringen zu sein. Ich sah, daß ihre Kleidung von Kugeln zerfetzt war. Dem Körper hatten die Geschosse nichts anhaben können, und ich hatte auch die MPi neben dem Toten gesehen. Der Mann mußte sich gewehrt haben.

»Wir kennen uns ja«, flüsterte sie. »Einmal bist du mir entkommen, ein zweites Mal nicht mehr, das kann ich dir schwören.«

Ich hob die Schultern. »Das ist nicht sicher, Yvonne.«

»Meinen Namen kennst du inzwischen auch?«

»Wie du siehst.«

»Und woher?«

Ich blieb ruhig, beinahe lässig bei meinen Antworten. »Wir sind euch auf der Spur.«

Über das Wort euch stolperte sie nicht, dafür über ein anderes. »Was heißt wir?«

»Nimm zunächst einmal mich zur Kenntnis.«

Yvonne lachte mir ins Gesicht. »Das habe ich schon, und ich weiß, daß du nicht zu unterschätzen bist. Die Szene im Treppenhaus hat mir gereicht. Du warst sehr schnell.«

»Das lernt man.«

»Als was?«

»Zum Beispiel als Polizist.«

Sie zuckte nicht einmal zusammen, als sie meine Berufsbezeichnung vernahm. Dafür starrte sie mich ungläubig an. »Polizist bist du? Und du willst gegen mich antreten?« Wieder lachte sie schallend auf. »Weißt du überhaupt, wen du vor dir hast?«

»Möglich.«

»Dann sag es!« zischte sie, »bevor ich dir deinen dummen Schädel einschlage.«

»Ich könnte dir drei Namen nennen«, erwiderte ich ruhig. »Da wäre einmal Eisbeth Zenunim, dann . . .«

Ich redete nicht mehr weiter. Schon bei der Nennung des

ersten Namens war die Frau vor mir zusammengezuckt. Sie starrte mich lauernd und böse an.

»Wie kommst du auf den Namen, Polizist? Was weißt du alles? Du bist kein normaler Bulle?«

»Sehe ich anders aus?«

»Nein, aber du weißt mehr als die anderen Menschen. Ich spüre es. Von dir geht etwas aus, das ich sogar als gefährlich einstufe. Ich will mehr von dir wissen.« Bisher war sie stehengeblieben, nun setzte sie sich in Bewegung und schritt um die ovale Wanne herum. Sie ging leicht geduckt, die Augen hatte sie ein wenig verengt, und sie belauerte mich wie ein Raubtier seine Beute.

Dabei begann sie sich zu verändern. Schon zuvor war mir ihre dünne Gesichtshaut aufgefallen. Auch die seltsamen Haare wollte ich nicht als normal bezeichnen. Meiner Ansicht nach führten sie ein Eigenleben, denn sie bewegten sich entgegengesetzt zu den Schritten der Frau.

Auch die unnatürlich bleiche Haut spannte sich stärker über dem Gesicht. Sie wurde dünner und durchsichtig, so daß ich die dahinterliegenden Knochen sehen konnte.

Mensch, Monstrum und gefallener Engel!

Bei Yvonne vereinigten sich diese drei Dinge. Ich hatte sehr wohl auf die Worte des Sehers geachtet und die wichtigen Tatsachen auch nicht vergessen. Für mich war es ein Zufall, genau ins Schwarze getroffen zu haben. Yvonne war also in Wirklichkeit Eisbeth Zenunim, ein Wesen, das schon seit Anbeginn der Zeiten existiert hatte.

Als ich daran dachte, lief mir ein Schauer über den Rücken. War es Ehrfurcht, war es Angst, oder war es die Unfaßbarkeit dieser Tatsache? Ich wußte es nicht. Es fiel mir sehr schwer zu begreifen, daß hier ein Wesen vor mir stand, dessen Alter man nicht fassen konnte, und das einmal ein Engel gewesen war, bevor es in die ewige Verdammnis stürzte.

Der Kragen wurde mir allmählich eng. Ich überlegte, was ich anstellen konnte, um diese Person zu stoppen. Sicher, ich konnte das Kreuz einsetzen, wahrscheinlich hätte ich Yvonne damit geschafft, doch ich zögerte es noch hinaus.

Wenn mir jemand Antworten auf meine Fragen geben konnte, war sie es allein. Sie hatte die Kopfseite des Pools erreicht, wo noch Waffen lagen.

Unter anderem sah ich einen Revolver, ein Messer und auch eine Eierhandgranate.

Gefährliche Dinge, die auch in Yvonnes Hand zu Mordinstrumenten werden konnten. Sie beachtete die Waffen überhaupt nicht, denn sie hatte nur Augen für mich.

An der Ecke blieb sie stehen und blickte mich herausfordernd an. »Wer hat dir meinen Namen gesagt? Ich will es wissen!«

»Es war jemand, der mir sehr verbunden ist.«

»Da gibt es nur wenige. Unter anderem Luzifer oder die Große Mutter.«

»Er und sie waren es nicht.«

»Sondern?«

»Du kannst fragen, was du willst. Eine Antwort gebe ich dir nicht, Yvonne.«

Ich hatte sie ein wenig aus dem Konzept gebracht. Sie war ein Wesen, das sich bisher gut in die Welt der Menschen eingefunden hatte. Zudem ging sie der Aufgabe nach, für die sie geschaffen worden war. Als höllische Hure hatte sie bei Luzifer gelernt, das spielte sie nun aus, und ich fragte mich, ob sie sich in ihrer Urgestalt zeigte. Mit dünner, blasser, fast durchsichtiger Haut und Haaren auf dem Schädel, die schon mehr Schlangen glichen.

Auch über ihr Ziel wußte ich Bescheid. Es ging um die Große Mutter, um Lilith, die Königin der Huren. Sie, die sie in der ewigen Verdammnis gelauert und gewartet hatte, sollte wieder erweckt werden und das zu Ende bringen, womit sie angefangen hatte.

Ich hielt dagegen und wollte mehr über Lilith erfahren. Der Seher hatte mir einfach zu wenig erzählt. So wechselte ich das Thema und fragte, wo sich Lilith aufhielt.

In Yvonnes Augen leuchtete es, als sie den Namen hörte. »Lilith ist immer da gewesen«, flüsterte sie. »Wir spürten ihren Geist, sie hat uns geleitet, nun soll sie die großen Früchte ernten, weil wir sie zurückholen. Wir waren und wir werden ihre Dienerinnen bleiben, darauf kannst du dich verlassen, Polizist.«

»Kann ich sie sehen?«

Yvonne erschrak. »Du als Mensch willst Lilith gegenüberstehen? Nein, das ist unmöglich.«

Ich hob die Schultern. »Den Begriff unmöglich habe ich eigentlich aus meinem Wortschatz gestrichen. Ich habe zahlreichen Dämonen gegenübergestanden. Auch Asmodis.«

»Sprichst du vom Teufel?«

»Von wem sonst?«

Sie begann kreischend zu lachen. »Der Teufel läßt keinen Menschen, der nicht auf seiner Seite steht, leben. Dich hätte er zerquetscht, denn er ist sehr mächtig.«

Ich winkte ab. »So leicht geht das nicht, meine Liebe. Ich habe Asmodis bisher immer Paroli geboten und ihn oft genug in seine Schranken verwiesen.«

Trotz der miesen Beleuchtung erkannte ich, daß sich die Augen der vor mir stehenden Frau verengten. »Moment mal«, sagte sie leise. »Du kannst recht haben. Es gibt jemand, der sich tatsächlich mit dem Teufel angelegt hatte. Man flüstert seinen Namen in den Reihen der Finsternis. Auch ich habe ihn schon des öfteren gehört. Kann es sein, daß du John Sinclair heißt?«

Ich deutete eine spöttische Verbeugung an. »Es kann nicht nur so sein, es ist eine Tatsache.«

Sie breitete die Arme aus. Die Haarschlangen auf ihrem Kopf bewegten sich hektisch. »Du bist der Geisterjäger, dessen Namen man in der Hölle spricht.« Sie schüttelte den Kopf, weil sie es nicht begreifen konnte. »Ich fasse es nicht, ich . . .«

»Kannst du dir nun vorstellen, daß ich es mit dir aufnehme?«

»Ich bin nicht allein!« schrie sie mir entgegen.

»Das weiß ich. Auch Naamah und Mahlaht gehören zu dir. Mir ist vieles bekannt.«

Sie stand da, wie vom Donner gerührt. Allmählich schien das Kartenhaus zusammenzubrechen, das sie sich aufgebaut hatte. Sie öffnete und schloß ihre freie Hand, aus ihrem Mund drangen wilde Verwünschungen und gemeine Flüche.

»Nun?«

»Du wirst gegen uns kämpfen«, erwiderte sie. »Aber wenn du uns besiegen willst, mußt du ein Hindernis überwinden, das du nicht schaffen kannst. Die Große Mutter.«

»Ist sie mächtiger als Asmodis?«

Laut lachte sie auf. »Mächtiger? Sie ist stark, denn sie hat schon an Luzifers Thron gesessen, und sie ist die Beschützerin der Huren. Sie wird kämpfen, sie wird vernichten, auch du kannst ihr nicht entkommen, das schwöre ich.«

»Und wo hat sie sich versteckt? Hol sie hervor. Locke sie, ich will sie sehen. Sag ihr, daß ich hier warte.«

Das Lachen der Frau wurde zu einem Glucksen. »Du hirnverbrannter Narr, du. Natürlich ist sie hier. Überall ist die Große Mutter. Sie ist die Luft, sie ist der Boden, sie ist die Decke, sie ist die Wand . . .«

»Das ganze Haus also«, stellte ich fest.

»So ist es.« Blitzschnell drehte sich Yvonne. »Schau auf die Spiegel! Siehst du die matte Oberfläche? Auch dort befindet sie sich. Nichts kann sie aufhalten. Drei Herzen hat sie bekommen, jetzt wird sie erscheinen.«

Ich zog die Beretta. Es war eine flüssige Bewegung. Bei Yvonne bemerkte ich keinerlei Reaktion. Sie stand nur da und starrte auf die Mündung.

»Was willst du damit?«

»Ich weiß, daß normale Kugeln dir nichts tun. Meine Pistole ist mit geweihten Silberkugeln geladen . . .«

»Hör auf!« rief sie laut. »Hör endlich auf! Ich kann und werde dir nicht glauben. Was sind geweihte Kugeln gegen mich, einen gefallenen Engel? Schieß, bitte!«

Das tat ich auch.

Ich sah die blasse Mündungsflamme, hörte das Echo des Schusses und mußte feststellen, daß die Kugel hindurchgefahren war. Ihr Körper war nicht mehr vorhanden und zu einem Nebelstreif geworden. Dabei lachte sie mich aus. »Willst du einen Engel töten, du Narr? Das kannst du nicht . . .« Ihre Stimme hatte sich verändert. Sie klang nicht mehr normal, sondern hallend, als schien das Wesen aus einer nicht meßbaren Ferne und über Raum und Zeit hinweg zu mir zu sprechen. Ich hörte ihre Worte verhallen. Gleichzeitig suchte ich sie. Zurückgeblieben war von ihr nur mehr ein feiner Nebelstreifen, der mit der Geschwindigkeit einer Sternschnuppe durch den Raum huschte, so daß ich seinen Weg mit den Augen kaum verfolgen konnte, weil er einfach zu schnell war.

Nur der Schädel war geblieben. Häßlich und abstoßend.

Tief mußte ich Luft holen. Ich spürte, daß sich irgend etwas verändert hatte. Die Luft war eine andere geworden. Die Temperatur war gefallen, ich merkte die Kälte, die allmählich durch den seltsamen Raum kroch und auch mich nicht verschonte.

Aus der großen, ovalförmigen Wanne stiegen leichte Nebelschwaden in die Höhe, und der Kopf der Furie irrte wie ein Wirbelwind durch den Raum. Zu fassen bekam ich ihn nie. Ich verfolgte ihn mit der Mündung meiner Beretta, wollte auch schießen, es wäre vergeblich gewesen, denn der Schädel war zu schnell.

Und er lachte.

Es rollte und hallte mir entgegen. Setzte sich aus kichernden Schreien zusammen, die meinen Gehörgang trafen und ihn fast zu sprengen drohten.

Der Körper war verschwunden. Materie löste sich durch die Kräfte der Magie auf.

Und auch das Messer!

Auf einmal war es nicht mehr da. Ich hatte zunächst nicht darauf geachtet. Obwohl ich mir einfach nicht vorstellen konnte, daß Yvonne ihre Waffe so leicht aus der Hand geben würde.

Da mußte etwas dahinterstecken.

Bisher hatte ich nur die Beretta gezogen. Eine lächerliche Waffe für den gefallenen Engel. Ich war gespannt, ob Yvonne über mein Kreuz ähnlich dachte.

Die Pistole steckte ich weg. Das Kreuz hing an einer Kette vor meiner Brust. Ich war dabei, mir die Kette über den Kopf zu streifen, als wieder eine radikale Veränderung eintrat.

Die schmale Kette befand sich etwa auf meinem Nasenrücken, als über der Wanne, wie aus dem Nichts, etwas entstand.

Yvonnes Messer.

Eine blitzschnelle Drehung, und im nächsten Augenblick wirbelte es sich überschlagend und mit einer kaum meßbaren Geschwindigkeit auf mich zu . . .

Suko erblickte das Grauen!

Er stand so, daß er zunächst auf das Bett schauen konnte. Dort hockte eine schwarzhaarige Frau, deren Gesicht blutüberströmt war und aus großen Augen zuschaute, wie ein Mann am Boden lag und um sein Leben kämpfte.

Er hatte keine Chance!

Aus allen Ecken und Winkeln kroch der Schleim. Aus den Wänden, von der Decke, hatte sogar den Boden aufgerissen und wälzte sich träge auf den Mann zu.

Er schimmerte dunkelrot, und Suko mußte wieder an das Bild denken, das er zwei Räume höher gesehen hatte. Auch auf diesem Gemälde war der Schleim zu sehen gewesen, wie er sich allmählich vorarbeitete und in ihm ein Gesicht erschien.

Ein Gesicht?

Suko glaubte seinen Augen nicht trauen zu können, als er innerhalb der Schleimmasse das Gesicht wiedersah, das ihm auf dem Weg hierher ein paarmal begegnet war. All die Vorgänge mußten mit diesem Gesicht zusammenhängen, es hatte die zentrale Bedeutung. Wie es im einzelnen aussah, wußte Suko nicht. Er wollte auch nicht darüber nachdenken, denn er mußte den Mann aus dem zähen Schleim befreien.

Der Mensch hatte keine Chance.

Sein Unterkörper war schon nicht mehr zu sehen. Die rote Masse hatte ihn eingepackt. Selbst die Arme konnte er nicht mehr heben, nur der Kopf schaute noch hervor.

Suko stand dicht an der Tür. Ihn hatte der Schleim nicht erreicht, aber er konnte nicht in das Zimmer hinein, denn nach wie vor fielen die zähen Fäden von der Decke.

Und die Frau schaute zu. Sie hatte Suko gesehen, doch sie nahm keine Notiz von ihm. Fasziniert schaute sie zu, wie ein Mensch um sein Leben kämpfte.

Tony Manero versuchte sich mit aller Macht gegen die Kraft anzustemmen. Vergebens, er kam nicht mehr weiter.

Der Schleim war stärker!

»Halt es ein!« brüllte Suko der Frau zu. »Laß den Mann!«

Erst jetzt blickte sie ihn an. Und sie sah auch in die Mündung einer Pistole.

Das blutüberströmte Gesicht verzog sich zu einem widerlichen Lächeln. »Du wagst es, mir Befehle zu erteilen, du ...«

Suko verstand die weiteren Worte nicht, denn der schwarzhaarige Mann meldete sich mit letzter Kraft. »Hilf mir, Mann! Ich ersticke. Der Schleim wird mich umbringen. Ich ... ich kann nicht ...«

Suko hätte ihm gern geholfen. Er fragte sich nur, wie er es anstellen sollte. Die Frau mußte er zwingen.

Sie jedoch ließ sich auf nichts ein. Sie stand nur auf, und Suko sah, daß sie keinen Körper mehr besaß. Plötzlich schwebte nur mehr ihr blutüberströmtes Gesicht in der Luft, der Rest verschwamm zu einem feinen Nebelstreif.

Im selben Moment fiel der Kopf des Mannes zurück. Der Schleim hatte sich um seine Kehle gewickelt, ihm den Atem und auch die Kräfte genommen. Tony Manero hatte verloren.

»Und jetzt zu dir«, sagte Tamara. »Du bist freiwillig gekommen und das nächste Opfer für die Große Mutter.« Nur der Kopf bewegte sich beim Sprechen. Der Körper blieb verschwunden.

Suko schoß.

Er hatte nicht umsonst gewarnt. Er wußte, daß er Wesen wie diese nur mit Gewalt bekämpfen konnte, und er erlebte einen regelrechten Horror.

Die geweihte Silberkugel erreichte ihr Ziel nicht. Sie wurde so langsam, daß Suko ihren Flug mit den Augen verfolgen und auch das Ergebnis sehen konnte.

Dicht bevor das Geschoß in den Schädel hämmerte, zerplatzte es wie eine Glühbirne und fegte in zahlreichen Splittern nach allen Seiten davon.

Suko stand für einen Moment starr. In diesem Moment wurde ihm klar, daß er es hier mit einer Gegnerin zu tun hatte, die er auf keinen Fall unterschätzen durfte.

Die Frau oder vielmehr deren blutbesudelter Kopf war ungemein mächtig.

Dem Mann – nach Sukos Annahme konnte es sich dabei nur um den Bankräuber handeln – war nicht mehr zu helfen. Er hatte den schlimmen Tribut zahlen müssen.

Es gab noch den Kopf!

Daß er zu Sukos stärkstem Gegner gehörte, war dem Chinesen klar. Er sah ebenfalls ein, daß er im Zimmer keine Chance hatte, der Schleim würde ihn ebenso verschlingen wie den Bankräuber, deshalb blieb nur die Möglichkeit, sich in den Lift zurückzuziehen.

Der Inspektor setzte seinen Vorsatz augenblicklich in die Tat um. Er tauchte rücklings in das enge »Gefängnis« und zog auch die Dämonenpeitsche, als er hinter sich ein Geräusch vernahm.

Es erinnerte ihn an das böse Fauchen eines Raubtiers.

Sofort wirbelte Suko herum.

Das Gesicht hatte er schon bei seinem Eintritt gesehen. Es war zwar ein Gemälde, nur lebte es plötzlich und hatte sich bösartig verzogen. Die Augen starrten den Inspektor haßerfüllt an. Blitze schienen aus ihnen zu schlagen, sie waren auf Vernichtung programmiert.

Das wußte Suko und handelte.

Seitlich jagten die drei Riemen der Dämonenpeitsche auf das Gesicht zu und trafen voll. Das klatschende Geräusch war Musik in Sukos Ohren. Er sah, wie die Kraft der Magie die gemalten und dennoch irgendwie lebenden Gesichtszüge zerrissen und sie zu einer allmählich auslaufenden Masse veränderten.

In der Tür war das Gesicht regelrecht verbrannt, hier lief es aus, so daß dicke Tropfen nach unten fielen und auf dem Boden der Kabine liegenblieben.

Länger konnte sich Suko um dieses Wesen nicht kümmern, denn er vernahm den Schrei.

Der Schädel brüllte.

Als Suko wieder herumfuhr, sah er ihn. Der blutige Kopf war festgeklemmt. Er hing genau zwischen zwei von der Decke fallenden Schleimfäden, zitterte leicht und huschte im nächsten Augenblick davon, so daß er aus der Reichweite des Inspektors geriet.

Suko schloß die Tür.

Für den Moment hatte er Ruhe. Er stand in einer fast normalen Kabine, atmete tief durch, wischte sich über die Stirn und versuchte, seine Nerven unter Kontrolle zu bekommen. Er hatte in den letzten Sekunden Schauriges erlebt. Aus einer Frau war eine Bestie geworden. Sie hatte sich kraft Schwarzer Magie in ein Geistwesen verwandelt, wobei nur der Kopf menschlich blieb, und auch das stimmte nicht so ganz, denn die zahlreichen kleinen Wunden deuteten auf ein Monstrum hin.

Mit wem genau hatte er es hier zu tun?

Darauf konnte er sich selbst keine Antwort geben. Er dachte auch an den Bankräuber, der es nicht überstanden hatte. Dieser Mann war tot, nur hatten drei Männer die Bank ausgeraubt.

Wo befanden sich die anderen beiden, und wo steckte Sukos Freund John Sinclair?

Für ihn stand fest, daß John das Haus betreten hatte. Wahrscheinlich lagen hinter ihm die gleichen Erlebnisse wie hinter Suko. Die Frage stellte sich nur, wie John damit fertig geworden war und ob er es überhaupt geschafft hatte. Zudem wußte der Inspektor nicht, wie viele Gegner noch auf ihn lauerten.

Sein Blick traf die Leiste mit den Knöpfen. So wichtig der Kampf gegen den Schädel war, ebenso dringend drückte das Problem John Sinclair. Ihn wollte er finden. Das Haus war groß, der Keller ebenfalls, und es gab bestimmt noch mehr Räume als nur den, den Suko gesehen hatte.

Er drückte auf den letzten Knopf.

Nichts tat sich.

Der Fahrstuhl blieb stehen. Suko war klar, daß ihn irgend jemand blockiert haben mußte.

Er saß in der Falle!

Noch unternahm er nichts. Erst nach einigen Sekunden öffnete er behutsam die Tür.

Sukos Blick tastete durch den Raum, und seine Augen weiteten sich allmählich. Ein schauriges Bild bekam er geboten, denn die rote Masse hatte sich konzentriert und war aufgequollen wie ein gewaltiges Kissen. Sie reichte fast bis zur Decke, wobei in ihr etwas schwamm.

Ein Körper . . .

Er war hochgetrieben worden. Suko erkannte den toten Bankräuber.

Der Chinese schluckte. Mit einer heftigen Bewegung zog er die Tür wieder zu. Der Blick in das Zimmer hatte ihm gezeigt, daß der Rückweg für ihn versperrt war. Er kam sich vor wie ein Gefangener, obwohl er körperlich noch nicht bedrängt wurde.

Was tun?

Suko gehörte nicht zu den Leuten, die schnell die Nerven verloren. Seine Gedanken beschäftigten sich mit einem Ausweg aus der Misere. Nach oben oder unten fahren konnte er nicht. Wenn der Schleim versuchte, in die Kabine einzudringen, mußte Suko etwas unternehmen. Vielleicht konnte er ihn mit der Dämonenpeitsche abwehren. Es würde ihm nur nicht viel nutzen. Irgendwann waren seine Kräfte erlahmt, denn der Schleim schien sich unendlich vermehren zu können.

Auf einmal hörte er die Stimme. Sie flüsterte, war dennoch zu verstehen, und Suko identifizierte sie auch. Die Stimme gehörte der Frau oder dem Wesen, von dem nur der Kopf mit dem blutenden Gesicht zurückgeblieben war.

Sie sprach ihn an. »Wie willst du dich als Mensch gegen die Große Mutter und mich stellen?«

Sukos Blicke wanderten durch die Kabine. Er suchte den Schädel, konnte ihn leider nicht sehen. »Zeig dich!« rief er.

»Nein, es reicht, wenn du mich hörst. Ich habe dich etwas gefragt. Wie kannst du nur so vermessen sein?«

»Wer ist die Große Mutter?«

»Da fragst du noch? Sie ist eine Königin, die an Luzifers Seite steht. Sie heißt Lilith, und sie wird dafür sorgen, daß die archaischen Zeiten zurückkehren. Die Welt ist ein Kreislauf. Was einmal begonnen wurde, kann man unterbrechen, aber nicht zerstören. Irgendwann fügt es sich wieder zusammen.«

»Und wer bist du?« fragte Suko.

»Ich gehöre zu den Engeln.«

Da begann der Chinese zu lachen. »Für mich bist du ein Teufel, aber kein Engel.«

»Ihr Menschen habt den Ausdruck gefallener Engel geprägt. Das bin ich. Ich habe mich von der Seite des Lichts getrennt und bin Lilith ergeben gewesen. Meine Freundinnen und ich waren die Furien der Hölle. Aus uns sind gewissermaßen die Hexen entstanden. Wir waren die ersten, denn wir haben die Menschen, die Männer besonders, durch unsere Körper betört und sie dann benutzt.«

»Dann seid ihr Huren!« Suko sprach in einen leeren Raum hinein und wurde dennoch verstanden.

»Ja, wir waren die ersten.«

»Und wer bist du?«

»Ich nenne mich Tamara. Meine Schwestern und ich mußten uns den Gegebenheiten dieser Welt anpassen.«

»Hattest du zuvor einen anderen Namen?«

»Als Engel trug ich den Namen Naamah. Die Vorfahren der Menschen wußten besser über mich Bescheid. Sie kannten meinen Namen. Später ist er in Vergessenheit geraten, doch ich werde dafür sorgen, daß man ihn wieder voller Angst und Ehrfurcht ausspricht, das kann ich dir versprechen, Mensch. Wir kehren zurück. Die Zeit der Großen Mutter ist reif. Selten war die Menschheit so verbittert und war sich so uneins wie in dieser Gegenwart. Kriege, Haß und Gewinnsucht herrschen auf dem Planeten, der Erde genannt wird. Eine Unwelt stirbt. Die Menschheit hat Angst vor der Bombe. Sie kann den Erdball selbst vernichten, wenn sie will. Und das ist unsere Zeit. In diese seelische Leere stoßen wir hinein und werden dafür Sorge tragen, daß sich das Chaos weiter ausbreitet und der Großen Mutter die Ehre zuteil wird, die sie verdient hat. Lilith kehrt zurück.«

Suko hielt das Gespräch aufrecht. »Dann ist der Schleim die Große Mutter?«

»Ja, sie kann in verschiedenen Gestalten auftreten. Diesmal hat sie sich diese ausgesucht, und wir besorgten ihr die Herzen. Denn der Mensch, das angeblich vollkommenste Geschöpf, muß seine Kraft geben, damit sie weiterlebt. So einfach ist die Rechnung. So klar. Und du wirst nichts dagegen unternehmen können.«

»Wen habt ihr getötet?«

»Da wir drei Herzen brauchten, waren es drei Männer. Lilith wollte nur männliche Herzen.«

»Und der Mann, den ich sah?«

Die Stimme lachte. »Es war ein Spiel für uns. Sie sind zufällig gekommen. Drei Gangster, die eine Bank ausgeraubt haben und auf der Flucht vor der Polizei waren. Wir haben gespielt und ihnen das Paradies versprochen, nicht nur versprochen, wie du sicherlich gesehen hast, Mensch.«

»Ja, ich sah es«, gab Suko zu. »Der Raum über diesem hier sah dementsprechend aus.«

»Genau.«

»Weshalb mußte er sterben? Du hättest ihn auch wieder laufenlassen können.«

Ein Lachen hallte durch die Kabine. »Was bist du nur für ein Narr?! Jede Seele stärkt die Große Mutter. Sie kräftigt Lilith, die erste Hure, die es je gab. Ein Mensch, der sich in unsere Falle begibt, wird erledigt. Wir kennen keine Gnade, wir dürfen keine kennen. Seit der großen Auseinandersetzung am Beginn der Zeiten, als der Erzengel Michael den Feind Luzifer in die ewige Verdammnis stürzte, wird der Kampf zwischen Gut und Böse ausgetragen. Bisher hat keiner gewonnen, doch wir werden dafür sorgen, daß Lilith und damit auch Luzifer die Sieger sind. Wir, die gefallenen Engel.«

»Und wo sind deine beiden Freundinnen?«

»Auch sie halten sich hier im Haus auf. Wir sind zu dritt. Wenn jemand mit uns zu tun hat, wird ihm stets die Zahl drei begegnen. Alles ist eine Dreiheit. Geburt, Leben, Tod. So würdet ihr Menschen es sehen. Für uns ist es fast das gleiche. Denn drei Furien waren in der Hölle, um Lilith zu schützen. Die Legende der Menschheit berichtet, daß sie es sogar mit Adam getrieben hat. Nur ist vieles vergessen worden, und das ist gut so. Keiner glaubt mehr an die Große Mutter, doch alle werden sie erleben, wenn sie zurückgekehrt ist, das kann ich dir versprechen. Auch du.«

»Sind wirklich nur drei gekommen?« fragte der Inspektor.

Diese Frage brachte Tamara ein wenig aus dem Konzept. »Wie meinst du das genau?«

»Es hätte sein können, daß sich noch ein vierter Mann in diesem Haus aufhält.«

»Dann hätten wir ihn gesehen!«

»Möglich.«

»Wieso willst du das wissen?«

»Es war nur eine Frage.« Suko ging darüber hinweg. Den Antworten hatte er entnommen, daß Tamara anscheinend von John Sinclair nichts wußte. Und das machte ihn skeptisch. Sollte John das Haus vielleicht gar nicht betreten haben?

Die Gedanken in Sukos Kopf überschlugen sich. Er dachte darüber nach, daß es John möglicherweise nicht bis zum Haus geschafft hatte und den drei Bankräubern in die Arme gelaufen war. Drei gegen einen war ein mieses Verhältnis. Der Inspektor wußte auch, daß die Männer sehr brutal vorgegangen waren. Sie hatten Leichen hinterlassen. Ob zwei Tote oder drei, das spielte bei ihnen keine Rolle. Möglicherweise hatten sie John Sinclair überwältigt und seine Leiche irgendwo im tiefen Wald verscharrt.

Suko bekam Magendrücken, als ihm diese Alternative durch den Kopf schoß. Seine eigene Situation vergaß er dabei, und er beschloß, auch nicht mehr weiter nach John Sinclair zu fragen, sondern sich um das Schicksal der anderen beiden Männer zu kümmern.

»Was habt ihr mit den beiden Männern gemacht, die auch noch zu euch gekommen sind? Wo stecken sie?«

»Meine Schwestern kümmern sich um sie. Da ist einmal Yvonne. Sehr schön, rothaarig und mit einem Messer bewaffnet. Sie nahm den Mann namens Sugar Caine mit. Rachel, die zweite Schwester, kümmerte sich um Archie Atkins, und ich nahm mir Tony Manero vor, den ich nun der Großen Mutter geopfert habe.«

»Kann ich die beiden anderen sehen?«

»Weshalb?«

»Ich will mich von deinen Worten überzeugen.«

»Nein, du mußt es hinnehmen, denn nun werde ich mich um dich kümmern, Fremdling.«

Wie sie dies sagte, ließ darauf schließen, daß sie es ernst meinte. Und Suko sah die Folgen.

Die Tür begann zu zittern. Es war nur mehr ein leichtes Vibrieren, im nächsten Augenblick wurde sie aufgerissen.

Suko hatte sich gegen die hintere Wand der Kabine gepreßt. Als die Tür offenstand, glitt sein Blick in das dahinterliegende

Zimmer. Er hatte damit gerechnet, eine gewaltige rote Schleimwolke zu sehen, die den Raum ausfüllte.

Das war nicht mehr der Fall.

Suko schaute in einen Raum hinein, der ein wenig an den aus einem orientalischen Märchen erinnerte. Die Große Mutter hatte sich, nachdem sie ihr Opfer bekommen hatte, zurückgezogen. Sie würde irgendwo lauern, das war Suko klar, nur sah er keine Spuren mehr von ihr. Selbst eine Unordnung gab es nicht.

Und Tamara?

Auch sie entdeckte der Chinese nicht. Der gefallene Engel hielt sich verborgen.

Ein menschenleeres Zimmer, beinahe harmlos aussehend, aber Suko ließ sich nicht täuschen. Da steckte mehr dahinter, als er sah. Dieser Raum war eine Falle, darüber täuschte nichts hinweg.

»Willst du nicht kommen?«

Abermals vernahm er die Stimme der für ihn unsichtbaren Sprecherin. Nur folgte Suko der Aufforderung nicht. Er wollte selbst bestimmen, was er tat.

Eine Fehlrechnung, wie er bald darauf feststellen mußte. Eine andere übernahm die Regie.

Es war die Große Mutter, die wieder eingriff. Suko sah plötzlich, daß sich die Wände der Kabine bewegten. Die Tapeten warfen Wellen, um wenig später zu reißen.

Roter Schleim kroch aus den Ritzen.

Wie lange Arme oder Schlangenkörper, so verschaffte er sich Platz und wollte nach Suko greifen.

Bevor dem Inspektor der Weg abgeschnitten werden konnte, schlug er einmal mit der Peitsche zu.

Die Riemen aus Dämonenhaut trafen die Schleimarme auch. Sie zischten auf, veränderten sich, verdorrten und fielen ab wie welke Stengel. Der Treffer war nur mehr der Tropfen auf den berühmten heißen Stein, denn sofort quollen weitere Arme nach, um den Chinesen zu packen. Sie waren jetzt überall, Suko blieb nur die Flucht nach vorn.

Er tauchte unter zwei zuschlagenden Schleimarmen hinweg und verließ die Kabine.

Gleichzeitig erschien Tamara in seinem Blickfeld. Sie hatte sich bisher im toten Winkel verborgen gehabt. Nun ging sie von links nach rechts, lächelte dabei und sah so verführerisch aus wie immer. Um ihren nackten Körper hatte sie die hellen Tücher geschwungen. Dabei blieb sie im Gegenlicht stehen, so daß Suko sehr viel Haut erkennen konnte.

Das Gesicht war nicht mehr blutig, es zeigte einen Ausdruck von fast klassischer Schönheit.

Dem Inspektor war klar, daß auf diese Frau zahlreiche Männer hereingefallen waren. Ihr Körper und ihre Schönheit waren das Kapital, das sie einsetzen konnte.

»Komm her!« lockte sie und lächelte verführerisch.

Suko war dicht hinter der Lifttür stehengeblieben. Als er die Worte hörte, nickte er. »Sicher werde ich kommen, darauf kannst du dich verlassen.«

»Ich werde dich in meine Arme schließen und dir den Kuß geben«, erklärte sie. »Jeder Mann will von mir geküßt werden. Es sind besondere Küsse. Hexenküsse.« Ihre Augen bekamen ein gewisses Leuchten, als sie den Mund öffnete und die Arme vorstreckte.

Suko konzentrierte sich auf diese Person. Er wußte, daß sie ihm eine Falle stellen wollte. Bis zu einem gewissen Grad machte er das Spiel mit. Dann aber war es vorbei.

Er ging auf sie zu.

Langsam, mit wohlbedachten und überlegten Schritten.

Tamara lächelte noch immer. Auch als sie die nächsten Worte sprach. »Jeder hat seine besondere Methode, einen Mann zu töten. Yvonne nimmt das Messer, Rachel die Kette, ich aber habe mich auf die Würgezange konzentriert.«

Die Würgezange!

Suko hörte das Wort, er ahnte, daß es soweit war, und wollte herumwirbeln. Die Reaktion erfolgte zu spät. Dank ihrer telekinetischen Kräfte war es Tamara gelungen, die Waffe zu bedienen. Sie schwebte bereits lautlos hinter dem Inspektor, war weit geöffnet und griff blitzschnell zu.

Sukos Gesicht verzerrte sich. Der mörderische Druck preßte seinen Hals zusammen, und der Inspektor vernahm das Lachen der Frau, das einem Triumphgeheul glich...

Magie war alles in diesem Fall. Magie machte das Unmögliche möglich. Das mußte ich in der nächsten Sekunde erleben, als die Klinge auf mich zuwirbelte.

Sie war so schnell, daß ich nicht mehr wegkam. Ich hätte

versuchen können, mich zur Seite zu werfen, es wäre von keinem Erfolg gekrönt gewesen. Das Messer hätte mich immer erwischt.

Es erwischte mich auch.

Aber nicht tödlich!

Ich hätte vielleicht doch mein Kreuz nehmen sollen, dann wäre mir einiges erspart geblieben, so aber mußte ich eine Hölle durchstehen, als sich die Klinge dicht vor mir noch einmal drehte, zu einem Reflex wurde und zur Ruhe kam.

Genau vor meiner Kehle!

Ich stand da wie festgeleimt. Hilflos, wütend, weil ich mich auf eine gewisse Art und Weise von Yvonne hatte einlullen lassen und auch ihre Kräfte unterschätzte.

Sie besaß die Gabe der Telekinese, bewegte Gegenstände durch rein geistige Kraft, was mir leider demonstriert worden war. Ich stand da und wagte nicht, auch nur mit der Wimper zu zucken.

Sie lachte leise, als sie näherschlenderte. »Hast du wirklich gedacht, mich überwältigen zu können? Nein, mich nicht. Nicht ein Wesen, das schon seit Anbeginn der Zeiten existiert und nur für einen aus meiner Sicht gesehenen Augenblick die menschliche Gestalt angenommen hat. Dem Teufel hast du Paroli bieten können. Mag sein, daß er dich unterschätzte, denn er ist oft genug ein aufgeblasener Fant, aber Luzifer und seine engsten Diener wirst du nicht schaffen. Meine Schwestern und ich stehen unter seinem und dem Schutz der Großen Mutter. Sie sorgt für uns, damit uns kein Leid geschieht. Sie kommt, du kannst sie nicht stoppen, denn ich bin in ihrem Namen hier, um dir den Hexenkuß zu geben. Es ist der Kuß der gefallenen Engel. Du wirst ihn bekommen und sterben.«

Während der Worte war sie vorgegangen. Sie brauchte auf das Messer nicht mehr einzugehen. Ich wußte genau, daß sie die Klinge nur um eine Idee nach vorn zu drücken brauchte, um mir die Kehle aufzuschneiden.

Ich bewegte nur meine Augen und schielte nach unten. Flach lag das Messer in der Luft. Die Entfernung zwischen Kehle und Klinge konnte ich kaum abschätzen. Vielleicht war es die Breite eines Fingers, mehr auf jeden Fall nicht.

Der Stahl schimmerte in einem dunklen Blau. Das Licht in diesem unheimlichen Baderaum war ziemlich düster. Ein paar Reflexe spiegelten sich auf dem Messer wider und gaben mir das Gefühl, als würde die Klinge ein Eigenleben führen.

Yvonne brauchte nur mehr einen Schritt vorzugehen, um mich zu erreichen. Sie hatte sich nicht mehr verändert. Weiterhin wirkte ihre Haut durchsichtig wie dünnes Glas. Dahinter schimmerten in einem hellen Weiß die Knochen des Gesichts. Die oberen Enden der Schlangen bewegten sich auf ihrem Schädel. Sie nickten mit den Köpfen, als wollten sie ihrer Herrin ein Zeichen geben. Yvonne oder Eisbeth Zenunim war möglicherweise die Urmutter der Medusa, jenes Wesen, bei dessen Anblick der Mensch zu Stein erstarrt. Auch gegen sie hatte ich schon ein Abenteuer erlebt.

»Es hat lange gedauert«, erklärte sie mir flüsternd. »Vielleicht zu lange, nun ist es soweit. Du wirst uns nicht mehr entkommen können. Wer dieses Haus betritt, ist verloren. Es steht allein unter dem Schutz der von uns erweckten Großen Mutter.«

»Wo ist sie?« fragte ich.

»Du wirst sie vielleicht noch sehen. Sie zeigt sich in vielen Gestalten. Ihr Menschen dürft nicht annehmen, daß eure Gestalt die höchste ist. Andere sind ebenso wertvoll. Sei es eine Kröte, ein Vampirwesen oder ein Schleimklumpen wie die Große Mutter. Sie hat das Haus schon längst in Besitz genommen. Ihr Geist wohnt in diesen Mauern. Es hat Tote gegeben, es wird auch weiterhin Tote geben, und du gehörst zu den nächsten.« Sie lächelte mich lockend an, als sie ihre Arme ausstreckte und die Hände auf meine Schultern legte.

Ich stand regungslos auf dem Fleck, denn ich wußte, daß meine Gegnerin alle Trümpfe in der Hand hielt. Sie konnte mit mir machen, was sie wollte. Ich war Gefangener einer Magie, die so alt wie die Menschheit war.

Nur, so fragte ich mich, war es damals schon eine Magie gewesen? Vielleicht hatte es in der nicht in Zahlen auszudrückenden Vergangenheit völlig andere Verhältnisse gegeben. Denn wer konnte darüber schon etwas schreiben oder sagen? Die Menschheit war nur mehr auf Spekulationen angewiesen.

»Ich lebe schon lange genug unter den Menschen, um zu wissen, daß es bei euch eine gewisse Neugierde gibt. Ich hoffe, deine Neugierde befriedigt zu haben. Du wirst mit der Gewißheit in den Tod gehen, mehr erlebt zu haben als viele andere vor dir. Ich habe dich geschafft. Der große Dämonentöter ist am Ende seines Weges angelangt. Ich lebe ewig. Dir wird es nicht vergönnt sein.«

Das sagte sie mir, und ich mußte es hinnehmen, weil es einfach Tatsachen waren. Es gab keine Chance mehr für mich. Ich hatte mich durch eigene Dummheit in ihre Hand begeben.

Sie war gefährlicher, als ich dachte, und ich mußte wieder an die Warnung des Sehers denken. Ich hätte stärker auf ihn hören sollen.

Jetzt war es zu spät.

Sie kam näher.

Zunächst bewegte sie ihre zehn Finger, um Halt an meinen Schultern zu finden. Die Spitzen ihrer Hände krallten sich in den Stoff der Jacke und tiefer. Ihr Gesicht näherte sich dem meinen, so daß ich direkt in ihre Augen schauen konnte.

Noch nie hatte ich das Gesicht so aus der Nähe gesehen. Diese dünne, papierartige Haut und die Augen, deren Pupillen mich an Kugeln aus Glas erinnerten. Sie wirkten seltsam, schienen einen besonderen Schliff zu besitzen, der mich in die Tiefe eines Weltalls schauen ließ. So unergründlich, so geheimnisvoll und gefährlich.

Zwischen mir und Yvonne befand sich nur noch die Klinge. Die scharfe Seite zeigte auf mich, ich hatte Angst davor, daß dieser gefallene Engel sie berührte und sie mir in die Kehle drückte.

Dazu kam es nicht. Yvonne drückte ihren Oberkörper zurück und beugte nur den Kopf vor.

Ich sollte den Hexenkuß bekommen.

Ihre Lippen bewegten sich. »Es wird dein Todeskuß werden«, hauchte sie. »Der Kuß, den du mit hineinnimmst in ein Reich ohne Wiederkehr. Freu dich darauf, du wirst viele sehen, die du in deinem Leben vernichtet hast. Eine andere, eine völlig neue Welt erwartet dich. Die Reiche jenseits der sichtbaren, wo man bereit ist, dich in Empfang zu nehmen. Gib genau acht, wenn du meine Lippen spürst, ist es schon zu spät...«

Das konnte ich mir vorstellen. Obwohl ich Furcht empfand, zwang ich mich dazu, klar und nüchtern zu überlegen.

Jetzt nur nicht durchdrehen, nur nicht...

Ich riskierte es und drückte meinen Kopf ein wenig nach rechts. Dabei hörte ich ihr Lachen und dann die flüsternde Stimme. »Auch das wird dir nicht helfen...«

Ich hatte erreicht, was ich wollte. Ihr Ohr befand sich dicht vor meinem Mund.

Dann tat ich etwas Verrücktes!

Suko kannte diese gefährlichen Würgezangen. Sie waren zur Zeit der Inquisition große Mode gewesen.

Man hatte durch diese Waffen auf grausame Weise »Hexen« vom Leben in den Tod befördert. Nun sollte er das gleiche Schicksal erleiden.

Die beiden Würgezangen schnürten ihm die Atemluft ab. Der Schmerz flutete durch seinen Kopf und trieb ihn in die Knie. Er stöhnte, während er nach unten sank und seine Blicke dabei über den Körper der vor ihm stehenden Frau glitten.

Sie sah wie ein Mensch aus. Daß sie keiner war, hatte sie ihm deutlich genug zu verstehen gegeben.

Suko spürte den Stoß, als er auf die Kniescheiben fiel. Die Zange hatte die Bewegung mitgemacht, und der Chinese konnte sich nicht mehr halten. Um dennoch in der Haltung zu bleiben, streckte er einen Arm aus. Mit der linken Hand umklammerte er das Bein der vor ihm stehenden Frau, die höhnisch auflachte, weil sie ihres Sieges sicher war.

Suko hatte noch nicht aufgegeben. Man konnte ihn kleinkriegen und versuchen zu vernichten, aber wehrlos ließ er so etwas nicht mit sich geschehen. Auch jetzt nicht. Er hatte nur dem direkten Blickkontakt der Frau entgehen wollen.

Eine Waffe besaß er noch, die er auch einsetzen wollte. Es war der von Buddha stammende Stab. Wenn Suko ihn in die Hand nahm und ein bestimmtes Wort rief, so reagierte er auf eine verblüffende und kaum zu erklärende Art und Weise.

Die Magie hielt die Zeit für fünf Sekunden an.

Sämtliche Personen und Lebewesen, die sich in Rufweite befanden, erstarrten, nur der Träger des Stabes nicht. Das war in diesem Fall Suko. Mit der linken Hand umfaßte er nach wie vor das Bein seiner Feindin, die rechte aber brachte er an seinen Körper heran und tastete mit den Fingern nach der Waffe.

Er fand sie!

Kaum hatte seine Hand Kontakt, rief er das einzige wichtige Wort, das alles ändern sollte.

Er glaubte daran, es zu rufen, doch aus seiner Kehle drang nur mehr ein Krächzen. Die Zange nahm ihm nicht nur die Luft, auch die Kraft zu einem Ruf, wie er vielleicht erforderlich gewesen wäre.

In diesem Fall reichte das gekrächzte Wort.

»Topar!«

Suko bekam einen furchtbaren Schreck, denn im ersten Moment glaubte er, daß der Stab seine Wirkung verloren hatte. Dann stellte er fest, daß das Bein, das er umklammert hielt, kein Leben mehr zeigte. Es glich einer Säule.

Und Suko handelte.

Den Stab hatte er nicht hervorgezogen, denn er benötigte beide Hände, um sich von der Würgeklammer zu befreien. Er schlug die Arme nach hinten, umfaßte seinen Hals, drückte die Hände noch weiter zurück, so daß es ihm gelang, die beiden Stäbe der Würgezange zwischen die Finger zu bekommen.

Hart umklammerte er sie und setzte seine gesamte Kraft ein, um sie auseinanderzubiegen.

Die Zange war zäh. Ihre Backen wollten den Hals nicht loslassen, doch Suko machte weiter. Aufgabe kannte er nicht und stellte fest, daß sich die Backen entgegengesetzt bewegten.

Sie öffneten sich.

Der Inspektor bekam schon wieder Luft und schleuderte die Zange von seinem Hals weg. Die Bewegung war ein wenig heftig ausgefallen. Er kippte zurück und schlug rücklings auf den Boden.

Im selben Augenblick war die Zeit um.

Tamara bewegte sich wieder. An ihrer überraschten Reaktion erkannte der Chinese, daß sie etwas bemerkt haben mußte, aber nicht genau einordnen konnte, um was es ging. Sie schaute nur nach unten und sah den Inspektor am Boden liegen.

Er war frei!

Ein Wutschrei drang aus ihrem Mund. Er war noch nicht verklungen, als sich Suko aufbäumte und hochsprang. Die Zange hatte er gepackt und schlug noch in der Bewegung zu.

Er traf hart.

Sogar Tamara brüllte, als sie von dem schweren Folterinstrument am Kopf getroffen wurde. Die Wucht des Treffers schleuderte sie nicht nur zur Seite, sondern auch zu Boden, wo sie hinknallte und sich ein paarmal überschlug.

Suko blieb nicht stehen. Er hetzte auf sie zu, bekam sie zu packen und riß sie wieder auf die Füße. Jetzt war er am Drücker, er würde ihr zeigen, daß er nicht so einfach fertigzumachen war. Doch er faßte ins Leere.

Die Frau oder der Körper unter seinen Händen hatte sich kurzerhand aufgelöst.

Für den Augenblick stand Suko wie festgewachsen. Er wollte es nicht glauben, bis er den Schädel sah, der unter der Decke schwebte und zu einem häßlichen Grinsen verzogen war. Wo sich zuvor der Körper befunden hatte, sah Suko nur einen hellen Streifen, der an den Kopf einen kometenartigen Schweif legte.

Bevor Suko zufassen konnte, war der Kopf schon verschwunden. Wie ein Irrwisch machte er sich aus dem Staub, so daß der Inspektor ins Leere griff. Plötzlich befand sich der Schädel an einer anderen Stelle, und Suko dachte wieder an die Beutezange.

Solange seine Gegnerin nicht ihre telekinetischen Kräfte einsetzte, gehörte die Waffe ihm.

Damit griff er an!

Er bog die beiden Klammern auseinander, so daß ein Raum entstand, der für den Schädel groß genug war. Damit würde Suko ihn packen können,

Er näherte sich dem Kopf, dessen Gesicht wieder zu bluten anfing, hielt die Zange einsatzbereit und griff dennoch ins Leere, denn der Kopf verschwand von einem Augenblick zum anderen. Er löste sich vor Sukos Augen auf.

Tief holte der Inspektor Luft. Seine Gegnerin hatte ihn genarrt. Sie beherrschte die Kräfte der Magie und das Spiel mit dem Außergewöhnlichen perfekt.

Zurückgezogen hatte sie sich, um einer anderen das Feld zu überlassen. Suko konnte sich denken, daß es sich dabei um die Große Mutter handelte.

Wenn sie wieder als Schleimwolke erschien, sah es für ihn mehr als böse aus. Suko war kein Mensch, der leicht die Flucht ergriff. In diesem Fall sah er es als die beste Lösung an. Er wollte den Raum verlassen, gegen diese Masse an Schleim kam er nicht an.

Suko huschte auf die Fahrstuhltür zu. Kaum hatte er den Griff umfaßt, als er merkte, daß die Falle perfekt war.

Die Tür war zu!

Und er hörte das Lachen der Tamara.

Sie beobachtete ihn, obwohl er sie selbst nicht sehen konnte. Irgendwo befand sie sich vielleicht, möglicherweise in einer anderen Dimension. Wer konnte das schon wissen, und Suko, der krampfhaft nach einem Ausweg suchte, fiel die Stille auf, die dem Lachen folgte.

Es war eine unnatürliche Ruhe. Nur von den eigenen Atemgeräuschen des Inspektors unterbrochen. Der Raum war für ihn zu einem Gefängnis geworden, daran gab es nichts zu rütteln. Es war auch kein Fenster vorhanden, durch das er fliehen konnte, nur eben die Fahrstuhltür.

Und schon kam sie.

Es begann an den Wänden. Auf einmal platzten sie auf. Risse entstanden, gefüllt mit dem roten Schleim der großen Mutter. Ein Wesen, das in zahlreichen Gestalten auftreten konnte, wobei es sich ausgerechnet eine der widerlichsten ausgesucht hatte.

Es wollte Suko.

Wie lange Gummifinger wirbelten die dünnen Arme hervor. Suko hatte die Dämonenpeitsche hervorgeholt und sich zurückgezogen. Wenn ihm die ersten zu nahe kamen, wollte er zuschlagen. Er hatte schließlich gesehen, wie sie verdorrten.

Die Gefahr kam auch von oben!

Und der Boden platzte auf. Suko sah, wie vor seinen Füßen eine regelrechte Beule entstand, als die Masse von unten her dagegendrückte. Er sprang noch zurück und spürte in seinem Rücken einen federnden Widerstand.

Suko hing fest.

Als er sich in der Bewegung befunden hatte, war ein langer Schleimfaden von der Decke gefallen und hatte ihn erwischt. Ein zweiter und dritter folgten. Beide trafen zielsicher den Körper des Inspektors und hielten ihn fest.

Dann brach der Boden.

Es war wie der Ausbruch eines Vulkans, die rote Schleimmasse strömte mit einer ungemein großen Wucht hervor.

Innerhalb von Sekunden war ein gewaltiger Berg aus Schleim entstanden, dem Suko nicht mehr ausweichen konnte, weil er durch die Fäden festgehalten wurde.

Verzweifelt schlug er um sich.

Ein paarmal traf die Dämonenpeitsche auch, zerstörte Schleimfäden und ließ sie verdorren, doch die Treffer waren nie so gut gezielt, daß sich Suko hätte befreien können.

Diesmal verpuffte seine Kraft. Er kam sich zur Marionette degradiert vor, denn wie diese Puppe, so hing auch er an den langen Schleimfäden.

Zwar wuchtete er seinen Körper in verschiedene Richtungen, erreichen konnte er nichts. Die langen Fäden wirkten wie Gummi, sie gaben etwas nach, hielten aber gleichzeitig fest.

Plötzlich wurde sein rechter Arm in die Höhe gerissen. Gedankenschnell hatte sich ein Faden um das Handgelenk gewickelt, und Suko war nicht einmal mehr in der Lage, mit der Peitsche zu schlagen. Gefangen hing er in dem Griff.

Die Große Mutter befand sich auf der Siegerstraße!

Die Fangarme hatten den Chinesen so gepackt, daß er in einer Schräglage hing. Er konnte weder vor noch zurück, auch seitliches Entkommen war nicht möglich.

Und vor ihm wallte der Berg!

Er wirkte wie eine riesige, unheimliche Qualle. In der Höhe reichte er bis an die Decke. Suko konnte in die geleeartige Masse hineinschauen und entdeckte ein Gesicht.

Es war eine breitgezogene Fratze. Die Proportionen stimmten nicht mehr, dennoch sah Suko, daß dieses Gesicht eine gewisse Ähnlichkeit mit dem aufwies, das er an der Tür und auch in der Liftkabine gesehen hatte. Für ihn war klar, daß sich in seiner unmittelbaren Nähe das Zentrum der Großen Mutter befand.

Nicht allein das.

An drei verschiedenen Stellen entdeckte er noch etwas. Dunklere Klumpen, die pochten und zuckten.

Die Herzen der drei Toten!

Sie gaben der Mutter die nötige Kraft, die sie brauchte. Ein Herz ist das Kostbarste, das ein Mensch besitzt. Es versorgt ihn mit Blut, es gibt ihm praktisch das Leben. Nun waren diese Vorzeichen umgekehrt. Die Große Mutter hatte sich die menschlichen Herzen einverleibt, um ihrerseits Leben zu bekommen.

Was war dies für ein Leben?

Ein schreckliches. Auf Vernichtung programmiert. Sie nahm Leben, um anderes zu zerstören.

Das hatte Suko bereits erlebt. Er gab sich keinen Illusionen mehr hin. Die Große Mutter war der Sieger in diesem Spiel. Sie hatte das Haus in Besitz genommen und riß nun auch die Menschen an sich.

Er schrie nicht, er greinte nicht. Er hing in den Fesseln und konnte nicht einmal einen Fuß zur Seite drücken, weil sich die Schleimarme um die Knöchel geschlungen hatten.

Im Zimmer herrschte das Chaos. Durch den Druck und das plötzliche Eindringen der Masse waren die Möbelstücke durcheinandergefallen. Nichts stand mehr auf seinem Platz. Ein völliges Chaos und Wirrwarr herrschten in dem Zimmer.

Die Masse verschlang.
Auch Suko.
Vielleicht schrie er noch, er war sich da nicht sicher, denn plötzlich sah er nur noch die rote Woge, die über ihm wie ein Berg zusammenbrach . . .

Ich sprach eine Formel!
Nicht nur irgendeine, sondern *die* Formel schlechthin, die alles verändern konnte. Sie aktivierte meine wertvollste Waffe, die ich bei mir trug, eben das Kreuz.
»Terra pestum teneto – Salus hic maneto!« Flüsternd drangen die Worte über meine Lippen. Unter Umständen war es Wahnsinn, daß ich so etwas tat, möglicherweise beschwor ich damit nur neues Unheil herauf, doch darauf mußte ich es einfach ankommen lassen. Anders wußte ich mir in diesen Augenblicken nicht zu helfen.
Nur geflüstert hatte ich sie. Dennoch waren sie von Yvonne verstanden worden.
Vielleicht kannte sie die Worte nicht, aber sie ahnte ihre Bedeutung, denn mit einem Schrei auf den Lippen fuhr sie zurück, riß dabei die Arme hoch, war aus dem Konzept gebracht worden, und ich sah sie inmitten eines Lichtsturms stehen.
Es war tatsächlich ein Sturm aus grünweißem Licht. Ausgehend von meinem Kreuz hüllte er den gefallenen Engel ein, bewegte sich, umtanzte Yvonne, alias Eisbeth Zenunim, und hielt sie fest wie eine Gefangene.
Zwei elementare, gegensätzliche Kräfte waren aufeinandergeprallt. Auf der einen Seite der gefallene Engel, auf der anderen mein Kreuz, in dessen Enden die Insignien der vier Erzengel eingraviert worden waren.
Michael, Raffael, Gabriel und Uriel hatten diesem Kreuz die Kraft gegeben, und der große Kampf, der vor Urzeiten einmal gewesen war, wiederholte sich hier im kleinen.
Die vier Erzengel waren mächtiger als Yvonne, die sich auf Luzifers Seite geschlagen hatte. Sie gaben mir die Chance, einen Sieg zu erringen.
Ich hatte Mühe, mich von dem Anblick des Lichts zu lösen, und dachte wieder an das gefährliche Messer, das weiterhin waagerecht vor meiner Kehle lag.

Ich mußte es wegnehmen.

Ich hob meine rechte Hand. Es fiel mir ungemein schwer, diese Bewegung durchzuführen. Lasten schienen auf meinem Körper zu lagern. Ich konnte kaum Luft bekommen, aber ich machte weiter, öffnete die Faust und umklammerte den Griff.

Dann drückte ich die Klinge nach vorn.

Es klappte.

Nichts hinderte mich daran, das Messer zu nehmen. Wut spülte in meinem Innern hoch. Ich ging auf meine Gegnerin zu, behielt die Klinge in der Rechten und näherte mich der bannenden Lichtwolke.

Tief holte ich Luft.

Sie kam mir seltsam klar und rein vor. Ich schmeckte sie, denn sie hatte sich seit dem Ruf der Formel völlig verändert. Schritt für Schritt näherte ich mich der Gestalt. Bewegungslos stand sie auf den Zehenspitzen, die Arme hochgerissen und auch wehrlos.

Das war meine Chance.

Ich winkelte den rechten Arm an, so daß ich das Messer wie eine Machete halten konnte. Es würde nicht einfach werden ...

Ich holte aus.

Dann pfiff die Klinge durch die Luft.

Im letzten Moment hatte ich sie wieder hochgerissen. Der Grund war mir nicht klar, so traf die Klinge nicht den Kopf, sondern wischte dicht darüber hinweg und kappte die Schlangen.

Wie große, graue Würmer fielen sie vom Schädel und blieben irgendwo am Boden liegen.

Das war Teil eins meiner Rache!

Längst hing das Kreuz vor meiner Brust. Davon ausgehend umsprühte der Orkan aus Licht die vor mir stehende Frau, die einmal ein gefallener Engel gewesen war.

Eisbeth Zenunim hieß sie. Es sollte sie in den nächsten Sekunden nicht mehr geben.

Mit einem Stich konnte ich alles klarmachen.

Und da vernahm ich die Stimme. Den Arm hatte ich bereits erhoben, als sie mich störte.

»Willst du dich wirklich mit denen auf eine Stufe stellen, Geisterjäger John Sinclair? Willst du morden und töten wie die anderen, ohne daß du angegriffen wirst und dich verteidigen mußt? Hast du alle positiven Regungen völlig vergessen? Mußt du dich wirklich zum Mörder machen?«

Ich stand ebenso steif wie vorhin, als mich das Messer lebensgefährlich bedrohte. In meinem Kopf überschlugen sich die Gedanken. Ein paarmal mußte ich schlucken und lauschte den Worten. Schweiß trat auf meine Stirn. Ich spürte die Perlen, die größer wurden und als kleine Rinnsale an meinen Wangen entlangliefen.

Es war schwer für mich, eine Entscheidung zu treffen. Doch wenn ich näher über die Worte des Sehers nachdachte, so mußte ich ihm recht geben.

Ich war kein Mörder und kein Killer. Wenn ich Dämonen oder ähnliche Wesen getötet hatte, geschah dies nur in Notwehr und nicht so klar gezielt und geplant.

»Überlege es dir, John Sinclair. Überlege es dir ganz genau. Willst du so werden wie die anderen? Soll es keinen Unterschied mehr zwischen euch geben?«

»Nein!« hauchte ich.

»Dann handle dementsprechend, Geisterjäger!«

»Aber was soll ich tun?« rief ich verzweifelt. »Kannst du mir keinen Rat geben?«

»Ich darf mich nicht direkt einmischen, ich kann dich nur auf Fehler aufmerksam machen. Das Töten dieser Person wäre in meinen Augen ein großer Fehler. Der Mensch ist nicht geschaffen worden, um zu töten, er soll erhalten. Ob es das Leben eines anderen ist, das eines Tieres oder einer Pflanze. Es spielt keine Rolle. Ich weiß, daß sich viele nicht danach richten. Du aber, John Sinclair, Sohn des Lichts, solltest die ehernen Gesetze, die von einem Höheren geschaffen wurden, als ich es je sein werde, achten.«

Es waren keine strafenden Worte. Mir kamen sie eher moralisierend vor. Wenn ich länger darüber nachdachte, mußte ich dem Seher, der unsichtbar zwischen uns schwebte, recht geben.

Meine menschliche Reaktion zielte darauf hin, den anderen, den Gegner, auszuschalten, doch derjenige, der viel mehr wußte als ich, sah die Dinge aus seiner Warte.

Er war ein Geistwesen, er konnte andere Welten durchdringen, kannte die Dimensionen, erlebte Freude und Schrecken, sah vieles, was ich nicht sah, und zog folglich andere Schlüsse.

Ich fügte mich.

Schon während seiner Worte war mein rechter Arm nach unten gesunken. Als der Seher verstummte, berührte die Klinge des

Messers fast den Boden. Er mußte erkennen, daß ich mich entschieden hatte, so schwer es mir auch gefallen war.

»Ich freue mich für dich, John Sinclair, daß du meinen Ansichten gefolgt bist. Jetzt handle entsprechend.«

»Und was soll ich tun?«

»Eisbeth Zenunim ist nur ein Werkzeug in der Hand einer Schlimmeren. Sie mußt du zurückdrängen, sie darf nicht auf die Erde gelangen und das Grauen verbreiten. Du kannst es, John Sinclair. Ich weiß es, du hast die Kraft und auch den Mut.« Nie hatte ich den Seher so eindringlich sprechen gehört. Zumeist nahm er nur gedanklichen Kontakt mit mir auf, doch seine Stimme ließ er selten erklingen.

Sie klang voll, sonor und flößte mir Sicherheit ein. Daß ich ihm vertrauen konnte, hatte er mir schon mehrmals bewiesen, auch wenn ich ihn nie direkt sah und er auch jetzt um seine Gestalt ein Geheimnis machte.

»Wie kann ich sie bannen?« rief ich verzweifelt. »Gib mir einen Rat. Bitte!«

»Durch dein Kreuz!«

»Aber da habe ich nur einen Engel!« widersprach ich.

Zum erstenmal hörte ich den Seher lachen. »Unterschätze die Kraft deines Kreuzes nicht, Geisterjäger. Denke lieber darüber nach, daß der Prophet Hesekiel die Macht der Erzengel gekannt hat. Er wußte von ihrer unwahrscheinlichen Kraft. Schließlich ist es ein Erzengel gewesen, der vor langen Zeiten das Böse besiegt hat. Seitdem versucht es die andere Seite immer wieder, doch sie bekommt auch Niederlagen zu spüren. Im Großen ist das Böse zurückgeschlagen worden. Die Hölle kann nur im Kleinen triumphieren. Die gesamte Welt hält der Teufel noch nicht unter seiner Kontrolle. Nur hin und wieder kleine Teile, gewisse Oasen, mehr hat er noch nicht geschafft.«

Ich vernahm die Worte und dachte darüber nach. In der Tat hatte ich es als Gegner mit den gefallenen Engeln zu tun. Die Erzengel waren ihre Feinde. Bei meinem Kreuz verließ ich mich auf diese vier Geistwesen, denn sie hatten dieser »Waffe« Leben eingehaucht.

»Du meinst also...?« fragte ich noch einmal nach, doch ich bekam keine Antwort mehr.

Der Seher verschwand.

Ich hatte ihn nicht erkennen können, sah ihn auch jetzt nicht, dennoch war ich sicher, nicht mehr mit ihm in Kontakt zu stehen. Ich spürte, daß er sich zurückgezogen hatte.

Ich war wieder allein.

Und vor mir stand Yvonne. Wie von selbst öffnete ich meine Faust. Das Messer glitt aus der verschwitzten Hand. Ich hörte es zu Boden fallen und achtete nicht darauf, wo es liegenblieb. Für mich war Yvonne wichtiger.

Eine Gefangene des Lichts. Trotz der Helligkeit konnte ich ihr Gesicht erkennen und auch die dünne Haut, die sich so scharf über die Knochen spannte.

Die Schlangen hatte ich ihr vom Schädel geschlagen. Und sie wahrscheinlich eines Teils ihrer Kräfte beraubt. Sie war von mir gebannt worden. Würde sie mir auch gehorchen?

Wieder erinnerte ich mich an die Worte des Sehers. Er hatte von den vier Erzengeln gesprochen. Bei der alles entscheidenden Auseinandersetzung damals waren sie die Trümpfe gewesen. Sie hatten das Gute vom Bösen getrennt, die Spreu vom Weizen. Kein Mensch hatte bei dieser Auseinandersetzung zugeschaut. Man konnte darüber nur spekulieren und sie ungefähr nachvollziehen.

Ich hatte das Kreuz aktiviert. Seine Stärke war voll entfaltet worden, und sie hielt auch an. Konnte ich es noch mehr stärken?

Möglicherweise. Mir war auch eine Idee gekommen. Langsam ging ich auf Yvonne zu. Ich wußte nicht, ob sie mich sah, vielleicht nahm sie auch bewußt keine Notiz, aber ich sprach sie an.

»Das Böse hat nicht gesiegt, Eisbeth Zenunim. Auch die Große Mutter konnte dir nicht helfen, das weißt du genau. Aber ich will nicht nur dich, auch die anderen. Du befindest dich in meiner Gewalt. Du wirst deine beiden Schwestern herholen, damit wir . . .«

»Nein!« Es war ein Aufschrei, der meine Ohren traf. Ich zuckte sogar zusammen, als ich ihn vernahm. Sie wollte nicht, sie wehrte sich, aber es gab Mittel, sie zu zwingen.

Ich sprach wieder von der Vergangenheit. »Erinnere dich an die Zeiten, die kein Mensch festhalten konnte. Als das Grauen zum erstenmal vernichtet wurde. Da seid ihr, auf der falschen Seite stehend, in die ewige Verdammnis gestoßen worden. Die Kräfte des Lichts haben über euch gesiegt. So wie sie damals gesiegt haben, werden sie auch heute wieder siegen. Hast du mich verstanden?«

»Du wirst es nicht schaffen!«

Es war für sie anstrengend, die Worte zu formulieren. Das hörte ich sehr genau heraus, aber ich kümmerte mich nicht darum, sondern folgte meinen Plänen.

»Vier Erzengel haben euch besiegt. An der Spitze stand Michael. Die Kräfte der Engel sind in meinem Kreuz verewigt. Ich werde sie um Unterstützung im Kampf gegen die Große Mutter bitten. Schon einmal haben sie das Böse zurückgestoßen. Weshalb sollte es ihnen nicht auch jetzt gelingen? Weshalb nicht, so frage ich dich?«

»Ich . . . ich . . .«

Für mich gab es keine Diskussionen mehr. Ich ließ mich auf nichts ein und rief laut die Namen der vier Erzengel, wobei ich mein Kreuz hart umklammert hielt.

In diesen Augenblicken vereinigten sich Magie und Mystik. Ich erlebte etwas Besonderes, etwas Unfaßbares, ein Stück Legende und ein Stück Geschichte vom Anbeginn der Welt.

Michael!

Raffael!

Gabriel!

Uriel!

Bei jedem Namen, den ich rief, rann mir ein Schauer über den Rücken. Es hatte eine Barriere in meinem Innern gegeben, denn ich wußte genau, daß ich an irgendwelchen Grundfesten rüttelte.

Und ich setzte die Bitte um Hilfe hinterher!

Gebannt starrte ich auf das Licht. In den nächsten Sekunden mußte es sich entscheiden, ob ich richtig gehandelt hatte oder nicht.

Es tat sich nichts.

Nur Yvonne war bei jedem Wort zusammengezuckt, als hätte sie eine körperliche Züchtigung erhalten. Die Spannung war unfaßbar. Vom Starren tränten mir die Augen.

Plötzlich tat sich etwas!

Sie erschienen.

»Ich sah die vier Gestalten an den Rändern der Lichtwolke. Sie selbst waren kaum zu erkennen, denn sie besaßen nur mehr Konturen. Als feinstoffliche Wesen hielten sie sich auf. Einen Körper, wie ich ihn kannte, besaßen sie nicht.

Geister . . .

Aber mit Schwertern.

Wenigstens schienen das, was sie in der Hand hielten, Schwerter zu sein. Lange Waffen, die nach unten wiesen, aber nicht eingesetzt wurden.

Ich hielt den Atem an. Zu stark und mächtig war diese Magie. Keines der vier Wesen rührte sich. Sie standen als stumme Wächter neben der im Licht gefangenen Eisbeth Zenunim, aber ich hörte sie sprechen. Nicht wie den Seher, sondern lautlos.

In meinem Kopf waren sie zu vernehmen.

›Du willst das Unheil stoppen, Sohn des Lichts. Jetzt hast du die Möglichkeit. Trage uns deine Sorgen vor. Wir werden versuchen, dir gegen das Böse beizustehen.‹

Ich vibrierte, ich zitterte. Es war mir kaum möglich, meine Bitte zu formulieren, und ich starrte dorthin, wo die vier Geistererscheinungen stehen mußten.

Es waren nur mehr drei!

Sollte der Bann reißen?

›Sage uns schnell, wie wir dir helfen sollen!‹

Ja, ich würde es sagen. Nicht nur gedanklich. Ich wollte es auch aussprechen, und ich schrie ihnen meine Bitte entgegen, in der Hoffnung, daß sie auch erfüllt wurde.

»Ich will die anderen beiden gefallenen Engel. Ich will Naamah und Mahlaht. Sie sollen mit ihrer Schwester zusammentreffen und nicht mehr versuchen, die Große Mutter aus den Tiefen der Verdammnis zu holen!«

›Es sei, John Sinclair!‹

Schlichte Worte, die ein Versprechen enthielten, das auch erfüllt wurde.

Sie erschienen. Aus dem Nichts tauchten sie auf. Gleichzeitig vernahm ich ein helles Knirschen und sah, wie die Spiegel, die den Kontakt zur anderen Dimension hielten, allmählich zerbrachen. Unfaßbare Kräfte tobten sich in meiner Nähe aus. Ich kam mir vor wie in einem gewaltigen Strudel, der mich trotz allem nicht hin und her riß, sondern nur um meinen Körper wirbelte, ohne mich direkt zu berühren.

Ich sah einen Kopf, blutig, widerlich anzuschauen, und einen Körper, der sich wehrte und konvulsivisch zuckte, jedoch nichts gegen die Kraft der anderen Seite anrichten konnte und hineingezogen wurde in das strahlende Licht.

»Naamah!« Es war Yvonne, die den Namen dieses Wesens schrie, und ich wußte nun Bescheid.

Der Körper taumelte, wurde gegen Yvonne geschleudert, bevor ihn die Fesseln des Lichts auf der Stelle bannten.

Fehlte die dritte.

Sie erschien.

Aber nicht allein.

Ich glaubte, einen Hauch aus einem der Spiegel huschen zu sehen. Dann überstürzten sich die Ereignisse, denn nicht nur Rachel, alias Mahlaht sah ich, auch einen Menschen.

Er befand sich in ihrer Gewalt.

Ein Mann mit bloßem Oberkörper. Er trug nur eine dunkle Hose. Um den Körper hatten sich die Dornen einer Kette gewikkelt, die jetzt, als der gefallene Engel in den Lichtsturm hineingeschleudert wurde, das Opfer losließ, so daß es mir vor die Füße rollte.

Für einen Moment war ich abgelenkt, schaute auf den Mann, der sein blutüberströmtes Gesicht hob, mich flehend anblickte und flüsterte: »Die Hölle, ich habe die Hölle erlebt. Bitte, Mister... bitte... helfen Sie mir...« Er wollte hochkommen, stützte sich auf dem linken Ellbogen des angewinkelten Arms auf und streckte mir die rechte Hand entgegen. Es blieb beim Vorsatz. Außerdem hatte ich nicht rasch genug reagiert. Bevor ich seine Hand noch umklammern konnte, brach er zusammen und blieb stöhnend liegen. Die Kette war von seinem Körper gerutscht, lag neben ihm, so daß ich sie mir genauer anschauen konnte.

Sie war schlimm. Verstärkter Stacheldraht, und damit hatte die dritte im Bunde diesen Mann malträtiert.

Zum erstenmal schaute ich sie richtig an. Sie war eine Frau, doch ihr Körper verschwamm ebenso wie die der beiden anderen. Die Weiße Magie hatte sich dafür verantwortlich gezeigt, daß sie ihre körperliche Existenz nicht mehr aufrechterhalten konnten.

Das Gesicht des dritten gefallenen Engels war mehr als abstoßend. Eine widerliche, schleimige Masse. Aufgerissen und faltig die Haut, so daß die Masse aus dem Schädel drängte. Auch die Augen lagen nicht mehr tief in den Höhlen. Die gleiche Masse, die den Schleim aus den Rissen und Gesichtsspalten drückte, hatte auch sie nach vorn gepreßt, so daß sie wie zwei vorstehende Kugeln aus schwach gefärbtem Glas wirkten.

Das also waren sie.

Und sie waren gefangen!

Ich fühlte mich plötzlich besser. Auf einmal wußte ich, daß es klappen konnte, daß ich der Mann war, der die Engel zurücktreiben würde. Wieder hinein in die Tiefen der Verdammnis, wo sie darben sollten bis ans Ende aller Zeiten.

Ich gab mir selbst einen Ruck, als ich den ersten Schritt nach vorn tat. Dagegen hatte der verletzte Mann etwas. Ich vernahm sein leises Stöhnen, schaute auf ihn nieder und sah, wie er versuchte, sich in die Höhe zu stemmen. Einen Arm hielt er ausgestreckt, so daß seine Finger sich in den Stoff meiner Hose krallen konnten. Daran hielt er sich fest.

»Nicht!« keuchte er. »Weg, wir müssen weg. Der Lift... und Sugar... er ist tot...«

Mit Sugar meinte er wahrscheinlich die Leiche, die direkt vor der Aufzugstür lag.

Das war mir egal. Momentan hatte ich andere Sorgen. Daß ich nebenbei noch einen schwerverletzten Bankräuber erwischt hatte, betrachtete ich gewissermaßen als Zugabe.

Ich mußte mich auf andere Dinge konzentrieren und ging an dem Verletzten vorbei.

Ich ahnte dabei nicht, mit welch einem Willen dieser Archie Atkins ausgestattet war. Solange noch ein Funken Leben in ihm steckte, gab er nicht auf. Auch in dieser Situation nicht. Was um ihn herum geschah, registrierte er nicht. Für ihn war die Tür wichtig. Auf allen vieren kroch er dorthin.

Während ich direkt vor der Lichterscheinung stehenblieb, hatte der Mann seinen toten Kumpan erreicht. Noch einmal sammelte er seine Kräfte, schlug die Hände in die nackten Schultern des anderen und schob ihn mit letzter Kraft so weit zur Seite, daß der Tote die Lifttür nicht mehr versperrte.

Archie mußte sich ausruhen. Röchelnd drang der Atem über seine Lippen. Erst später hatte er die Kraft gefunden, den Arm zu heben, um den Türgriff zu erreichen.

Vielleicht berührten ihn seine Finger schon, vielleicht auch nicht, jedenfalls kam Atkins nicht dazu, die Lifttür aufzuziehen, denn sie wurde plötzlich geöffnet.

Archie Atkins stieß einen Schrei der Enttäuschung aus.

Dieser Ruf alarmierte mich wiederum. Ich kreiselte herum, schaute auf die Tür, und meine Augen weiteten sich ungläubig...

Das ist das Ende!

Suko hatte erlebt, wie es Tony Manero ergangen war, wie die Große Mutter ihn verschlungen hatte, und als der Berg über ihm zusammenbrach, dachte er an die schrecklichen Szenen.

Er sah rot!

Eingehüllt in diese Woge aus Schleim, konnte er nichts anderes mehr erkennen. Suko hatte nur eins getan, als die Wolke auf ihn zufiel. Die Luft angehalten. Ähnlich wie ein Schwimmer, wenn er in das kalte Wasser springt.

Dennoch erdrückte ihn der Schleim. Er war überall. Suko fühlte sich hochgehoben, weggezerrt, preßte die Lippen hart aufeinander und merkte dennoch, wie die Masse in Nasen- und Ohrenlöcher eindrang.

Die Augen hielt Suko nicht geschlossen. Er wußte den Grund selbst nicht, weshalb er sie offen ließ. Vielleicht wollte er noch etwas sehen, unter Umständen einen Rettungsbalken erkennen, was nicht der Fall war. Suko starrte nur in die Masse hinein.

In ein mal helles, dann wieder dunkleres Rot, und er sah auch die Herzen schlagen, denn er befand sich nicht einmal weit von ihnen entfernt. In ihrer Lage bildeten sie gewissermaßen ein Dreieck, in dessen Innern Suko das Gesicht der Großen Mutter sah.

Aus der Nähe betrachtet, kam ihm die Fratze noch gewaltiger vor, noch unheimlicher und schauriger. Übergroß die Sinnesorgane, wie Nase, Mund und Augen. Ohren hatte das Wesen nicht. Überhaupt wirkte das Gesicht sehr flächig. Es besaß so gut wie keine Tiefe. Suko verglich es mit einem Gemälde innerhalb der roten, alles verschlingenden Masse.

Er hörte sein Herz überlaut pochen. Alles in ihm schrie nach Luft. Es war so einfach, den Mund zu öffnen und sich in sein Schicksal zu ergeben. Dennoch existierte eine Hemmschwelle, die Suko einfach nicht überschreiten konnte.

Er überwand sich selbst, siegte dabei gegen den inneren Schweinehund und hielt die Lippen fest aufeinandergepreßt.

Und so vergingen die Sekunden.

Das Schlagen des eigenen Herzens vernahm der Inspektor überlaut. Da dröhnten Echos in seinem Kopf. Jeder Schlag war lauter als der vorherige, und Suko hatte das Gefühl, seine Schädelplatte würde allmählich Risse bekommen, so daß die rote Masse eindringen konnte.

Fremde Gedanken durchströmten ihn. Es waren die der Großen Mutter, und sie zeichneten böse Bilder nach, die der gefangene Chinese alptraumhaft erlebte. Er sah sich bereits innerhalb einer schrecklichen Welt, wo es die absolute Leere gab. Kein Licht, keinen Sonnenstrahl, keine Freunde, nur die Kälte und vergleichbar mit dem Schlimmsten, was ein Mensch wohl erleben kann.

Die ewige Einsamkeit!

Das Leben ohne Licht, ohne Gott, ohne Hoffnung. Einsamkeit der Seele. Keine Folter kann schlimmer sein.

Einsamkeit oder das Wissen darum brachte Angst, die auch Suko spürte. Sie war so stark, daß er das Gefühl bekam, schreien zu müssen. Aber da war die Masse mit dem widerlichen Gesicht der Großen Mutter, die nur auf diesen Triumph wartete.

Nun schrei doch! Nun schrei doch! So forderte sie. Komm in das Reich der Verdammnis. Man wartet auf dich, man . . .

Suko öffnete den Mund!

Eine halbe Sekunde zuvor hatte er noch etwas wahrgenommen. Ein helles strahlendes Licht, und er hörte ein Geräusch, das ihn an einen Schrei erinnerte.

Dann war alles vorbei!

Er riß den Mund weit auf. Glaubte den Schleim in der Mundhöhle zu spüren, dachte an einen Erstickungsanfall, stellte sich darauf ein, saugte die Luft ein und konnte atmen.

Atmen?

Suko hielt es für einen Traum. Er versuchte es noch einmal und stellte fest, daß er keiner Täuschung erlegen war. Er atmete.

Still blieb er liegen. Nur nicht bewegen. Vielleicht war alles doch nur ein Traum. Ihn wollte er so lange wie möglich auskosten. Er atmete zunächst nur durch den Mund, danach durch die Nase und freute sich, daß es auch hier klappte.

Wie war das möglich? Er hatte sich noch vor Sekunden innerhalb der roten Masse befunden!

Eine Erklärung fand Suko nicht. Dennoch mußte er etwas tun, öffnete die Augen und stellte fest, daß er gegen eine Decke schaute. Er lag demnach auf dem Rücken.

Mit den Händen tastete er um sich. Die Arme hatte er dabei vom Körper abgespreizt. Seine Finger fühlten das glatte Holz des Fußbodens, strichen über glattes Holz, auch über einen weichen Teppich und Fugen.

Hatte er vielleicht alles nur geträumt?
Als Suko daran dachte, richtete er sich ruckartig auf, daß ihn Schwindel überkam. Für eine Weile blieb er sitzen und schaute sich um.
Er befand sich in einem Zimmer.
Ein halb zerstörtes Himmelbett, zerbrochene Stühle, aufgerissene Wände, eine Tür, die zum Fahrstuhl gehörte.
Keine rote Masse mehr!
Sie war verschwunden.
Suko schüttelte den Kopf und strich gleichzeitig über seine Stirn. Wenn er vieles im Leben erlebt und auch begriffen hatte, hier stand er zunächst vor einem Rätsel. Weshalb hatte die rote Masse den Mann namens Tony Manero verschlungen und nicht ihn? Da mußte etwas dahinterstecken, und Suko dachte verzweifelt über die Lösung dieses Problems nach, ohne jedoch eine zu finden.
Irgend etwas stimmte nicht.
Zum Glück, denn sonst wäre er nicht mehr am Leben. Auf dem Boden sitzenbleiben wollte Suko auch nicht, drehte sich zur Seite, stemmte sich ab und kam auf die Füße.
Der Rundblick zeigte ihm ein völlig normales Zimmer, wenn auch mit zerstörter Einrichtung. Ein Loch im Boden, das zerbrochene Bett, die Stühle, Sofas und Tische waren umgekippt, und noch etwas fiel ihm auf.
Tamara war verschwunden!
Suko wunderte sich darüber. Er konnte sich den Grund nicht vorstellen. Sie hatte zuschauen wollen, wie er in den Tod ging. Welches Ereignis hatte ihre Meinung geändert? Eine Erklärung fand der Inspektor nicht. Er rechnete allerdings damit, daß das Verschwinden dieser Frau mit dem Rückzug des Schleims zusammenhing. Für Suko gab es einige Parallelen, obwohl ihm die Beweise für diese Theorie völlig fehlten. Er verließ sich da auf sein Gefühl.
Suko war ein sensibler Mensch. Er konnte Trends und Stimmungen auf gewisse Art und Weise fühlen. Er spürte, wenn etwas in der Luft lag. Und hier war einiges faul. Da hatte sich die Atmosphäre des Raumes völlig verändert. Sie war nicht so überladen, so drohend, sondern normal.
Das Böse hatte sich zurückgezogen.
Bei Suko wuchs die Hoffnung. Ein erstes Lächeln umspielte

seine Mundwinkel. Zudem ging es ihm wieder besser, der Schmerz an seinem Hals hatte ebenfalls nachgelassen, nur mehr Druckstellen waren vorhanden. Wenn er über sie tastete, fühlte er die Stiche.

Sukos Überlegungen beschäftigten sich wieder mit Tamara. Ihm war nicht bekannt, wie sie den Raum verlassen hatte. Ob auf eine völlig normale oder auf magische Weise. Wenn die erste Möglichkeit in Betracht kam, mußte sie den Fahrstuhl genommen haben. Dessen Tür war zwar verschlossen gewesen, es schadete aber nichts, noch einmal nachzuschauen, vielleicht war die Sperre mittlerweile gelöst.

Suko faßte den Türgriff an und zog.

Die Tür war offen!

Fast war er selbst über diese Tatsache erschrocken. Dann aber lächelte er, betrat die Kabine und warf einen Blick auf die Kontaktleiste. Hinter den Knöpfen glühte Licht.

Der Lift war funktionstüchtig.

Suko hatte die Wahl. Er konnte wieder hochfahren oder das Haus weiter durchsuchen. Tamara hatte von einem Kellerlabyrinth gesprochen, glaubte er sich zu erinnern, und es gab zudem noch ein großes Problem, das er trotz aller Vorkommnisse und Schwierigkeiten nicht aus den Augen verloren hatte.

Dieses Problem hieß John Sinclair!

Der Geisterjäger mußte unter allen Umständen gefunden werden, sonst sah es böse aus.

Suko entschied sich dafür, in die Tiefe zu fahren, und vergrub den Knopf unter seinem Daumennagel.

Wieder fuhr der Lift sacht an. Er rutschte lautlos in die Tiefe. Der Inspektor konzentrierte sich voll und ganz auf seine vor ihm liegende Aufgabe. Er spürte auch, daß sich die Atmosphäre veränderte. Je tiefer er kam, um so anders wurde sie. Suko hatte das Gefühl, einer unheimlichen Magie nahezukommen. Verschwunden war sie also nicht. Sie hatte sich nur verlagert.

Er schluckte. Sein Blick war auf die Tür der Kabine gerichtet. Hinter ihm befand sich die Wand, in der einmal das Gesicht der Großen Mutter zu sehen gewesen war.

Nun nicht mehr.

Der Halt!

Suko merkte den Ruck kaum. Er spürte nur die Dichte einer fremden Magie. Dabei wußte er nicht einmal zu sagen, ob sie positiv oder negativ war, irgendwie hatte er das Gefühl, vor einer großen Entscheidung zu stehen. Die Schlacht mußte geschlagen werden. Und das konnte in naher Zukunft geschehen.

Da der Chinese auf alles gefaßt war, öffnete er die Tür auch nicht sehr vorsichtig, sondern drückte sie heftig nach außen, spürte einen Widerstand und vernahm den Schrei der Enttäuschung, den ein vor der Tür liegender Mann ausgestoßen hatte.

Suko gönnte ihm nur einen kurzen Blick. Sein Augenmerk galt dem zweiten Mann, der sich in dem als Bad eingerichteten Raum aufhielt.

Es war John Sinclair!

Auch ich hatte Suko gesehen und glaubte an eine Täuschung. Ich stand da, schaute meinen Partner an, schüttelte den Kopf, wollte lächeln, was verunglückte, und so verzog sich mein Gesicht nur zu einer Grimasse.

»Suko?« Der Name meines Freundes und Partners kam mir kaum über die Lippen.

»Bist du es wirklich?«

»Ja, meinen Geist habe ich zu Hause gelassen.«

»Verdammt, wie kommst du . . .?« Ich sprach nicht mehr weiter, sondern wischte über meine Stirn und schüttelte gleichzeitig den Kopf, denn ich konnte die Tatsache nicht fassen, meinen Freund vor mir zu sehen.

»Später, John«, sagte der Inspektor und deutete auf den am Boden liegenden Verletzten. »Ist das einer der Bankräuber?«

»Ja.«

»Und der Tote?«

»Das ist Sugar Caine«, flüsterte Atkins. »Ein Partner von mir. Tony Manero war auch dabei.«

»Ihn kannst du abhaken«, erklärte Suko. »Er ist tot. Du bist als einziger übriggeblieben.«

»Verdammt, holt mich hier raus!« begann Atkins zu schreien. »Ich will nicht mehr!«

»Du mußt aber, mein Lieber. Und du wirst die Verantwortung für das tragen, was geschehen ist. Die Leichen kommen jetzt auf dein Konto. Davon reden wir später.«

»Ich habe nicht geschossen!«

Mit einer knappen Handbewegung machte der Inspektor dem

Bankräuber klar, was er von seinen Entschuldigungen hielt. Atkins verstand auch und hielt den Mund.

Suko kam vor. Ich erwartete ihn schon. Neben mir blieb er stehen, um nach vorn zu schauen.

Für ihn war die Tatsache ebenso unbegreiflich wie für mich. Meinem Kreuz war es gelungen, die Magie aufrechtzuerhalten. Noch immer wurden die drei Gestalten von einem lautlosen Lichtorkan umstürmt, und an den Seiten sah auch Suko Wesen, die ebenfalls von einem Mythos oder einer Legende umflort wurden.

Er konnte nicht genau hinschauen. Irgend etwas blendete ihn ebenso wie mich, aber er begriff, mit wem er es hier zu tun hatte, und er fand auch die Verbindung vom Kreuz zu den Gestalten.

»Sind es die Erzengel?« hauchte er.

»Ja.«

Suko holte tief Luft. Dann sagte er nichts mehr. Er war sprachlos.

Auch ich kam mir ein wenig vor wie ein Statist, denn hier hatten andere Kräfte die Regie übernommen. Die drei gefallenen Engel waren gefangen. Mit ihnen passierte das gleiche wie zu Anbeginn der Zeiten. Sie konnten sich aus dem Gefängnis nicht lösen und hatten ihre Teilgestalten angenommen.

Monströse Gesichter.

Da war die rothaarige Yvonne, auf deren Kopf die Schlangen fehlten, weil ich sie gekappt hatte. Ihr Gesicht wirkte noch bleicher. Die Haut war sehr dünn geworden. Man mußte schon genau hinschauen, um sie überhaupt erkennen zu können. Dafür leuchteten die Knochen in einem hellen Weiß. Der Körper verlor sich in einem kometenartigen Schweif, einer dünnen Plasmawolke.

Auch Tamara war vorhanden. Sie hieß Naamah, damals, als sie sich von den Engeln des Guten getrennt hatte. Angst und Schrekken hatte sie als Mensch verbreiten wollen, deshalb auch das Gesicht, dessen Haut wirkte, als wäre sie von zahlreichen Rasierklingen aufgeschnitten worden. Überall sahen wir Blut. Es klebte auch in den Haaren und hielt die schwarzen Strähnen zusammen.

Neben ihr stand Rachel. Auch Mahlaht geheißen. Ich hatte sie nie richtig zu Gesicht bekommen. Als Waffe hatte sie die mit Haken versehene Peitsche besessen. Auch ihr Körper war kaum sichtbar, dafür jedoch das Gesicht. Für mich das widerlichste von allen. Eine aufgedunsene, verquollene Haut, aus der Schleim gedrückt wurde. Eine eklige Fratze mit Glotzaugen, die ich am liebsten zerstört hätte.

Nur war ich aus dem Spiel. Die Regie hatten andere übernommen. Bis jetzt wußten weder Suko noch ich, wie es weiterging.

Mein Freund, ansonsten schweigsam veranlagt, konnte sich nicht mehr beherrschen. Er brachte seine Lippen dicht an mein Ohr und wisperte: »Sag mir, John, hast du etwas von der Großen Mutter gesehen?«

»Nein.«

»Aber ich.«

»Wie?«

Suko schluckte. »Das muß ich dir später erzählen. Sie ist ein Schleimklumpen. Riesig, kaum zu beschreiben, und sie scheint überall zu stecken. Das solltest du wissen.«

»Okay, danke.«

Ich konzentrierte mich wieder auf die Schädel der drei gefallenen Engel. Irgend etwas mußte ja geschehen. Unsere drei Beschützer würden sie nicht einfach freilassen, das war mir längst klar. Nur fragte ich mich, wie sie es anstellen würden.

Die Antwort bekamen wir sehr bald.

Die drei für uns nur in schwachen Umrissen sichtbaren Wesen bewegten sich. Sie blieben an den gleichen Stellen stehen, dafür taten sie etwas anderes und hoben ihre Arme.

Die Hände hielten dabei die Griffe der Schwerter umklammert. Ich setzte voraus, daß es Schwerter waren, denn mit einer solchen Waffe hatte der Erzengel Michael damals Luzifer bekämpft und in die ewige Verdammnis gestoßen.

Bestimmt wären die drei gefallenen Engel gern geflohen, wenn sie es gekonnt hätten. Das war nicht mehr möglich, die Weiße Magie bannte sie, und sie erlebten nun das, was sie schon einmal durchgemacht hatten.

Ihre Vernichtung. Das Zurückstoßen in die Tiefen der Finsternis.

Die Engel schlugen zu.

Heller als die Sonne, so kam mir das Licht vor. Die Schwerter schienen innerhalb der magischen Sphäre zu explodieren und wurden zu weißen, strahlenden Himmelskörpern.

Ich konnte nicht mehr hinschauen und schloß die Augen. Suko

erging es ebenso. Nur wandte er sich ab, und der am Boden liegende Verletzte begann zu schreien.

Dann hörten wir die Stimmen.

Sie sprachen durcheinander. Dabei klangen sie hell, fast wie das Geläut von Kirchenglocken.

»Die Zeichen sind zu Beginn der Welt gesetzt worden. Und was die Kräfte des Lichts einmal abgesegnet haben, darf nie wieder hervorkommen und versuchen, die Zeiten der Dunkelheit heraufzubeschwören. So werden wir euch abermals in die Verdammnis stoßen. Die magische Drei muß zerstört werden. Es darf keine drei Furien auf der Welt geben. Euer Platz ist in der Verdammnis. Nehmt es hin!«

Ich hörte nur das Fauchen der Schwerter und hielt die Augen weiterhin geschlossen.

Dennoch konnte ich sehen.

Durch die geschlossenen Augen entdeckte ich das reine Chaos. Innerhalb der von meinem Kreuz aufgebauten Lichtglocke entspann sich ein höllischer Kampf. Es war die Vernichtung des Bösen. Das Licht zerstörte die Dunkelheit. Wie Lanzen drangen die hellen Schwerter der wahren Engel in die schrecklich entstellten Köpfe.

Eisbeth Zenunim, die unter dem Namen Yvonne gelebt und getötet hatte, bekam es als erste zu spüren. Ein Lichtblitz spaltete nicht nur ihren Schädel, er zerstörte auch die weißen Knochen zu schimmerndem Sternenstaub, der weggeweht wurde. Ein ferner Schrei erreichte unsere Ohren. Er wurde leiser und leiser. Wahrscheinlich begleitete er das Wesen auf seinem Weg in die ewige Dunkelheit.

Auch Naamah, alias Tamara, kam an die Reihe. Ihr Gesicht zerplatzte in einer Wolke aus feinen Blutstropfen, bevor sie von einer Ferne geschluckt wurde, für die es nach meiner Ansicht keine Maße mehr gab.

Blieb Rachel oder Mahlath. Hatten zuvor Raffael und Gabriel eingegriffen, so blieb nur mehr Uriel zurück. Und er tötete den Schädel des dritten gefallenen Engels.

Auch sie schrie. Der Schrei einer Verlorenen, und er verklang in der Tiefe des Raumes.

Es gab sie nicht mehr.

Aber es gab noch die Große Mutter. Das wußte ich sehr genau. Kaum hatten sich meine Gedanken damit beschäftigt, hörte ich eine Stimme in meinem Kopf. Wer da sprach, war mir nicht bekannt, aber ich verstand die Warnung sehr genau.

»Nach eurer Zeitrechnung geben wir euch fünf Minuten. Verlaßt den Keller, verlaßt das Haus, geht nach draußen, denn es wartet jemand, um das zu zerstören, was das Böse aufgebaut und benutzt hat. Flieht, Freunde, flieht!«

Ich öffnete die Augen. Dabei rechnete ich damit, durch das helle Licht geblendet zu werden, und war um so überraschter, daß ich völlig normal sehen konnte.

Vor mir lag das dunkel geflieste Bad mit der übergroßen Wanne, in der noch immer das Wasser schwappte.

Zerbrochene Spiegel an den Wänden, aber kein magisches Licht mehr und auch keine Erzengel. Mit der Vernichtung der drei Furien war auch ihre Zeit abgelaufen. Sie zogen sich zurück, weil sie nichts mehr hielt.

Suko sah das gleiche wie ich und sprach mich an. »Verdammt, John, hast du das begriffen?«

»Ja.«

»Und?«

»Wir müssen weg!«

»Nein, wir können doch . . .«

»Suko!« Ich redete eindringlich. »Uns bleiben fünf Minuten, um zu verschwinden. Verstehst du?«

Mein Partner schüttelte den Kopf. Ich hatte auch keine Lust, zu langen Erklärungen anzusetzen, und wies ihn nur auf die Gefahr hin, in der wir steckten.

»Dann komm.«

Wir liefen zum Lift, wobei wir sehr stark hofften, daß er auch funktionierte und nicht magisch gesperrt war.

»Verdammt!« hörten wir die Stimme des verletzten Bankräubers. »Haut nicht ohne mich ab, nehmt mich mit.« Er war dabei, sich an der Wand mühsam hochzustemmen.

Suko nickte mir zu.

Mein Freund und ich verstanden uns blind. Wir brauchten keine großen Worte zu machen, die Arbeitsteilung lag auf der Hand. Während Suko sich mit dem Verletzten beschäftigte, ihn hochhob und über seine Schulter wuchtete, kümmerte ich mich um den Lift.

Die Tür war offen. Rasch huschte ich in die Kabine und hielt den Eingang auf, so daß Suko auch folgen konnte. Den toten

Bankräuber ließen wir im Keller. Wir würden ihn später holen. Und was mit Tony Manero, dem dritten, geschehen war, konnten wir auch nicht sagen. Wahrscheinlich war er in die Mühlen dieser unfaßbaren Magie hineingeraten und zermalmt worden.

Die Tür fiel zu.

»Den obersten Knopf«, sagte Suko.

Ich berührte ihn sacht mit dem Zeigefinger. Wir spürten einen leichten Ruck, dann setzte sich der Lift in Bewegung.

Während der Fahrt schauten wir uns an. Erleichterung lag in unseren Augen. Aber auch stumme Fragen. Besonders bei Suko, der seinen Durchblick noch nicht hatte.

Er kam wieder auf die Große Mutter zu sprechen. »Du weißt, John, daß sie noch nicht vernichtet ist.«

»Leider.«

»Und?«

Ich hob die Schultern. »Keine Ahnung.«

»Möglicherweise lauert sie oben auf uns. Ich will dir ja keine Angst einjagen, rechnen müssen wir mit allem.«

Da hatte mein Freund und Partner leider recht. Ändern konnten wir es nicht und mußten es nehmen, wie es kam.

Endlich stoppte die Kabine. Wir hatten unser Ziel erreicht. Suko drückte die Tür auf.

Der über seiner Schulter liegende Archie Atkins begann zu kreischen. »Ich komme raus, ich komme raus. Ich kann diesem verdammten Wahnsinn entfliehen.«

Er setzte ein schrilles Lachen nach. Es war nicht normal. In mir festigte sich ein Verdacht, den ich schon zuvor gehabt hatte. Für den Gangster war es einfach zu viel gewesen. Er hatte die Geschehnisse nicht verkraften können, und wahrscheinlich war sein Geist dadurch verwirrt worden. Das Lachen jedenfalls ließ darauf schließen.

Suko hatte die Tür aufgestoßen. Er verließ auch als erster die Kabine und trat in den schmalen Gang, der uns zum Eingangsraum des Hauses führte.

Hatte sich etwas verändert?

Suko blieb stehen und drehte den Kopf. »John«, flüsterte er, »ich spüre es. Die Gefahr, sie ist...«

»Geh weiter!« drängte ich.

»Verdammt, die Große Mutter. Sie lauert. Ich habe das schon einmal erlebt.« Mein Freund schaute sich um. In seinen Blicken lag ein Ausdruck, den ich von ihm nicht gewohnt war. Irgendwie furchtsam und sehr ängstlich.

Fünf Minuten hatte man uns gegeben. Ich wußte nicht, wieviel Zeit davon vergangen war. Jedenfalls konnten wir keine langen Diskussionen führen. Deshalb drängte ich mich an meinem Freund vorbei und schritt auf die Tür des großen Raums zu. Mit dem Fuß rammte ich sie auf.

Die Lampen brannten noch. Aber ich sah nicht nur die Einrichtung – sie lag kreuz und quer–, auch etwas anderes.

Schleim!

Da platzten Wände, da bewegte sich der Boden. Es war nur mehr eine Frage von Sekunden, bis sich diese unheimliche Masse freie Bahn verschafft hatte.

Suko schaute an meiner Schulter vorbei. »Das ist sie, John! Das ist die Große Mutter!«

»Wir müssen durch!« schrie ich.

Während ich startete, rannte auch Suko los. Hinter uns vernahmen wir ein Krachen und Splittern, dann ein gewaltiges Klatschen. Ich nahm mir die Zeit und warf noch einen Blick zurück.

Der unheimliche Schleim hatte den Fußboden durchbrochen. Gleichzeitig quoll er massig aus der Wand links von mir und breitete sich gedankenschnell auf dem Boden aus. Im Schleim war dabei ein bis fast zur Unkenntlichkeit verzerrtes Gesicht zu erkennen.

Die Fratze der Großen Mutter.

Ich stürmte zur Tür. Dabei merkte ich, wie mein Kreuz von allein reagierte. Es blitzte an einigen Stellen auf, ich sah, daß es plötzlich im rechten Winkel von der Brust abstand und erkannte auch noch mehr. Es verbog sich. Ein heißer Schreck durchfuhr mich. So etwas hatte ich noch nie erlebt. Bisher war es dem Kreuz gelungen, allen Anfechtungen Schwarzer Magie zu trotzen.

Dies war nun vorbei.

Die Urmagie der anderen Seite war so stark, daß selbst mein Kreuz nicht mehr dagegen ankam.

Ich erreichte die Tür, stieß sie auf, taumelte über die Schwelle und dachte nicht mehr an die Stufen. Sie stolperte ich hinunter, rutschte aus und fiel.

Während ich mich vor der untersten Stufe, auf der Erde liegend, drehte, sah ich Suko. Von panischer Eile getrieben und das Gesicht verzerrt, entfloh auch er dem unheimlichen Haus. Auf seiner Schulter lag Archie Atkins, der seltsame Laute ausstieß, die mich an die eines Tieres erinnerten und mich in meiner Ansicht bestärkten, es mit einem Wahnsinnigen zu tun zu haben.

Im Gegensatz zu mir fand Suko die Stufen. Keuchend baute er sich neben mir auf und wollte Archie zu Boden rutschen lassen, doch ich hatte etwas dagegen.

»Laß es. Wir müssen hier verschwinden.«

»Wieso? Willst du . . .«

»Nur zurückziehen.«

Damit war auch mein Freund einverstanden. Das Haus lag in einem verwildert aussehenden Park. Es gab genügend Bäume und Hecken, hinter denen wir uns verbergen konnten.

Als wir eine gute Stelle gefunden hatten, ließ Suko den Mann von der Schulter gleiten. Zum erstenmal betrachtete ich ihn mir genauer. Die Ketten hatten tiefe Wunden auf seinem Oberkörper hinterlassen. Die konnten wieder durch ärztliche Kunst geflickt werden. Die seelische Wunde war meines Erachtens schlimmer.

In den Augen des Mannes schimmerte der Wahnsinn. Er mußte einen so schrecklichen Horror erlebt haben, daß er völlig aus dem Gleichgewicht geraten war.

Und er redete. Er sprach von dem Weib mit silberblonden Haaren und davon, daß er so reingefallen war. »Sie schlug mich!« lachte er plötzlich los. »Sie schlug mich . . .« Er wälzte sich um die eigene Achse, stemmte sich auf die Knie und schaute zu uns hoch. »Das Geld!« keifte er. »Wo ist das Geld?«

»Nicht mehr da«, erwiderte ich.

Woher er die Kraft nahm, konnte ich nicht sagen. Plötzlich schoß er hoch und wollte sich auf mich stürzen.

Ich mußte ihn mir mit einem gezielten Karateschlag vom Leib halten. Er war so gut angesetzt, daß er den Bankräuber ins Reich der Träume schickte. Bevor er in die Knie brach, schaute Archie mich noch einmal an, dann veränderte sich sein Blick zu einem glasigen Ausdruck. Schließlich lag er ruhig.

»Das war am besten«, meinte Suko.

Wir aber hatten das Problem der Großen Mutter. Sie war nicht vernichtet, und sie würde sich auch nicht so leicht zurückstoßen lassen. Was sie einmal erobert hatte, gab sie so leicht nicht mehr her.

Mittlerweile hatte sich auch die Dämmerung über das Land gelegt. Im Wald war es schattig geworden. Da flossen der Rest des Tageslichts und die beginnende Dunkelheit ineinander und bildeten ein Zwielicht, das schon beinahe unheimlich wirkte. Jedenfalls hatte ich Mühe, in der näheren Umgebung Einzelheiten auszumachen. Ich strengte meine Augen an, um etwas erkennen zu können.

Das Haus war von uns relativ weit entfernt. Die Tür hatten wir hinter uns nicht verschlossen. Das im Raum brennende Licht drang in seinen Ausläufern auch nach draußen und warf seinen rotgelben Schein auf die beiden obersten Treppenstufen.

Das Haus selbst wirkte wie ein unheimlicher kompakter Schatten.

Suko und ich schauten gespannt auf das Gebäude. Jedem von uns war klar, daß etwas geschehen mußte, nur den Zeitpunkt konnten wir nicht bestimmen. Das taten andere für uns.

»John, dein Kreuz!«

Erst Sukos Bemerkung ließ mich wieder aufmerksam werden. In den letzten beiden Minuten hatte ich daran nicht mehr gedacht. Ich schaute es an und hatte das Gefühl, von einem Schlag getroffen zu werden.

Mein Kreuz sah nicht mehr so aus wie früher. Es hatte sich verändert und war zu einem Klumpen zusammengeschmolzen!

Zunächst sagte ich nichts.

Ich konnte einfach nicht sprechen.

Zu sehr hatte ich mich mit dem Kreuz identifiziert. John Sinclair ohne Kreuz, das war wie ein Wald ohne Bäume, das konnte es nicht geben, und ich spürte, wie meine Hände anfingen zu zittern.

Auch Suko schwieg. Er wußte, daß er mich in diesen Augenblicken, wo gewissermaßen eine Welt für mich zusammenbrach, in Ruhe lassen mußte. Der Prophet Hesekiel hatte es in babylonischer Gefangenschaft hergestellt und alles gegeben, was ihm möglich war. Aus unzähligen Gefahren hatte mich mein Kreuz gerettet, und nun sah ich das.

Ein Klumpen Metall!

Ohne eine bestimmte Form, zusammengedrückt, vielleicht wertlos. Ich hob meinen rechten Arm und sah, daß meine Hand zitterte, als ich die Kette anfassen und sie über den Kopf ziehen wollte.

Dann spürte ich Sukos Hand auf meinem Ellbogen. »Laß es, John. Laß es umhängen.«
»Aber...«
»Vielleicht verändert es sich wieder!«
Ich schaute meinen Partner an. Er sprach diese Worte so gelassen aus. Verdammt, er konnte ja nicht wirklich wissen, was dieses Kreuz für mich bedeutet hatte. »Wie denn?« brüllte ich ihn an. »Wie soll es jemals so werden wie früher? Nein, das ist...«
»John!«
Zum Glück blieb mein Freund ruhig. Ich trat einen Schritt zurück, holte pfeifend Luft und lehnte mich mit dem Rücken gegen einen Baumstamm. »Ja«, sagte ich leise. »Ja, vielleicht hast du recht.« Dabei schaute ich zum Himmel, wo dicke Wolken segelten und nach Osten getrieben wurden. »Möglicherweise kommt wieder alles ins Lot. Vielleicht auch nicht...«
Ich war völlig daneben, deprimiert. Wenn mich in meiner Verfassung ein Dämon erwischt hätte, wäre es ihm ein leichtes gewesen, mich zu töten, da ich psychisch nicht in der Lage war, mich zu wehren. Die Veränderung des Kreuzes hatte diesen Schock bewirkt.
Noch immer schaute ich gegen den Himmel. Ich tat es bewußt, weil ich mich einfach nicht traute, den Kopf zu senken und einen Blick auf das Kreuz zu werfen.
Allmählich spürte ich die Feuchtigkeit an meinen Augenrändern. Ich konnte einfach nicht gegen das würgende Gefühl ankämpfen, das sich in meiner Kehle ausgebreitet hatte. Das Kreuz zu verlieren, war eine Niederlage, eine Demütigung, wie ich sie schlimmer noch nicht erlebt hatte. Einfach grauenhaft.
Ich fand keine Worte dafür und mußte ein paarmal hart schlukken. »Es ist aus«, hauchte ich dennoch. »Es war alles umsonst, Suko. Mein Einsatz, unser Kampf gegen die Mächte der Finsternis. Der Teufel hat es nicht geschafft, der Spuk ebenfalls nicht, selbst die Magie der Großen Alten konnte das Kreuz nicht zerstören, aber jetzt ist es soweit. Verstehst du das denn?« Ich schaute ihn mit einem tränenumflorten und gleichzeitig flammenden Blick an. In meinem Innern war etwas zerbrochen, und ich fühlte mich hilflos wie ein kleines Kind.
Suko nickte. Auch sein Gesicht war ernst. Er konnte es gleichfalls nicht fassen. Sicherlich hatte ich Suko unrecht getan, als ich ihn anschrie. Es war halt über mich gekommen, denn auch mein

Partner hatte in seinem Leben schon schlimme Dinge erlebt.

»Entschuldige!« flüsterte ich. »Es waren die Nerven. Ich muß mich wohl damit abfinden.«

»Glaubst du denn, daß es endgültig ist?« fragte er gegen.

»Nenn mir eine Chance.«

»Im Augenblick weiß ich keine.«

»Na bitte«, erwiderte ich niedergeschlagen. »Es ist das Ende des Geisterjägers John Sinclair. Suko, du mußt es begreifen. Ohne Kreuz bin ich gegen die mächtigen Feinde hilflos. Die Hölle kann triumphieren, auch wenn es den gefallenen Engeln nicht gelungen ist, mich zu erwischen, so bin ich dennoch für unseren weiteren Kampf auf eine gewisse Art und Weise wertlos geworden. Darüber solltest du dir klarwerden.«

Der Inspektor schüttelte den Kopf. »Nein, ich werde mir nicht darüber klar, John. Es gibt immer noch Chancen. Ich trage auch kein Kreuz bei mir, unser Freund Bill Conolly ebenfalls nicht...«

Mit einer unwirschen Handbewegung unterbrach ich den Monolog des Inspektors. »Das alles interessiert mich nicht mehr, Suko. Du kannst reden, was du willst. Du darfst nur nicht dich, Bill Conolly oder andere mit mir vergleichen. Ich bin, wie man mir gesagt hat, der Sohn des Lichts. Ich bin praktisch der Erbe, und jetzt dies. Es ist deprimierend. Vielleicht sogar noch schlimmer als das. Ich habe mittlerweile einsehen müssen, daß es Kräfte gibt, die gleich stark sind. Die Machtverteilung um den Höllenherrscher Luzifer. Seine Mittel reichen aus, um auch in der heutigen Zeit wirksam zu werden. Das haben wir erlebt. Alles, was aus seinem unmittelbaren Dunstkreis heraus geschieht, ist stark. Stärker als die Kräfte des Lichts. Ich habe es erleben müssen. Und wir sind nur Menschen, keine Geistwesen wie die Erzengel. Wir müssen alles mit unserem winzigen Verstand begreifen oder es sein lassen. Wahrscheinlich das letztere.«

»Und wenn du mal versuchst, es zu begreifen, John?«

»Wie meinst du?«

»Denke darüber nach und triff Gegenmaßnahmen.«

»Ohne Kreuz?« fragte ich erstaunt.

»Vergiß nie, daß auch wir Helfer haben.«

Ich nickte heftig. »Das weiß ich alles. Nur können sie mir in diesem Augenblick nicht helfen. Es tut mir leid, aber ich kann sie nicht anerkennen.«

»Dann weiß ich auch nicht mehr, was ich machen soll.«

Meine Gestalt straffte sich vor der nächsten Antwort. »Aber ich weiß es«, erklärte ich.

»So?« Suko verengte mißtrauisch die Augen. »Was denn?«

Ich drehte mich, so daß ich zu dem Haus hinüberschauen konnte. »Ich werde wieder hineingehen und mich der Großen Mutter stellen!«

Zunächst bekam ich von Suko keine Antwort. Dann schüttelte er den Kopf und flüsterte: »Das ist doch nicht dein Ernst, John. Das hast du nur im Spaß gesagt!«

»Nein!«

Suko hob beide Hände und drehte mir die Flächen zu. »Ganz ruhig, John, und alles schön der Reihe nach. Habe ich richtig gehört? Willst du in das Haus gehen?«

»Ja.«

»Das wäre Selbstmord!«

Ich hob die Schultern. »Möglich. Welche Chance bleibt mir denn? Ich habe das Kreuz verloren. Okay, der Kampf kann weitergehen, doch die andere Seite würde es irgendwann schaffen und mich vernichten. Das weißt du, Suko. Deshalb will ich sofort eine Entscheidung. Ich möchte sie nicht länger hinauszögern.«

Suko nickte. Er kannte mich lange genug. Wenn ich mir einmal etwas vorgenommen hatte, blieb ich bei meinem Entschluß. Dennoch fragte der Chinese: »Du hast dir alles gut überlegt, John Sinclair?«

»Darauf kannst du dich verlassen.«

»Nein, John.« Er sprach beschwörend auf mich ein. »Das kann man nicht in dieser kurzen Zeit. Du handelst unüberlegt. Zu sehr aus dem Gefühl geboren. Es tut mir leid, ich verstehe deine Reaktion immer weniger. Das muß ich dir sagen.«

»Begriffen«, antwortete ich. »Niemand wird es dir verübeln, wenn du dich nicht auf meine Seite stellst. Aber für mich gibt es keinen anderen Weg. Damit mußt du dich abfinden. Ich hätte es gern anders gesehen, es war nicht möglich.«

Jetzt streckte Suko seinen Arm aus und deutete auf das Haus. »Du bist dir darüber im klaren, John, was dich dort erwartet?«

»Die Große Mutter!«

»Ja!« schrie er mich an. »Die Große Mutter.« Er tippte gegen seine Brust. »Und ich, John, habe sie erlebt. Ich bekam ihre Kraft und ihre Macht zu spüren. Ich befand mich schon auf dem Weg in die ewige Verdammnis. Der Schleim kam wie ein Gebirge über mich. Er hatte mich bereits verschlungen. Die Große Mutter wollte mich als Opfer, dann bin ich freigekommen, aber nicht durch meine eigene Kraft, sondern durch ein anderes Ereignis, über das ich noch immer grübele.«

»Es hing wahrscheinlich mit dem Auftauchen der Erzengel zusammen. Da hat die Große Mutter sich zurückgezogen und dich freigegeben. Eine andere Erklärung habe ich auch nicht.«

»Wunderbar, mein lieber Freund. Glaubst du daran, daß sich ein ähnliches Ereignis wiederholen wird?«

»Kaum.«

»Dann bleib hier.«

Ich schüttelte den Kopf. »Du kannst mich nicht vom Gegenteil überzeugen. Ich will es wissen. Ich möchte herausfinden, wo ich noch stehe. Ob ich mir eine Kugel durch den Kopf schießen kann oder nicht.«

»Du denkst dabei nicht an uns?«

»Doch, ich denke an meine Freunde. Ihr werdet weiterkämpfen. Nur möchte ich euch nicht dabei im Wege stehen. Das ist es doch. Ich wäre vielleicht ein zu großes Hindernis, ihr würdet immer auf mich Rücksicht nehmen. Suko, mir fällt es verdammt nicht leicht, diesen Weg zu gehen. Ich sehe aber keine andere Möglichkeit. Tut mir leid.« Ich hob die Schultern, schaute meinen Freund noch einmal an und sagte mit kratziger Stimme: »Mach es gut, Alter. Es war... es war...« Ich schluckte zweimal. »Na ja, wir haben uns gut verstanden...«

Shit auch. Ich konnte nicht mehr weitersprechen, drehte mich um, ließ Suko einfach stehen und ging.

Drei Schritte kam ich weit, dann vernahm ich den Ruf meines Freundes. »John!«

Ich wandte mich wieder um.

»Du gehst nicht«, erklärte Suko und unterstrich seine Worte durch die Pistole, die er in der Hand hielt...

Für einen Moment erschrak ich. Dann zuckte ein Lächeln um meine Lippen. »Nicht so, mein Freund. Du glaubst doch nicht, daß ich mich durch die Waffe aufhalten lasse.«

»Und wenn ich schieße?«

»Würdest du das tun?«

Er holte tief Luft. »Ich würde...«

»Nein, Suko«, nahm ich ihm die Antwort vorweg. »Du würdest nicht schießen und vor allen Dingen nicht in meinen Rücken.« Nach diesen Worten drehte ich mich abermals um und präsentierte dem Inspektor meine Rückseite. Dabei ging ich weg.

Es waren stockende, marionettenhafte Schritte, die mich voranbrachten. Ich selbst fühlte mich unwohl, ich befand mich in einer Verfassung, die man mit dem Wort unnormal umschreiben konnte. Meine Füße schleiften durch das erste grüne Gras. Alte Winterhalme streiften noch die Hosenbeine.

»John...« Sukos Stimme klang kratzig.

Ich ging weiter. Stur, wie ein Roboter, der einmal einen bestimmten Befehl einprogrammiert bekommen hat. Das Haus ließ ich nicht aus dem Blick. Es stand vor mir wie eine gewaltige Wand mit düsteren Löchern. Nur ein schmaler Lichtstreifen fiel aus der Eingangstür und warf seinen helleren Hauch auf die Treppenstufen.

In diesem Haus, das wußte ich mittlerweile, würde sich auch mein Schicksal erfüllen. Ich wollte durch meine Tat die Urkräfte der Hölle herausfordern und war mir sicher, daß die andere Seite diese Provokation auch annahm. Dieser Gedanke trieb mich voran. Da konnte mich nichts mehr aufhalten.

»Verflucht, John, bleib stehen!« Längst hatte ich die Deckung verlassen, als ich Sukos gepreßt klingende Stimme vernahm. Sie störte mich nicht, ich ging weiter.

Sekunden später hörte ich seine Schritte. Sie stampfen hinter mir auf den Boden. Suko hatte es nicht fertiggebracht. Er konnte einfach nicht schießen und versuchte nun auf eine andere Art und Weise, mich zu stoppen.

Ich konnte mir denken, wie er es anstellen wollte, und richtete mich innerlich danach, während ich mir äußerlich nichts anmerken ließ und so weiterschritt wie bisher.

Noch hätte ich zurückgekonnt. Ich strich diesen Gedanken, denn die offenstehende Tür des Hauses zog mich an wie ein Magnet. Die Schritte wurden lauter. »John, verdammt!« Suko keuchte die Worte. »Willst du denn keine Vernunft annehmen?«

Ich wollte nicht. Nicht in seinem Sinne. Innerlich spannte ich mich. Ich mußte davon ausgehen, daß Suko mit einer Attacke meinerseits rechnete, und ich wußte auch, wie gedankenschnell er reagieren konnte.

Ohne ein Zeichen der Vorwarnung flirrte ich herum. Gleichzeitig streckte ich meine Hand und krümmte die Kante. Ein Schlag mußte reichen. Zu einem weiteren würde mich Suko nicht kommen lassen.

Ich sah seine Gestalt und hörte das Klatschen.

Volltreffer!

Selbst Suko, der einiges einstecken konnte, wurde mitten in der Bewegung gestoppt, stand für einen Moment unbeweglich, bevor er sich auf die Fußspitzen stellte und mich mit einem Ausdruck in den Augen anstarrte, den ich bei ihm noch nicht gesehen hatte.

Dann ging er zurück.

Ich hatte hart zugeschlagen. Den Schmerz des Aufpralls spürte ich bis in den Oberarm hinein, sah Suko weiter zurücktorkeln und versuchte ein entschuldigendes Lächeln, da mir die Worte einfach fehlten.

»John...«, sagte Suko nur.

Dieses so vorwurfsvoll gesprochene Wort ging mir durch Mark und Bein.

Mein Partner konnte sich nicht mehr halten. Etwa drei Schritte von mir entfernt fiel er auf die Knie, stöhnte und stützte sich mit den ausgestreckten Armen ab.

Er war nicht bewußtlos, auch nicht paralysiert, nur einfach erledigt oder groggy.

So wie ich hatte auch Suko einiges hinter sich und war noch nicht hundertprozentig fit. Wahrscheinlich trug das Vergangene zu seinem Zustand bei. Er würde sich irgendwann erholen, vielleicht schneller, als ich dachte. Deshalb mußte ich weg.

»Tut mir leid, Partner«, sagte ich und machte mich wieder auf den Weg, um das Ziel zu erreichen.

Nicht einmal die Hälfte der Strecke hatte ich hinter mich gebracht, lief einige Schritte, und obwohl ich hatte damit rechnen müssen, wurde ich dennoch überrascht.

Ein Erzengel hatte von Lilith, der Großen Mutter, gesprochen. Sie war noch da.

Das bewies sie in den nächsten Sekunden auf drastische Art und Weise!

An der Rückseite des Hauses waren die Fenster mit Brettern vernagelt worden. Ob sie auch wegbrachen, konnte ich nicht sehen, meine Blicke trafen nur die Vorderseite.

Dort begann es.

Ein ungeheurer Druck fegte von innen her gegen die Öffnungen der Fenster. Er preßte das Glas aus den Rahmen. Es zerplatzte in Tausende von Splittern, die mir entgegenwirbelten und irgendwo vor mir im Gras liegenblieben.

Dem Glas folgte der Schleim.

Wogenartig wurde er durch die Öffnungen gedrückt. Er kam mir vor wie gierige Arme, die, hatten sie erst einmal die Öffnungen verlassen, zu Boden klatschten und sich dort ausbreiteten, so daß sie wirkten wie gewaltige Tümpel aus Blut, die immer mehr Nachschub bekamen.

Ich war nicht mehr weitergelaufen. Es wäre Wahnsinn gewesen, es jetzt noch zu versuchen. Auch aus der Tür fand der rote Schleim seinen Weg.

Die Große Mutter, alias Lilith, drehte durch. Selbst das Dach verschonte sie nicht. War der Schleim relativ lautlos aus den Fensteröffnungen geschleudert worden, änderte sich dies bei dem Dach, das dem Druck ebenfalls nicht standhalten konnte. Wie Geschosse flogen einzelne Ziegel oder auch mehrere in ganzen Verbänden dem immer dunkler werdenden Himmel entgegen, wo es schien, als würden sie von ihm verschluckt. In Wirklichkeit schlugen sie nur Bögen, um anschließend der Erdanziehung zu folgen. Ich begriff sehr rasch, in welch einer Gefahr ich steckte. Wenn mich einer dieser Ziegel traf, konnte er mich vernichten.

Deshalb warf ich mich zu Boden und zog den Kopf zwischen meine angewinkelten Arme.

Nicht weit von mir entfernt klatschten die Ziegel zu Boden. Sie hieben mit dumpfen Geräuschen gegen die Erde, rissen sie auf oder blieben auch mal stecken.

Ich hatte Glück. Kein Ziegel traf meinen Körper. Nach einer Weile hob ich den Kopf an und schaute abermals zum Haus.

Der Anblick versetzte mir einen Schock!

Ich hatte in meinem Leben viel gesehen, mir war auch viel untergekommen, Unglaubliches und Ungeheures, was ich allerdings hier zu sehen bekam, stellte fast alles in den Schatten.

Das Haus war so gut wie nicht mehr zu sehen. Die aufgewallte schleimige Masse der Großen Mutter hatte von ihm Besitz ergriffen und hielt es umfangen. Das Dach war völlig zerstört und von der Masse eingenommen worden. Immer mehr Masse strömte hervor, so daß sich der Schleim seinen Weg nach unten suchen mußte.

An den Wänden rann er so dicht entlang, daß ich das Mauerwerk nicht mehr sehen konnte. Aus den Fensterhöhlen quoll es nach, und wenn die Masse den Boden erreicht hatte, breitete sie sich dort aus, unter anderem in meine Richtung.

Ich fühlte mich wie ein Zwerg, der einem Riesen gegenübersteht und keine Chance hat, den Kampf zu gewinnen.

Automatisch war ich zurückgegangen. Starr hatte ich den Blick auf das unheilbringende Schauspiel gerichtet. Die breite Vorderseite des Hauses konnte ich sehen und entdeckte abermals das Gesicht.

Die Fratze der Großen Mutter!

So breit, so wuchtig, so verzogen und langgestreckt wie fast das gesamte Haus.

Scheußlich . . .

Ich sah einen Mund, der mich in seiner Größe an das berühmte Scheunentor erinnerte. Noch war er geschlossen, wobei ich mir gut vorstellen konnte, daß er, wenn er aufklappte, eine Hölle entließ. Lilith besaß eine ungeheure Macht, allein die Vernichtung des Kreuzes hatte mir dies demonstriert.

Und auch ich spürte diese Macht. Es war kein körperlicher Hieb, der mich traf, dafür das subtile Grauen. In seiner konzentrierten Form begegnete es mir, und ich konnte mich einfach nicht stellen. Diese Kraft besaß ich nicht. Da stand etwas vor mir, was so alt war wie die Welt. Etwas Nichtfaßbares oder Nichterklärbares. Ich zitterte innerlich, denn es gelang mir nicht, mich auf diesen Schrecken einzustellen. Ich konnte ihn auch nicht verbannen, so daß ich immer stärker das Gefühl bekam, ein winziges Nichts im gewaltigen Kreislauf von Werden und Sterben zu sein.

Eine Hand stoppte mich.

Ich zuckte zusammen, drehte mich um und schaute in Sukos Gesicht. Mein Partner und Freund grinste verzerrt, der Mund stand dabei ein wenig schief. Mit rauher Stimme sagte er: »Jetzt hast du es doch nicht geschafft, John.«

»Nein.«

»Sei froh darüber. Die Große Mutter«, er deutete nach vorn,

»hätte dich vernichtet.« Kein Wort des Vorwurfs drang über seine Lippen. Den Schlag hatte er längst vergessen. Ich war sicher, daß er mich darauf auch nicht mehr ansprechen würde.

»Ich glaube«, sagte ich leise, »daß *wir* es nicht mehr schaffen. Das ist einfach zu viel, zu gewaltig. Suko, da ziehen wir diesmal den kürzeren. Vielleicht gelingt uns die Flucht.«

»Du willst dich nicht mehr stellen?«

»Womit?« frage ich dich. »Verdammt, womit denn?« Ich hob den Klumpen an, der einmal mein Kreuz gewesen war. »Das hier kannst du doch vergessen. Es war einmal.«

Sukos Schweigen war mir Antwort genug. Mein Freund dachte ebenso wie ich.

Uns blieb nur der Rückzug. Wir mußten der Großen Mutter, diesem unsagbar Bösen, das Feld überlassen.

Ich erinnerte mich an die Szene im Keller. Dort hatten sich zuerst vier Wesen gezeigt. Dann waren es nur noch drei gewesen. Eines hatte sich zurückgezogen.

Weshalb? Ich dachte automatisch an den Erzengel Michael. War es seine Gestalt, die den . . .

»John, da!« Sukos Stimme unterbrach meinen Gedankenstrom.

Ich schaute nach vorn und sah das, was mein Partner meinte. Aus dem unheimlichen Schleim löste sich etwas. Ungefähr in der Mitte des Hauses, wo sich der Mund befand, der nun offenstand.

Wir beide schauten in eine düstere Höhle, in einen gewaltigen Schlund ohne Ende, in dessen Hintergrund sich allmählich etwas hervorschälte.

Zwei Menschen!

Tote, die von der Großen Mutter ausgespien wurden und in den auf dem Boden liegenden Schleim hineinklatschten.

»Das waren die beiden Bankräuber«, flüsterte ich, während ich mich schüttelte. »Die Große Mutter hat sie nicht mehr gebraucht.« Ich dachte daran, daß es uns ebenfalls so ergehen würde, und konnte feststellen, daß überhaupt nichts mehr von dem Gebäude zu sehen war.

Der Schleim hatte es völlig erfaßt. Manchmal vernahmen wir ein Krachen und Knirschen, wenn irgend etwas einstürzte. Wahrscheinlich hatten Decken und Mauern dem Druck nicht mehr standhalten können. Wir sahen nur keine Trümmer.

Die Große Mutter verschlang alles. Ob lebende oder tote Materie, vor ihr war nichts sicher.

»Erst das Haus«, sagte ich, »danach der Wald, und dann sind wir an der Reihe.«

»Nein!« rief Suko in diesem Moment. Er lachte auf, und dieses Lachen klang befreiend, denn wir bekamen Hilfe und die Große Mutter einen Gegner, der sie schon zu Beginn der Zeiten bekämpft hatte.

Der Erzengel Michael!

Er kam aus dem Nichts und war kein Riese, kein Zwerg, kein Mensch, kein Tier – ein Wesen eben, für das die Menschheit den Namen Engel erfunden hatte.

Suko und ich merkten, wie klein wir doch im Prinzip gegen das waren, was sich unseren Augen bot. Wenn man je von einer geistigen Größe gesprochen hatte, so stellten wir in diesen Augenblicken fest, daß es so etwas tatsächlich gab.

Der Engel war so eine Größe!

Ein Geist . . .

Wir sahen ihn und sahen ihn trotzdem nicht, denn er besaß keine Gestalt. Vielleicht war unser menschliches Gehirn auch nur zu klein, um ihn in seiner wahren Art und Größe erfassen zu können. Jedenfalls zeigte er sich uns als eine helle Lichtwolke, die über der roten Masse pulsierte und kreiste, wobei sie Spiralen drehte und im Innern dieser Spiralen etwas heller aufstrahlte als das Sonnenlicht an einem Hochsommermittag.

War es das Schwert, mit dem er damals Schicksal gespielt hatte und aus der Welt zwei Systeme formte.

Ich nahm es an, ich sprach nur nicht darüber, denn der Bann hatte meine Kehle zugeschnürt, so daß ich kein einziges Wort mehr herausbekam. Suko und ich standen da und konnten nur staunen.

Eins stand fest.

Es würde abermals zu einem Kampf kommen. Die Wiederholung des Spiels, das einmal gewesen und entscheidend für die Zukunft geworden war. Eine Abrechnung, über die Philosophen sich den Kopf zerbrochen hatten und es noch heute taten.

Er muß sie besiegen, dachte ich voll Schaudern. Er muß die Große Mutter einfach schaffen, sonst sind wir verloren!

Noch kreiste er über der gewaltigen roten Qualle. Auch der lebende Schleim hatte die fremde Kraft gespürt. Er reagierte. An den Seiten zog er sich zusammen – er wurde kleiner. Ähnlich wie ein Mensch, der große Angst verspürt und sich duckt.

Auch das Gesicht blieb nicht mehr in der vollen Breite erhalten. Von zwei Seiten her drängte es sich zusammen, so daß die Züge wesentlich kleiner wirkten und auf irgendeine Art und Weise einschrumpften wie ein alter Apfel.

Dabei begann die Masse zu zittern und zu beben. An den Rändern begann es. Dort spalteten sich Stücke ab, wurden als Klumpen in die Höhe und gegen die lichterfüllte Gestalt geworfen, wo sie auch trafen und noch im selben Atemzug verdampften.

Hoch über dem Wesen schwebten gewaltige Wolkengebirge. Wind kam auf. Er fuhr in unsere Gesichter, rüttelte an der Kleidung. Es wurde von einem Augenblick zum anderen dunkler, und irgendwo in der Ferne grollte dumpf der Donner.

Mir kam es vor, als hätte der Engel die Elemente beeinflußt und sie auf seine Seite gezogen, damit sie ihm im Kampf gegen das Böse die nötige Unterstützung gaben.

Ein Blitz fuhr heran.

Schräg stach er aus dem Himmel, zeichnete auf dem dunkleren Hintergrund eine hellere Zickzack-Linie nach und fuhr krachend in irgendeinen weit von uns entfernt wachsenden Baumstamm.

Wieder folgte der Donner.

Diesmal näher und lauter. Ein Höllenkonzert tobte am Himmel, rollte weiter und vergrollte in der Ferne.

Dann ging es Schlag auf Schlag.

Blitz und Donner lösten sich ab. Sie folgten so rasch aufeinander, daß einer in den anderen überging, so daß es mir kaum möglich war, beide zu trennen.

Dazwischen heulte und pfiff der Sturm. Er wütete, fuhr in die Bäume hinein und rüttelte an Zweigen und Ästen. Auch uns schleuderte er altes Laub in die Gesichter, hob Schmutz vom Boden hoch und fegte ihn als lange Fahnen in den Wald.

Der Donner und das Heulen des Sturms waren laut. Aber nicht so laut, daß sie die Stimme des Engels übertönten. Und er sprach mit Worten, die Suko und ich nicht nur verstanden, die uns auch noch in ihren Bann schlugen.

»Ich habe dich bei der großen Trennung zwischen Gut und Böse schon einmal in die Tiefen der Verdammnis gestürzt. Dort hast du geschmachtet und an Luzifers Thron gesessen. Zusammen mit all deinen verräterischen Helfern, die die Ehre des Himmels verhöhnt haben. Nie solltest du zurückkehren, das habe ich einmal versprochen. Ich weiß, daß du es immer wieder versucht hast. Zu den verschiedensten Zeiten. Auch in dieser Zeit wieder, aber ich war stets auf der Hut, und ich werde dich auch diesmal wieder in die Fluten der Verdammnis stoßen, damit du dort bleibst und weiterhin dem Höllenkaiser zu Diensten sein kannst. Er hat als erster die große Niederlage erlebt. Er ist hineingegangen in das Reich der Schatten, wo er für alle Zeiten bleiben soll und will. Warne ihn und hüte dich, denn ich passe auf und lauere auf euch! Deine drei Furien sind wieder dort, wo sie hingehören, und ich werde dich ebenfalls dorthin stoßen!«

Ein Lichtstrahl.

Der dunkle Himmel schien plötzlich zu brennen. Ich hatte das Gefühl, als würde er in einem grellweißen Feuer leuchten, das von einem landenden UFO ausging.

Irgend etwas zwang uns zu Boden. Suko und ich preßten die Gesichter in die Erde, wir zitterten, wir bebten, und wir hörten einen so grauenhaften, lauten und urigen Schrei, wie wir ihn noch nie vernommen hatten. Dieser Schrei konnte nicht von der Erde stammen. Er mußte in der Hölle geboren sein.

Der Schrei verklang.

Allmählich nur wurde er leiser. Mir kam es vor, als würde er von einem Tunnel verschluckt, der sich zum Ende hin immer stärker verengte.

Danach herrschte Stille.

Kein Donner, kein Sturm, keine Stimme mehr und auch kein Blitz. Sekundenlang blieben Suko und ich noch in der Haltung, dann erhoben wir uns fast zur gleichen Zeit.

Wir standen da, schauten nach vorn und wischten uns beide über die Augen. Es war fast unglaublich, was wir da zu sehen bekamen. Und dennoch keine Einbildung.

Das Haus gab es nicht mehr.

Es war ebenso verschwunden wie Lilith, die Große Mutter. Wo es einmal gestanden hatte, befand sich eine freie Stelle. Selbst die beiden toten Bankräuber hatte die Hölle verschluckt.

Uns fehlten die Worte. Irgendwann räusperte Suko sich und meinte: »Nun ja, ich glaube, wir haben es hinter uns und leben noch.«

»Allerdings«, murmelte ich und schaute an meinem Körper

hinab, als wollte ich feststellen, ob wirklich noch alles vorhanden war.

Etwas fehlte.

Das Kreuz!

Suko sah es im selben Augenblick. Verständnislos schüttelte er den Kopf. »John, verflucht, dein . . .«

»Ich weiß . . .« Mehr sagte ich nicht, ließ mich zu Boden sinken und lehnte meinen Rücken gegen einen Baumstamm. Nun war es endgültig. Besiegelt und abgezeichnet.

Ich besaß meine wertvollste Waffe nicht mehr! Mein Kinn sank der Brust entgegen. Es war alles so geblieben. Nichts hatte sich verändert. Gar nichts.

Bis auf die Tatsache, daß die unheimliche Gefahr, die von der Großen Mutter ausging, zunächst einmal zurückgeschlagen worden war. Damit hatten weder ich noch Suko etwas zu tun gehabt.

Suko ließ sich neben mir nieder. »Kann es sein, daß du dein Kreuz selbst weggeschleudert hast?«

»Nein, das wäre mir nicht eingefallen.«

Der Inspektor hob die Schultern. »Du warst ziemlich durcheinander, um es mal vorsichtig auszudrücken.«

»Weiß ich selbst.« Mit einer heftigen Bewegung stand ich auf. »Aber verdammt, was soll ich denn . . .«

»Du solltest nicht fluchen, Sohn des Lichts!«

Beide vernahmen wir die Stimme. Plötzlich stand Suko ebenso rasch auf wie ich.

Dann sahen wir etwas. Vielleicht war es ein Hauch, ein Streifen, eine Plasmawolke, mehr jedenfalls nicht. Sie huschte an uns vorbei und war blitzschnell wieder verschwunden.

Etwas hatte sie zurückgelassen.

Es hing an einem Zweig. Die Kette hatte sich dort festgehakt, und das Kreuz schaukelte im leichten Abendwind.

Ich hatte es wieder!

Und zwar unversehrt!

Ich wußte, wem ich meinen Dank abstatten mußte, aber dieses Wesen war einfach zu weit entfernt. Vielleicht zeigte es sich noch einmal, dann würde ich mich daran erinnern. So aber trennten uns Raum und Zeit.

Worte waren in diesem Fall nicht angebracht. Ich stattete in aller Stille meinen Dank ab, während ich die rechte Hand fest um das Kreuz gepreßt hielt.

Suko stand neben mir. Seine Hand lag auf meiner Schulter. »Well, Alter«, sagte er, »manchmal gibt es eben Dinge zwischen Himmel und Erde, die wir niemals begreifen werden. Auch du nicht . . .«

»Da hast du recht. Und weißt du was?«

»Nein.«

»Es ist auch gut, daß wir es nicht begreifen. Mag der Mensch sich selbst in Überschätzung der Tatsachen oft genug für vollkommen halten, meiner Ansicht nach ist er es nicht. Und das bekommt er auch immer wieder bestätigt.«

»Bravo, du Philosoph. Du hast ein großes Wort gelassen ausgesprochen. Ich werde vorschlagen, deinen Namen ins Lexikon zu bringen. Nur die Rubrik muß ich mir noch aussuchen.«

»Wie wär's denn mit der Bezeichnung Durchblicker?«

Ich hatte den Satz kaum ausgesprochen, als ein letzter, gewaltiger Donnerschlag das Land erschütterte. Das war natürlich Wasser auf Sukos Mühlen.

Er erwiderte: »In diese Rubrik kommst du bestimmt nicht. Da hat selbst der Himmel etwas dagegen.«

Dann lachten wir.

Es war das erste befreiende Lachen seit langem . . .

Wir brauchten die Polizei nicht zu holen, sie erschien von selbst. Zunächst hörten wir das Kläffen der Hunde, danach sahen wir Uniformen, anschließend wurden wir angerufen und mußten die Hände hochheben.

Die Beamten waren tatsächlich mit einer Hundertschaft unterwegs. Sie hatten den Wald nicht nur umstellt, sondern durchkämmten ihn auch. Zivile und Uniformierte.

Zum Glück brauchten wir nicht lange in dieser unbequemen Haltung stehen zu bleiben, denn sehr schnell erschien ein Mann, den wir beide mittlerweile kannten.

Inspektor Bingham!

Er sah nicht mehr aus wie der Gentleman-Polizist aus einem klassischen englischen Krimi. Die letzten Stunden hatten auch bei ihm Spuren hinterlassen.

Die Krawatte hing schief, die Hose war schmutzig, das Haar

zerwühlt. »Lassen Sie die beiden Männer in Ruhe!« rief er schon von weitem seinen Leuten zu. »Das sind keine Bankräuber und Mörder.«

»Sehr richtig, Kollege!« antwortete ich, während meine Arme nach unten fielen. »So tief sind wir noch nicht gesunken.«

»Sondern?« fragte Bingham beim Näherkommen.

»Einen haben wir erwischt.«

»Wo?«

»Kommen Sie mit.«

An Archie Atkins hatte ich während der letzten Ereignisse nicht mehr gedacht. Es war uns auch einfach unmöglich gewesen, uns mit seinem Schicksal zu beschäftigen, aber mein Hieb hatte ausgereicht.

Atkins lag noch immer im Gras und war leicht weggetreten. Zwar nicht mehr bewußtlos, doch was er sagte, wurde von den Polizisten, die ihm sicherheitshalber Handschellen angelegt hatten, nicht geglaubt. Er sprach von einer tollen Frau mit silberblonden Haaren, die ihn erst angemacht und anschließend ausgepeitscht hätte.

»Der ist doch nicht mehr richtig unter der Gehirnschale«, sagte einer der Beamten und schaute seinen Chef, Inspektor Bingham, fragend an.

Der wollte eine Antwort von uns. »Was sagen Sie denn zu diesem komischen Geplapper?«

Ich hob die Schultern. »Vielleicht hat er recht.«

»Unsinn.« Ärgerlich schüttelte Bingham den Kopf. Dann gab er seinen Leuten den Befehl, den Mann wegzuschaffen. »Fehlen uns nur noch die beiden anderen, aber die werden wir auch noch kriegen.«

Ich sprach dagegen. »Das glaube ich nicht, Kollege.«

»Wieso?«

»Nun – wie soll ich Ihnen das erklären?«

»Ich weiß schon«, sagte Bingham und lachte. »Die haben sich aufgelöst oder sind von einem Geist geholt worden, stimmt's?«

»Woher wissen Sie das?«

Er deutete auf mich und Suko. »Schließlich habe ich es mit zwei Geisterjägern zu tun. Und da muß man auf einiges gefaßt sein.«

»Wie Sie meinen, Sir«, erwiderte Suko grinsend.

Ich sah nicht ein, daß ich das Rätsel um die beiden Männer aufklären sollte. Man hätte mir bestimmt nicht geglaubt. Irgendwie hegte der Inspektor aus Dover dennoch ein leichtes Mißtrauen gegen mich, denn er schaute mich immer so komisch von der Seite her an, während wir den Weg wieder zurückgingen und stehenblieben, wo wir uns begegnet waren.

»Ist etwas?« fragte ich.

»Im Prinzip nicht.«

»Aber?«

Bingham knetete sein Kinn. »Ich weiß nicht so recht, wie ich anfangen soll.«

»Reden Sie nur frei von der Leber weg«, sagte Suko. »Wir sind gute Zuhörer und haben für alles Verständnis.«

»Ich werde mal etwas weiter ausholen. Es war nämlich so. Unsere Fahndung hatte sich verdichtet. Wir fanden plötzlich den Mercedes, auch Ihren Wagen, Mr. Sinclair, und eine Harley Davidson. Wir gingen davon aus, daß Sie die Spur der Bankräuber gefunden hatten und diese sich hier auf den Wald konzentrierte. Nun ist mir bekannt, daß inmitten des Waldes ein einsames unbewohntes Haus steht, über das seltsame Spukgeschichten erzählt wird.«

Er begann plötzlich zu lachen. »Ich glaube, das Haus muß an diesem Ort sein.«

Ich drehte mich auf der Stelle, schaute mich dabei um, und mein Freund Suko tat das gleiche.

»Siehst du ein Haus, John?« fragte er.

»Nein. Sie Inspektor?«

»Auch nicht, verdammt!« heulte Bingham und biß vor Wut fast in seinen Handballen.

»Was machen wir denn da?« fragte Suko mitleidig, wobei seine Augen spöttisch blitzten. »Weißt du einen Ausweg, John?«

»Wenn du mich so direkt fragst . . .«

»Spuck's schon aus.«

Ich schaute den Inspektor an, der meinem Blick nicht auswich. Der gute Bingham war kreidebleich geworden, denn für ihn war eine Welt zusammengebrochen. »Da gäbe es eigentlich zwei Möglichkeiten, Kollege«, sagte ich.

»Und welche?« Bingham ahnte, daß ich ihn auf den Arm nehmen wollte. Seine Frage klang fast drohend.

»Entweder lassen Sie sich pensionieren, oder Sie werden Geisterjäger wie wir!«

Wäre Bingham das Rumpelstilzchen gewesen, wäre er sicherlich vor Wut im Erdboden versunken. So aber blieb ihm nichts anderes übrig, als das tun, was auch wir taten.

Zu lachen.

Lachen soll ja die beste Medizin der Welt sein, habe ich irgendwann gehört ...

Mein erster Fall

oder
Wie alles begann

Die Leser meiner Abenteuer kennen mich, John Sinclair, als Geisterjäger, bewaffnet mit dem Kreuz, der Beretta, der Gemme oder auch dem magischen Bumerang.

Doch es gab eine Zeit – sie lag noch vor der des Hexers Orgow –, da war ich noch nicht der Geisterjäger und dachte nicht im Traum daran, es einmal zu werden.

Von dieser Zeit möchte ich berichten, denn eigentlich hatte damals alles begonnen. Ich war noch sehr jung, die Schule lag soeben hinter mir, und ich wartete praktisch auf das Leben. Zudem wohnte ich bei meinen Eltern. Mein Vater, er arbeitete noch als Rechtsanwalt bei einer Bank, stand kurz davor, sich selbständig zu machen. Wir lebten in London, in der Stadt, die für mich gewissermaßen zum Schicksal wurde, denn da erlebte ich später die meisten Abenteuer.

Hätte man mir als jungem Mann erzählt, wer ich einmal werden würde, ich hätte nur gelacht. Für ein Studium hatte ich mich entschieden. Allen Widerständen meiner Eltern zum Trotz beschäftigte ich mich mit Psychologie und Kriminalistik, denn ich hatte mir damals schon vorgenommen, einmal Polizist zu werden, sehr zum Leidwesen meines Vaters, der mich irgendwann als Nachfolger in seiner Praxis sehen wollte.

Da konnte der alte Horace F. Sinclair reden, wie er wollte, so einfach machte ich es ihm nicht. Ich hatte meinen eigenen Kopf, und für eine gewisse Sturheit sind die Schotten schließlich bekannt. Ich will damit sagen, daß unsere Familie aus Schottland stammt.

Ich setzte mich gegen den Willen meines Vaters durch, wobei mir meine Mutter zur Seite stand, und studierte das, was mir Spaß machte. Ich hatte mir auch vorgenommen, aus der Wohnung meiner Eltern auszuziehen, denn als Zwanzigjähriger möchte man unabhängig sein. Außerdem gab es da noch das andere Geschlecht, das mich verständlicherweise sehr interessierte. Wenn ich mal ein Mädchen mit ins Haus meiner Eltern brachte, sah ich jedesmal den etwas vorwurfsvollen Blick meiner Mutter, mit dem sie gleichzeitig mich und ihre Uhr ansah, so daß ich stets Bescheid wußte.

Kein Besuch bis zum Frühstück, bedeutete dieser Blick. Und daran hielt ich mich auch. Von zwei Ausnahmen mal abgesehen, wobei es mich Nerven und Phantasie gekostet hatte, die Mädchen morgens an meiner Mutter vorbeizuschleusen.

Mein Vater hatte dennoch etwas gemerkt, aber geschwiegen und mir nur verschwörerisch zugeblinzelt. Sicherlich kannte er ähnliche Szenen aus seiner Jugend.

Ich begab mich also auf Wohnungssuche, studierte auch die Angebote auf den schwarzen Brettern an der Uni. Meist waren die Zimmer zu teuer. Und meine Eltern wollte ich auch nicht anpumpen, so daß sich die Suche als sehr schwierig gestaltete und immer mehr in die Länge zog. Ich hatte die Hoffnung schon fast aufgegeben – sehr zur Freude meiner Mutter übrigens –, als ich an einem Sonntag, es war ein wunderbarer Tag im Mai, mich zufällig nahe der Uni befand und mir der Gedanke kam, einmal vorbeizuschauen. Es gab immer einen offenen Eingang, und sonntags wurden von einem Hausmeister die neuen Adressen an das schwarze Brett geklebt. Ich kam gerade richtig. Der Hausmeister, wir nannten ihn Chicken-Bill, weil er selbst Küken und Hühner züchtete, war dabei, die Zettel zu verteilen.

Als er mich sah, hielt er in seiner Arbeit inne und schaute mich staunend an.

»Freiwillig in der Uni, Mister?«

»So ganz nicht.«

»Was treibt Sie denn her?«

Ich blieb neben ihm stehen und deutete auf das schwarze Brett. »Die Superadressen.«

»Ah.« Er verstand und nickte. »Noch keine richtige Bleibe gefunden, wie?«

»So ist es.«

Er roch immer ein wenig nach Landluft, und auch sein Gesicht wies einen gesunden, rosigen Farbton auf. »Nun«, meinte er, »viel helfen kann ich auch nicht, wenn ich ehrlich sein soll. Da ist kaum etwas Neues dabei. Immer noch die alten Kamellen, und wenn jemand seine Wohnung vermieten will, fordert er Preise, die selbst ich nicht bezahlen kann, wo ich schon verdiene.«

Ich war enttäuscht. »Dann hat es also keinen Sinn, daß ich hier noch herumstehe!«

»So dürfen Sie das nicht sehen. Ich habe noch nicht alle durchgeschaut.« Ich tat ihm wohl leid, denn er reichte mir die neuen Angebote, damit ich sie zuerst durchsehen konnte.

Ich brauchte nur die Stadtteile zu lesen, um abzuwinken. Kensington, Mayfair, Chelsea, alles wunderbare Wohnlagen, aber für mich, den Studenten, zu teuer.

Das zweitletzte Angebot ließ mich zweimal hinschauen. Da bot eine gewisse Mrs. Osborne ein Zimmer an, das nicht mehr als zehn Pfund Miete im Monat kosten sollte.

Wenn das keine Chance war.

Ich lachte laut auf, so daß selbst Chicken-Bill seine Arbeit unterbrach und nachfragte, was los wäre.

Ich zeigte ihm die Offerte.

Sehr genau las er sie durch. »Ich weiß nicht, Mister, ich weiß nicht so recht.« Er schüttelte den Kopf. »Das ist zwar sehr preiswert, aber ...«

»Was ist mit aber?«

»Diese Angebote sind oft Fallen, wenn Sie verstehen, was ich meine.«

»Nein.«

»Wissen Sie, ich bin über zwanzig Jahre hier an der Uni beschäftigt. Das Problem der Wohnungssuche ist ebenso alt. Nein«, verbesserte er sich.

»Viel älter. Und solche Lockangebote kenne ich auch. Da steckte zumeist etwas dahinter.«

»Was denn?«

»Möglicherweise verlangt man außer dem monatlichen Mietzins noch etwas von Ihnen. Babysitten, einkaufen, irgendwelche andere Besorgungen machen oder einsame Frauen trösten. Ist alles schon mal dagewesen.«

Ich grinste. »Wobei mir letzteres am liebsten wäre.«

Chicken-Bill hob warnend den Zeigefinger. »Junge, da kommt es immer auf die Frau an.«

»Ach so.« Ich lachte. »Sie meinen, daß so manche Gewitterhexe dabei ist.«

»Noch schlimmer.«

»Klar, Meister, habe verstanden. Dennoch möchte ich mir die Wohnung und auch die Vermieterin gern einmal ansehen.«

»Das kann ich verstehen, aber denk immer an meine Warnung.«

»Sicher. Und vielen Dank noch.« Ich war schon auf dem Weg und steckte in diesen Augenblicken voller Optimismus. Was sollte mir denn schon passieren. Ich war jung, das Leben lag vor mir, und es war einfach wunderbar und herrlich.

Einen fahrbaren Untersatz besaß ich damals schon. Keinen Bentley, um Himmels willen, nein, einen Mini Morris. Geholt hatte ich mir das Fahrzeug auf einem Schrottplatz. Zwei Freunde hatten mir dabei geholfen, ihn fahrtüchtig zu machen.

Die Rücksitze fehlten allerdings, was nicht weiter tragisch war, denn bei meinen Freunden galten der Morris und ich als perfekter Transporteur von Bierkästen.

Ich hatte mir die Adresse aufgeschrieben und schaute noch einmal nach, bevor ich startete. Die Wohnung lag in Holborn, nahe dem Königlichen Gericht und auch nicht weit von der weltberühmten Fleet Street, der Straße der Zeitungen, entfernt.

Ich gondelte mit der alten Kiste durch London. Hin und wieder hakte mal irgend etwas, doch durch gutes Zureden und Streicheln am Lenkrad brachte ich den Morris stets wieder auf Touren. Manchmal ging er aus sich heraus. Da überholte ich sogar einen Jaguar, aber nur, weil der Wagen gerade einparkte.

Im Mai fuhr ich mit offenen Fenstern, genoß den Fahrtwind, den Sonnenschein und grinste manchem Mädchen zu, das über die Straße hüpfte.

Hin und wieder bekam ich ein Lächeln zurück.

An meinem Ziel wurde es düster. Ich meinte damit nicht den Himmel, der leuchtete nach wie vor postkartenblau, es war die enge Straßenschlucht, in die ich einbog.

Rechts und links standen die Häuser wie Wände. Und alt waren auch die Fassaden. Stucküberladen, große Erker an den Fronten, Fenster mit breiten Scheiben und die Dächer mit zahlreichen Gauben versehen.

In dieser Straße also sollte ich wohnen!

Ich war es gewohnt, ein wenig ins Grüne zu sehen. Hier gab es keinen Baum, keine Sträucher, nur Häuser, die dicht an dicht standen.

Am Sonntag ist es auch in einer Riesenstadt wie London ruhig. Besonders in dieser schmalen Straße. Ich sah kaum einen Fußgänger, die geparkten Wagen hielten sich auch in Grenzen, so daß ich einen Platz für meinen kleinen Morris fand.

Ich stieg aus, mußte ein paar Schritte zurückgehen und blieb zunächst einmal mit klopfendem Herzen vor dem Haus Nr. 18 stehen. Ein wenig komisch war mir schon zumute. Die erste eigene Wohnung, das Lösen vom Elternhaus, ein Schritt voran, Eigenverantwortung, keine Hilfe am Morgen, niemand würde mir mehr den Tisch decken, na ja, da kam schon etwas auf mich zu. Ich dachte an die Leute, die vor mir diesen Weg gegangen waren, und auch an die, die es nach mir noch tun würden. Sie alle hatten die gleichen Probleme.

Drei Schritte brachten mich an die Haustür, wo ich wiederum stehenblieb und mir das Klingelschild anschaute.

Gilda Osborne hieß die Frau.

Ihren Namen las ich auf einem größeren Messingschild. Ich entdeckte es in Brusthöhe.

Noch zögerte ich, schließlich faßte ich mir ein Herz und klingelte.

Die schrille Glocke hörte ich selbst draußen. Zunächst einmal tat sich nichts. Dann vernahm ich ein summendes Geräusch und lehnte mich gegen die stabile Holztür.

Ich drückte sie auf, betrat einen düsteren Flur mit einer hohen Decke, sah das Treppenhaus und auch eine Frau, die im Erdgeschoß wohnte und auf mein Klingeln hin ihre Wohnung verließ.

Sie erwartete mich vor der Tür stehend. Um sie zu erreichen, mußte ich noch drei Stufen überwinden, lächelte krampfhaft und gab mich sehr höflich.

Bevor ich noch etwas sagen konnte, sprach die Frau. »Sie kommen wegen der Wohnung, junger Mann?«

»Ja.«

»Dann waren Sie sehr fix.«

»Ich hatte zufällig an der Uni zu tun«, log ich.

»Sehr gut finde ich es, daß Studenten auch am Sonntag vorbeischauen.« Sie gab den Weg zu ihrer Wohnung frei. »Dann kommen Sie mal herein, Mister.«

»Sinclair«, sagte ich, »John Sinclair.«

»Mein Name ist Gilda Osborne.«

Ich hatte Zeit, sie mir anzuschauen. Eine alte Schachtel oder alte Jungfer war sie nicht. Ich schätzte sie auf etwa vierzig Jahre, und sie sah aus wie eine angemalte Puppe. Das Gesicht zeigte einen puppenhaften Ausdruck, die Wangen waren geschminkt, die Augen mit einem dunklen Stift nachgezogen. Die Lippen des kirschförmigen Mundes glänzten wie rot lackiert. Das Haar trug sie der Mode entsprechend toupiert. Die Farbe war zu blond, um echt zu sein. Das grüne Kleid wirkte wie ein Farbschock auf mich. Darunter trug sie einen BH, der ihren Busen um einiges in die Höhe drückte.

In der Größe erreichte sie mich fast. Vielleicht wirkte sie auch nur so wegen ihrer toupierten Haare.

»Setzen Sie sich, John.« Sie hatte mich in ein Zimmer geführt, in dem Schalensessel und ein Nierentisch standen. Eine Kommode sah ich auch, einen Ofen und den dunkelrot gestrichenen Holzfußboden. Irgendwie wirkte der Raum wie ein Wartezimmer. Mir gegenüber hing ein Bild an der Wand. Es zeigte einen Mann mit schwarzen Haaren und buschigem Schnauzer.

Die Frau setzte sich mir gegenüber. Sie musterte mich. Ich dachte an die Worte des Hausmeisters, daß sich manche Frauen, wenn sie sich einsam fühlten, Studenten als Abwechslung in die Wohnung holten, und bekam einen roten Kopf.

Sie merkte es und lächelte. Dann griff sie zu den auf dem Tisch liegenden Zigaretten und zündete sich ein Stäbchen an. Während sie mir den Rauch entgegenblies, sagte sie: »Ein bißchen schüchtern, wie?«

Ich hob die Schultern und ärgerte mich, daß man mich schon durchschaut hatte. »Na ja«, sagte ich. »Es ist meine erste Wohnung, die ich beziehe, und da ist man eben noch nicht so forsch.«

Sie lachte. Dabei blitzten zwei Goldzähne. »Das kann ich mir vorstellen, mein Lieber. Ich kenne das sehr gut. So sind die jungen Männer fast immer, wenn sie kommen. Sie haben den Preis gelesen, John?«

»Ja. Zehn Pfund pro Monat.«

»Können Sie die Summe zahlen?«

»Ich werde es müssen, wenn ich das Zimmer bekommen sollte. Es ist aber tragbar.«

Mrs. Osborne drückte die Zigarette in einem Ascher aus. Dabei stemmte sie sich aus dem Sessel hoch. »Wir werden uns den Raum einmal ansehen.«

»Das ist nett, danke.« Auch ich erhob mich. Mrs. Osborne kam dicht an mir vorbei. Ich konnte ihr Parfüm riechen. Es war eine schwüle Duftwolke, die die Frau umschwebte und meine Nase malträtierte. Ich mochte diese Parfüms nicht.

»Die Wohnung liegt in der ersten Etage. Dort habe ich einige Zimmer vermietet. Die Stockwerke darüber stehen leer. Ich wollte renovieren lassen.«

Sie erzählte mir davon, während sie vor mir herging und den Kopf dabei gedreht hatte. Mir sollte es recht sein. Je weniger Mieter in dem Haus lebten, um so besser.

Dann stieg sie die Treppe hoch. Das schockgrüne Kleid war eng wie eine zweite Haut. Ich sah vor meinen Augen die kräftigen

Kniekehlen und, wenn mein Blick höher wanderte, die zu stark ausgeprägten Kurven. Von einem Mann hatte sie bisher nicht gesprochen, deshalb faßte ich mir ein Herz und fragte danach.

Auf dem ersten Treppenabsatz blieb sie stehen und drehte sich um, weil sie mir eine Antwort geben wollte. »Edwin ist viel unterwegs. Er kommt hin und wieder. Außerdem ist er sehr schweigsam. Sie werden ihn kaum hören. Haben Sie vorhin nicht das Bild an der Wand gesehen, John?«

»Meinen Sie das gemalte Portrait?«

»Richtig.«

»Ich konnte es nicht übersehen.«

Sie lächelte breit. »Sehen Sie, das ist mein Mann.« Und dann sagte sie etwas, das mich wunderte. »So habe ich ihn stets bei mir.«

Ich dachte noch über ihre Worte nach, als wir bereits die erste Etage erreicht hatten. Hier tat sich ein Gang vor uns auf. Zum Treppenhaus hin war er nicht durch eine Tür abgesperrt, dafür zählte ich die Türen. Jeweils drei an jeder Seite und am Ende des Ganges noch eine.

Mrs. Osborne war stehengeblieben und deutete auf diese Tür. »Das ist übrigens das Bad.«

»Ich muß es mit den anderen teilen?«

»Nicht mit den anderen. Nur mit einem Mieter. Die anderen Räume stehen leer.«

Das war für mich eine Überraschung. Sie bemerkte meine Reaktion und stellte auch fest, daß ich mich nicht traute, eine Frage zu stellen, weshalb sie sie nicht vermietete. Die Antwort gab sie mir von allein.

»Ich möchte nur noch zwei, höchstens drei Zimmer vermieten. Es war mir zuviel Krach. Sie verstehen.«

»Natürlich, Mrs. Osborne.«

»Da wir gerade beim Thema sind. Damenbesuche sind zwar nicht verboten, aber ich habe eine Sperrzeit festgesetzt. Um 22.00 Uhr müssen die Mädchen das Haus verlassen haben. Sind Sie damit einverstanden, John?«

Sie schaute mich so direkt und auch scharf an, daß ich entgegen meiner Überzeugung nickte und das Rotwerden dennoch nicht vermeiden konnte. Dann hätte ich auch bei den Eltern bleiben können, dachte ich und hörte die Stimme meiner neuen Vermieterin wie aus weiter Ferne. »Ich freue mich, daß Sie so denken.

Nicht alle jungen Männer in Ihrem Alter sind so. Sehr schön, nun werde ich Ihnen Ihr Zimmer zeigen. Ich gebe mir stets Mühe, es nett einzurichten.« Sie lachte und ging vor.

Es war die mittlere der drei Türen auf der rechten Gangseite, wo sie stehenblieb.

Abgeschlossen war nicht. Sie öffnete sie und ließ mich vorgehen.

Ich betrat ein nicht sehr großes, dafür jedoch hohes Zimmer, das trotz des Fensters irgendwie düster wirkte. Vielleicht lag es an der Tapete, die mir überhaupt nicht gefiel und ein Blumenmuster zeigte. Das Bett stand im rechten Winkel zum Fenster direkt an der Wand. Gegenüber befand sich der Kleiderschrank, daneben ein Waschbecken. Zwischen Bett und Schrank sah ich einen quadratischen Tisch. Ein Sessel, ein Stuhl sowie ein kleiner Ofen waren ebenfalls vorhanden.

Vor dem Fenster hingen lange Gardinen, in denen der Gilb nistete. Der Boden bestand aus Holzbohlen. Wie im Wohnraum der Vermieterin, so waren auch diese Bohlen rot gestrichen.

»Gefällt Ihnen das Zimmer?« wurde ich gefragt.

Ich hätte am liebsten mit einem Nein geantwortet, wollte die Frau jedoch nicht enttäuschen und nickte.

»Das ist ja prima. So kann ich damit rechnen, daß Sie es mieten, John?«

»Schon.«

»Gut, über den Mietzins waren wir uns ja einig.«

»Dort stand zehn Pfund.«

Sie lächelte und tätschelte meine Wange. »Aber nicht doch. Sie sind mir sympathisch. Ich gebe Ihnen einen Rabatt. Sagen wir acht Pfund. Einverstanden?«

Und ob. Mir war es sehr recht. Wenn ich zwei Pfund sparte, waren das schon einige Mittagessen.

»Gern, Mrs. Osborne.«

»Dann darf ich Sie herzlich willkommen heißen, John. Alles Wichtige ist gesagt worden. Hin und wieder mache ich meinen Gästen auch mal ein Frühstück. Zumeist am Sonntag. Es ist immer sehr gemütlich, das haben auch die anderen gesagt.«

»Und sonst ist nichts, was ich zu tun hätte?«

Sie schaute mich seltsam an und lächelte dabei hintergründig. »Wie meinen Sie das, John?«

»War nur eine Frage.«

»Wir werden sehen.« Sie runzelte die Stirn. »Wann wollen Sie denn einziehen?«

»Das liegt an Ihnen, Mrs. Osborne.«

»Sie können meinetwegen schon hierbleiben.«

»Nein, das geht nicht. Ich würde sagen, ich komme morgen mit meinen Sachen.«

»Das ist okay.«

Ich reichte ihr die Hand. Sie schlug ein. Die Haut fühlte sich kühl an, obwohl sie ein wenig verschwitzt war. »Dann würde ich sagen, kommen Sie morgen früh.«

»Sehr gern.«

Sie begleitete mich noch nach unten. Fast fluchtartig verließ ich das Haus. Draußen blieb ich an meinem Wagen stehen und legte den Ellbogen auf das Dach. Mir zitterten ein wenig die Knie. Die letzte Viertelstunde kam mir vor wie ein Traum. Sie war es nicht gewesen. Ich hatte tatsächlich ein Zimmer gemietet.

Noch einmal warf ich einen Blick zum Haus. Im Erdgeschoß, wo Mrs. Osborne wohnte, bewegte sich die Gardine. Für einen Moment sah ich ihr puppenhaftes Gesicht und glaubte auch, das hintergründige Lächeln darin zu entdecken.

Ich atmete tief durch. Plötzlich kam mir die Straße eng vor. Irgendwie bekam ich jetzt schon das Gefühl, in diesem seltsamen Haus nicht lange zu bleiben. Überhaupt – da gab es sechs Zimmer. Zwei davon waren nur belegt. Außerdem standen die Etagen darüber leer. Das war meiner Ansicht nach nicht normal. Diese Mrs. Gilda Osborne warf das Geld zum Fenster raus. Vielleicht hatte sie auch genug. Zudem konnte ich ihr nicht vorschreiben, was und an wen sie alles vermieten sollte. Daß nur zwei Zimmer belegt waren, konnte mir unter Umständen zum Vorteil gereichen, deshalb wollte ich die ganze Sache nicht so pessimistisch sehen.

Ich stieg in meinen Wagen und fuhr ab. Der Weg führte mich zu meinen Eltern.

Ihnen mußte ich erst einmal beibringen, daß ich mir eine Wohnung gesucht hatte. Ich sah jetzt schon das Gesicht meiner Mutter und dachte daran, daß sie bestimmt Angst um mich haben würde. Bei meinem Vater konnte ich auf Verständnis rechnen. Außerdem blieb ich in London und war nicht aus der Welt.

Mit diesem Gedanken fuhr ich los.

Am anderen Tag, es war ein Montag, zog ich ein!

Was ich mitzunehmen hatte, paßte alles in den Morris. Bücher und Kleidung. Natürlich hatte es Diskussionen gegeben. Meine Mutter weinte sogar, auch mein Vater war sehr ernst gewesen, hatte jedoch Verständnis für meinen Wunsch. Er versprach, mich im Laufe der Woche zu besuchen, und drückte mir noch einen Schein in die Hand.

Meine Mutter wollte natürlich wissen, wie die Frau war und ob ich auch verpflegt würde, wer meine Wäsche wusch. Da ich auf die letzte Frage keine Antwort wußte, bot sie sich an, die Wäsche zu waschen. Ich würde also jede Woche zumindest einmal in mein Elternhaus fahren.

Neben Kleidung und Büchern hatte mir meine Mutter noch ein großes Freßpaket eingepackt. Ihr Sohn sollte schließlich nicht hungern. Das war ihre große Sorge.

Gegen neun Uhr erreichte ich das Haus. Diesmal parkten mehr Wagen in der Straße. Vor dem Haus sah ich eine Lücke, in die ich den kleinen Morris schräg hineinfahren konnte.

Mrs. Osborne mußte meine Ankunft beobachtet haben, denn als ich kam, stellte sie die Tür gerade mit einem Holzkeil fest.

»Da sind Sie ja«, rief sie zur Begrüßung. »Herzlich willkommen!« Sie trug wieder das grüne Kleid. Die Haare waren ebenfalls toupiert und mit Spray übersprüht. Da stand kein Härchen ab. Ich wurde bei ihrem Anblick abermals an eine Schaufensterpuppe erinnert. Es würde mir schwerfallen, mich an sie zu gewöhnen.

Zuerst nahm ich die drei Koffer. Zwei waren mit Kleidung gefüllt, der dritte mit Büchern. Den leichtesten nahm mir Mrs. Osborne ab. »Haben Sie sonst noch etwas unten?« fragte sie mich, als wir die Treppe hochstiefelten.

»Nur eine Reisetasche mit Büchern. Die hole ich gleich.«

»Dann kommen Sie zuvor bei mir vorbei. Gehen Sie heute noch in die Universität?«

»Nein, da mache ich blau.«

Sie lachte unecht und sagte: »Ja, ja, Student müßte man sein.«

Sie hatte gut reden. Sie tat bestimmt den ganzen Tag nichts. Die Koffer wurden im Zimmer abgestellt. Gemeinsam gingen wir wieder nach unten. Mrs. Osborne benutzte weiterhin ihr für mich widerliches Parfüm, und ich hielt die Luft an.

Mit der Reisetasche in der rechten Hand betrat ich ihre Wohnung. Wieder führte sie mich in das Zimmer, dessen Einrichtung mir so wenig gefiel. Auf dem Tisch standen eine Flasche und zwei Gläser.

»Das ist Cremelikör«, sagte sie. »Wir trinken ihn immer eiskalt. Es schmeckt sehr gut.«

»Ich bedanke mich.«

Sie schenkte ein, reichte mir ein Glas und prostete mir zu. »Cheerio, John, auf gute Partnerschaft.«

»Ebenfalls.«

Der Likör war eiskalt, aber auch sehr süß. Mir schmeckte er nicht besonders. Ich wollte die Frau nicht schon am ersten Tag verärgern und nickte anerkennend.

»Ja, der ist gut.«

»Sag ich doch.« Sie stellte das Glas auf den Tisch. »Übrigens, Ihr Zimmernachbar ist schon unterwegs.«

»Studiert er auch?«

»Nein, er arbeitet in der Fleet Street bei einer Zeitung als Volontär.«

»Dann ist er noch jung?«

Sie schaute mich prüfend an. »In Ihrem Alter, John. So, jetzt möchte ich Sie nicht länger aufhalten. Sie haben sicherlich einiges zu tun. Räumen Sie in Ruhe ein.«

»Da wäre noch etwas«, sagte ich und holte meine Geldbörse hervor. »Ich möchte die Miete zahlen.«

»Ach so. Das hätten Sie auch später machen können. Wie sagte ich noch? Acht Pfund?«

»So war es abgemacht.«

»Dann bleibt es dabei.« Wieder lachte sie.

Ich gab ihr das schon vorher abgezählte Geld. Sie nahm es an sich, ohne mir eine Quittung zu reichen. Ich traute mich auch nicht, danach zu fragen.

Dafür erkundigte ich mich nach einem Mietvertrag.

Mrs. Osborne winkte ab. »Das erledigen wir später, mein Lieber. Wirklich, es ist besser. Außerdem habe ich es immer so gehalten und bin bisher dabei gut gefahren.«

Wenn ich die Antwort meinem Vater erzählte, würde er sicherlich durchdrehen. Er als Anwalt hätte so etwas nie gemacht, ich sah es nicht als tragisch an.

»Gut, ich gehe nach oben.«

»Klar, John. Und wenn Sie mal einen Kaffee oder Tee möchten, sagen Sie Bescheid. So etwas steht bei mir immer bereit. Ich kenne euch Studenten und weiß auch, daß ihr bis spät in die Nacht hin arbeitet.«

»Das stimmt.«

In meinem Zimmer angekommen, öffnete ich zunächst das Fenster und atmete tief durch. So einsam die Straße auch lag, Lärm und Verkehr herrschten trotzdem. Die von der Fleet Street kommenden und mit Zeitungen beladenen Lastwagen benutzten diese Straße als Durchfahrt. Wenn die Trucks vorbeibrummten, vibrierten sogar die Scheiben.

Dennoch ließ ich das Fenster offen.

Ich packte aus. An Kleidung hatte und brauchte ich nicht viel. Es paßte alles in den einen Schrank. Die Bücher stellte ich in ein einfaches Holzregal hinter der Tür.

Es war noch nicht Mittag, da hatte ich bereits meine Arbeit erledigt und dachte daran, zur Uni zu fahren, denn ich wollte an einem Seminar teilnehmen.

Aus dem Haus schleichen konnte ich mich nicht. Kaum hörte Mrs. Osborne meine Schritte auf der Treppe, erschien sie im Flur und schaute mir entgegen. »Wollen Sie noch weg, John?«

»Ja, zur Uni. Ich nehme an einem Seminar teil.«

»Das finde ich toll.«

Ich lächelte, obwohl es mir schwerfiel. Diese Gilda Osborne fiel mir schon jetzt auf den Wecker. Wenn das so weiterging, würde ich bald wieder ausziehen. Als ich an ihr vorbeischritt, bedachte sie mich mit einem Blick, der irgendwie abschätzend wirkte und auf meinem Rücken eine leichte Gänsehaut hinterließ. Diese Person war wirklich nicht mein Fall. Rascher als vorgesehen verließ ich das Haus und war froh darüber. Ich beschloß, meinen Mitmieter über die Frau auszufragen. Er kannte sie ja schon länger.

In der Uni hielt ich mich über drei Stunden auf. Mit Informationsblättern bepackt, machte ich mich wieder auf den Rückweg. Zudem hatte ich von einem Kollegen gehört, daß man in Oxford besser studieren könnte. Dieser Satz war mir nie aus dem Kopf gegangen. Später habe ich dann einige Semester in Oxford abgesessen.

Als ich vor dem Haus meinen Wagen abstellen wollte, war der Parkplatz besetzt. Ein Fiat Spider stand dort. Aus der Ferne sah er aus wie eine rote Flunder. Beim Näherkommen entdeckte ich viel Rost, und ich nahm an, daß dieser Wagen meinem Mitmieter gehörte. Das Wetter hatte sich verändert. Wolken waren aufgezogen, es roch nach Regen. Für London nicht ungewöhnlich.

Wieder begegnete mir meine Vermieterin. Diesmal vor dem Haus und mit einer Einkaufstüte in der Hand. Sie hatte sich über das grüne Kleid eine Strickjacke gezogen. Selbst der leichte Wind war nicht in der Lage, die blondgefärbten Haare auf ihrem Kopf zu zerwühlen. Darin klebte einfach zuviel Spray.

»Schon da?« fragte sie.

»Wie Sie sehen.«

»Wo steht denn Ihr Wagen.«

Ich deutete die Straße hinab. »Den mußte ich weiter vorn parken.«

Sie lachte. »Ja, der Fiat. Er gehört übrigens Ihrem Mitmieter.«

»Das hatte ich mir schon gedacht.«

Sie drückte mir die Einkaufstüte in die Hand und öffnete die Haustür. Wenig später sah ich zum erstenmal die Küche. Die Einrichtung bestand aus alten Möbeln. Ein Regal fiel mir besonders auf, weil in ihm zahlreiche Messer standen.

Sie blitzten wie poliert. Da war fast alles vertreten. Vom kleinen Küchenmesser bis zu einer breiten Klinge, die dicke Fleischstücke teilen konnte.

Mrs. Osborne bemerkte meinen Blick und begann leise zu lachen. »Fürchten Sie sich vor einem Messer?«

»Im Prinzip nicht. Brauchen Sie denn so viele?«

»Ach, Junge. Sie haben wohl noch nie selbst gekocht – oder?«

»Nein.«

»Man braucht diese Messer, wenn man Gerichte vorbereitet.«

Ich nahm es hin, verließ den Raum mit einem unangenehmen Gefühl und ging nach oben.

Schon auf der Treppe hörte ich die Radiomusik. Ein Song der Beatles schallte mir entgegen, und mir wurde bewußt, daß ich mein Radio zu Hause vergessen hatte. Beim nächsten Besuch in der elterlichen Wohnung wollte ich es mitnehmen.

Ich war sehr gespannt, wer neben mir wohnte, traute mich aber nicht zu klopfen. Wir würden uns sicherlich im Laufe des Abends noch begegnen. So ging ich in mein Zimmer und schaute mir das noch einmal an, was ich mir in den letzten Stunden notiert hatte.

Zu Hause hätte ich etwas aus dem Kühlschrank getrunken. Hier war keiner vorhanden, und mein Durst steigerte sich allmählich. Ich beschloß, in einen Pub zu gehen und einige Gläschen Bier zu mir zu nehmen. Meine Hand lag schon auf der Jacke, als ich das Klopfen an der Tür vernahm.

Mrs. Osborne konnte es nicht sein. Ich hätte ihre Schritte auf der Treppe gehört. Vielleicht mein Nachbar.

»Come in!« rief ich.

Die Tür wurde geöffnet. Neugierig schaute ich auf die Person, die auf der Schwelle stand.

Es war ein junger Mann. Ungefähr in meinem Alter. Er hatte braunes Haar und trug es relativ lang. Seine Jeans waren eng, das karierte Hemd stand offen, und darüber trug er eine abgewetzte Lederweste. Lässig lehnte er am Türrahmen.

»Hey, Partner«, sagte er.

Ich gab den Gruß zurück.

Der junge Mann schaute sich um und betrat das Zimmer. »Sieht ziemlich steril aus, wie?«

Ich hob die Schultern. »Was soll man machen? Bin gerade erst eingezogen.«

»Klar, verstehe.« Er drehte sich um und reichte mir die Hand. »Ich bin übrigens Bill, der Zeitungshengst. Und mit vollem Namen heiße ich Bill Conolly.«

Mir gefiel die lässige Art meines Nachbarn. »John Sinclair«, stellte ich mich vor.

»Okay, John. Auf gute Nachbarschaft.«

»Willst du nicht reinkommen?« fragte ich ihn.

Bill schaute sich um. »Ist ein wenig ungemütlich hier«, stellte er fest und verzog das Gesicht.

»Ist es bei dir gemütlicher?«

»Auch nicht.«

»Wo dann?« fragte ich.

Bill grinste. »Ich kenne einen Ort, an dem es sich aushalten läßt.«

»In der Kneipe«, nahm ich ihm das Wort aus dem Mund.

»Genau.« Bill Conolly lachte. »Ich sehe, wir verstehen uns. Komm, lassen wir die Miefbude hinter uns.«

Nichts lieber als das. Ich streifte mir die Windjacke über, Geld steckte in der Hosentasche, und dann nichts wie weg. Plötzlich fiel mir auf, daß ich überhaupt keinen Zimmerschlüssel besaß. Vor der Tür blieb ich stehen und schüttelte den Kopf.

»Was ist denn?« fragte mein neuer Freund.

»Hast du auch keinen Schlüssel?«

Bill winkte ab. »Du kannst meinen nehmen. In diesem beschissenen Haus paßt ein Schlüssel zu allen Türen. Na ja, du wirst es noch merken.« Er hielt mir die Hand hin. »Wetten, daß die alte Nebelkrähe gleich vor ihrer Tür steht und dumme Fragen stellt?«

»Ich wette nur, wenn ich gewinne.«

Bill lachte und ging vor.

Er hatte recht. Mrs. Osborne stand vor ihrer Wohnung. Sie putzte den Flur, hatte sich einen Kittel übergestreift und war dabei, einen grauen Aufnehmer auszuwringen.

Als sie uns sah, richtete sie sich auf. Wieder lag das Haar wie gemauert auf ihrem Kopf. »Sie wollen noch weg?«

Bill Conolly übernahm die Antwort. »Jawohl, Madam. Bei diesem Wetter immer.«

»Ein Bier trinken?«

»Vielleicht auch zwei«, erwiderte Bill.

»Dann kann es spät werden?«

»Nein, früh.«

Mrs. Osborne lachte unecht. »Sie immer mit Ihren Späßen. Wenn Sie früh meinen, ist es zumeist nach Mitternacht.«

»Habe ich denn unrecht?«

»Im Prinzip nicht.«

»Na bitte.« Bill duckte sich und setzte mit einem langen Sprung über die gewischte Stelle hinweg. Ich tat es ihm nach. »Und schönen Abend noch, Mrs. Osborne!« rief ich.

»Danke, danke ihr beiden.«

Draußen schüttelte Bill den Kopf. »Wenn mir jemand je auf den Wecker gefallen ist, dann dieses Weib. Aber ihre Buden sind billig. Wieviel zahlst du?«

Ich nannte den Preis.

»Die acht Pfund muß ich auch hinlegen.« Bill ruckte an seinem Gürtel. »Kennst du dich in diesem Viertel aus? Ich meine, kneipenmäßig.«

»Nein.«

»Okay, laß dich führen. Ich arbeite als Volontär bei der Zeitung. Das erste, was ich da gelernt habe, war Bierholen und -schlucken. Die Kumpels leben irgendwie immer im Tran. Daran muß man sich gewöhnen. Wenn du nicht mitmachst, kannst du keinen Blumentopf gewinnen.«

»Davon habe ich keine Ahnung.«

»Du studierst, wie?«
»Sicher.«
Bill winkte ab. »Wollte ich auch mal. Dann zog es mich zur Zeitung. Ich bin ein Typ, der Action braucht. Ein Studium ist mir zu langweilig. Und was willst du mal werden außer älter?«
»Polizist!«
Bill Conolly blieb stehen, als wäre er vor eine Wand gelaufen. Er schlug sich gegen die Stirn. »Habe ich richtig gehört? Polizist?«
»Ja.«
Conolly begann zu röhren, so daß einige Passanten aufmerksam wurden.
Ich schüttelte den Kopf. »Was soll das denn?«
»So röhren doch die Bullen.«
Ich begann zu quietschen, mußte aber lachen, weil ich Bills dummes Gesicht sah. »Weißt du, was das sein soll?«
»Nein.«
»Das ist das Quietschen der Bartwickelmaschine, die in meinem Keller steht. So alt ist dein Witz schon.«
Jetzt hatte Bill seinen Spaß. Er haute mir auf die Schultern. »Du bist richtig, Kumpel, ehrlich. Ich glaube, wir werden noch einiges an Spaß miteinander bekommen.«
»Hoffentlich.«
Hätte uns damals jemand gesagt, was aus unserer Freundschaft noch werden würde, wir hätten ihn wohl beide ausgelacht. Wer konnte in dieser schmalen Straße schon wissen, wie das Schicksal einmal seine Weichen stellen würde. Bill ist auch heute noch neben Suko mein bester Freund, und er hat schon so manches Mal dem Teufel ins Gesicht gespuckt.
Damals dachten wir daran noch nicht, sondern erst einmal an unseren großen Durst. Bill fand eine Kneipe. Dort kannte man ihn bereits, denn ihm wurde ein paarmal zugewinkt.
Zeitungsleute verkehrten in dem Pub. Es roch sogar nach Druckerschwärze. Neben der Toilettentür stand eine schwarz lackierte Druckmaschine älteren Baujahrs.
Ständig klingelte das Telefon. Die Theke war nicht besetzt. Ich steuerte darauf zu, Bill hielt mich zurück. »Da dürfen wir uns nicht hinstellen, mein Lieber.«
»Wieso?«
»Ich stehe in der Hierarchie noch zu weit unten. Die Theke ist nur für gestandene Reporter da.«

»So streng sind die Regeln?«

»Und wie.«

»Dann fügen wir uns.«

Es gab noch einen freien Tisch, an dem wir einen Platz fanden. Er war sehr klein, nicht größer als ein Schachbrett. Die dunklen Stühle empfand ich als unbequem. Meiner ächzte, als ich mich darauf niederließ.

Ein Kellner kam. Er hatte vor seinen Bauch eine Schürze gebunden, die aussah wie eine Zeitung aus Stoff. Jedenfalls war sie mit Schlagzeilen bedruckt. Ohne uns überhaupt gefragt zu haben, stellte er zwei »Töpfe« Bier vor uns hin.

Ich grinste. »Man kennt dich hier wohl?«

»Sicher.« Bill hob den Krug. »Auf denn. Und wie wir immer sagen. Auf daß die edle Jauche Wellen schlag in unserem Bauche.«

Wir tranken. Mir schmeckte es. Beim ersten Schluck leerte ich den Krug zur Hälfte. Als ich ihn wieder zurückstellte und mir den Schaum von den Lippen wischte, schaute Bill in den »Topf«. »Na ja, für den Anfang schon ganz gut.«

»Wieso? Und deiner?«

»Hä, hä«, lachte Bill. Er kippte den Krug um und stellte ihn auf den Tisch. »Leer.«

»Das macht dein Training.«

»Glaube ich auch.«

Der Kellner ging mit Argusaugen durch das Lokal. Kaum hatte Bill den Krug gekippt, stand ein frisch gefüllter vor ihm. »Zuviel Druckerschwärze geschluckt?« fragte der Mann.

»Und wie. Das Zeug muß schwimmen.«

»Kenne ich.«

Bill deutete mit dem Daumen auf den davoneilenden Mann. »Der versteht was davon. War selbst mal Drucker.«

»Und jetzt kellnert er?«

»Auch. Aber ihm gehört die Kneipe.«

»Nicht schlecht.«

Bill lehnte sich zurück und schlug die Beine übereinander. »Das meine ich auch. Mal sehen, wie es bei der Zeitung so läuft. Wenn nicht, eröffne ich auch einen Pub.«

»Dann melde ich mich hiermit als Stammgast an.«

Bill beugte sich vor und streckte mir die rechte Hand entgegen. »Hand drauf, Partner.«

»Ja, Hand drauf.«

Danach tranken wir wieder. Diesmal schaffte ich die Menge und kantete den Krug um. Ich bekam sehr schnell einen neuen, und wir wechselten das Gesprächsthema.

Ich begann damit. »Sag mal, Bill, was hältst du eigentlich von unserer Wirtin?«

»Die Osborne?« Mein neuer Freund winkte ab. »Lieber nicht. Frag mich was Besseres.«

»Nein, ich will es wissen.«

»Dann bist du voreingenommen gegen sie.«

»Das war ich schon, als ich sie sah.«

»Und weshalb hast du das Zimmer genommen?«

»Weil es nicht viel kostete.«

»Wie ich.« Bill brummte etwas. »Weißt du, meines Erachtens ist die Alte nicht richtig im Kopf.«

»Ehrlich?«

Bill wiegte den Kopf. »Nicht ganz, aber irgend etwas stört mich an ihr. Die hat alle Mieter rausgeekelt. Und dann die Sache mit Ihrem Mann.«

»Welche Sache?«

»Den habe ich noch nie gesehen, und ich wohne schon über zwei Monate da. Ich bin kein ängstlicher Mensch, John, doch des Nachts wache ich hin und wieder auf. Dann höre ich Stimmen und Geräusche.«

»Von der Osborne?«

»Ja, und ihrem Edgar!«

»Was machen die denn so?«

»Nicht was du denkst. Obwohl manchmal Stöhnen zu hören ist. Ich weiß es nicht.«

»Das heißt, du hast nie nachgeschaut?«

»Eben.«

Ich runzelte die Stirn. »Hast du auch nie das Haus durchsucht? Ich meine, die oberen Etagen und den Keller.«

»Wie käme ich dazu? Außerdem hat die Osborne ihre Augen überall. Das kannst du dir abschminken. Ich habe jedenfalls das Gefühl, als ginge es in dieser Bude nicht mit rechten Dingen zu. Irgend etwas hat dieses Weib zu verbergen, John. Die hat eine Leiche im Keller.«

»Meinst du das im übertragenen Sinne?«

Bill hob die Schultern.

Wir waren bei dem Gespräch sehr ernst geworden. Auch ich gestand mir ein, daß mich Bills Worte beunruhigt hatten. Ein wenig seltsam kam mir diese Gilda Osborne schon vor. Hinzu kam die preiswerte Miete, dann der Mann, der zwar existierte, aber dennoch so gut wie nie zu Hause war. Da lief einiges quer.

Schon damals dachte ich wie ein Polizist. »Wie wäre es denn, wenn wir das Haus näher unter die Lupe nähmen. Ich meine, wir gemeinsam.«

»Hört sich nicht schlecht an«, erwiderte Bill nach einer Weile des Nachdenkens.

»Und wann?«

»Nicht sofort. Das würde auffallen.« Er beugte sich vor und sprach im Tonfall eines Verschwörers.

»Wir werden die Frau in Sicherheit wiegen und uns die Bude dann vornehmen.«

»Einverstanden.«

»Warst du schon mal in der Küche, John?«

»Heute.«

»Und ist dir dort nichts aufgefallen?«

Ich überlegte. »Die Einrichtung ist nicht modern . . .«

»Das meine ich nicht«, unterbrach mich der Volontär. »Denk mal an das Regal an der Wand.«

»Die Messer!«

»Genau, das ist es.« Bill schlug auf den Tisch. »Welche Frau hat schon so viele Messer um sich versammelt.«

»Sie sagte mir, eine Köchin würde sie brauchen.«

»Unsinn, John. Die kommt mit drei Klingen aus. Ich habe sie mal überrascht, als sie in der Küche stand und ein Messer in der Hand hatte. Da lag ein Ausdruck in ihren Augen . . .« Bill schüttelte den Kopf. »Du kennst mich noch nicht lange, John. Ehrlich, bin ich ein ängstlicher Typ?«

»Glaube ich nicht.«

»Das kannst du auch annehmen. Aber als ich in der Küche stand und die Osborne sah, habe ich Schiß gekriegt. Richtig Schiß, wenn du verstehst, was ich meine.«

»Sicher.«

Bill leerte seinen Krug. Als er ihn absetzte, sagte er: »Die sah aus wie eine Killerin. Wie jemand, der gerade einem anderen die Klinge in den Leib gestoßen hat und sich darüber freut. Mein Fall war das nicht! Deiner wäre es auch nicht gewesen.«

»Da kannst du recht haben«, gab ich zu. »Einen konkreten Verdacht hast du aber nicht?«

»Wie meinst du?«

»Ist alles Theorie, was ich jetzt sage. Ich denke da an die Osborne, die eventuell eine Mörderin sein könnte.«

»Um Himmels willen. Nimm das nur nicht an. Mir ist die Frau nur sehr komisch.«

»Mir auch. Man müßte wirklich feststellen, ob etwas hinter deinen Vermutungen steckt.«

Bill Conolly lachte. »Jetzt kommt bei dir wieder der Fast-Polizist durch. Ich glaube, du wirst mal ein guter. Sieh zu, daß du beim Yard unterkommst. Wenn ich dann Reporter bin, können wir uns gegenseitig mit Informationen beliefern. Wäre doch 'ne heiße Sache, oder?«

Ich mußte lachen. Dabei ahnte ich damals nicht, daß es tatsächlich viel später einmal so kommen würde. »Kumpanei ist bei der Polizei verboten«, erklärte ich.

»In den Vorschriften. Die Praxis sieht anders aus, John. Darauf kannst du dich verlassen.«

Bill hatte wahrscheinlich recht, nur hatte ich keine Lust, darüber zu diskutieren. Mich interessierte die Wirtin viel mehr. »Mit der Osborne müssen wir uns beschäftigen, Bill. Vielleicht fällt da für dich eine Story ab. Dann kommst du als Volontär groß raus.«

»Habe ich auch schon gedacht.«

»Und was hat dich bisher daran gehindert, voll einzusteigen?« wollte ich wissen.

»Ich bekam einfach die Kurve nicht. Das war es. Mir fehlte jemand, der mir den Tritt gab.«

»Du hast ja mich.«

»Klar, und wir hauen die Sache schon durch. Darauf trinken wir noch einen kleinen Topf.«

»Diesmal auf meine Rechnung.«

Bill wunderte sich. »Bist du ein Krösus?«

»Nein, aber ich habe zwei Pfund an der Miete gespart. Die können wir unter anderem verschlucken.«

»Und mit dem Rest.«

»Machen wir noch 'ne Sause.«

Wir blieben noch zwei Stunden. Zwischendurch aßen wir etwas, und als wir uns gegen Mitternacht erhoben, da waren wir beide zwar nicht gerade voll, aber wir hatten unser Fett weg.

In der Kneipe stand die Luft. Es war ein Wunder, daß ich Bill noch sah, so dicht waren die Rauchschwaden inzwischen geworden. Kein Ventilator quirlte das Zeug auseinander. Auch Nichtraucher wie wir rauchten hier einige Zigaretten mit.

Draußen war die Luft besser. Wir schwitzten beide und atmeten zunächst einmal tief durch. In der Nähe stand ein großes Gebäude mit zahlreichen Fenstern. Da sie nicht alle geschlossen waren, hörten wir die Geräusche einer laufenden Rotationsmaschine.

In der Fleet Street, wo auch die Kneipe lag, wurde eben Tag und Nacht gearbeitet.

Die frische Luft tat so gut, daß sie den dumpfen Schleier, der unsere Gehirne bedeckt hielt, schon sehr bald vertrieb. Zwar wurden wir nicht völlig nüchtern – ich wäre nie mit einem Wagen gefahren –, aber schwankend gingen wir nicht.

Unterwegs begegneten uns einige Nachtschwärmer. Mädchen waren auch dabei. Doch sie kosteten Geld, und das hatten wir beide nicht. Außerdem hatten wir es nicht nötig, für das Bumsen noch zu zahlen. Das sagten wir den Bordsteinschwalben auch, worauf sie uns mit Schimpfwörtern überwarfen.

»Hast du wenigstens einen Haustürschlüssel?« fragte ich, als wir vor dem Fiat standen.

Bill grinste. »Den habe ich allerdings.« Er griff in die Tasche und holte ihn hervor.

Ich schaute derweil zu dem Fenster hin, das links von der Tür lag. Es war erleuchtet. Wenn ich mich recht erinnerte, gehörte es zur Küche. Demnach war Mrs. Osborne noch nicht zu Bett gegangen.

Ich machte Bill aufmerksam.

Er nickte. »Die Frau bleibt meistens lange auf. Sie hat immer was zu spionieren.«

»Wegen der Mädchen?«

»Auch das. Ich habe mal eine mitgebracht. Daß sie die Kleine nicht angespuckt hat, war ein Wunder. Die ist auch nie mehr mit in dieses Haus gekommen. Was soll's?« Bill hob die Schultern. »Ändern können wir es nicht. Nur wenn wir ausziehen.« Er ging zur Haustür und öffnete.

Als ich den Flur betrat, roch ich das Parfüm. Dieser Gestank war überall im Haus verteilt. Ein widerliches Zeug, an das ich mich wohl nie gewöhnen würde.

Auch Bill mochte ihn nicht. Ich sah es seinem Gesicht an, als er sich umdrehte und mir gleichzeitig zuflüsterte: »Mir scheint, daß die Osborne nicht in der Nähe ist.«

»Sonst wäre sie gekommen, wie?«

»So ist es.« Bill ging weiter. Ich hielt mich in seinem Kielwasser. Wir schritten sehr leise, denn wir wollten die Stille des Hauses nicht stören.

Die Wohnungstür der Osborne war nicht verschlossen. Sperrangelweit stand sie offen. Das wunderte uns.

»Sollen wir mal nachschauen?« wisperte Bill.

»Und wenn sie uns erwischt?«

»Sagen wir einfach, daß wir uns zurückmelden wollten. So etwas hat sie gern, glaub mir.«

»Meinetwegen.« Wohl war mir bei der ganzen Sache nicht. Die Wohnung gehörte schließlich zur Privatsphäre einer fremden Person. Bill Conolly sah die Sache etwas lockerer. Vielleicht mußte er das auch als werdender Reporter.

Bill hatte die Wohnung bereits betreten und war aus meinem Blickfeld entschwunden. Ich folgte ihm vorsichtiger und sah ihn in der Küche verschwinden, als ich ebenfalls die Wohnung betrat. Auch ich gesellte mich zu ihm.

Der Reporter stand in der Raummitte. Sein Blick war auf das Regal gerichtet. Ich wollte ihn ansprechen, entdeckte seinen starren Gesichtsausdruck und blickte ebenfalls in die Richtung.

Was ich sah, ließ mich erschrecken!

Zwei Messer fehlten!

Ausgerechnet die mit den längsten Klingen.

Zufall, Absicht?

Niemand von uns wußte es zu sagen. Keiner wagte auch, eine Bemerkung zu machen. Zu überrascht waren wir beide. Die Sekunden vergingen. Schließlich atmete Bill laut ein. »Mann!« flüsterte er. »Was will dieses Weib mit den beiden Messern?«

»Keine Ahnung.«

Bill drehte langsam den Kopf, um mich anzublicken. Auf seinem Gesicht lag eine Gänsehaut. »Ob sie damit jemand um die Ecke gebracht hat?« Bill hob den Arm und zog seine Handkante von rechts nach links dicht an der Kehle vorbei.

»Unsinn.«

»Das sagst du so leicht. Ich bin mir nicht sicher, John. Da könnte einiges zusammenkommen.«

»Nein, das kann ich mir nicht vorstellen.«

»Gib mir eine Erklärung!« forderte er.

»Habe ich auch nicht. Sie wird aber bestimmt harmlos sein. Die Frau hat doch gesagt, daß sie eine gute Köchin ist.«

»Fragt sich nur, was sie kocht?«

»Wie meinst du das?«

»Vergiß es.«

»Ich koche gern Menüs, meine Herren!«

Scharf war die Stimme hinter unserem Rücken aufgeklungen. Wie ertappte Sünder kamen wir uns vor, als wir gemeinsam zusammenzuckten und uns dann drehten.

Mrs. Osborne stand vor uns. In der rechten Hand hielt sie ein Messer. Die Klinge zeigte nach unten, und von der Spitze tropfte Blut...

Die Geräusche der auf den Boden fallenden Tropfen waren die einzigen innerhalb der Küche. Wir selbst hielten den Atem an, während die Farbe allmählich aus unseren Gesichtern wich und wir nur Blicke für das eine Messer hatten.

Dabei hielt sie in der anderen Hand ein großes Stück Fleisch. Der dunkleren Färbung nach ein Rinderbraten. Ihn mußte sie geteilt haben. Als ich das sah, fiel mir ein Stein vom Herzen. Unser nicht ausgesprochener Verdacht war also absurd gewesen.

Wir atmeten auf.

Noch immer trug sie ihr widerlich giftgrünes Kleid. Allerdings hatte sie sich einen sauberen Kittel darüber gestreift, und ihr Lächeln war ebenso falsch wie die beiden Goldzähne. »Haben sich die Herren gut amüsiert?« erkundigte sie sich.

»Das schon«, gab ich zu.

»Man riecht eure Fahne. Und jetzt habt ihr sicherlich Hunger. Oder weshalb seid ihr sonst zu mir in die Küche gekommen?« Sie schaute uns auffordernd an.

Bill hob die Schultern. »Das nicht gerade, Mrs. Osborne. Wir kamen zurück und sahen noch Licht.«

»Manchmal arbeite ich bis in die Nacht hinein. Ist ja nichts Schlimmes.«

»Wir möchten uns auch entschuldigen«, begann ich. »Es war unhöflich, ich weiß...«

Sie ging an uns vorbei und legte das Fleisch auf den Tisch.

»Laßt mal gut sein. Junge Leute müssen neugierig sein.« Sie fügte ein Lachen hinzu. »Nur nicht zu neugierig, wenn ihr versteht.«

»Natürlich, Mrs. Osborne«, erwiderten wir wie aus einem Mund.

»Dann geht jetzt nach oben. Ihr habt schließlich keinen freien Tag vor euch.«

Wie zwei Schulkinder schlichen wir davon. An der Tür holte uns ihre Stimme ein. »Noch etwas, ihr beiden. In den nächsten Tagen kehrt mein Mann zurück. Ich wollte euch das nur gesagt haben.«

»Danke, Mrs. Osborne.«

Erst auf dem Treppenabsatz sprachen wir wieder miteinander. Ich fragte meinen neuen Freund. »Hast du diesen Edwin Osborne schon mal gesehen?«

»Nein, nur gehört.«

»Wieso?«

»Des Nachts geistern oft Schritte durch das Haus. Die der Frau kenne ich. Die anderen sind schwerer, schleifender. Das klingt dann richtig unheimlich.«

»Scheint ein seltsamer Typ zu sein«, bemerkte ich.

»Darauf kannst du Gift nehmen.«

Wir hatten inzwischen unsere Zimmer erreicht. Ich gähnte, öffnete die Tür und wurde von Bill Conolly noch einmal zurückgehalten. »Ist dir eigentlich nichts aufgefallen, John?«

»Noch etwas?«

»Ja, denke mal nach.«

Das tat ich auch. Trotzdem kam ich nicht darauf.

Bill grinste. »Als Polizist mußt du noch viel lernen und vor allen Dingen genauer beobachten. Als wir die Küche betraten, fehlten zwei Messer. Die Osborne hatte aber nur eines in der Hand. Deshalb frage ich dich, John. Wo ist das zweite geblieben?«

Verdammt, Bill hatte recht. »Keine Ahnung«, gab ich zurück.

»Ich auch nicht. Aber denk mal darüber nach. Gute Nacht ...« Er verschwand in seinem Zimmer.

Ich ging ebenfalls, zog mich aus und warf mich auf das Bett. Schlaf fand ich in den folgenden Stunden kaum. Und wenn, träumte ich schlecht. Von einer Frau, die ein langes Messer in der Hand hielt, dessen Klinge rot von Blut war ...

Die nächsten vier Tage passierte nichts. Das Leben lief normal ab, und auch den Mann namens Edwin bekamen wir kein einziges Mal zu Gesicht. Ich war zu meinen Eltern gefahren und hatte die besorgten Fragen meiner Mutter über mich ergehen lassen müssen.

Natürlich erzählte ich nicht die Wahrheit. Ich ließ die Wirtin in einem Licht erstehen, das meiner Mutter angenehm war und ihr ein wenig die Sorgen nahm.

»Dann bist du ja einigermaßen gut aufgehoben, mein Junge«, sagte sie zum Abschied und packte mir einiges ein. Kuchen, Dauerwurst, Brot. Ich kam mir vor wie ein Schüler, der auf Klassenfahrt ging.

In der folgenden Woche wollten meine Eltern mich besuchen. Ich freute mich darauf. Tatsächlich aber hatte ich ein wenig Angst davor. Wenn meine Mutter das Haus und die Bude sah, würde sie sicherlich die Hände über den Kopf zusammenschlagen und alles mögliche versuchen, um mich wieder ins Elternhaus zurückzuholen.

Am Mittwoch war ich bei meinen Eltern gewesen. Am Sonntag wollte ich wieder zu ihnen fahren und Bill Conolly mitnehmen, vorausgesetzt, er war einverstanden.

Momentan waren wir beide ohne feste Freundin und hatten Zeit, am Abend auf die Walz zu gehen. Das hatten wir uns für den Freitag vorgenommen. Bei mir war es später geworden. Ich hatte mich in der Uni in eine Diskussion verwickeln lassen und kam erst gegen 18.00 nach Hause. Zudem war ich ziemlich sauer, weil die Diskussion nicht den erwünschten Erfolg gebracht hatte.

Schon beim Betreten des Hauses wunderte ich mich, da ich nicht von Mrs. Osborne empfangen wurde. Dafür hockte Bill Conolly mitten auf der Treppe.

Überrascht blieb ich stehen. »Was hast du denn auf der Treppe verloren?«

»Den gestrigen Tag.« Er stand auf, reckte sich und grinste. »Außerdem habe ich geschlagene vierzig Minuten auf dich gewartet. Du hast dich verspätet, mein Junge.«

»So eilig haben wir es nun auch nicht«, widersprach ich. »Die Mädchen laufen uns schon nicht weg.«

»Die nicht, aber, na ja, geh erst mal hoch.«

Ich wollte nicht. »Was ist denn los?«

»Später.«

»Nein, jetzt.« Da blieb ich stur.

Bill Conolly schaute mich an und grinste dabei. »Ist dir eigentlich nichts aufgefallen?«

»Wieso?«

»Denk mal nach.«

»Schon wieder.«

»Ja, wer hat dich begrüßt?«

»Ach so. Die Osborne ist nicht da.«

»Genau.«

Ich runzelte die Stirn. »Wann ist sie denn weggefahren?«

»Das ist noch gar nicht so lange her. Ich kam gerade an, da stieg sie in ein Taxi.«

»Hast du mit ihr gesprochen?«

»Klar. Sie sagte nur, daß es spät werden würde.«

»Mit anderen Worten, uns gehört das große Haus praktisch allein. Wir können uns umsehen, ohne gestört zu werden.«

»Richtig, John. Und ein wenig nach Edwin, dem Herrn des Hauses, Ausschau halten.«

»Ist er denn wirklich da?«

»Gesehen habe ich ihn nicht, aber gehört. Ich erzählte dir doch gestern, daß mir die Schritte aufgefallen sind.«

»Schon. Nur . . .«

Bill drückte seine Hand in meinen Rücken.

»Geh erst mal hoch und stell die Tasche ab. Danach sehen wir weiter.«

»Ja, unter der Dusche.«

»Auch die gönne ich dir.«

Während ich mich in das Bad begab, wartete Bill in meinem Zimmer auf mich. Die Dusche war ziemlich primitiv eingerichtet. Mich störte der niedrige Wasserdruck. Auch der des Wannenkrans taugte nicht viel. Bis die Wanne vollgelaufen war, verging eine halbe Stunde. – Die Wände des Bads waren mit grüner Ölfarbe gestrichen. Das Fenster konnte man kaum als solches bezeichnen. Es war nur mehr ein Loch. Wenn ich es öffnete, konnte ich in einen Lichtschacht schauen, der sich zwischen zwei Häusern befand.

Als ich unter der Dusche stand, dachte ich über unseren Plan nach. Es war eigentlich Blödsinn, was wir vorhatten. Schlugen uns einen Abend mit der Durchsuchung eines fremden Mietshauses um die Ohren, obwohl wir an diesem Wochenendbeginn unsere Zeit besser hätten ausfüllen können. Mit Dingen, die auch richtig Spaß machten.

Ich hatte meinem neuen Freund versprochen, ihm zu helfen, und wollte auch keinen Rückzieher mehr machen.

Nach dem Duschen frottierte ich mich notdürftig ab, schlang das Handtuch um die Hüften und ging zurück in mein Zimmer, wo ich Bill auf dem Bett liegend vorfand.

»Das zweite Messer fehlt noch immer«, sagte er.

»Woher weißt du das?«

»Ich war eben in der Küche und habe nachgeschaut.«

Ich stieg in meine Unterhose. »Und die Osborne hat nicht abgeschlossen?«

»Das wundert mich. Wo sie uns doch vor ein paar Tagen erwischt hat. Die hat wirklich Vertrauen.«

»Vielleicht will sie, daß wir das Haus durchsuchen?«

Da ich während Bills Bemerkung ein frisches Hemd über den Kopf zog, konnte ich noch nicht sofort antworten. »Das verstehe ich nicht so recht.«

»Ist doch möglich, daß wir etwas finden sollen.« Bill richtete sich auf. »Die tickt falsch, die Alte.« Er preßte seine Zeigefinger gegen die Schläfe. »Dahinter ist bei ihr was gestört.«

»Das sind Vorurteile.«

»Wir werden sehen.« Bill erhob sich vom Bett.

Ich hatte mich inzwischen fertig angezogen und schaute noch einmal zum Fenster. Das Wetter war wochenendmäßig geworden. Im Laufe des Tages waren die Temperaturen gestiegen. Ein herrlicher Frühlingsabend lag vor uns. Stunden zum Genießen, vielleicht zum Aufreißen.

Bill bemerkte meinen Blick. »Wenn du keine Lust hast, John, ich will dich zu nichts zwingen . . .«

»Versprochen ist versprochen.« Ich schaute auf meine Uhr. »Mehr als zwei Stunden werden wir kaum brauchen. Und danach ist noch Zeit genug für einen kleinen Trip.«

»Meine ich auch.«

»Wo fangen wir an?« fragte ich.

Bill erwiderte: »Von unten nach oben. Also nehmen wir uns den Keller zuerst vor.«

Damit erklärte ich mich einverstanden. Es war seltsam. Obwohl sich niemand außer uns im Haus befand, gingen wir nicht normal, sondern setzten die Schritte sehr vorsichtig. Es war schon die Gewohnheit, die uns so handeln ließ. Sonst konnte hinter jeder Ecke oder hinter jeder Tür die Osborne lauern. Jetzt war sie verschwunden. Wir hofften beide, daß sie lange genug wegblieb.

»Warst du schon mal im Keller?« fragte ich den angehenden Reporter.

»Nein, nie.«

»Weshalb nicht?«

»Ich bin nie dazu gekommen, weißt du. Außerdem interessierte er mich nicht. Vor einigen Wochen wurde noch geheizt. Als ich die Osborne mal fragte, ob ich ihr Kohlen hochholen sollte, war sie über das Angebot direkt sauer.«

»Dann hat sie was zu verbergen.«

»Was denn?«

»Keine Ahnung.«

Bill hatte sicherheitshalber eine Taschenlampe mitgenommen, da wir nicht wußten, wie hell es im Keller sein würde. Die Treppe zu den unterirdischen Räumen lag unter der normalen Hausflurstiege. Um sie zu erreichen, mußten wir eine Holztür aufziehen, die erbärmlich in den Angeln quietschte.

Bill Conolly fühlte sich als »Fremdenführer«. Er wohnte schließlich länger in diesem Haus, blieb für einen Moment im Rechteck der offenen Tür stehen, bevor er mit einer Hand an der gekälkten Wand entlangfuhr.

Ich fand den Lichtschalter früher als er und drehte ihn herum. Der Schalter gehörte noch zu denen, die eigentlich ausgewechselt werden mußten, weil sie nicht mehr betriebssicher waren. Auch waren die Leitungen nicht unter Putz gelegt worden. Sie führten an der Wand und unter der Decke entlang und sahen aus wie schwarze, betäubte Schlangen.

Die Treppe bestand aus Stein. Das Licht reichte aus, um die Stufen und die darauf liegende Staubschicht erkennen zu können. Unter unseren Sohlen knirschten winzige Steine, als wir in die Tiefe schritten. An der rechten Wandseite führte ein Geländer schräg in die Tiefe. Unsere Hände lagen auf dem Handlauf.

Als wir das Ende der Treppe erreicht hatten, deutete Bill Conolly zu Boden. Er meinte damit die dunklen Flecken, die mir auch schon aufgefallen waren und deren Spur tiefer in den Keller hineinführte.

»Das kann Blut sein«, flüsterte ich.

»Von wem?«

»Die Osborne holt doch ihr Fleisch aus dem Keller.«

»Stimmt«, gab Bill zu. »Das macht sie tatsächlich.« Er hob die Schultern. »Mal schauen, wo sie ihre Kühlkammer hat. Dabei frage ich mich nur, wer das ganze Fleisch essen soll.«

»Edwin vielleicht.«

»Von dem habe ich bisher noch nichts gesehen.«

Ich drückte Bill meine Hand ins Kreuz. »Halte keine langen Reden, geh weiter.«

Das tat er auch. Ich blieb neben ihm, denn der Kellergang war breit genug für uns beide. Rechts und links rahmten uns schmutzige Wände ein. Bisher hatten wir noch keine Tür gesehen. Dafür leuchtete eine fahle Lampe genau an der Stelle, wo ein Seitengang nach rechts abzweigte. Als wir den Punkt erreichten, blieben wir stehen.

In dem schmaleren Seitengang war es dunkel. Außerdem war die Decke tiefer gezogen, so daß wir uns bücken wollten, wenn wir in die Richtung gingen.

Bill holte seine Taschenlampe hervor. Der Strahl reichte so weit, daß er bis gegen eine Wand traf und dort einen weißen Kreis malte, der an den Rändern zerfaserte. Als Bill die Lampe bewegte, sahen wir auch die Einschnitte der Türnischen in den Mauern.

Dahinter mußten die entsprechenden Verliese liegen. Vielleicht auch die Kühlkammer.

Zwei kamen in Frage.

»Was tun?« fragte Bill. »Rechts oder links?«

»Sehen wir uns mal die linke Tür zuerst an.« Wir schlichen geduckt hin. Bill leuchtete das Schloß an und unterdrückte nur mühsam einen Fluch. Es war zwar nicht modern, aber auch ein altes Vorhängeschloß ließ sich nicht so ohne weiteres knacken.

»Die andere Tür!« flüsterte ich.

Wir drehten uns um, und Bill leuchtete sofort. Da war kein Schloß zu sehen.

»Mensch, John, die Tür ist offen.«

»Falls sie nicht auf irgendeine Art und Weise von innen versperrt worden ist.«

»Wie denn?« Erstaunt schaute er mich an.

»Wir werden sehen.« Ich drückte mit meiner Hand gegen die Bohlentür, gab ein wenig Druck und stellte fest, daß sich die Tür bewegen ließ, auch wenn sie mit ihrem unteren Rand über den

Boden schabte, wo sich der Staub und kleinere Steine angesammelt hatten und das Kratzen bei mir eine Gänsehaut erzeugte.

Als die Tür einen Spalt breit offenstand, hielt ich inne und schaute Bill Conolly an.

»Was ist?«

»Sollen wir wirklich in den Raum gehen?«

Bill nickte heftig. »Klar, John. Jetzt können wir nicht erfolglos zurück. Oder hast du Angst?«

Ich verzog den Mund. »Ein wenig schon, wenn ich ehrlich sein soll.«

»Wir sind zu zweit.«

»Okay.« Ich drückte die Tür weiter auf. So lautlos wie möglich schoben wir uns in den hinter ihr liegenden Raum. Es war ein Kellerverlies. Mit niedriger Decke.

Bill Conolly schob sich an mir vorbei. Die Lampe hatte er bisher zu Boden gerichtet gehabt. Nun hob er den Arm höher, so daß er etwa in Hüfthöhe in die Runde leuchten konnte.

Der tastende Strahl glitt über allerlei Gerümpel. Leere Kisten, alte Behälter, Kartons, und in einer Ecke des Kellers, dicht unter einem vergitterten Fenster, lag ein Berg Kohlen.

Wir waren in der Mitte des Raumes stehengeblieben und saugten beide die seltsame Luft ein.

»Irgend etwas stimmt hier nicht«, behauptete Bill.

»Wieso?«

»Das riecht so komisch.«

»Wie eben im Keller.«

Bill nickte. »Auch.« Dann hob er zu heftig den Kopf und stieß ihn sich an der Decke. »Verdammt. Es stinkt feucht, aber da ist auch was anderes, das durchkommt.«

»Und was?«

Bill faßte meinen Arm an. »John, halte mich jetzt nicht für blöde, verrückt oder für durchgedreht. Ich habe so etwas schon mal gerochen. Bei meinem ersten Einsatz als Volontär . . .«

»Sag schon, Mensch!« drängte ich.

»Hier riecht es nach Moder!« wisperte Bill Conolly. »Verdammt, John, so stinken alte Leichen.«

Ich trat unwillkürlich einen Schritt zurück, stieß ein glucksendes Geräusch aus und preßte meinen Handballen gegen die Lippen. Das war ein starkes Stück.

Moder, Leichen . . .

Ich schaute Bill an und sah seinen sehr ernsten und auch besorgten Blick. »Kein Irrtum, John, so riechen alte Leichen. Das weiß ich. Damit wirst du noch nichts zu tun gehabt haben. Bei mir ist das was anderes.«

Ich ließ die Hand wieder sinken, damit ich sprechen konnte. »Wenn du recht hast, würde dies bedeuten, daß hier in diesem Keller eine Leiche liegen müßte.«

»So ist es.«

»Und wo?«

Bill gab mir keine akustische Antwort. Er drehte sich und leuchtete mit dem Lichtstrahl das Gerümpel ab. Es war einfach ein zu großes Durcheinander. Wir konnten nicht erkennen, ob tatsächlich eine Leiche unter dem Abfall verborgen lag.

Sperrholz, Latten, Kartons, zwei Koffer – der Platz war eigentlich ideal, um einen Toten zu verstecken.

Bill war einen kleinen Schritt vorgegangen. Er warf mir einen schrägen Blick über die Schulter zu, der gleichzeitig etwas Aufforderndes an sich hatte.

»Ich räume den Kram nicht weg«, sagte ich.

Er grinste. »Das wirst du später aber machen müssen, wenn du Polizist bist.«

»Bis dahin dauert es noch seine Zeit.«

Der angehende Reporter nickte. »Stimmt, John. Was sollen wir uns hier den Kopf zerbrechen? Vielleicht habe ich mir den komischen Geruch auch nur eingebildet. Kann ja sein.«

Ich stimmte ihm zu, obgleich ich das Gegenteil annahm. Im Innern schalt ich mich auch einen Feigling. Erst hatten wir uns aufgerafft, um den Keller zu durchsuchen, dann machten wir einen Rückzieher wie die kleinen Mädchen.

Bill ging in Richtung Tür. Er bewegte sich rückwärts, hielt die rechte Hand mit der Lampe dabei nach vorn gerichtet und leuchtete, als er sich mit mir auf gleicher Höhe befand, noch einmal in die Runde.

Der helle Lichtfinger strich auch über den Kohlenberg. Er hatte ihn kaum verlassen, und Bill griff bereits mit der freien Hand zur Tür, als ich das Rollen vernahm.

Es war ein leises, dennoch sehr typisches Geräusch. So rollten Kohlestücke, wenn sie sich von oben nach unten bewegten.

Sofort stand ich steif.

Bill bemerkte etwas. »Was ist denn?« wisperte er.

Ich schüttelte den Kopf. Er verstand die Bewegung und rührte sich ebenfalls nicht.

»Da haben sich Kohlen bewegt«, hauchte ich.

»Du spinnst.« Bill setzte noch ein Lachen nach. Es klang unecht. Ich war davon überzeugt, mich nicht getäuscht zu haben.

»Leuchte mal auf die Kohlen.«

»Wenn es dir Spaß macht.« Bill Conolly ließ den Strahl wieder wandern.

Die einzelnen Stücke besaßen auf der Oberfläche einen schwarzen, leicht öligen Glanz. Ob sich einige von ihnen bewegt hatten, war nicht zu erkennen.

Sekunden verstrichen. Nur unser Atmen war zu hören, ansonsten herrschte Stille.

»John, du hast dich geirrt.«

»Nein.«

»Dann sieh nach.«

Ich schaute Bill an. Seine Gestalt hob sich als dunkler Umriß vor der Tür ab. »Das werde ich auch. Und wenn ich die Kohlen mit meinen Händen zur Seite schaufeln muß. Darauf kannst du dich verlassen.«

»Denk daran, du hast vorhin geduscht.«

»Dann mach ich es eben noch mal.«

»Bei dem Wasserdruck?«

»Sei nicht albern.« Ich hatte mittlerweile den Kohlenberg erreicht, blieb dicht vor ihm stehen und wollte mich bücken, als ich die Bestätigung bekam.

Im gleichen Augenblick bewegten sich am oberen Rand des Bergs die Kohlen und rollten nach unten. Es waren mindestens ein Dutzend Kohlestücke, die da ins Rutschen gekommen waren. Das geschah nicht von allein. Da mußte jemand von unten her Druck gegeben haben.

Also lag dort jemand.

Ich schaute nicht mehr auf die Kohlen, drehte den Kopf und sah zu Bill. Er hatte ebenfalls ein wenig Angst bekommen, denn die Lampe in seiner Hand zitterte.

»Willst du immer noch nachsehen, John?«

»Klar...«

Bill hob die freie Hand und kratzte an seinem Kopf. Daß ihm nicht wohl war, sah ich ihm an. Er schluckte ein paarmal, und ich fragte: »Hast du was?«

»Hör doch auf, Mensch! Wie kommt es denn, daß sich die blöden Kohlen bewegen? Von allein?«

»Nein.«

»Dann gib mir eine Erklärung.«

»Vielleicht liegt da jemand darunter.«

»Der tot ist – oder?«

»So ungefähr.«

»Du Hirnie. Seit wann können sich Tote bewegen?«

»Weiß ich auch nicht«, erwiderte ich ruppig. »Jedenfalls werde ich jetzt nachsehen.« Ich wußte auch inzwischen, wie ich es machen wollte. Ich hatte eine Schaufel gesehen, die an der Wand hinter der Tür lehnte. Sie holte ich mir. Der Holzgriff war blank, das Blatt verrostet und an der Vorderseite eingerissen. »Du brauchst nur zu leuchten«, erklärte ich Bill, der nähertrat und von der Seite her die Lampe auf den Kohlenberg richtete.

Ich fing an zu schaufeln. Durch die heftigen Bewegungen wurde Staub in die Höhe gewirbelt, der uns einhüllte. Die Haut an den Händen und im Gesicht nahm sehr bald eine grauschwarze Farbe an.

Noch spürte ich keinen Widerstand. Ich schleuderte die Kohlen dorthin zur Seite, wo auch das Gerümpel lag. Nur gut, daß niemand mehr im Haus wohnte, der Krach hätte ihn sicherlich aufgeschreckt. Zudem hofften wir beide, daß Mrs. Osborne lange genug wegblieb. Ich hatte die Schaufelbewegungen nicht gezählt, zuckte urplötzlich zusammen, als ich am vorderen Rand des Blattes Widerstand spürte. Das waren keine Kohlen, auch keine Steine, denn der Widerstand war viel weicher.

Wie ein Körper ...

Ich hielt sofort inne. Auch Bill hatte etwas bemerkt. Er war nähergekommen und schaute mich an. »Und?«

Ich hob die Schultern. »Da ist was?«

»Dann mach weiter.«

Das tat ich auch. Vorsichtiger als bei den ersten Versuchen. Bill leuchtete sehr genau. Es fielen auch nicht mehr so viele Kohlen nach, weil der Berg wesentlich flacher geworden war. Ich hatte die Schaufel gedreht und drückte die Kohlen mit der Seite weg.

Wir sahen etwas!

Es war ein Sack!

Auch Bill gab seinen Kommentar. »Mann, da hat die Alte jemand in einen Sack gesteckt.«

»Warte erst mal ab.«

Es dauerte noch eine Weile, bis ich den Sack fast freigelegt hatte. Er war feinmaschig, so daß wir trotz der Beleuchtung nicht erkennen konnten, was sich in seinem Innern befand. Es konnte durchaus ein Mensch sein, die Größe stimmte.

Bill Conolly steckte die Lampe in die Tasche und half mir, den Sack unter den letzten Kohlen wegzuziehen.

Als er vor unseren Füßen lag, schauten wir uns an. Keiner wollte den Anfang machen, bis ich mich bückte und meine Hände in die Nähe des Bands brachte, das den oberen Teil verschloß. Der Sack bewegte sich nicht. Nichts wies im Moment darauf hin, daß sich in ihm ein Mensch befand, der noch lebte.

Alles war ruhig.

Ich hatte das Band noch nicht richtig gefaßt, als ich mit einer zuckenden Bewegung zurückfuhr und meinen neuen Freund Bill Conolly fast von den Beinen gestoßen hätte.

Auch er war geschockt, denn er hatte das Geräusch ebenfalls gehört.

Das Stöhnen war aus dem Sack gedrungen!

Wir wollten es beide nicht glauben. Standen uns steif gegenüber und starrten uns an. Uns jagten Schauer der Angst über Rücken und Gesicht. Was sich vor unseren Füßen abspielte, war ungeheuer und gleichzeitig unfaßbar.

Wer konnte in diesem verdammten Sack stecken?

Bill hatte die Lampe wieder hervorgezogen, leuchtete den Sack an und zitterte ungewöhnlich stark. Mir erging es nicht anders. Auch ich traute mich nicht, den Anfang zu machen. Am liebsten wäre ich weggelaufen, aber das hätte ich vor meinem Freund Bill Conolly nie zugegeben, also blieb ich.

»Wir müssen was tun, John!«

Da hatte Bill recht. »Okay, ich mache es!« Wieder bückte ich mich und wollte den Sack aufschnüren, als sich der Gegenstand in seinem Innern abermals bewegte, sich zur Seite drehte, eine andere Haltung annahm und sich jemand aufrichten wollte, was ihm zunächst nicht gelang, denn der Sack war zu eng.

Er schaffte es dennoch.

Und zwar durch ein Hilfsmittel, mit dem wir nie und nimmer gerechnet hatten.

Von unten her schnitt etwas durch das braune Sackleinen. Etwas Helles, Scharfes, Blitzendes stach durch.

Eine Messerklinge.

Und zwar genau die Klinge, die in dem Küchenregal fehlte!

Am Hyde Park ließ Mrs. Osborne das Taxi stoppen. »Ich möchte hier aussteigen, Mister.«

»Habe nichts dagegen.«

Mrs. Osborne stieg aus dem Wagen, zahlte und reichte noch ein kleines Trinkgeld, das der Fahrer mit einem süßsauren Lächeln einsteckte. Die Frau sah aus, als hätte es ihr leidgetan, das Geld zu geben, deshalb startete der Mann fast wie ein Rennfahrer und sah zu, daß er genügend Distanz gewann.

Mrs. Osborne schaute dem Wagen nach. Die Augen hatte sie leicht zusammengekniffen, der Mund bildete einen Strich. Das Puppengesicht wirkte wie eine Maske. Das Haar leuchtete weiterhin so unnatürlich blond. Es war so hoch toupiert wie immer, aber die Kleidung hatte sie gewechselt. Ihr rosafarbenes Kostüm wirkte auf die Geschmacksnerven mancher Zeitgenossen ebenso negativ wie das giftgrüne Kleid, das sie tagsüber bevorzugte.

Ein warmer Frühlingstag neigte sich seinem Ende entgegen. Zahlreiche Londoner hatten das Wetter ausgenutzt und gingen auch am frühen Abend nicht nach Hause, sondern spazierten durch die grünen Lungen der Millionenstadt.

Die Menschen freuten sich über die warmen Temperaturen. Sie lachten, waren fröhlich und hatten ihren Spaß.

Anders Gilda Osborne. Ihre Gedanken beschäftigten sich mit grauenhaften Dingen. Dabei standen die neuen Mieter im Mittelpunkt. Die Frau mochte die beiden nicht. Sie hatten sich einfach zu stark angefreundet. Als Conolly nur allein bei ihr wohnte, war es noch auszuhalten gewesen, doch der zweite paßte zu Conolly wie der Deckel auf den Topf. Dann war da noch die Sache mit den beiden Messern. Die Burschen hatten genau bemerkt, daß zwei fehlten! Es mußte also was geschehen!

Sie dachte lange nach und schmiedete einen Plan. Jetzt stand er. Nichts gab es daran zu rütteln. Die Weichen waren gestellt, der Test lief. Wenn sich die beiden Mieter so verhielten, wie sie angenommen hatte, würde es ihnen schlecht ergehen. Reagierten sie nicht so, hatte sich Gilda getäuscht. Das gab sie gern zu.

Die Köder waren ausgelegt, jetzt mußten die beiden Mäuse nur mehr zuschnappen.

Sie schaute auf die Uhr.

Seit ihrer Abfahrt war einige Zeit vergangen. Obwohl sie die Neugierde drängte, unterdrückte sie das Gefühl und ließ sich erst einmal Zeit. Wie andere Spaziergänger auch besuchte die Frau die grüne Lunge des Hyde Parks, hörte die Unterhaltungen, die Stimmen, das Lachen, manchmal das Dudeln von Radios, aber für sie war es nur eine schwache Kulisse. Ihre Gedanken beschäftigten sich mit völlig anderen Dingen. Manchmal wurde sie angerempelt, aufgeschreckt, und als sie hochschaute, sah sie die Menschen nicht einmal, die sie angestoßen hatten.

Sie bewegte sich wie ein Roboter inmitten lebender Menschen. Auch wurde sie angesprochen. Männer versuchten es auf mehr oder weniger originelle Art und Weise. Sie kümmerte sich nicht darum. Sie hatte einen Mann, Edwin.

Als sie an ihn dachte, bewegten sich ihre Lippen, und sie murmelte den Namen des Mannes. Dann lächelte sie, drehte sich scharf herum und schreckte durch diese Bewegung zwei Tauben auf, die auf dem Weg gehockt und Krumen gepickt hatten.

Starr schaute sie nach vorn. Die Augen hielt sie leicht verengt. In ihrem Innern war eine Wandlung vorgegangen, die sich auch äußerlich ausdrückte.

Mit dem Taxi war sie gekommen, mit dem Taxi wollte sie auch wieder zurückfahren.

In London einen Wagen zu finden, ist keine Schwierigkeit. Auch Gilda Osborne schaffte es. Der Wagen hielt, sie stieg ein und gab das Ziel an.

Wie eine Marionette hockte sie im Fond. Steif und ohne Bewegung. Den Blick hatte sie starr nach vorn gerichtet, die Lippen bildeten einen Strich, und die Gedanken der Frau beschäftigten sich mit Dingen, die eher in ein Verbrecherhirn gepaßt hätten.

Sie dachte an Mord, an Tod und an Blut...

Londons abendliche Kulisse huschte an den Außenscheiben des Wagens vorbei. Mrs. Osborne hatte dafür keinen Blick. Sie schaute nur nach vorn. Manchmal atmete sie schwerer. Dann saugte sie die Luft durch die Nase ein, und dabei öffnete sie auch ihre Fäuste. Ein leichter Schweißfilm schimmerte auf ihren Handflächen. Sie war nervös, was sie gar nicht wollte, aber es gab Dinge, die ihr dieses Gefühl gaben, obwohl sie es gar nicht wollte.

Als der Wagen in die Straße einbog, in der sie wohnte, ließ sie den Fahrer stoppen. »Ich steige hier aus.«

»Wie Sie wollen.«

Gilda Osborne zahlte. Danach stieg sie aus und wartete so lange, bis der Wagen verschwunden war. Sie befand sich auf der Straßenseite, auf der auch ihr Haus lag. Als sie sich in Bewegung setzte, hielt sie sich im Schatten der Hauswände. Sie wollte nicht zufällig gesehen werden, auch Nachbarn entdeckten sie nicht. Um diese Zeit wirkte die Straße wie ausgestorben. Nur ein altes Ehepaar schaute aus dem Fenster eines gegenüberliegenden Gebäudes.

Gilda Osborne bewegte den Mund, ohne irgend etwas zu sagen. Vielleicht redete sie mit sich selbst, das wußte sie gar nicht so genau.

Ein wenig verhalten setzte sie die Schritte, und als die Nische an der Haustür sie schluckte, hielt sie den Schlüssel bereits in der Hand, um ihn in das Schloß zu schieben.

»Eure letzte Chance!« flüsterte sie. »Eure verdammt letzte Chance, ihr beiden.«

Sie schloß auf. Sehr behutsam tat sie dies und dabei lauschend. Sie drückte die Tür so weit nach innen, daß sie durch die Öffnung schlüpfen konnte, blieb für einen Moment im Flur stehen und atmete zunächst tief durch.

Allmählich beruhigte sich auch ihr rasendes Herz. Im Hals spürte sie ein rauhes Gefühl. Sie kam sich fremd vor in ihrem eigenen Haus, und sie merkte auch die Stille, die sich wie ein großer Vorhang über sie legte.

Irgend etwas war hier anders. Sie hatte keinen konkreten Verdacht, dennoch spürte sie es genau. Und sie merkte auch den Druck, der sich auf ihre Brust gelegt hatte und wie ein Reif ihr Herz immer stärker umspannte.

Auf Zehenspitzen näherte sie sich ihrer Wohnung. Dort huschte sie wie ein Geist durch die Zimmer. Da hielt sich keiner der beiden verborgen.

Wenn Gilda Osborne etwas tat, wollte sie stets auf Nummer Sicher gehen. Deshalb stieg sie so leise wie möglich die Treppe hoch und schaute dort nach, wo die Zimmer ihrer beiden Mieter lagen. Sie lugte in jeden Raum. Leer.

Also waren sie nicht da.

Unschlüssig blieb Mrs. Osborne stehen. Sie versuchte, sich in die Lage der beiden zu versetzen. Was hätte sie getan an deren Stelle? Natürlich auch gesucht.

Und zwar im gesamten Haus.

Dazu zählte sie den Keller. Er war groß, zudem aufgeteilt in verschiedene Räume und für einen neugierigen Menschen ein idealer Anziehungspunkt.

Es lag auf der Hand, daß sie auch dort nachschauen wollte. Sie ging zur Treppe, lief die Stufen wieder vorsichtig hinab und erreichte wenig später die Tür zum Keller.

Schon da erkannte sie anhand der Spuren, daß die beiden tatsächlich im Keller gewesen waren.

Edwin!

Sofort dachte sie an ihren Mann. Wenn Sinclair und Conolly ihn fanden, sah es für die beiden wahrscheinlich böse aus. Sie wußten ja nichts, waren ahnungslos und nur neugierig.

Was mit Neugierigen geschah... Sie dachte nicht zu Ende, sondern lächelte kalt.

Gilda Osborne kannte jeden Winkel ihres Hauses. Schließlich lebte sie lange genug darin. Wie ein Phantom schlich sie die Kellertreppe hinab. Auf ihren Lippen lag ein kaltes Lächeln, das immer mehr zu einem starren Grinsen wurde.

Rasch hatte sie es geschafft. Die Treppe lag hinter ihr. Lautlos ging sie weiter. Sie selbst verursachte kaum ein Geräusch, und sie blieb erst stehen, als sie die Treppe hinter sich gelassen hatte und neben einem Kamin stand, bei dem sich die Rußklappe etwa in Hüfthöhe befand.

Dieser Schieber diente einem besonderen Zweck. Er ließ sich sehr leicht in die Höhe schieben. Bis zur Hälfte brauchte es die Frau nur, dann konnte sie mit der Hand hineingreifen und fand zielsicher das, was sie haben wollte.

Das trübe Kellerlicht fiel genau auf die Schneide einer kleinen Axt.

Für einen Moment leuchteten die Augen der Frau auf, als sie das Bild sah. Es war fantastisch. Sie hatte die Waffe lange nicht mehr eingesetzt, bald würde sie sie wieder brauchen. Zweimal schlug sie ins Leere.

Als sie das dabei entstehende Fauchen vernahm, spalteten sich die Lippen zu einem Lächeln. Sie freute sich darüber. Ihre Arme waren nach wie vor geschmeidig. Sie konnte mit der Waffe umgehen, und sie würde auch damit töten.

Zunächst die beiden Mieter, deren Stimmen sie aus der für die jungen Leute gefährlichen Richtung vernahm.

Dort lag das Geheimnis des Hauses verborgen.

Sie hatten es sicherlich entdeckt. Wie einige andere vor ihnen auch. Aber die – und jetzt lächelte Gilda Osborne teuflisch – lebten schon längst nicht mehr...

Wir konnten es nicht fassen, nicht glauben. Es war einfach zuviel auf uns zugekommen.

Das Stöhnen, die Entdeckung des Sacks, und jetzt die Messerklinge, die eigentlich hätte in die Küche gehört, nun aber aus dem Sack stach und von irgend jemand gehalten wurde.

Beide hatten wir einen Verdacht, den ich aussprach.

»Edwin...«

Das eine Wort drang nur flüsternd über meine Lippen. Ich sah Bills Nicken. Auch er konnte sich keine andere Erklärung vorstellen.

Edwin, Gilda Osbornes Mann.

War er es wirklich?

Wir mußten nachschauen, aber wir trauten uns nicht. Der Schock dieses Augenblicks hielt uns in seinen Klauen. Beide spürten wir die Angst, denn mit einer so nervenbelastenden Situation waren wir bisher noch nie in unserem Leben konfrontiert worden.

Bill und ich hatten nur Augen für die Klinge. Sie blieb nicht ruhig. Derjenige, der sie hielt und den wir nicht sahen, drehte sie in der Hand, so daß diesmal nicht die breite, sondern die schmale Seite auf uns zeigte. Sie war sehr scharf. Ein kurzer Schnitt, ein leichter Druck reichte aus, um den Spalt innerhalb der Sackleinwand zu vergrößern.

Er wurde so groß, daß eine Hand erschien! Vom Griff des Messers sahen wir nichts, denn die gelblich weiße Klaue verdeckte ihn. Die Hand hielt das Messer fest, wir sahen ihren Rücken und auch die Knochen, die scharf und spitz hervortraten, wobei sich eine sehr dünne Haut über sie spannte. Es gab keinen Zweifel für uns. Der Mann im Sack war dabei, ihn aufzuschneiden, um herausklettern zu können.

Wir mußten etwas tun!

Daß dies nicht mit rechten Dingen ablief, war uns beiden klar.

Weder Bill noch ich hatten in diesen Augenblicken eine Idee und standen starr auf dem Fleck.

Mir kam der Gedanke an die Horror-Filme, die ich bisher gesehen hatte. Einige Klassiker befanden sich darunter. Ich wurde an unheimliche Kellerszenen erinnert, aber aus einem Kino kann man herausgehen, wenn der Film zu nervenaufreibend wurde, und außerdem erlebten wir hier keinen Film, sondern Realität.

Das Grauen war da.

Wir brauchten nur mehr zuzugreifen, um es anfassen zu können. Aber keiner traute sich.

Bill Conolly war ebenso blaß geworden wie ich. Er hielt seinen Arm noch immer schräg nach unten, so daß der helle Lichtfinger weiterhin den Sack anleuchtete und auch die Messerklinge, die so gar nicht verrostet aussah, sondern aus geschliffenem Stahl bestand.

Bill Conolly erwachte als erster aus seiner Starre. Er stieß mich an, während er flüsterte: »Verdammt, John, wir müssen weg. Wir müssen hier verschwinden.«

Ich nickte, blieb aber stehen.

Dafür bewegte sich der Lichtkegel hektisch, als Bill sein Gelenk drehte. Ich fühlte seine Hand an meiner Schulter. Er wollte mich zurückziehen, ich ging nach hinten, während ich weiterhin die Augen auf den Sack gerichtet hielt.

In den letzten Sekunden hatte sich die Messerklinge nicht bewegt.

Das änderte sich nun.

Die Hand führte einen seitlichen Schnitt. Und das Messer durchtrennte den Sack in seiner gesamten Breite.

Jetzt war er offen!

Der Spalt klaffte. Nichts hinderte den Mann mehr daran, sein Gefängnis zu verlassen.

Im selben Augenblick schlug die Tür zu.

Ich war von dem Anblick des allmählich aus dem Sack steigenden Mannes so gebannt, daß ich auf das Geräusch kaum achtete und es mehr in meinem Unterbewußtsein aufnahm.

Bis mich Bills Ruf alarmierte.

»Verdammt, John! Da draußen ist jemand!«

Jetzt erst kreiselte ich herum.

Beide hörten wir die keifende Stimme. »Ja, hier draußen ist

jemand, ihr verdammten Kerle. Ich bin es. Ich bin es, und ich werde euren Tod mit meinem Lachen begleiten . . .«

Beide wußten wir, wer gesprochen hatte.

Gilda Osborne!

Ich war nicht einmal überrascht. Zu allem Überfluß hatte das noch hinzukommen müssen. Wir vernahmen auch, wie sich ein Schlüssel von außen im Schloß drehte, dann war die Tür fest verschlossen, und wir befanden uns mit diesem Unheimlichen allein im Keller. Ich hielt ihn im Blick, während sich Bill mit der Situation nicht abfinden wollte.

Er hämmerte mit beiden Fäusten gegen die Tür. »Verdammt, Mrs. Osborne, öffnen Sie! Machen Sie auf, zum Teufel! Sie werden sofort . . .«

Das kreischende Lachen unterbrach ihn. »Teufel, hast du gesagt, mein Junge? Klar, ihr werdet dem Teufel bald die Hand reichen und ihm von mir einen schönen Gruß bestellen können. Habt ihr nicht gehört, ihr Mistkrücken?«

»Seien Sie vernünftig . . .!«

»Ich werde dir zeigen, wie vernünftig ich bin!« Mrs. Osborne hatte die Worte kaum ausgesprochen, als sie schon reagierte. Diesmal schlug nicht Bill gegen die Tür, sondern Gilda Osborne von außen. Und sie nahm nicht die Fäuste wie mein Freund, sondern einen Gegenstand.

Die Tür erzitterte unter den Schlägen. Das Hämmern hörte sich dumpf an, da splitterten auf einmal die Balken, und im nächsten Augenblick warnte ich Bill mit meinem Schrei.

»Weg da!«

Der angehende Reporter reagierte nicht so schnell und hatte ein unwahrscheinliches Glück, als nur eine Handbreit von seiner Stirn entfernt etwas Glänzendes durch das Holz hieb.

Es war die Schneide einer Axt! Für einen Augenblick war sie zu sehen, wurde wieder zurückgezogen, und der nächste Schlag hämmerte ein wenig tiefer von außen gegen die Tür.

Zum Glück hatte sich Bill zur Seite gedreht, so daß ihn auch dieser Hieb nicht erwischte. Er war blaß im Gesicht geworden. Der Mund stand offen. Auf der Haut perlte der Schweiß, scharf drang der Atem über seine Lippen, und als wieder ein Schlag gegen die Tür dröhnte, stolperte er auf mich zu.

»Verdammt, John, wir sind gefangen!«

»Vielleicht.« Ich hatte mich gedreht. Bill verstand die Bewegung. Er leuchtete auf den Sack.

Dort hatte sich einiges verändert.

In zwei Hälften lag er auf dem Boden. Auf seiner Fläche hockte eine Gestalt, die nur aus einem Alptraum stammen konnte.

Mein Blick erfaßte das Wesen zwar, dennoch konnte ich es nicht begreifen, daß so etwas überhaupt existierte. Das war Terror hoch drei. Aufputschmittel für die Nerven.

Das Messer hielt die Gestalt jetzt in beiden Händen. Es hatte sie übereinandergelegt und die zehn Finger um den Knauf geschlungen. Als Gesicht konnte man seine Fratze schon nicht mehr bezeichnen. Es war zerrissen, die Haut zum Teil abgefallen. Das Filigran der Knochen schaute hervor, und sein Haar wirkte wie verfilzte Strähnen, die zu beiden Seiten des Kopfes nach unten fielen.

Er trug Lumpen. Zerfetzte, schmutzstarre Kleidung, und er strömte einen Gestank aus, der bei mir fast den Magen umdrehte.

Es roch nach Verwesung, nach Tod und Grab.

Ja, so stanken Tote.

Ich hatte einen vor mir. Doch einen Toten, der lebte und sich bewegen konnte.

Das gab es doch nicht.

Ich schluckte ein paarmal. Nein, lebende Tote waren Erfindungen irgendwelcher Autoren oder Filmemacher, die sich an alte Schauerliteratur hielten, wobei sie diese als Vorlage benutzten. In Wirklichkeit gab es so etwas nicht. Das wollte ich einfach nicht akzeptieren und schüttelte den Kopf.

Auch Bill hatte das Wesen gesehen. Wahrscheinlich war er ebenso geschockt wie ich. Er sprach es auch aus, nur sagte er ein einziges Wort und traf damit ins Schwarze.

»Zombie!«

Da hatte ich den eigentlichen Begriff für den lebenden Toten. Ein Zombie. Das Wort stammte aus dem karibischen Raum. Es verband sich damit auch der Voodoo-Zauber, die schwülen Nächte, die dumpfen Laute der Voodoo-Trommeln. Auch das war für mich damals nicht existent, nur Sage und Legende.

Ich schaute Bill Conolly an.

Mein Freund besaß eine Gesichtsfarbe, die man nur mehr mit dem Wort bleich umschreiben konnte. Ich sah die Gänsehaut und den flackernden Blick, denn uns beiden war klar, daß wir in einer perfekten Falle saßen. Im Keller lauerte dieser lebende Tote. Draußen stand die Osborne mit der Axt. Und da mußten wir zunächst einmal vorbeikommen. Ein Ding der Unmöglichkeit.

Es roch nach Mord . . .

Die Opfer sollten wir sein.

Ich schluckte meine würgende Angst herunter. Es hatte keinen Sinn, denn das Gefühl kam immer wieder hoch. Die Furcht hielt mich fest, mein Herz klopfte schneller, der Magen schien auf das Doppelte gewachsen zu sein. Meine Stimme war kaum verständlich, als ich fragte: »Was machen wir?«

Bill gab keine Antwort. Er hob nur die Schultern an. Dabei hätte er sagen können, daß wir uns stellen mußten. Eine andere Alternative gab es einfach nicht.

Stellen hieß auch Kampf.

Kampf gegen das Grauen, gegen einen lebenden Toten, der ja nicht umzubringen war, weil er schon tot war. Oder vielleicht doch nicht?

Ich habe damals schrecklich gelitten, ich wußte nichts, ich war nicht erfahren. Ich wollte nur eins.

Raus aus diesem verdammten Keller!

Der Raum besaß nur einen Ausgang. Die Wände waren glatt. Es gab kein Fenster, durch das wir hätten entfliehen können. Doch hinter der verschlossenen Tür lauerte die Osborne mit der Axt. Deshalb mußten wir die Tür aufbrechen und uns gleichzeitig des Zombies erwehren.

Ging das gut? Jetzt bewegte er sich. Wir hörten ihn über den schmutzigen Kellerboden schaben, als er seinen Körper zur Seite drückte. Die Axtschläge gegen die Tür waren verstummt, dafür vernahmen wir die kreischende Stimme der Gilda Osborne.

»Na, ihr beiden Bastarde? Habt ihr meinen Mann schon gesehen? Hat Edwin euch begrüßt?«

Bill wollte antworten. Er war auch schon herumgefahren, als ich einen Finger auf meine Lippen legte. Er verstand das Zeichen und schwieg.

»He, ihr miesen Ratten! Gebt Antwort!« Die Stimme der Osborne überschlug sich fast vor Haß.

Wir erwiderten nichts, Hunde, die bellen, beißen nicht. An das Sprichwort mußte ich denken. Sollte die Osborne keifen, das machte mir nichts.

Wichtig allein war Edwin, der Zombie!

Er stand da und schob die Schultern vor. Eine komisch wirkende Bewegung. Weder Bill noch ich lachten darüber. Wir schauten ihn nur an und starrten besonders auf seine beiden Hände, die sich um die Klinge geklammert hatten.

Er hob sie hoch. Bill stand rechts von ihm, ich links. Noch wies die Verlängerung der Klinge genau in die Lücke zwischen uns hinein. Irgendwann mußte er sich für einen von uns entscheiden.

Er drehte sich mir zu.

Im selben Augenblick huschte ich zur Seite. Ich hatte die Schaufel wieder an die Wand gelehnt. Mir wurde klar, daß ich sie als Waffe nehmen konnte. Und noch ein Vorteil lag auf meiner Seite. Der lebende Tote bewegte sich langsam, wir waren wesentlich schneller. Dieses Plus wollten wir auch ausspielen.

Mit der Schaufel in der Hand schwang ich herum. Bill verstand die Bewegung. Er huschte zur Seite, damit er vom Schaufelblatt nicht noch getroffen wurde.

So hatte ich Platz.

Der Zombie stach zu. Er ließ die Arme nach unten sinken und zielte schräg auf meine Brust.

Die Schaufel kam von der Seite. Ich hatte sie wuchtig geschlagen, und mit der gesamten Blattbreite traf ich die Gestalt des Zombies. Bill und ich vernahmen das Klatschen. Ich hatte in Kopfhöhe gezielt, so daß der Treffer den Angreifer durchschüttelte.

Er kam aus dem Konzept. Das Messer verfehlte mich, und mit dem zweiten Schlag schleuderte ich ihn so weit nach hinten, daß er rücklings in den Kohlenberg fiel.

Die einzelnen Stücke gerieten abermals in Bewegung. Sie rollten von oben nach unten und ließen sich auch von dem Zombie nicht aufhalten, denn sie bedeckten schon bald seinen Körper.

»Jetzt, John!« zischte Bill. Er nickte mir heftig zu und schaute dabei auf die Schaufel.

Sollte ich?

»Mach es!«

Ich ging vor. Der Zombie lag auf dem Rücken. Noch immer rollten Kohlen nach. Einen Schlag hatte er verkraften können. Einen zweiten, dritten und vierten ...

»Edwin?«

Es war die Stimme der Osborne, die mein Vorhaben unterbrach. Ich ließ die schlagbereite Schaufel auch wieder sinken und drehte mich um.

Diesmal hatte Bill einen Finger auf seine Lippen gelegt. Es war klar, was er vorhatte. Wir sollten uns still verhalten und die Osborne in einer gewissen Unsicherheit wiegen.

Mal sehen, ob es klappte.

Noch immer hatte ich mich nicht beruhigt. Schweiß und Staub hatten auf meinem Gesicht eine klebrige Schicht hinterlassen. Bill erging es ähnlich, und wir beide standen in diesen Minuten unter einem nie zuvor erlebten Druck.

»Edwin!«

Wieder vernahmen wir das keifende, schrille Organ dieses Weibstücks. Aber Edwin antwortete nicht. Er hatte genug damit zu tun, wieder auf die Beine zu kommen.

Ich hielt die Schaufel schlagbereit. Ich wollte und würde mich wehren. Diesem verdammten Zombie sollte es nicht gelingen, mir das Leben zu nehmen.

»Edwin, hast du sie gekillt?«

Bill und ich zuckten zusammen, als wir die Stimme vernahmen. Nein, Edwin hatte uns noch nicht gekillt, aber er kam.

Diesmal ging er wie ein Matrose auf schwankenden Schiffsplanken. So breitbeinig und auch die Arme vom Körper abgespreizt. In seinen Augen lag ein starrer Ausdruck, und er fing den Angriff auch schlauer an. Er konzentrierte sich nicht auf einen von uns, sondern schwang seinen rechten Arm im Halbbogen, wobei er damit rechnete, uns mit einem Messerhieb zu erwischen.

Das war eine verdammt gefährliche Sache. Wir mußten zurück, denn Edwin stolperte während seiner Aktion vor, so daß er näher an uns herankam. Ich hämmerte wieder mit der Schaufel zu, aber es gelang mir diesmal nicht, den lebenden Toten von den Beinen zu holen. Der Treffer stoppte nur für einen Moment seinen Drang nach vorn.

Gilda Osborne kommentierte seine Attacke. »Ja!« keifte sie. »Ja, verdammt! Töte die beiden. Gib ihnen Saures! Zerfetze sie! Duck dich doch, wenn sie schlagen. Sie können dich nicht umbringen, sie . . .«

Woher wußte die Osborne davon, was hier geschah? Ich machte einen Fehler, als ich meinen Kopf drehte und auf die Tür blickte.

Die Erklärung war einfach. Die Schneide der Axt hatte genügend Löcher in die Tür geschlagen, um hindurchschauen zu können! Gilda Osborne konnte das Geschehen verfolgen.

Ein metallisch klingendes Geräusch warnte mich. Und gleichzeitig auch Bills Ruf. »John, der Zombie!«

Edwin war vor mir. Das Geräusch war entstanden, als die Messerklinge über das Schaufelblatt fuhr. So nahe war er mittlerweile herangekommen, und er ließ sich fallen, um mir die lange Messerklinge schräg von oben nach unten in den Körper zu stoßen.

Ich kam nicht mehr weg.

Damals war ich eben zu unerfahren und empfand einen zu großen Schrecken.

Zum Glück behielt Bill die Übersicht. Er hob sein Bein und trat in dem Augenblick zu, als der Zombie das Messer in meinem Körper versenken wollte.

Es war genau der richtige Moment!

Die Trefferwucht schleuderte den Untoten zur Seite. Die Klinge verfehlte mich, und Edwin landete zwischen dem Gerümpel, das über ihm zusammenfiel.

Ich war noch blasser geworden und starrte Bill aus großen Augen an. Mein Lebensretter nickte. »Der hätte dich bald erwischt.«

»Ja . . .«

»Los, mach ihn fertig!«

»Nein, nein!« kreischte Gilda Osborne dazwischen. »Der wird nicht fertiggemacht. Ihr könnt ihn nicht töten. Edwin ist stärker als ihr verdammten Bastarde!«

Ich fuhr herum. »Dann komm doch her, du altes Weib. Los, öffne die Tür, wenn du dich traust!«

Sie kicherte hoch und schrill.

Bill riß mir plötzlich die Schaufel aus der Hand. Ich ließ es geschehen, denn ich war mit meinen Nerven so ziemlich am Ende. Der Müll, unter dem der Zombie lag, bewegte sich. Edwin kroch wieder hervor. In den nächsten Sekunden bewies Bill Conolly starke Nerven, denn kaum war von Edwin etwas zu sehen, hob der angehende Reporter die Schaufel an und drosch zu.

Nicht nur einmal, sondern immer wieder, und er begleitete seine Schläge mit schrillen Schreien.

Ich konnte nicht sehen, was geschah, denn Bills Rücken verdeckte mir die Sicht. Vielleicht war es auch gut so. Als sich mein Freund umdrehte, brannte in seinen Augen ein unheimliches Feuer.

»Ist er . . . ist er . . .?«

Bill nickte und unterbrach damit meine weitere Frage. »Ich hoffe, daß er hin ist. Und jetzt brechen wir die Tür auf!«

Okay, mein Freund hatte recht. Ich mußte mich zusammenreißen. Bill setzte den Vorsatz bereits in die Tat um. Er nahm die schwere Schaufel zu Hilfe und wuchtete ihr Blatt gegen die Tür.

Immer wieder haute er zu. Das Holz erzitterte unter den harten Einschlägen, es splitterte, und wir beide hörten die keifende Stimme der Mrs. Osborne.

»Ihr verdammten Schweine, ihr verfluchten Bastarde. Glaubt nur nicht, daß ihr damit durchkommt. Wir machen euch fertig. Edwin wird euch verschlingen. Er wird euch . . .«

Ich hatte inzwischen auch eine »Waffe« gefunden. Es war eine Brechstange. Während Bill Conolly gegen die Tür hämmerte und Holzfetzen aus den Brettern herausholte, setzte ich die Stange zwischen Tür und Mauer an.

Sie diente mir als Hebel. Ich benötigte Kraft, stemmte mich gegen den Widerstand und hoffte, das Schloß knacken zu können. Ein Irrtum.

Allerdings brach am Rand der Tür etwas ab, so daß ich den Spalt vergrößern konnte.

»Durch!« Es war ein Schrei des Triumphs, den Bill Conolly ausgestoßen hatte. Er lachte dabei. Ich stoppte meine Bemühungen und schaute auf das Loch, das Bill Conolly durch den Einsatz der Schaufel geschaffen hatte. Es war ihm tatsächlich gelungen, zwei Bretter aus dem Türverbund herauszureißen.

Das erste Loch war entstanden.

Gemeinsam machten wir weiter. Wir schlugen gegen zwei verschiedene Stellen der Tür, hauten immer mehr Latten entzwei und hörten nichts mehr von der Osborne.

Sie war verschwunden.

Es dauerte nicht lange, da war die Öffnung in der Tür so groß, daß wir uns hindurchschieben konnten.

Bill nickte. »Ich mache den Anfang, gib mir Rückendeckung.«

»Okay.«

Sehr vorsichtig schob Bill seinen Körper durch die Öffnung und stand kaum jenseits der Tür, als ich ihn bereits hörte. »John, los! Komm, die Luft ist rein!«

Ich verließ mich auf die Worte meines neuen Freundes, duckte mich und tauchte durch die Öffnung. Dabei warf ich keinen Blick mehr zurück. Damals fehlte mir einfach die Erfahrung bei solchen Dingen.

Ich atmete zunächst einmal auf, als ich im Kellergang stand und Bill anschaute, der seinen Kopf gedreht hatte und die Schaufel so in seinen Fäusten hielt, daß ihr Blatt nach vorn wies. Als ich ihn berührte, zuckte er zusammen. Wahrscheinlich war er so konzentriert, daß ich ihn regelrecht aufgeschreckt hatte.

»Die Osborne!« flüsterte ich scharf.

»Sie ist weg!«

Ich war überrascht. »Ehrlich?«

»Ja, ich habe sie nicht mehr gesehen, denn ich weiß nicht, wo sie sich verborgen hält.«

»Verdammt...«

»Aber die kommt noch wieder«, sagte Bill. »Das verspreche ich dir. Die kommt noch zurück.« Er holte tief Luft. »Oder wir suchen sie.«

»Wird wohl das beste sein.« Er schaute auf die Eisenstange in meiner rechten Faust. »Bewaffnet bist du ja auch.«

»Aber ich kann ihr doch nicht den Schädel einschlagen«, sagte ich leise.

»Denkst du, ich?«

»Was machen wir dann?«

»Wir müßten sie einsperren. Wenn es geht.«

»Zudem hat sie die Axt«, fügte ich noch hinzu.

»Eben.«

Bill setzte sich nach diesem Wort in Bewegung. Auf Zehenspitzen setzte er sich in Bewegung.

Der Gang war ziemlich eng, so daß wir nicht nebeneinander hergehen konnten. Deshalb blieb ich einen halben Schritt zurück und stand sofort still, als auch Bill seinen Schritt stoppte. Das war genau dort, wo unser Gang in den Hauptgang mündete.

An dieser Stelle verharrten wir zunächst, hielten den Atem an und steckten vorsichtig unsere Köpfe nach vorn. Dann drehten wir sie und schauten in entgegengesetzte Richtungen.

Bill nach rechts, ich nach links, denn dort lag die nach oben führende Treppe.

Von der Osborne keine Spur! Sie schien verschluckt worden zu sein, und ich ballte die freie linke Hand.

»Verflixt«, sagte Bill leise. »Ich bin mir sicher, daß sie irgendwo auf uns lauert.«

»Ganz oben?«

»Möglich. Das Haus ist ja groß.«

»Hier können wir nicht bleiben«, hauchte ich. »Wir müssen los, Bill, ob du willst oder nicht.«

»Ja, okay ...«

Ohne uns abgesprochen zu haben, wandten wir uns beide nach links und bewegten uns vorsichtig auf die Treppe zu. Natürlich konnten wir nicht lautlos gehen. Es lag einfach zu viel Schmutz auf dem Boden. Zudem auch kleinere Steine, die von unserem Gewicht zertreten wurden.

Ohne daß wir angegriffen wurden, erreichten wir die Treppe und gingen sie hoch.

Diesmal machte ich den Anfang. Ich konnte mir gut vorstellen, daß dieses Weib auf der letzten Stufe plötzlich erschien und uns die Axt entgegenschleuderte.

Zum Glück entpuppte sich meine Befürchtung nicht als Tatsache. Mrs. Osborne blieb verschwunden.

Auch im Flur sah ich sie nicht, nachdem ich mich durch die Kellertür geschoben hatte.

Düster lag er vor uns. Es brannte kein Licht. Auch draußen war es mittlerweile dunkler geworden. Durch das Fenster fiel ein fahles Grau, das sich sehr schnell verlief.

»In die Wohnung«, wisperte Bill dicht an mein Ohr und schob sich an mir vorbei.

Ja, das war am besten.

Wie oft war ich den Weg in den letzten Tagen schon gegangen? Aber nie mit einem solch drückenden Gefühl wie jetzt. Uns umfing eine nahezu gespenstische Stille. Jeden Schritt empfanden wir als störend, und meine Beklemmung steigerte sich.

Vor der Wohnungstür blieben wir stehen. Auch Bill Conolly hatte ein wenig von seiner Forschheit verloren. Er wußte, daß es nun kein Zurück mehr gab. Wir mußten uns den schlimmen Tatsachen stellen. Keiner traute sich, den Anfang zu machen. Wir standen vor der Wohnungstür und starrten über die Schwelle. Zugefallen war die Tür nicht, sie stand auch nicht bis zum Anschlag hin offen, so daß wir nur einen Teil der Wohnung sehen konnten.

»Ist sie hier?« hauchte Bill.

Ich hob die Schultern.

Bill preßte die Lippen zusammen. Hinter seiner Stirn jagten sich die Gedanken, und auch ich dachte scharf nach. Hier draußen konnten wir nicht stehenbleiben. Wenn wir mehr wissen wollten, mußten wir die Wohnung einfach betreten.

Ich machte den Anfang. Nicht vorsichtig drückte ich die Tür auf, ich trat gegen sie.

Sie wirbelte zurück, prallte sogar gegen die Wand, von der sie zurückschwang und dann von meinem hochkant gestellten Fuß wieder abgefangen wurde.

Jetzt lag die Diele frei vor uns. Und wir sahen auch die Türen zu den anderen Räumen.

Die Küchentür war nicht geschlossen. Ein Besuch in der Küche hatte uns eigentlich erst auf die Spur gebracht, und den Raum wollten wir uns auch anschauen.

»Ich gehe in die Küche«, sagte ich leise. »Decke du mir den Rücken.«

Bill war einverstanden, schärfte mir jedoch ein, sehr vorsichtig zu sein. Das versprach ich ihm und überwand die trennende Distanz auf Zehenspitzen gehend.

Vor der Küchentür zögerte ich einen Moment. Ich ahnte, daß sich etwas Entscheidendes anbahnte. Hinter mir hörte ich Bill Luft holen. Auch ich saugte noch einmal den Atem ein, bevor ich die Tür aufwuchtete.

Freie Sicht.

Sie war da!

Im ersten Augenblick glaubte ich an einen Alptraum. Die Messer waren weg. Mrs. Osborne hatte sie herausgenommen und auf dem Tisch, vor dem sie stand, verteilt. In der linken Hand hielt sie die Axt, in der rechten das Messer mit der längsten Klinge. Das grüne Kleid trug sie nicht mehr, sondern ein rosafarbenes Kostüm, das ich von der Farbe her ebenso ablehnte. Ihr puppenhaftes Gesicht war zu einer bösen Grimasse erstarrt. Die beiden Wangen glänzten rot wie die Rundungen eines Weihnachtsapfels. Den Mund hielt sie offen. Speichel lag auf ihren Lippen, über die ein plötzlicher Zischlaut drang, bevor sie das Messer schleuderte . . .

Bisher hatte auf mich noch nie jemand ein Messer geworfen. Auch nicht, als ich bei den Boy Scouts, den Pfadfindern, war. Ich wußte nicht einmal, wie man richtig reagierte.

Daß ich von der tödlichen Klinge nicht getroffen wurde, war Glück. Ich ließ mich einfach in die Knie sacken und spürte noch den Luftzug des fliegenden Messers, als es dicht über meinen Kopf hinwegstrich.

Im selben Moment vernahm ich den dumpfen Aufprall. Da war die blitzende Klinge hinter mir in das Holz der Tür gedrungen und dort steckengeblieben.

»John?!« Ich hörte Bills fragenden Ruf. Eine Antwort konnte ich ihm nicht geben, denn nun kam die Osborne selbst. Der Messerwurf hatte keinen Erfolg gezeigt, sie wollte es nun mit der Axt versuchen, die sie allerdings nicht schleuderte.

Sie hieb damit zu.

Ich sah die Frau wie ein Schreckgespenst dicht vor mir auftauchen und dachte dabei an meine Waffe.

Mit der schlug ich einfach zu. Ein klirrendes Geräusch zeigte mir an, daß ich die Klinge getroffen und damit aus der Schlagrichtung gebracht hatte.

Der Schrei der Wut war dicht neben meinem linken Ohr ausgestoßen worden, und ich hieb wieder zu.

Diesmal traf ich die Frau.

An der Schulter hatte es sie erwischt, der nächste Treffer krachte gegen ihre Hüfte, und sie kippte zu Boden. Dort rollte sie sich herum und kam auf die Füße.

Ich hätte es erst gar nicht so weit kommen lassen sollen, aber ich war zu überrascht. Noch nie zuvor hatte ich soviel Gewalt anwenden müssen, mit dieser Tatsache mußte ich fertig werden, denn sie hatte bei mir ein lähmendes Gefühl hinterlassen.

Am Tisch stützte sich die Osborne für einen Moment ab. Ich rechnete damit, daß sie nach einem anderen Messer greifen würde, täuschte mich, denn sie blieb bei ihrer Axt, während sie mich gleichzeitig anfauchte. »Komm nur her, Bürschchen, komm nur her! Ich werde dir deinen verdammten Schädel einschlagen und dich . . .«

»John, weg da!«

Plötzlich war Bill Conolly zur Stelle. Er mußte wohl bemerkt haben, in welch einer Verfassung ich mich befand, und stieß mich zur Seite, damit er freie Bahn hatte.

Und Bill griff die Frau an.

Mit der Schaufel, die er seitlich schlug. Zwar wollte sich die Frau noch ducken, sie kam nicht so schnell weg. Der Schaufelrand erwischte sie an den Haaren und der Kopfhaut. Im nächsten Augenblick schimmerte Blut zwischen den blondgefärbten Strähnen, während die Osborne selbst bis gegen die Wand kippte und sich dort mühsam abstemmte.

»Hund!« keuchte sie. »Verfluchter Hund!«

Sie nahm wieder die Axt. Und diesmal schleuderte sie die gefährliche Waffe.

Ich sah das helle Blitzen der Klinge und gab für Bills Leben keinen Pfifferling mehr. Aus meiner Kehle löste sich ein schriller Ruf des Entsetzens, während Bill Conolly gleichzeitig zurücktaumelte, ohne jedoch die Schneide der Axt im Körper stecken zu haben.

Das Glück war ihm hold gewesen, denn die Waffe hatte nicht ihn getroffen, sondern das breite Schaufelblatt aus Stahlblech.

Dennoch war Bill der Schreck in die Knochen gefahren. Er wankte zurück, wurde noch bleicher und sah die Axt zwischen sich und der Frau am Boden liegen.

Mrs. Osborne fing sich schneller als Bill Conolly. Trotz der Schläge, die sie hatte einstecken müssen, drückte sie ihren Oberkörper nach vorn und kroch auf die Axt zu. Dabei schleifte sie mit Händen und Knien über den Boden, die Distanz schmolz, und ich schaute ihr gebannt zu, wobei ich mich nicht rührte.

Immer näher kam sie.

»Ich töte euch!« keuchte sie. »Jeden habe ich geschafft. Jeden Mieter vor euch. Auch euch mache ich fertig! Ich ...«

Das war ein klassisches Mordgeständnis. Und genau diese Worte rissen mich aus meiner Lethargie. Wenn ich jetzt nicht eingriff, behielt sie noch immer die Oberhand.

Ich sprang vor. Einen großen Schritt brauchte ich nur zu gehen, um die Waffe zu erreichen. Aber die wollte ich gar nicht. Buchstäblich in letzter Sekunde änderte ich meinen Plan.

Als die Frau zugriff und ihre Finger um den Stil der Axt klammerte, schlug ich zu.

Von oben nach unten sauste die Stange und traf die gefärbte Haarflut in der Mitte.

Ich vernahm das dumpfe Geräusch des Aufpralls, hörte einen erstickten Laut und starrte auf die rechte Hand der Frau, die den

Axtgriff hielt. Die Finger zitterten plötzlich. Zwar sollten sie nach innen gedrückt werden, das war nicht mehr möglich, denn allmählich verließ die Kraft den Körper der Frau.

Ein Zucken lief durch ihre Gestalt. Die Hand löste sich vom Griff und blieb starr daneben liegen.

Ich kniff für einen Moment die Augen zusammen. In diesem Augenblick fühlte ich mich furchtbar schlecht. Niemals zuvor hatte ich auf diese Art und Weise etwas entscheiden müssen. Mit Schrecken dachte ich daran, daß die Frau tot sein konnte.

Dann war ich ein Mörder.

Ich merkte die Feuchtigkeit in meinen Augen. Es war die Angst, die sich irgendwie Reaktion verschaffen mußte, und ich vernahm in meinem Kopf eine fremde Stimme.

... Mörder ... Mörder ...

Als ich die Schritte hörte, schaute ich kaum auf. Es war Bill Conolly, der sich von seinem Platz gelöst hatte und auf mich zuging. Neben mir blieb er stehen, bückte sich und untersuchte die Frau.

Ich schaute zur Seite und reagierte auch nicht, als mich mein Freund ansprach.

Erst beim zweiten Ruf schaute ich auf ihn nieder. Bill richtete sich auf. Dabei schüttelte er den Kopf. »Du ... nein, wir beide haben Glück gehabt.«

Ich verstand und begriff nicht. Bill packte und schüttelte mich. »John, komm zu dir. Wir haben Glück gehabt.«

»Wieso?«

»Sie ist nicht tot. Vielleicht eine schwere Gehirnerschütterung, was weiß ich. Auf jeden Fall ...«

Ich hörte seine weiteren Worte nicht mehr. Nur ein Satz hämmerte immer wieder in meinem Hirn nach.

Sie ist nicht tot!

Ich hatte sie nicht erschlagen!

Nur langsam hob ich den Kopf. Bills Gesicht war ebenso schmutzig wie das meine. Seine Lippen jedoch verzog er zu einem erleichternden Lächeln in die Breite.

Wir hatten es geschafft, waren dieser Hölle entkommen, und ich war nicht zum Mörder geworden.

»Ja denn«, sagte ich nur.

»Wir werden das Haus verlassen und die Polizei anrufen«, sagte Bill.

»Natürlich.«

Plötzlich ging es mir wieder besser. Der Druck war gewichen. Wir hatten es überstanden, wir lebten und ...

Der Türeingang verdunkelte sich. Ein grauenerzeugendes Stöhnen schwang uns entgegen, ein Geräusch, wie ich es noch nie zuvor im Leben vernommen hatte.

Dort stand er. Edwin, der Zombie!

Wir wollten es kaum glauben. Wir wehrten uns innerlich gegen die Tatsache, denn nun begann der Schrecken wieder von vorn, den wir schon beendet geglaubt hatten.

Bill hatte die Gestalt getroffen. Das war ihr deutlich anzusehen. Ein normaler Mensch wäre längst tot gewesen, nicht die »Leiche«, die sich noch immer auf den Beinen hielt und auch das Messer mitgebracht hatte.

Ich war gar nicht fähig, Einzelheiten aufzunehmen. Der Anblick war einfach zu schrecklich. Dieses Wesen als Mensch zu bezeichnen, wäre falsch gewesen. Vor uns stand ein regelrechtes Horror-Produkt, das nur töten konnte.

Es ließ sich nicht aufhalten, war unseren Spuren gefolgt und stieß sich nun vom Türrahmen ab.

»Wie kann man ihn töten?« schrie Bill Conolly. »Verdammt, John, sag es. Wie kann man ihn töten?«

Ich wußte im Moment keine Antwort. In meinem Kopf wirbelten zu viele Gedanken, und ich ging, wie auch mein Freund Bill, zurück, so daß ich mit dem Rücken gegen den Küchentisch stieß.

An der Stelle blieb ich stehen. »Aus dem Weg!« schrie ich Bill zu. »Geh nur weg!«

Das tat Bill, und ich packte den Tisch, um ihn im nächsten Augenblick hochzukanten.

Jetzt gab er mir Deckung!

Der Zombie versuchte es mit Brachialgewalt. Mit seiner Messerklinge wollte er den Tisch aus dem Weg räumen. Er stach in die Platte, die Klinge drang tief ein, aber sie kam nicht durch, denn der Tisch bestand noch aus gutem Holz.

Ich kippte ihn vor. Als ich ihn losließ, erfolgten kurze Zeit später zwei Aufschläge. Einmal krachte der Tisch zu Boden, und zum zweiten hörte ich den dumpfen Aufprall, der entstand, als der Zombie von den Beinen gerissen wurde.

Der Tisch war so gefallen, daß seine vier Beine in die Höhe zeigten und mein Blickfeld nicht beeinträchtigt wurde. Bill war ausgewichen. Er stand schon fast auf der Türschwelle und riet mir mit drängender Stimme, das Haus zu verlassen.

Ich schüttelte den Kopf. Auf einmal war ich sehr eigensinnig. Zudem bewegte sich Edwin. Eine Klaue hatte er um ein Tischbein geklammert. Durch diese Stütze wollte er sich wieder in die Höhe ziehen. Mein Blick fiel auf die Axt!

Und plötzlich wußte ich genau, was ich zu tun hatte. Mir war klar, wie man ihn töten konnte.

»Geh raus, Bill!« sagte ich mit einer Stimme, die mir selbst fremd vorkam.

Bill starrte mich verständnislos an.

»Bitte geh!« schrie ich.

»Und du?«

»Keine Fragen!«

Bill Conolly mußte in meinem Gesicht eine so große Entschlossenheit gelesen haben, die ihn schon erschreckte. Er ging tatsächlich. Ich hörte seine Schritte auf dem Flur und drehte mich, um die Axt aufzuheben. Als ich meine Hand um den Stiel geklammert hatte, begann mein Herz schneller zu pochen.

Was ich vorhatte, war schrecklich. Aber konnte ich es als Mord ansehen? Nein.

Die Waffe schien Zentner zu wiegen. Mein rechter Arm zitterte, als ich die Axt festhielt. Ich bekam sie kaum in die Höhe. Dafür war es dem Zombie mittlerweile gelungen, sich auf die Füße zu stemmen. Breitbeinig stand er vor mir, wobei er Mühe hatte, das Gleichgewicht zu halten.

In meinem Gesicht zuckte kein Muskel. Ich hielt den Blick starr auf den lebenden Toten gerichtet. Innerlich war ich zu Eis erstarrt. Aus dem Flur hörte ich Bills schweren Atem.

Der Zombie hob den rechten Arm. Er hielt das Messer jetzt waagerecht. Wenn er zuschlug, würde er meinen Hals treffen.

Auch mein Arm kam hoch. Die Klinge der Axt bildete in der Verlängerung ebenfalls eine Ebene mit dem Hals des Monstrums.

Ich tat es und schloß dabei die Augen. Und ich war schneller als die lebende Leiche.

Bill hat mir später erzählt, daß ich wie ein Zombie zu ihm gekommen und nicht ansprechbar gewesen wäre. Erst Minuten später brachte ich wieder ein Wort hervor.

»Ich hörte einen dumpfen Aufprall«, sagte der Reporter. »War es der Kopf des Zombies?«

Ich nickte.

Bill senkte seinen Blick. Wir sprachen nicht.

Irgendwann einmal schloß ich die Küchentür und ging in den Wohnraum.

Dort stand ein Telefon. Mit zitternden Fingern wählte ich die Nummer der Polizei.

Es war die von Scotland Yard!

Ein Rattenschwanz von Ermittlungen folgte. Bill und ich wurden durch eine regelrechte Verhörmühle gedreht, und dies geschah außerhalb des Blickfeldes der Öffentlichkeit.

Am anderen Tag untersuchten Spezialisten das Haus. Sie brachen Wände auf und hackten Mauern entzwei.

Dabei wurden sie fündig.

Vier Leichen fanden sie. Bei zweien waren nur mehr die blanken Knochen übrig. Es stellte sich heraus, daß die Menschen vermißt gewesen waren und allesamt einmal bei Mrs. Gilda Osborne gewohnt hatten.

Ihr Motiv?

Darüber machten sich die Beamten Gedanken. Gilda Osborne selbst war nicht mehr ansprechbar. Ihr Geist war verwirrt. Sie sprach aber von einem Totenzauber, von Zombies und dem Teufel, dem sie gedient hatte ...

Bill und ich kamen gut aus der Sache heraus. Mein Vater setzte sich auch ein, und schließlich wurden wir so etwas wie Helden im kleinen Kreis. Davon wollte ich nichts wissen, nur als ich erwähnte, nach meinem Studium gern bei der Polizei anzufangen, hatte man dafür Verständnis.

Vor allen Dingen ein Mann, den ich als James Powell kennenlernte und der mit mir ein zweistündiges Gespräch führte. Einen Vorvertrag unterschrieb ich beim Yard zwar nicht, bekam jedoch das mündliche Versprechen, mir um die Zukunft keine Sorgen mehr machen zu brauchen.

Das war immerhin etwas.

Ich wohnte sehr bald wieder bei meinen Eltern. Mein Vater eröffnete später eine eigene Praxis, und ich ging nach Oxford, um dort weiter zu studieren.

Der Kontakt zu Bill Conolly brach niemals ab. Er machte seinen Weg, ich den meinen.

Hin und wieder trafen wir uns, um Erfahrungen auszutauschen, wobei Bill überrascht war, daß ich noch ein Studienfach dazu belegt hatte, Parapsychologie.

»Willst du später weiter Zombies jagen?« fragte er mich spöttisch.

»Möglich. Weißt du, Bill, durch unseren Fall habe ich festgestellt, daß es Dinge gibt, die einer Aufklärung bedürfen. Vielleicht kann ich mich einmal um solche Sachen kümmern.«

»Das wäre nicht schlecht«, gab der Reporter zu.

»Wieso?«

»Dann hätte ich immer eine gute Story.«

Wir haben damals beide nicht in die Zukunft schauen können. Wer jedoch meine Abenteuer kennt, wird längst wissen, daß all dies in Erfüllung gegangen ist.

Mit Mrs. Osborne hat es auf gewisse Art und Weise begonnen. Wie es einmal enden wird, das weiß ich nicht.

Und es ist auch gut so, wie ich finde . . .

ENDE

Jason Dark

Das Porträt eines erfolgreichen Unterhaltungsschriftstellers

Jason Dark wurde am 25. Januar 1945 in Dahle/Altena geboren, wuchs aber auf in Dortmund. Nach Schule und Bundeswehr begann er zu schreiben – sein erster Roman, noch während seiner »Bund«-Zeit entstanden, wurde übrigens vom Verlag abgelehnt.

Zu seinen Hobbys gehört Lesen – »von Lessing und Claudius zu der ganzen Palette spannender Unterhaltung, von Lassiter bis Jerry Cotton«, wie er selbst sagt.

Jason Dark ist auch Kino-Fan, Hitchcock, John Carpenter (»Die Klapperschlange«, »Halloween«, »Christine«), Brian de Palma (»Der schwarze Engel«, »Carrie«) und George A. Romero (Zombiefilme) sind die Regisseure, die er am liebsten mag.

Seine nächste schriftstellerische Herausforderung hat er schon aufgenommen: Während die Produktion dieses ersten Sinclair-Paperbacks beginnt, schreibt er seinen ersten Filmroman: Das Buch zu dem ungewöhnlichen Horror-Film »Ghostbusters«.

Jason Dark ist verheiratet und hat zwei Kinder.

Daß er irgendwann selbst schreiben würde, war dem begeisterten Krimileser von Anfang an klar. »Was die können, das kann ich auch!« lautete die Devise, unter der er sich vor nunmehr 15 Jahren an die Schreibmaschine setzte, um seinen ersten Roman, einen Krimi, zu Papier zu bringen.

Seine Begabung war unübersehbar und dokumentiert sich in einer mitreißenden Erzählweise, die vom Anfang bis zum Ende fesselt. Die ersten Sporen als Unterhaltungsschriftsteller verdiente er sich im Krimi-Genre. Doch die Welt des »normalen« Verbrechens wurde ihm schon bald zu eng. Zu starr waren die Schranken, innerhalb derer er sich bewegte, zu alltäglich auch die Ereignisse, die seine Phantasie ersinnen durfte.

Schon immer von dem fasziniert, was allgemein mit »Phantastik« bezeichnet wird, startete er 1973 seinen ersten Versuch in diesem Genre. **»Die Nacht des Hexers«** lautete der Titel, der unter dem Pseudonym Jason Dark veröffentlicht wurde, unter einem Namen, der fortan zum Markenzeichen für spannende Unterhaltung von der geheimnisvollsten Art wurde.

Selbst ein waschechtes Kind des Ruhrgebietes, dessen Bewohner sich durch eine ganze spezielle Art des Humors und der Beobachtungsgabe auszeichnen, pflegt er dem »Volk aufs Maul zu schauen«, und seine Leser wissen, daß dort jemand für sie schreibt, der ihre Probleme, ihre Ängste und ihre Sehnsüchte kennt.

Seine Phantasie scheint unerschöpflich zu sein, und seine Arbeitsdisziplin ist sprichwörtlich. Bei seinen Romanen kümmert er sich praktisch um alles. Vom Studium einschlägiger Literatur, um seinen Romanen ein faktenreiches Fundament zu bauen, bis hin zur Präsentation des fertigen Buchs wirkt er entscheidend mit, um dem Leser zu dem zu verhelfen, worauf er ein Anrecht hat: Zu seiner täglichen Portion Unterhaltung, so wohlschmekkend und perfekt wie irgend möglich.

Vicente B. Ballestar

Der Künstler der John-Sinclair-Titelbilder, der von den Lesern so sehr viel Lob erhält, wurde 1929 in Barcelona geboren. Wer mal in Spanien war, wird sicherlich die vielen Stierkampf-Plakate gesehen haben – die schönsten und eindrucksvollsten hat Vicente B. Ballestar geschaffen. Er gilt als der Plakatmaler der iberischen Halbinsel.

Begonnen hat seine künstlerische Karriere als Aquarellzeichner – er liebt Wasserfarben über alles. In Barcelona ist die Gesellschaft der katalanischen Aquarellmaler zu Hause, deren Mitglied Ballestar seit vielen Jahren ist. Diese Gesellschaft veranstaltet Ausstellungen, die in den größten Städten Spaniens von vielen tausend Menschen besucht werden.

Zuletzt gab es 1983 in Barcelona die bisher größte Ausstellung des Künstlers Ballestar. Sie fand in der Presse ein großes Echo.

Als Buch-Illustrator ist Vicente B. Ballestar seit Jahren ein vielgefragter Künstler. Verlage in den USA, in England, Deutschland und natürlich Spanien gehören zu seinen Auftraggebern.

Ballestar ist verheiratet und hat zwei Töchter. Er ist mit Leib und Seele Katalane und freut sich immer wieder über das Lob von deutschen Sinclair-Fans, das ihm von seinem Künstleragenten Raphael Martinez und dessen deutscher Frau Norma übersetzt wird.

Meine liebsten Leserbriefe

Vor dieser Auswahl habe ich mich lange gedrückt, denn mir ist jeder Brief, jede Nachricht von einem Leser, lieb. Und bei dieser Gelegenheit ein dickes Kompliment: Ich bin sicher, die aktivsten Leser zu haben, die sich ein Autor wünschen kann. Bis zu 50 Briefe am Tag; der Schnitt liegt bei über 20! Sehr viele Anregungen beweisen mir das Engagement und die Begeisterung der Sinclair-Leser, und deshalb bemühe ich mich, soviele Briefe selbst zu beantworten, wie es nur eben geht.

Also, nun zu meiner Auswahl – hier kommt der erste Brief:

Manfred Kißlinger, 2974 Krummhorn 1

Hallo Jason!

Schon wieder er, wirst Du jetzt bestimmt denken, aber ich glaube, Du freust Dich darüber, wenn einige Fans für die Serie John Sinclair großes Interesse zeigen. Wenn es nicht so wäre, müßte ich von Dir sehr enttäuscht sein.

Aber nun zu meinem Anlaß, Dir schon wieder zu schreiben. Erst einige Kritik: Mir scheint es so, als würdest Du Dir widersprechen.

Ich habe meine alten Romane der 1. Auflage genommen und die Leserseiten nochmal gelesen. Da fiel mir verschiedenes auf:

1. Auf irgendeiner Deiner Leserseiten hast Du mal geschrieben, Sir James Powell wäre ein alter Junggeselle, aber in einem Roman nach Band 200 hast Du geschrieben, er wäre Witwer, was stimmt nun?
2. Du hast auch mal geschrieben, das Kreuz und der Dolch hätten irgendeine magische Verbindung. Wann schreibst Du mal darüber?

Ansonsten finde ich Deine Romane spitze, wenn auch mal ein Roman dabei ist, der etwas schwächer ausfällt. Aber wären alle

Romane absolute Spitzenklasse, so würde man bestimmt bald zu verwöhnt werden. Außerdem merkt man an den Romanen, daß hier ein Mensch wie Du und ich am Werke war.

Ich finde es gut, daß John so natürlich und manchmal allzu menschlich reagiert. Aber, wenn er schon menschlich reagiert, dann laß ihn auch mal einen größeren Fehler begehen. Wenn ein Mensch auch noch so viel Erfahrungen gemacht und zig lebensbedrohliche Situationen mehr oder weniger schadlos überstanden hat, so kann er trotzdem noch Fehler begehen.

Aber sonst ganz toll, Deine Serie.

Beachtenswert ist es auch, wie Du an alte Fälle anknüpfst, z. B.: »Die goldene Kralle« und »Ich stürmte den rollenden Sarg«. Wie behältst Du das alles? Hast Du ein bestimmtes System? Und wie machst Du es, daß Du so viele Romane im voraus in bestimmten Reihenfolgen bringst? Hängt das mit dem Ablauf der einzelnen Geschichten zusammen?

Läßt Du mal wieder Zamorra, Ballard oder Damona King mitspielen? Da ja alle drei Serien beinahe von je einem Autor geschrieben werden und Du, wie Du selbst sagst, mit A. F. Morland sehr gut befreundet bist, könnte man doch darüber reden. Auf alle Fälle über Damona King, da sie ja nur noch in der Gespenster-Krimi-Reihe erscheint. Oder geht das nicht? Zum Schluß habe ich mir die Mühe gemacht und noch 10 Titelvorschläge für Deine Reihe beigelegt. Ich hoffe, Du findest daran Gefallen. Schreibe mir doch mal, was Du davon hältst.

Ich würde mich auf jeden Fall über Deine ehrliche, fachmännische Meinung sehr freuen.

Dein treuer Leser und Fan
Manfred

Man merkt diesem Brief die Begeisterung an, mit der Manfred meine Romane liest. Daß er mich bei einigen Ungereimtheiten ertappt hat, zeigt, wie aufmerksam er liest. Und dann erst die sehr konkreten Vorschläge für neue Romane! Ganz herzlichen Dank, Manfred! Ich drucke sie alle ab, damit auch die anderen Leser einmal sehen, wie phantasiebegabt John-Sinclair-Freunde sind.

Titelvorschläge für John-Sinclair-Romane – von Manfred Kißlinger

1. *Salut für einen Wiedergänger*
   Dieser Roman sollte im gehobenen Soldatenstand oder in Adelskreisen spielen. Ein Offiziers-Zombie oder adeliger Zombie sollte sein Unwesen treiben. Höhepunkt: Die Geburtstagsparade der Queen.

2. *Turm der 7 Tode*
   Dieser Roman sollte in Pisa spielen. Im schiefen Turm zu Pisa. Sieben Menschen starben im Turm – aber jeder einen grauenvolleren Tod als der andere.

3. *Einen Richter für Jane Collins – 1. Teil*
   Jane Collins sollte gestellt werden und auch vor Gericht kommen. Aber da ist noch Wikka, die Oberhexe.

4. *Hexenwein und Teufelsblut – 2. Teil*
   Jane und Wikka sind entkommen. Sie haben einen teuflischen Plan ausgeheckt. Eine Weinkellerei ist Ausgangspunkt für ihre tödliche Formel gegen die Menschheit. Auch James Powell und sein vornehmer Club werden in dämonischen Strudel hineingerissen. Wird es John Sinclair gelingen, den Wahnsinn zu stoppen?

5. *Satansfeuer*
   Ernest Loughan war ein Tagelöhner. Er trieb sich fast immer auf Müllplätzen und Schutthalden herum. So auch bei der neuen Müllverbrennungsanlage in Southampton. Aber was er fand, war nicht das, was er suchte. Es war der Tod. Aber er starb keinesfalls einen normalen Tod, er wurde von den Mächten der Finsternis in die Anlage gelockt. Und er war nicht tot, was schon bald halb England spüren sollte. Er hatte das Satansfeuer der Hölle in sich. Und alles, was er berührte, wurde zu Asche.

6. *Gezeitentod*
   Das Meer holt sich das, was man ihm nahm, wieder zurück. So auch im Jahre 1575. Ein kleines Dorf in Ostfriesland, direkt an der Küste und gleich hinter dem Deich gelegen, mußte

sich den Naturgewalten geschlagen geben. Es ging unter. Jahrhunderte vergingen. Das Meer kommt mit der Flut und geht mit der Ebbe. Dabei wird auch der Meeresboden aufgewühlt, und ein steinerner Sarkophag kam zum Vorschein. Die Sensation war perfekt. Aber was keiner wußte, über den Sarkophag war vor über 400 Jahren ein Fluch verhängt worden. Und die Polizei fand keine Lösung für die Leichen, die an Land gespült wurden.

7. *Auferstehung des Grauens*
Wenn man der Verstorbenen gedenkt, kommt es in einem kleinen Dorf namens Vildeson zur Aufregung. Man fürchtet sich. Denn in dem kleinen Dorf in Schottlands Highlands muß jedes Jahr um die gleiche Zeit, zur gleichen Stunde, und – was noch rätselhafter ist – am gleichen Ort ein Mensch sterben. Es wäre alles beim alten geblieben, wenn nicht ausgerechnet in diesem Jahr ein Reisebus durch eine Panne gezwungen wäre, in diesem Dorf zu halten. Er kam aus London und hatte einen ungewöhnlichen Gast als Reisenden. Es war niemand anders als Johnny Conolly. Seine Schulklasse war zu einer Ausflugsfahrt unterwegs ins Grauen, und niemand konnte es stoppen. Oder doch?

Hermann Hölscher, 4650 Gelsenkirchen

Hallo Jason!
Nun muß ich doch einmal ein paar Zeilen schreiben. Ich war und werde immer ein treuer Leser von Deinen Romanen sein. Besitze alle 285* Romane der Erstauflage, 50 Romane der Zweitauflage (die Hefte aus der Gespenster-Krimi-Reihe) und alle 33* Taschenbücher. Aber ich habe sie nur bis Band 217 regelmäßig gelesen. Das war am 31. August 1982. Nun bin ich zwangsläufig auch beim Thema Jane Collins. Nach meinem Autounfall – ich lag fast sechs Monate im Krankenhaus – war mein erster Roman durch Zufall das Taschenbuch „Der lächelnde Henker“. Was ich las, das durfte

* Die Zahlen beziehen sich auf die Romanhefte und Taschenbücher, die bis zum Zeitpunkt des Briefschreibens erschienen waren.

nicht wahr sein, das war Wahnsinn, einfach irre, verrückt. Aber es stimmte:

Der Henker war eine Frau
JANE COLLINS

Da habe ich mir geschworen, niemals mehr John Sinclair zu lesen. Wie kann man eine Partnerin, wie John Sinclair sie gehabt hat, die praktisch 253 Romane an seiner Seite gekämpft hat, zum „Bösen" überlaufen lassen! Das haben John und alle seine Freunde aus Gelsenkirchen nicht verdient!

Doch Deine Romane sind die besten Romane, die je ein Verlag – gefolgt von A. F. Morland – herausgegeben hat. So dauerte es auch nur eine Woche, bis ich wieder anfing, Deine Romane zu lesen. Erst die ganzen alten Romane aus den Jahren 1978/79, wo Jane Collins mitspielte, dann auch wieder neuere.

Nun kam ja das Problem auf, woher die Hefte bekommen, die ich auch ab Band 218 nicht mehr sammeln konnte und nach dem »Lächelnden Henker« auch nicht mehr sammeln wollte. Ich entschloß mich, am 27. 7. 1983 zu meinem Zeitschriftenhändler zu gehen, um ihn um Rat zu fragen. Und siehe da, er hatte alle Romane für mich aufgehoben. Ich bin ja auch seit 1978 ein treuer Kunde von ihm, und er wußte wohl, daß ich immer wieder zu John Sinclair zurückkehren würde, so war es dann auch. So fing ich mit Band 218 an, als Band 264 erschien. Also eine Aufholjagd von 47 Bänden. Daß ich, durch meinen Unfall bedingt, meinen alten Beruf nicht mehr ausüben kann und jetzt eine Umschulung mache, erschwert die Aufholjagd enorm. Außerdem lese ich noch Tony Ballard und die alten Romane von John Sinclair, die jetzt in der zweiten Auflage erscheinen.

Meine Frau meint immer, ich lerne zuviel, und drückt mir dann ein John Sinclair-Heft in die Hand. Ich muß ehrlich gestehen, daß mich das ablenkt. Hinterher klappt es dann umso besser. Ich bin jetzt immer noch 32 Romane im Rückstand. Vielleicht schaffe ich es in den Weihnachtsferien, den Rückstand weiter zu verringern. Das schönste Weihnachtsgeschenk wäre für mich, wenn Jane Collins wieder auf der Seite von John kämpfen würde. Ich habe auch einige Unterschriften gesammelt. Denn Jane muß bleiben, und zwar bei John!!!

Sonst gibt es nur Positives über Deine Romane zu sagen. Der Notendurchschnitt liegt bei 250 gewerteten Romanen bei 1,12.

Zum Vergleich: A. F. Morland mit Tony Ballard (50 gewertete Romane) 1,63, Gespenster-Krimi (100) 2,97, Damona King (80) 3,40, Professor Zamorra (80) 4,11. Dabei wurde bei zu viel Brutalität oder Grausamkeit eine 6 vergeben. Bei unglaubwürdigen Handlungen und bei zu wenig Menschlichkeit eine 5. Zu wenig Spannung eine 4. Gute Handlung, Spannung oder unpassender Schluß eine 3. Mit 2 wurden bewertet: Gute Handlung, Spannung, guter Zusammenhang, Überraschungen am Schluß. Bei einer 1 mußte alles stimmen, und wir vergeben so leicht keine 1. Die Gefahr besteht bei Deinen Romanen nur darin, daß man sie erst auf Seite 64 beiseite legt.

Ich darf noch hinzufügen, ohne den Vorfall Jane Collins hättest Du einen Durchschnitt von 1,06.

Nun hätte ich noch einen Vorschlag: Könntest Du nicht einmal einen Roman schreiben, in dem Du mitspielst? Du könntest ja mal im Urlaub mit Deiner Frau London besuchen. Keine Sorge, auf die Kätzchen können wir aufpassen. Wir haben selbst einen Kater, der sich im Moment gerade putzt.

Vergiß dann aber nicht, John von mir zu grüßen!

Dein immer treuer Leser (mindestens bis Band 2000)

Hermann

PS.: Grüße auch A. F. Morland von mir, seine Romane werden immer besser.

Diesen Brief habe ich zu meinen liebsten dazugenommen, weil Hermann Hölscher vielen aus der Seele spricht, wenn er sich für Jane Collins einsetzt, und weil er trotz seiner Kritik ein Sinclair-Freund geblieben ist. Außerdem finde ich es fantastisch, daß er eine so verständnisvolle Frau hat: Sinclair-Lektüre als Ablenkung vom Lernstreß – das macht dem Autor Freude!

Bärbel Schubert, 2300 Kiel

Lieber Jason Dark,
bisher habe ich Geister-Romane für Blödsinn gehalten! Bis wir dieses Jahr zur Kieler Woche Besuch von Bekannten aus Wuppertal bekamen. Der Sohn unserer Bekannten lief den ganzen Tag nur mit Sinclair-Romanen durch die Gegend. Und so wurde ich angesteckt.

Ich selber bin 32 Jahre alt, verheiratet und habe eine Tochter (8). Immer, wenn ich Zeit habe, greife ich zu John Sinclair. Ich fand alle Romane gut, besonders gut gefallen mir die Taschenbücher.

Da ich mit dem Sohn unserer Bekannten die Romane austausche, wäre ich froh, wenn ich eine Liste hätte von allen bisher erschienenen Sinclair-Romanheften und Taschenbüchern.

Wäre es Ihnen möglich, mir so eine Liste zu schicken? Nummer und Titel.

Ich hoffe, die Sinclair-Reihe läuft noch recht lange, und Ihnen gehen hoffentlich nicht die Ideen aus.

Beste Grüße
Ihre Bärbel Schubert

Über diesen Brief habe ich mich deshalb so sehr gefreut, weil er beweist, wie vielschichtig die große Sinclair-Familie ist. Daß ich mit meinen Romanen mehrere Generationen anspreche, habe ich mir immer gewünscht.

Markus Boehm, 19 Pyramid Street, Emu Plains 2150, Australien

Hallo Jason,

erstmal vielen Dank für den Brief mit den Antworten meiner Fragen, den Du mir geschickt hast. Außerdem bedanke ich mich nochmals, daß Du meine Anschrift in John-Sinclair-Roman Nr. 268 abgedruckt hast. Ich habe in der Zwischenzeit nämlich so viel Post aus Old Germany erhalten, daß meine Mutter ihre Hände über dem Kopf zusammenschlägt. Es waren bis jetzt 15 Briefe von John-Sinclair-Clubs, und das innerhalb einer Woche.

Nun aber zu John Sinclair. Bei ihm muß in der Zwischenzeit bestimmt viel passiert sein, seit ich nicht mehr in Deutschland lebe. Hat er schon eine neue Freundin als Ersatz für Jane Collins? Hat er wieder eine neue Waffe bekommen? Wird das Sinclair-Team vor Band 300 noch neue und starke Gegner bekommen?

Ich habe mich sehr gefreut, daß Du die Idee mit dem Feuerbumerang angenommen hast, denn damit habe ich überhaupt nicht gerechnet. Als ich den Brief schrieb, war gerade eine Sendung über Bumerangs im TV. Und da dachte ich, schreibe doch einen Vorschlag für Jason Dark. Wenn Du allerdings ein paar Unterlagen über Australien haben möchtest, lege ich Dir einige mit in den Brief, okay?

So, das wäre es aus Australien. Grüße mir Deine Frau und Deinen Redakteur und mach's gut.

Markus

Markus, einen Rekord hast Du bestimmt aufgestellt. Du hast den Leserbrief mit dem weitesten Zustellweg geschrieben. Und dann erst Deine Angaben über Australien! Ich habe noch nie in so kurzer Zeit so viel über ein Land erfahren, und weil ich das den Sinclair-Freunden nicht vorenthalten will, drucke ich hier Dein kleines »Aussie«-Seminar ab.

Land und Leute in Australien

1. Australien ist fast so groß wie die USA, aber trotzdem leben nur 14 Millionen Menschen in diesem Land.

2. 70 % der Australier besitzen ihr eigenes Haus.

3. Australien hat 7 Bundesstaaten: Neu-Süd-Wales, Hauptstadt Sydney; Victoria, Melbourne; Süd-Australien, Adelaide; West-Australien, Perth; Nord-Territorium, Darwin; Queensland, Brisbane, und zuletzt die Insel Tasmanien mit der Hauptstadt Hobart.

4. Zwischen den Millionenstädten Melbourne und Sydney herrscht tiefe Rivalität, dieser verdankt Canberra seine Existenz als Hauptstadt von ganz Australien (die beiden Giganten Melbourne und Sydney konnten sich nicht über den Regierungssitz einigen).

5. Die Aussies (Abkürzung für Australier) sind sehr wettfreudig. Einen großen Teil ihrer Einkommen geben sie für Wetten aus (Pferde-, Lotto-, Totowetten).

6. Die Aussies trinken sehr viel Bier, pro Kopf ca. 145 Liter im Jahr.

7. Aussies sind gastfreundliche, hilfsbereite Menschen, die mit einem neuen Freund aus dem Pub mitunter recht lange plaudern, bis man den »Neuen« zu sich nach Hause einlädt. Etwas anders sieht es aus,

wenn man den Freund eines Freundes kennt, der gemeinsam mit einem dritten Bekannten ein Bier getrunken hat. Dann läßt die Einladung zum »Tee« nicht lange warten – was meist eine opulente Abendmahlzeit bedeutet. Und spätestens von da an ist man »drin«. Die meisten Ausies wohnen »draußen«, entweder in den Vororten der großen Städte oder recht weit draußen im Lande.

8. Aussies können Engländer nicht leiden, weil diese zuviel angeben. Deshalb werden sie auch »Pommies« genannt.

9. In Australien kann es im Sommer sehr heiß werden. Hier gibt es sozusagen nur zwei Jahreszeiten: den Sommer von Oktober bis Anfang Mai, Durchschnittstemperatur beträgt etwa 37° C (überall). Der sehr milde Winter (nur die Nächte sind manchmal kalt) ist fast so warm wie in Deutschland der Sommer.

10. Wenn man nach Australien will, muß man viel Zeit haben: Einschließlich Zwischenlandungen dauert der Flug ca. 30 Stunden.

Wolfgang Schweitzer, 6930 Eberbach am Neckar

Sehr geehrter Herr Jason Dark!

Endlich kann ich den schon seit längerem gefaßten Entschluß, Ihnen zu schreiben, in die Tat umsetzen. Zu allererst möchte ich Ihnen zu Ihrer sehr gut gelungenen Serie »John Sinclair« gratulieren. Sie hat mir auf Anhieb gefallen, als ich die ersten Romane – es war ein Sammelband mit den Heften 47–49 – las. Von da ab begann ich, soweit es das Taschengeld zuließ, immer häufiger Sammelbände und schließlich, ab der Hunderter-Trilogie, auch Hefte zu kaufen.

Systematisch habe ich aber erst ab Band 163 gesammelt. Damals erschien auch gerade Band 27 der Zweitauflage. Ich ließ mir beide Auflagen im Bahnhofsbuchhandel zurücklegen und versuchte, schon erschienene Ausgaben nachzukaufen. Dies war zwar nicht immer mit meinen schulischen Verpflichtungen (John Sinclair zu lesen ist eben spannender als französische Vokabeln zu pauken) zu verbinden, aber es führte immerhin dazu, daß mir nun lediglich Band 6 der Zweitauflage fehlt. Auch die ca. 54 Hefte der Serie (die meisten fehlen mir zwischen Band 1 und 100), die ich noch nicht bekommen konnte, will ich mir nachkaufen.

Ich kann mir vorstellen, daß Sie derartige Sammlerlebensläufe zu Dutzenden erhalten und ich will damit auch nur eines sagen: Ihre Serie halte ich für das beste, was derzeit auf diesem Gebiet auf dem Markt ist!

Dies kommt wohl kaum von ungefähr. Wenn ich die »alten« Sinclair-Hefte mit dem vergleiche, was Sie jetzt schreiben, muß ich sagen, daß Sie sich stets weiterentwickelt und verbessert haben. Ferner hat zu der Popularität der Serie meiner Meinung nach auch die Auswahl der Figuren beigetragen, und wie Sie es fertigbringen, deren Gefühle und Gedanken zu beschreiben (auch bei Nebenfiguren)! Dies scheint mir um so wichtiger, als es dem Leser erlaubt, sich in die Person hineinzuversetzen. Er erlebt einen Horror, wie ihn keine noch so große Anzahl von Morden und Leiden erzeugen könnte.

Ein weiteres großes Plus der Serie ist die Leserseite! Sie ist mehr als eine bloße Auflistung von Namen, Leser- und Clubadressen und obligatorischen Danksagungen. Sie gibt dem Leser das Gefühl, an der Entwicklung der Serie beteiligt zu sein und Ihnen durch Vorschläge Anregungen geben zu können. Man hat nicht das Gefühl, daß der Autor der Serie lediglich irgendwelche Exposés ausarbeitet. Hier verkörpert der Autor die Serie und trägt dazu bei, daß sie lebt und ihren Zweck, die Unterhaltung, voll erfüllt.

Mich würde auch einmal interessieren, inwiefern Ihre Redaktion einen Einfluß auf den Inhalt der Romane hat.

Werden Exposés nur bei Serien entworfen, die die gleichen Hauptfiguren in allen Romanen, aber immer verschiedene Autoren haben?

Es ist selbstverständlich, daß nicht jeder Roman jedem Leser gleich gut gefällt. Jeder hat Lieblingsfiguren (in meinem Fall neben dem Sinclair-Team z. B. Schwarzer Tod, Spuk) oder Lieblingshefte (mir gefielen besonders gut die Bände 100–102 und 133–141), aber im großen und ganzen hat die Serie eine gute Mischung von den verschiedensten Charakteren und Themengebieten.

Ich habe nur einen Grund zur Kritik: die Mordliga. Sie hat zu viele starke Figuren (Dr. Tod/Tokata) verloren. Dies wäre noch nicht einmal so schlimm, wenn andere Figuren wie Xorron, Herr der Zombies und Ghouls, und Vampiro-del-mar, Kaiser der Vampire, halten würden, was der Name ausdrückt. Ich habe den Eindruck, daß beide nichts weiter als »hirnlose Killer« sind, ein Paar überdurchschnittlich starke Handlanger. Vampiro-del-mar wird von Ihnen selbst als eine Art Monster beschrieben, wobei ich hier weniger das Aussehen, als vielmehr die geistige Handlungsfähigkeit meine, die kaum über seinen Mordtrieb hinauszureichen scheint. Er, der Kaiser, unterwirft sich Lady X, einem Vampir, der, zugegeben, sie besitzt den Würfel des Unheils, eigentlich ihm gehorchen müßte. Für eine Figur, die so aufgebaut wurde, ist es zu wenig, daß sie sich nur auf ihre Kraft verläßt.

Ähnlich ist es auch bei Xorron. Auf mich wirkt er manchmal wie ein dressierter Hund, der seinem Herrn bedingungslos gehorcht und alles macht, was dieser will. (Frage: Wann wird Xorrons Vergangenheit enthüllt?)

Bis auf diese Kleinigkeiten habe ich an Ihrer Serie nichts auszusetzen.

Mit freundlichen Grüßen

Ihr Wolfgang Schweitzer

Auch bei diesem Brief war ich von der Begeisterung des Lesers begeistert – Wolfgang Schweitzer lobt und kritisiert, und beides hilft dem Autor. Außerdem mußte ich diesen Brief zu meinen »Lieblingen« zählen, weil Wolfgang mir aus der Seele spricht, wenn er sagt: »John Sinclair zu lesen ist eben spannender als französische Vokabeln zu pauken.« Aber das muß auch sein, nicht wahr?

Nicole Seidel, 7701 Mühlheim-Ehingen 2

Hey Jason!

Ich habe mich sehr über Deinen Brief und den signierten Roman gefreut, ich hatte ihn zum Glück noch nicht. Zur Zeit bringen sie Edgar-Allen-Poe-Filme, schaust Du die an, oder hast Du mal Geschichten von ihm gelesen? Ich finde ihn gut. Neulich kam am 26. Januar in der Sendung »Kinder, Kinder« ein Bericht über Vorbilder. Es hatte viel mit John Sinclair zu tun. Hast Du das angesehen? Es handelte von einer Familie mit zwei Söhnen, die John Sinclair lesen, und die Mutter fand es nicht gut, daß sie das lesen und der Vater ebenfalls. Gut war, da lagen überall John Sinclair herum, der Vater hat sie dann immer einsammeln müssen.

Vor kurzem las ich ein Buch (Im Zeichen des himmlischen Bären von Federica de Cesco) über Japan. Da hat mir das folgende Gedicht gut gefallen:

Zum Beginn der Zeiten
Gab es keinen Unterschied
Zwischen Mensch und Tier.
Alle Kreaturen lebten auf Erden.
Ein Mensch konnte sich in ein Tier verwandeln,
Wenn er es wünschte.
Und ein Tier konnte zu einem Menschen werden.
Es gab keinen Unterschied.
Alle sprachen die gleiche Sprache.
Denn die Worte waren magisch,
Der Geist besaß die Kräfte des Alls,
Und die Worte wurden lebendig.

Gefällt es Dir?

Mit diesem Brief habe ich Dir auch wieder ein Rätsel mitgeschickt. Solche Sachrätsel mag ich noch am liebsten. Ich arbeite mich langsam hoch, denn ich besitze jetzt 123 John Sinclair. Außerdem möchte ich Brieffreundschaften schließen.

Zur Zeit freunde ich mich mit dem Comic »Manos« (auch aus BASTEI) wieder an. Früher kaufte ich es auch mal. Kennst Du es?

Jetzt komme ich noch zu John selbst. Doof fand ich es, als Bandor starb, ich fand ihn gut. Laß Lupina endlich vernichten, sie geht mir auf den Geist. Ich habe jetzt endlich »Disco Dracula« bekommen und gelesen, der Roman war sehr gut. Auch Sternchen haben die Taschenbücher »Die Rache der Horror-Reiter«, »Der lächelnde Henker« und John Sinclair 264 »Nachts, wenn der Wahnsinn kommt« verdient, alle finde ich sie super. Blöd fand ich dagegen John Sinclair Nr. 278 »Amoklauf des Messerstechers« und John Sinclair Nr. 280 »Turm der weißen Vampire« (von

280 wurde etwas im Fernsehen vorgelesen). Auch sollte Wikka wieder die alte oder aber auch vernichtet werden. Wird John eigentlich Jane Collins wieder »erlösen« können? Langsam tut mir die Hand weh! Ich höre jetzt dann lieber auf. Bis bald.

Tschüß, Nicole Seidel

P. S. Das Rätsel ist schwerer, als es aussieht. Viel Spaß dabei!!!

Tja, liebe Nicole, am liebsten hätte ich das Rätsel auch noch abgedruckt, aber das ging aus technischen Gründen nicht. So kann ich den anderen Sinclair-Lesern nicht vorführen, welche unheimliche Mühe Du Dir gemacht hast. Die Fernsehsendung Anfang '84 habe ich gesehen – ich sage ja immer, daß ich Kritik ernst nehme, also auch die im Fernsehen. Richtig ist, daß man vor lauter Sinclair-Lesern nicht anderen Lesestoff vernachlässigen sollte.

Betty Busch, 4000 Düsseldorf 12

Herrn Jason Dark!

Seit Ihrem haarsträubenden Anti-Katzen-Roman »Die Katzen-Göttin« sind Sie mich und meinen Mann als treue Sinclair-Leser los.

Nicht nur, daß das ein sehr schlecht geschriebener Roman ist, sondern ich finde es schlimm, Tiere, die sowieso schon gehaßt und verfolgt werden, wegen ihrer angeblich so »hexenhaften« Ausstrahlung auch noch zu diskriminieren, indem Sie diese als kleine dämonische Wesen auftreten lassen und damit eine nicht geringe Leserschaft beeinflussen, diese Tiere noch mehr zu hassen. Ich persönlich finde es überhaupt nicht gut, Tiere als dämonische Wesen spielen zu lassen, denn selbst Fledermäuse sind immer noch undämonischer als die von Ihnen so sehr gelobten menschlichen Wesen (die bewußt Tiere quälen, weil diese schwächer sind und sich nicht wehren können).

Normal nehme ich Ihre Romane nicht ernst, da diese ja nur Unterhaltung sind. Aber wenn es um Tiere und Kinder geht, hört der Spaß auf. Wenn Sie nicht genügend Themen zur Auswahl haben, dann schreiben Sie halt weniger, das könnte Ihren Romanen nur zugute kommen, denn bei manchen Folgen hat man den Eindruck, als hätten Sie diese mal schnell auf der Toilette geschrieben. Nicht die Quantität macht es, sondern die Qualität. Aber das wissen Sie ja selber.

Wenn Sie auf meinen Brief antworten wollen, dann bitte nicht in einem Ihrer Hefte, denn wie gesagt, werden wir diese nicht mehr kaufen, und logischerweise könnte ich Ihre Antwort dann nicht mehr lesen.

Betty Busch

Ich habe den Brief trotzdem abgedruckt – um die Möglichkeit zu haben, zu dem Vorwurf Stellung zu beziehen. Der Roman sollte ein Pro-Katzen-Roman sein, denn sie wehren sich ja gegen Tierversuche. Daß ich selbst ein Katzenfreund bin, habe ich schon oft gesagt.

Sehr geehrter Herr Jason Dark,

als ich vor ungefähr einem Jahr einmal nichts zu lesen hatte, ging ich in einen Zeitschriftenladen, der auch Taschenbücher führte. Dort stieß ich auf einige John Sinclair-Taschenbücher. Zuerst beachtete ich sie nicht besonders, da ich von diesem »meist stark übertriebenen Science-Fiction-Mist« nicht sehr viel halte (ich habe diesen Ausdruck einmal einem Freund, der gerne Science Fiction liest, gegenüber gebraucht, womit er mich jetzt natürlich aufziehen kann).

Weil ich aber nichts anderes fand, entschloß ich mich dann doch, das Taschenbusch »Der lächelnde Henker« zu kaufen, was ich nie bereut habe oder bereuen werde. Seitdem bin ich ein treuer Leser Deiner* Serie geworden. Auch die zweite Auflage lese ich regelmäßig. Aber leider gehen mir die ersten siebzig Hefte ab. Da ich glaube, daß es nicht nur mir allein so geht, fände ich es gut, wenn eine 3. Auflage erscheinen würde. Diese bräuchte ja nur alle vierzehn Tage zu erscheinen, oder der Verlag könnte die Hefte so nachdrucken, und wer will, kann sie dann bestellen.
Ich habe lange darüber nachgedacht, was mir an Deinen Romanen nicht paßt, und bin zu dem Schluß gekommen, daß ich bis auf ein paar Kleinigkeiten nichts auszusetzen habe.

* Ich hoffe, daß ich »Du« sagen darf.

Besonders gut finde ich folgendes:

— Die Handlung wird nicht einfach durchgezogen, sondern durch ein paar Scherze o.ä. aufgelockert.
— John ist keine Art Supermann, der seine Gegner nur mal scharf anzuschauen braucht, und schon fallen sie um.
— Man erfährt etwas über John Sinclairs Privatleben.
— Die Handlung ist klar und leicht zu verstehen.

Ein paar Sachen gefallen mir weniger:

— Shimada soll mehr in den Vordergrund treten.
— Die Großen Alten spielen schon länger mit. Man weiß aber nur Bruchstücke über sie.
— Johns Eltern könnten mal wieder mitspielen.
— Mysin u. Fara sollten mächtiger werden.
— Es sollte wieder eine Art Mordliga geben.

Da mir nichts mehr einfällt, möchte ich den Brief hier beenden.

Es grüßt Dich
Stefan Stoßberger

PS.: Ich möchte Dir nur noch gratulieren, daß Du so eine großartige Serie auf die Beine gestellt hast, und hoffe, daß Du noch lange gesund und munter bist, so daß Du noch viele Romane schreiben kannst. (Das gilt natürlich auch für Deine Familie.)

Ich würde mich sehr freuen, wenn Du genügend Zeit und Laune hättest, um mir zurückzuschreiben.

Am liebsten sind mir Leser, die trotz eines Vorurteiles zu John Sinclair gestoßen sind. Für Deine Anregungen danke ich – einiges wirst Du bestimmt bald entdecken

Verzeichnis der erschienenen John-Sinclair-Romane

ROMANHEFTE – ERSTAUFLAGE

1 Im Nachtclub der Vampire
2 Die Totenkopf-Insel
3 Achterbahn ins Jenseits
4 Damona, Dienerin des Satans
5 Der Mörder mit dem Januskopf
6 Schach mit dem Dämon
7 Das Horror-Schloß im Spessart
8 Der Vulkanteufel von Hawaii
9 Im Würgegriff der roten Masken
10 Der endlose Tod
11 Der Irre mit der Teufelsgeige (1)
12 Lebendig begraben (2. Teil)
13 Geister-Roulett
14 Der schwarze Henker
15 Der siebenarmige Tod
16 Das Mädchen von Atlantis (1)
17 Das Dämonenauge (2. Teil)
18 Die Hexenmühle (3. Teil)
19 Das Horror-Taxi von New York
20 Im Landhaus der Schrecken
21 Anruf aus dem Jenseits
22 Die Hexe von Java
23 Die Geistervögel
24 Der unheimliche Mönch
25 Das Geheimnis des Spiegels
26 Maringo, der Höllenreiter
27 Das Leuchtturm-Monster
28 Insel der Seelenlosen
29 Die Rückkehr des Rächers
30 Hexentanz
31 Teufelstrank um Mitternacht
32 Der Turm der 1000 Schrecken
33 Der Pfähler (1. Teil)
34 Dracula gibt sich die Ehre (2)
35 Die Vampirfalle (3. Teil)
36 Die Nacht des Feuergottes
37 Panik in Tokio
38 Die Horror-Reiter
39 Das Todesmoor
40 Die Ameisen greifen an
41 Das Amulett des Sonnengottes
42 Der Totenbeschwörer
43 Der Vampir von Manhattan
44 Das Trio des Teufels
45 Die Werwölfe von Wien
46 Die Dämonenschmiede
47 Der Alptraum-Garten
48 Ausflug ins Jenseits
49 Das Grauen an der Themse
50 Der Gelbe Satan (1. Teil)
51 Horror-Kreuzfahrt (2. Teil)
52 Der doppelte Dämon
53 Die Geisterhand
54 Die grüne Hölle von Florida
55 Todeszone London
56 Das Ungeheuer von Loch Morar I
57 Die Zombies II
58 Horror-Disco
59 Hexenverbrennung
60 Der Geisterfahrer
61 Kino des Schreckens
62 Guru der Toten
63 Sandra und ihr zweites Ich
64 Der Hexer von Paris (1. Teil)
65 Gefangen in der Mikrowelt (2)
66 Todesgeister der Sahara
67 Die Teufelssekte
68 Todeswalzer
69 Der unheimliche Bogenschütze
70 Die Teufelsbraut
71 Knochensaat
72 Das Höllentor
73 Der Satansfjord
74 Die Geisterbraut
75 Die Horror-Cops I
76 Bills Hinrichtung II
77 Die teuflischen Puppen III
78 Der Todeszug
79 Der Tyrann von Venedig
80 Augen des Grauens
81 Der Sensenmann als Hochzeitsgast
82 Die Horror-Nacht
83 Der Spinnendämon
84 Das Buch der grausamen Träume
85 Tigerfrauen greifen an

86 Kreuzfahrt der Skelette
87 Schrei, wenn dich die Schatten fressen!
88 Der Friedhof des Schreckens
89 Die Werwolf-Insel (1. Teil)
90 Jagd auf die Dämonenwölfe (2)
91 Satans Schloß
92 Einsatz der Todesrocker
93 Mord in der Mumiengruft
94 Schreie im Schreckenshaus
95 Die Höllenkutsche (1. Teil)
96 Asmodinas Reich (2. Teil)
97 Der unheimliche Ritter
98 Der Joker des Teufels
99 Die Lava-Falle
100 Die Drohung (1. Teil)
101 Ein Friedhof am Ende der Welt (2. Teil)
102 Das letzte Duell (3. Teil)
103 Asmodinas Todesengel
104 Portaguerra
105 Die Bestie von Soho
106 Hügel der Gehenkten
107 Die Geier und der Wertiger
108 Das Eisgefängnis
109 Verlies der Angst
110 Zargos, der Dämon
111 Die grausamen Ritter I
112 Die Drachensaat II
113 Armaras Rückkehr
114 Der Würfel des Unheils
115 Invasion der Riesenkäfer
116 Der Traum-Dämon
117 Der Rattenkönig
118 Der Dämonenwolf
119 Der Weiße Magier I
120 Zombies im Bermuda Dreieck II
121 Asmodinas Höllenschlange
122 Der Knochenthron
123 Dr. Tods Monsterhöhle
124 Die Mörder-Blumen
125 Der Leichenbrunnen
126 Satans Razzia
127 Die Eisvampire
128 Der Seelenwald
129 Der Zyklop aus der Hölle
130 Mr. Mondos Monster (1. Teil)
131 Königin der Wölfe (2. Teil)
132 Der Todesnebel
133 Dr. Tods Horror-Insel
134 Das Grauen kam aus Grönland
135 Der Moloch
136 Die Feuerhexe
137 Die Bestien der Madame
138 Flucht in die Schädelwelt
139 Im Land des Vampirs (1. Teil)
140 Schreie in der Horror-Gruft (2)
141 Mein Todesurteil (3. Teil)
142 Zombie-Rache
143 Die Schöne aus dem Totenreich
144 Alptraum in der Geisterbahn
145 Die fliegenden Särge
146 Höllenfahrt im Todesstollen
147 Ich flog in die Todeswolke (1)
148 Das Elixier des Teufels (2. Teil)
149 Die Nacht der flammenden Augen
150 Wo der Scheiterhaufen leuchtet
151 Die Gruft der Leichenräuber
152 Der Gigant von Atlantis
153 Ich gegen die Höllenritter
154 Desteros Rache
155 Die Teufelsuhr
156 Myxins Entführung
157 Wer mit Gedanken töten kann
158 Der Spiegel-Dämon
159 Der Engel, der ein Teufel war
160 Der Sammler (1. Teil)
161 Medusas Rache (2. Teil)
162 Die Menschenfalle
163 Der Zombie-Bus
164 Flieh, wenn der Würger kommt
165 Die Bestien aus dem Geistersumpf
166 Die Dämonenkatze
167 Kampf der schwarzen Engel
168 Die Teufels-Dschunke
169 Museum der Monster
170 Ich gegen die Riesen-Kraken
171 Die Hexe vom Hyde-Park
172 Ghouls in der U-Bahn
173 Die Werwolf-Sippe (1. Teil)
174 Lupinas Todfeind (2. Teil)
175 Der unheimliche Totengräber
176 Der Pestvogel
177 Melinas Mordgespenster
178 Der grüne Dschinn
179 Spuk im Leichenschloß (1. Teil)

180 Die Grabstein-Bande (2. Teil)
181 Totenchor der Ghouls
182 Ich jagte „Jack the Ripper"
183 Das Knochenschiff
184 Schlimmer als der Satan
185 Die Totenpriester
186 Die Blutorgel
187 Mannequins mit Mörderaugen (1)
188 Horrortrip zur Schönheitsfarm (2. Teil)
189 Dämonen im Raketencamp
190 Ein schwarzer Tag in meinem Leben
191 Fenris, der Götterwolf
192 Hotel zur dritten Hölle
193 Der Mitternachts-Vampir
194 Wenn Hexenhände töten
195 Eine schaurige Warnung
196 Die Mörderklaue
197 Im Jenseits verurteilt (1. Teil)
198 Asmodinas Todeslabyrinth (2)
199 Das Erbe des schwarzen Tods
200 Ich stieß das Tor zur Hölle auf (1)
201 Im Zentrum des Schreckens (2)
202 Bring mir den Kopf von Asmodina (3. Teil)
203 Um Mitternacht am Galgenberg
204 Horror-Rock
205 Die goldene Kralle
206 Das Vampirnest
207 Der Mann, der nicht sterben konnte
208 Die Killerfische
209 Die Gruft mit dem Höllenauge
210 Drei Leichen im Garten
211 Das Geistergrab (1. Teil)
212 Herr der roten Hölle (2. Teil)
213 Colette und ihr Fallbeil
214 Die Leichenkutsche von London
215 Das Ölmonster
216 Der Ripper kehrt zurück I
217 Die Hexeninsel II
218 Der Monster-Club I
219 Lupinas Sohn II
220 Kampf mit der Mumie
221 Der Todessee
222 Schlucht der stummen Götter
223 In den Krallen der roten Vampire
224 Satan mit vier Armen
225 Mord-Insekten
226 Tokatas Erbe
227 Stellas Rattenkeller
228 Der Leichenpfad
229 Herrin der Dunkelwelt
230 Dr. Tods Rache
231 Meer der weißen Särge
232 Sieben Siegel der Magie (1)
233 Allein in der Drachenhöhle (2)
234 Macht und Mythos (3)
235 Hexenabend mit Jane Collins
236 Voodoo-Samba
237 Mit Mörderblick und Todeslächeln
238 Belphégors Rückkehr (1. Teil)
239 Der Höllenwurm (2. Teil)
240 Vampir-Kosmetik
241 Der Pesthügel von Shanghai
242 Werwolf-Terror in Soho
243 Die Schädelkette
244 Der Seelen-Vampir I
245 Verdammt und begraben II
246 Der Spielhöllen-Dämon
247 Der Schädelthron
248 Gatanos Galgenhand
249 Mein Grab in der Teufelsschlucht
250 Pandoras Botschaft (1. Teil)
251 Xorron – mein Lebensretter (2)
252 Die Tochter des Totengräbers
253 Judys Spinnenfluch
254 Treffpunkt Leichenhaus (1. Teil)
255 Die Gefangene der Teufelsinsel (2. Teil)
256 Die Tote aus dem Kerkerschloß
257 Der schreiende Schädel (1. Teil)
258 Die Totenkopf-Brigade (2. Teil)
259 Ich stürmte den rollenden Sarg
260 Ein Totenkopf für Clarissa
261 Vom Teufel besessen
262 Belphégors Höllentunnel
263 Das gläserne Grauen
264 Nachts, wenn der Wahnsinn kommt
265 Des Satans Tätowierer
266 Der Grachten-Teufel

267 Der Hexenwürger von Blackmoor (1. Teil)
268 Wikkas Rache (2. Teil)
269 Killer-Bienen
270 Geistertanz der Teufelsmönche
271 Ghoul-Parasiten
272 Der Dämonenjäger
273 Im Terror-Netz der Monster-Lady (1. Teil)
274 Nadine Bergers Geheimnis (2)
275 Die Frau mit dem Dämonendolch
276 Die Phantome vom Gespenster-Kreuz
277 Im Penthouse der Angst
278 Amoklauf des Messerstechers
279 Hexenkraft und Druidenzauber
280 Turm der weißen Vampire
281 Shimadas Mordaugen (1. Teil)
282 Zombies stürmen New York (2)
283 Xorrons Totenheer (1. Teil)
284 Gegen Gangster und Ghouls (2)
285 Der Kampf mit den Giganten (3)
286 Briefe aus der Hölle
287 Wenn Satan sich die Hände reibt
288 Die Katzen-Göttin
289 In der Hölle verschollen (1)
290 Der tödliche Golem (2)
291 Killer-Hunde
292 Satans Knochenuhr
293 Zombies, die vom Himmel fallen
294 Der Feuer-Bumerang
295 Tal der vergessenen Toten
296 Mandraka, der Schwarzblut-Vampir (1. Teil)
297 Der Verräter (2. Teil)
298 Der Dämonenpakt (1. Teil)
299 In diesem Zimmer haust die Angst (2)
300 Sieben Dolche für den Teufel
301 Druiden-Rache
302 Der Unhold
303 Die Satans-Zwerge von Sylt
304 Maskenball der Monster
305 Im Rattentempel
306 Die Träne des Teufels
307 Abrechnung mit Jane Collins
308 Im Bann der Höllensteine
309 Die Eismeer-Hexe
310 Planet der Magier
311 Arkonadas Mord-Zyklopen
312 Die Totenmaske aus Atlantis
313 Die Mumien kommen
314 Elektronische Hölle
315 Wenn der Totenvogel schreit
316 Dämonen-Bingo
317 Okastras Grusel-Keller
318 Im Reich der Monster-Spinnen
319 Götzenblut
320 Der Fluch von Babylon
321 Freitag – Mordtag
322 Das Fratzengesicht
323 Gefangen am Todesfelsen
324 Die Geliebte des Dämons
325 Zerberus, der Höllenhund
326 Dämonen-Paradies
327 Vampir-Witwen
328 Die Werwolf-Schlucht
329 Der Ghoul, der meinen Tod bestellte
330 Die lebende Legende (1. Teil)
331 Ninja, Zombies und Shimada (2)
332 Besuch beim Geisterhenker
333 Drei Herzen aus Eis
334 Grauen in den Katakomben

ROMANHEFTE – ZWEITAUFLAGE

1 Die Nacht des Hexers
2 Mörder aus dem Totenreich
3 Dr. Satanos
4 Das Leichenhaus der Lady L.
5 Sakuro der Dämon
6 Friedhof der Vampire
7 Die Tochter der Hölle
8 Das Rätsel der gläsernen Särge
9 Dämonos
10 Die Bräute des Vampirs
11 Der Gnom mit den Krallenhänden
12 Die teuflischen Schädel
13 Die Armee der Unsichtbaren
14 Die Insel der Skelette
15 Der Blutgraf
16 Das Höllenheer
17 Amoklauf der Mumie
18 Horrorfest am Galgenhügel
19 Doktor Tod
20 Bruderschaft des Satans

21 Der See des Schreckens
22 In Satans Diensten
23 Hochzeit der Vampire
24 Doktor Tods Höllenfahrt
25 Wenn der Werwolf heult
26 Die Geisterhöhle
27 Der Fluch aus dem Dschungel
28 Der Hexenclub
29 Das Phantom von Soho
30 Die Drachenburg
31 Das Todeskabinett
32 Irrfahrt ins Jenseits
33 Die Todesgondel
34 Der Voodoo-Mörder
35 Die Rache der roten Hexe
36 Zirkus Luzifer
37 Die Totenkopf-Gang
38 Der Unheimliche von Dartmoor
39 Die Nacht des schwarzen Drachen
40 Die Killerpuppen
41 Der Alptraum-Friedhof
42 Der schwarze Würger
43 Das Hochhaus der Dämonen
44 Der Hexer mit der Flammenpeitsche
45 Die Spinnen-Königin
46 Das Todeskarussell
47 Der Fluch der schwarzen Hand
48 Flugvampire greifen an
49 Im Haus des Schreckens
50 Die Rache des Kreuzritters

In der Zweitauflage wurden zunächst Jason Darks Sinclair-Romane aus der Gespenster-Krimi-Reihe nachgedruckt. Ab Band 51 erschienen dann die Neuveröffentlichungen der Erstdruckreihe.

TASCHENBÜCHER

73001 Angst über London
73002 Der goldene Buddha
73003 Das Grab in der Hölle
73004 Luzifers Festung
73005 Alptraum in Atlantis
73006 Die Rache der Horror-Reiter
73007 Die Vampir-Flotte
73008 Die Seelenburg
73009 Ghouls in Manhattan
73010 Disco Dracula
73011 Die Werwolf-Elite
73012 Die Todesgöttin
73013 Hexenwahn
73014 Tokatas Todesspur
73015 Der Dämonen-Parasit
73016 Blutige Rosen
73017 Satans Eliten
73018 Der Höllenbote
73019 Ewige Schreie
73020 In dieser Straße wohnt die Angst
73021 Das Trumpf-As der Hölle
73022 Die Jenseits-Falle
73023 Friedhof der Verfluchten
73024 Der lächelnde Henker
73025 Die Leichenstadt
73026 Kalis Schlangengrube
73027 Dämonenfalle
73028 Das Teufelskind
73029 Geheimbund der Vampire
73030 Das Orakel von Atlantis
73031 Liebe, die der Teufel schenkt
73032 Ein Leben unter Toten
73033 Das Hexenrätsel
73034 Blutiger Halloween
73035 Die magische Bombe
73036 Anubis – Wächter im Totenreich
73037 Voodoo in London
73038 Vampir-Expreß
73039 Horror-Hochzeit
73040 Zombies auf dem Roten Platz
73041 Die Grabräuber
73042 Das Hexenschiff
73043 Julias kleine Sargmusik
73044 Hände, die der Satan schuf
73045 Der Druiden-Schatz
73046 Die Kreuzweg-Legende
73047 Mein Blut für den Teufel
73048 Wen das Grab ruft
73049 Der Flammenengel
73050 Todesglocken für John Sinclair
73051 Totenkopf-TV
73052 Vatertag
73053 Das Duell der Hexen
73054 Aibon – Land der Druiden